MAXIMILIAN ROSAR

DIE STILLE DER TOTEN

atb aufbau taschenbuch

MAXIMILIAN ROSAR ist Professor für Betriebswirtschaft und lebt mit seiner Frau und zwei Töchtern in Trier.

»Die Stille der Toten« ist sein erster Roman in der Reihe um Kommissar Preusser. Zuvor hat er unter dem Pseudonym Paul Walz vier Kriminalromane und mehrere Kurzgeschichten veröffentlicht.

Es ist Mai im Frankfurt von 1967, als im Main der Körper eines ermordeten Mannes angespült wird. Kommissar Preusser, noch immer von seinen Erlebnissen im Krieg traumatisiert, übernimmt die Ermittlungen. Der Tote heißt Simon Mandel und ist ein junger amerikanischer Reporter, der, selbst jüdischer Herkunft, über die Auschwitzprozesse in Frankfurt berichten wollte. Damit bekommt der Fall eine ungeheure politische Dimension. Da keine Aufzeichnungen des Toten aufzufinden sind, folgt Preusser dessen Spuren in Frankfurt und nach Berlin, wo Mandel in einem Dokumentationszentrum zur NS-Zeit Nachforschungen angestellt hat. Im Zentrum seines Interesses stand das KZ Ravensbrück. Doch warum, ist zunächst nicht zu klären. Bis ein zweiter Mord passiert.

MAXIMILIAN ROSAR

DIE STILLE DER TOTEN

KRIMINALROMAN

atb aufbau taschenbuch

MIX
Papier aus verantwortungsvollen Quellen
FSC® C083411

ISBN 978-3-7466-3703-7

Aufbau Taschenbuch ist eine Marke
der Aufbau Verlag GmbH & Co. KG

1. Auflage 2020

Umschlaggestaltung www.buerosued.de, München
unter Verwendung eines Bildes von © mauritius images / United Archives
Gesetzt aus der Whitman durch die LVD GmbH, Berlin
Druck und Binden CPI books GmbH, Leck, Germany
Printed in Germany

www.aufbau-verlag.de

»Der Mensch vergisst zu leicht und vergisst zu schnell, und er hat gewöhnlich noch die besondere Gabe, das zu vergessen, woran er nicht denken will.«

Konrad Adenauer

»But life is never easy. There is work to be done and obligations to be met – obligations to truth, to justice, and to liberty.«

John F. Kennedy

PROLOG

Mutter stand am Strand. Die Wellen spülten weiß schäumend um ihre Füße.

Sie trug den sonnengelben Badeanzug, den er so sehr mochte, und ein Sonnenbrand hatte sich rot auf ihre Schultern gelegt. Gerne hätte er gelächelt und mit ihr gescherzt, von dem erzählt, was er erlebt hatte, doch er starb.

Kaum noch Luft gelangte in seine Lungen. Sie sah ihm dabei zu, mit tiefer Trauer und Vorwürfen im Gesicht, die ihre Falten deutlicher zutage treten ließen, als er sie je wahrgenommen hatte. Dann wandte sie sich ab und lief über den Strand, weg von ihm. Er wunderte sich, warum er sie nicht rief, nicht zu winken versuchte.

Mutter ging davon, über die Dünen zu dem Haus auf Long Island, in dem er in seiner Kindheit die Ferien verbracht hatte. Er glaubte sogar, das Holz der Wände riechen zu können.

Etwas lief in seinen Mund, schmeckte metallisch und verstopfte die kleine Öffnung, die ihn pfeifend am Leben hielt.

Mühsam hustete er, wobei sein Kopf unter Wasser geriet und das Traumbild in Stücke zerriss, die davontrieben und verblassten. Mit größter Anstrengung fand er an die Oberfläche zurück und würgte, bis irgendwann wieder Sauerstoff in seine Lunge gelangte.

Es war dunkel, und da war Wasser. Schwarz strömte es um seinen Körper und trug ihn träge dümpelnd davon. Kalt.

Über ihm hing ein wolkenverhangener Himmel. Wie gerne

hätte er die Sterne gesehen, den Mond, den Mutter auch würde beobachten können. Doch Regen fiel ihm aus den Wolken in die Augen und prallte von seinen Augäpfeln ab. Er schloss sie nicht.

Irgendwo rief eine Sirene, und etwas schlug metallisch aufeinander. So weit entfernt, wie es das Leben schon zu sein schien. Ein paar Erinnerungen zogen vorbei. Ihr Gesicht. Seins. Ein Messer. Das Gefühl, zerschnitten zu werden. Er in einem Kofferraum, davor fröhliches Gelächter, welche Ironie! Mutter.

Komm gut zurück, hatte sie zum Abschied gesagt, Tränen auf den Wangen. Niemals wieder darf einer von uns dort sterben, waren ihre Worte.

Ein Leben gewonnen geglaubt, nun eins verloren.

Er trieb davon.

EINS

Dienstag, 23. Mai 1967

In die Schlange kam Bewegung, und die Herren in ihren Abendanzügen zuckelten wie die Königspinguine geduldig dem Getränkestand entgegen.

Er würde eine ganze Weile brauchen, um an die Theke zu gelangen, doch das war Preusser völlig gleichgültig.

Er zog eine Schachtel Ernte 23 aus der Innentasche seiner Jacke und zündete sich eine Zigarette an. Seine Hände zitterten stärker als sonst, und er genoss, als er tief inhalierte, den befriedigenden Augenblick des ersten Zugs, bevor er mit geschlossenen Augen den Qualm in die blauen Schwaden blies, die sich im Foyer der Oper ausgebreitet hatten.

Der Abend hatte wundervoll begonnen. Puccinis Musik hatte ihn verzaubert, und er wusste Helga gutgelaunt an seiner Seite.

Es war dann die Arie des Rudolfos, die es auslöste. Während der Strophe, in der es hieß: *Denn an ihrer Stelle ist nun süße Hoffnung*, war nicht mehr die Stimme des Tenors, sondern waren Ottos Entsetzensschreie in seinen Ohren, gegen die kein Ohrstöpsel half. Die immerwährend gleichen Bilder zogen auf wie ein Gewitter, und vor ihm lag wieder die staubige Straße in die Kriegsgefangenschaft, irgendwo in der Ukraine, irgendwo im Nichts, zwischen abgeernteten Feldern und Büschen. Otto, sein engster Kamerad, der ihm das Leben gerettet hatte, kroch vor dem Panzer davon, die Augen ohne Hoffnung auf ihn, auf seinen Kameraden Joachim Preusser, gerichtet. Dann kamen wie gewohnt die Gesichter der Frauen, die nicht dort hingehörten. Ihre vorwurfsvollen Blicke.

Er hatte sich in seinem Sessel verkrampft und die Lehnen umklammert, hatte versucht, nicht aufzufallen, nicht zu stöhnen, doch erst als Helga seine Hand nahm und sie sanft drückte, hatte er sich beruhigt und verschwitzt den Rest des Akts von Liebe und Glück über sich ergehen lassen.

»Brauchen Sie eine Extraeinladung oder was?«

Preusser schrak zusammen und registrierte verwirrt den abschätzigen Blick des Kellners in seinem weißen Jackett hinter der Theke, dessen glasige Augen verrieten, dass er selbst einer seiner besten Kunden war.

Er nahm zwei Sekt und legte ein Fünfmarkstück auf den Tresen.

Gerade als er sich umwandte, sah er, wie ein hochgewachsener Mann im Smoking zu Helga an den Tisch trat und etwas zu ihr sagte. Sie stimmte das Lachen an, dem er nie hatte widerstehen können, und schüttelte den Kopf, woraufhin sich der Mann formvollendet verbeugte und abzog.

»Was wollte der Kerl denn?«

»Mir einen Sekt ausgeben.« Sie lächelte und strich sich eine dunkle Strähne aus der Stirn. Die neue Kurzhaarfrisur ließ sie jünger erscheinen als die fünfundvierzig Jahre, die sie alt war.

»Danke wegen eben.« Preusser reichte seiner Frau ein Glas und rang sich ein Lächeln ab.

Sie erwiderte es und trank, sah ihn dabei aber forschend an. »Wieder der Panzer?«

Auf dem Rand ihres Glases zeichnete sich ein Abdruck ihres Lippenstifts ab. Er nickte. »Komm, lassen wir das. Es ist ja jetzt vorbei.«

Sie zog die Augenbrauen nach oben. »Bis wann? Nächsten Montag, morgen? Kaum eine Nacht, in der du nicht hochfährst und so wie vorhin abdrehst. Sieh dir bloß an, wie deine Hände zittern.«

Preusser griff seine rechte Hand mit der linken. »Hör bitte auf. Ich weiß ja, deiner Meinung nach sollte ich zum Klapsdoktor.« Er sah sich um, ob jemand ihr Gespräch belauschte, doch die Umstehenden diskutierten über Kiesingers Wirtschaftspolitik und den Bau des ersten Hochhauses in Frankfurt.

Helga ignorierte seinen schroffen Ton. »Sei nicht gleich wieder so abfällig. Lass dir helfen.«

Er zischte. »Ich gehe zu keinem Seelenklempner. Dann kann ich die Leitung der Mordkommission sofort abgeben. Die Stelle ist nichts für einen Mann, der plemplem ist.« Er tippte sich gegen die Stirn. »Die sägen mich ab.«

Sie legte ihm genauso die Hand auf den Arm, wie sie es während der Vorstellung getan hatte. »Es wird nicht aufhören. Du musst dir Hilfe suchen, wenn du schon nicht mit mir redest.«

Er zog seinen Arm zurück. »Ich habe dir erzählt, was damals passiert ist.«

»Das ja, aber was dich dabei so mitnimmt, behältst du für dich.«

»Wie oft soll ich dir das noch erklären! Es geht nicht, ich kann nicht darüber sprechen.«

»Vielleicht klappt es bei einem Psychiater.«

»Nein. Kommt nicht in Frage. Ende der Diskussion.«

Preusser wandte sich ab.

»Natürlich. Du machst das mit dir aus. Wie immer.« Helga sprach leise, doch der Ärger in ihrer Stimme war unüberhörbar. »Hauptsache, nichts dringt nach außen, und niemand könnte denken, der Herr Hauptkommissar hätte eine Schwäche. Wie ich diesen verfluchten Stolz hasse!« Ihre Stimme nahm einen zynischen Tonfall an. »Es ist ja alles in bester Ordnung.«

Er erwiderte nichts und sah an ihr vorbei den gutgelaunten Menschen in ihrer Abendgarderobe zu. Es summte wie in einem Bienenstock. Seine Blicke wanderten zur blauen Decke, von der metallene Skulpturen herabhingen und Wolken stilisiert darstellten.

Lange zähe Sekunden vergingen, dann kam Helga um den Tisch herum und stellte sich neben ihn. Er sah weiter geradeaus, bis sie schließlich seufzte und sich bei ihm unterhakte. Preusser konnte die Überwindung spüren, die sie das kostete. »Komm, lass uns aufhören. Kannst du die zweite Halbzeit anhören?«

Er nickte und schluckte auch seinen Ärger herunter. »Tut mir leid.«

Sie ging auf die Zehenspitzen und küsste ihn sanft auf die Wange. Dann wischte sie den Lippenstift weg.

Preusser ergriff ihre Hand. »Wollen wir nachher beim dicken Klaus noch einen Gummiadler essen?« Der Wirt in ihrer Stammkneipe machte in einer winzigen Küche die besten Hähnchen Frankfurts.

Helga nahm das Friedensangebot an und lächelte. »Können wir in diesem Aufzug da hin?« Sie schaute auf seinen Anzug.

Er hob die Schultern. »Passt schon.«

»Warum sind Hilmar und Christa eigentlich nicht da?«

»Ich weiß es nicht, bei mir hat sich niemand abgemeldet.« Er zündete sich eine neue Zigarette an und hielt ihr die Schachtel hin, aber Helga schüttelte den Kopf. »Christa hätte wenigstens kommen können, auch wenn er verhindert ist.«

Helga lachte. »Ohne ihn geht die doch nicht vor die Tür.«

Es gongte zum ersten Mal, und sie tranken gerade ihre Gläser aus, als Helga aufstöhnte. »O nein. Ich hätte den Sekt nehmen sollen.«

Preusser blickte sich um und sah Hermann Wiedemann auf sie zukommen. Auch er stöhnte. »Verdammt.«

Sein Kollege aus der Mordkommission trug neumodische Jeans, eine Lederjacke, darunter ein offenes Hemd und hätte an keinem Ort der Welt unpassender wirken können als im Foyer der Städtischen Bühnen. Er hielt noch die Polizeimarke in der Hand, als er an ihren Tisch trat. »Guten Abend, Frau Preusser. Herr Kommissar ...« Er nickte ihnen grinsend zu. »So kommt man billig in die Oper.«

Helga lächelte nicht.

Preusser registrierte die neugierigen Blicke der Umstehenden. »Lass die Sprüche! Was ist los? Ich hoffe, es ist wichtig.«

Wiedemann sah aus annähernd zwei Metern auf seine Umwelt hinab, doch der Ton seines Chefs ließ ihn die Schultern straffen. »Es wurde um zweiundzwanzig Uhr ein Toter im Main gemeldet. Die Streife hat den Leichnam herausgezogen.«

»Etwas für uns?«

Der Gong ertönte wieder.

»Sieht ganz danach aus. Der Tote ist unbekleidet und weist eine Stichverletzung auf.«

»Wer ist vor Ort?«

»Gesshoff, Bär, ich denke, die Technik und Dr. Thömmes.«

Preusser atmete schwer aus und sah zu Helga. »Tut mir leid. Ich muss los, du hörst es ja.«

Ihr Gesicht versteinerte förmlich.

»Einmal gehen wir in die Oper und dann das. Sind deine Männer nicht in der Lage, so etwas alleine zu regeln?«

»Ich bin der Vorgesetzte. Hier sind fünf Mark, nimm dir ein Taxi.«

»Wenn du mir endlich erlauben würdest, den Führerschein zu machen, könnte ich das Auto selbst nach Hause fahren.« Ihr Tonfall wurde trotzig.

Preusser sah kurz zu Wiedemann, der Helga zunickte und schnell verschwand. »Wie kannst du das vor dem Kollegen sagen? Was soll der denn jetzt denken?«

»Na was wohl? Du lässt mich nicht den Führerschein machen.«

»Du weißt, was ich meine.«

Sie winkte ab. »Klar, nie in der Öffentlichkeit. Eine Frau soll ihrem Mann nicht in den Rücken fallen, aber sein Zeug waschen und putzen, ach ja, kochen darf sie auch.«

»Helga, bitte.« Sie erwiderte nichts. »Es wird wahrscheinlich spät werden.«

Seine Frau sah Preusser resigniert an. »Es sollte ein schöner Opernabend werden.«

»Dienst ist Dienst.«

Sie lachte schnaubend, griff den Geldschein und wandte sich ohne Gruß von ihm ab.

Preusser sah ihr nach, wie sie zierlich und schlank in ihrem kurzen Etuikleid in Richtung der Türen des Auditoriums ging, während ihr die Blicke nicht weniger Männer folgten.

* * *

Wiedemann wartete unmittelbar vor dem Haupteingang des neuen Theaterbaus in einem zivilen Fahrzeug. Laute Beatmusik quoll aus dem Inneren nach draußen.

Preusser klappte den Kragen seines Mantels gegen den Regen hoch und lief die Treppe hinunter. Eilig riss er die Beifahrertür auf und ließ sich auf den Sitz fallen.

Die Musik im Innenraum war ohrenbetäubend. »Mach den Krach aus.«

»Das ist ›My Generation‹ von ›The Who‹.«

Preusser drehte genervt am Knopf und die Musik erstarb. »Das ist Lärm. Fahr endlich los.«

Aus den Augenwinkeln sah er, wie Wiedemann eine Grimasse schnitt.

»Was ist das für ein Auto?«

»Neu in Dienst gestellt. Opel Rekord. Fährt sich gut.«

Preusser nickte und blickte nach draußen, wo sich nur wenige Menschen unter Schirmen an den Schaufenstern vorbeidrängten. Bademode wurde angepriesen. Bei dem Wetter. Hinter der Schaufensterpuppe mimte ein Foto der Rialtobrücke den italienischen Sommer. Er schnaubte und sah vor sich hin.

Kaum drei Minuten später erreichten sie den Schaumainkai.

Der Fundort war nicht schwierig auszumachen. Die Kriminaltechniker hatten unmittelbar am Fluss ein Zelt aufgebaut, um den Regen abzuhalten. Ein Generator dröhnte, flackernde Scheinwerfer erleuchteten die Szenerie.

Ein Blitzlicht flammte auf.

»Bär ist schon dran.«

Kein Mensch war auf der Straße zu sehen. Nur ein Moped fuhr Richtung Städelmuseum. Ein Mann der Wach- und Schließgesellschaft hatte sich einen Regenumhang übergeworfen, der sich im Fahrtwind blähte wie ein Segel.

Wiedemann öffnete einen Schirm und hielt ihn über ihre Köpfe, während sie zwischen den Bäumen zur Treppe eilten und auf die Uferpromenade hinabstiegen.

Auf der Wiese stand Wasser, und nach wenigen Schritten waren Preussers Schuhe und Strümpfe völlig durchnässt. Er fluchte leise und lachte dann resigniert auf, als er auf der anderen Seite des Mains das Dach der Städtischen Bühnen erkannte.

Ein schöner Opernabend!

Sie erreichten den Fundort und flüchteten sich unter die Zeltbahnen, wo drangvolle Enge herrschte.

Techniker in weißen Anzügen krochen mit Handlampen über den Boden, während andere auf einem kleinen Klapptisch Material in Tütchen verpackten.

Inmitten dieser Aktivitäten lag der Tote im Gras. Ihr Fotograf lief um den Körper und schoss eine Aufnahme nach der anderen. Gisbert Bär war klein, höchstens einen Meter sechzig, und so ziemlich der unhöflichste Mensch, dem Preusser je begegnet war.

»Guten Abend, die Herren, wer setzt mich in Kenntnis?«

Gesshoffs massige Gestalt tauchte auf. Er winkte. »Hierher, dann stehen wir nicht im Weg.« Er blickte grinsend zu Bär hinüber.

Sie drückten sich an zwei uniformierten Polizisten vorbei, die eine losgerissene Zeltplane wieder verzurrten. Wasser tropfte von ihren Tschakos auf den Boden.

Der Tote war bis zum Bauchnabel mit einem Tuch abgedeckt.

Ein junger Mann. Irgendwer hatte ihm die Augen geschlossen. Nass klebten dunkelblonde oder rötliche Haare am Kopf und umrahmten ein fahlweißes Gesicht. Zwischen den leicht aufstehenden Lippen war eine Reihe ebenmäßiger Zähne zu erahnen. Die im Tod entspannten Züge wirkten gleichmäßig, fast symmetrisch. Im Leben musste er ein attraktiver Mann gewesen sein. Ein Hämatom auf dem Wangenknochen war das einzige Zeichen äußerer Verletzungen, sah man von der Einstichstelle in der linken Brust einmal ab.

»Der Täter ist Rechtshänder.«

Gesshoff nickte. »Leider.« Auf dem Revers seiner Windjacke schimmerte ein Fettfleck.

»Gibt es schon etwas Brauchbares?«

»Nein. Wir haben Fingerspuren genommen. Ich rechne auch nicht mit allzu viel, schließlich haben sie ihn hier ja nur herausgezogen.«

Bär trat zu ihnen, während er seine Nikon F wegpackte. »So, jetzt könnt ihr ran.«

Er wandte sich ab, doch Preusser hielt ihn auf.

»Wann haben wir die Bilder?«

Der Fotograf fixierte ihn mit seinen kleinen blauen Augen. »Na wann wohl, Herr Hauptkommissar? Wenn Sie morgen aus den Federn steigen, liegt das Zeug schon auf Ihrem Schreibtisch. So wie immer.« Er entwickelte die Fotos persönlich und machte auch alle Abzüge. Vom Gesicht einer Leiche lieferte er regelmäßig mehrere Aufnahmen, von denen eine meistens so belichtet war, dass eine gewisse Achtung vor dem Verstorbenen deutlich wurde, was Preusser stets dazu veranlasste, das Bild länger zu betrachten. Er hatte irgendwann begonnen, genau dieses Exemplar zu archivieren.

Bär ging grußlos.

Vor einem Jahr hatte Bär seine privaten Aufnahmen in einer Ausstellung gezeigt, die er mit einem Kollegen gemeinsam im Treppenhaus des alten Rathauses von Hofheim organisiert hatte. Preusser war mit Helga zufällig hineingestolpert und verblüfft wieder herausgekommen. Die Landschaftsaufnahmen, allesamt aus dem Taunus, wirkten komponiert wie Gemälde und verrieten einen Gisbert Bär, der voller Emotionen steckte. Ein Foto zeigte ihn selbst neben seinem VW-Käfer. Preusser war sekundenlang stehen geblieben. Bär lächelte in die Kamera.

Vor dem Zelt flog eine Kippe wie ein kleiner Komet durch die Dunkelheit. Einen Moment später trat der Gerichtsmediziner Dr. Thömmes in langem Regenmantel und breitkrempigem Hut ins Licht.

»Ist der Giftzwerg endlich weg?«

Um die dicken Gummistiefel, die der Arzt trug und die vor Feuchtigkeit glänzten, beneidete Preusser ihn augenblicklich. Thömmes zog den Hut ab und zeigte seine vollen eisengrauen Haare, die wild in alle Richtungen standen. Ächzend ging er in die Hocke und inspizierte als Erstes die Wunde.

Preusser trat neben ihn. »Was können Sie sagen?«

Thömmes wandte den Blick und ließ ihn an Preussers schwarzem Anzug herabgleiten. »Passende Kleidung für heute Abend, was?«

»Oper.« Er mochte den nüchternen Mediziner, der ihn nun mit süffisantem Lächeln betrachtete.

»›La Bohème‹, nicht wahr? Gute Aufführung?«

»Ich fand den Teil, den ich hören durfte, gelungen.« Bis zur Arie des Rudolfos jedenfalls. »Was ist mit dem Mann?«

Thömmes wandte sich der Leiche zu und rieb sich seine große Nase. »Ich bin zwar erst am Anfang, doch man braucht kein Hellseher zu sein. Die weiße Haut, die Stichverletzung. Ich gehe davon aus, dass ein Messer in die Lunge eingedrungen ist und eine wichtige Ader erwischt hat. Innere Blutungen. Ob er daran gestorben oder im Fluss ertrunken ist, werde ich nach der Obduktion wissen.«

»Haben Sie einen Zeitpunkt?«

»Jetzt ist es«, er spähte auf seine Timex, »dreiundzwanzig Uhr dreißig.« Thömmes legte beide Hände an den Kiefer des Toten und bewegte den Kopf leicht hin und her, dann berührte er mit den Kuppen der Zeigefinger die Augenlider. »Die Kaumuskulatur ist flexibel, die Lider beginnen gerade mit der Totenstarre. Das Wasser des Mains hat maximal fünfzehn Grad. Zwei Stunden vielleicht.«

Preusser richtete sich auf. »Eugen, wann genau kam der Anruf?«

Gesshoff kam herüber und drückte mit seinem mächtigen Bauch einen der Techniker beiseite. »Um zweiundzwanzig Uhr sieben. Die Kollegen waren fünf Minuten später hier, den neuen Streifenwagen sei Dank. Um zweiundzwanzig Uhr achtzehn ging die Meldung an uns raus.«

»Es war also noch hell, als man ihn in den Fluss geworfen hat. Wer hat ihn gefunden?«

»Ein Hund.« Wiedemann sah auf seinen Block. Schlank und groß, wie er war, wirkte er neben Gesshoff wie ein Leuchtturm. »Die Schupos der Streife haben den Besitzer befragt. Der Pudel ist weggelaufen und stand bellend auf dem Kai. Der Mann hat nachgesehen und dann die Leiche entdeckt, die sich an einer Kette verfangen hatte, die warum auch immer dort hängt.«

»Wisst ihr schon, wo man den Mann reingeworfen hat?«

»Nein.«

Preusser trat an die Plane und sah auf den dunkel dahinfließenden Fluss. Ein Lastschiff fuhr tuckernd vorbei. Weiter flussaufwärts sah er Autos auf der Brücke, dahinter die wenigen Lampen auf der Uferstraße.

»Ein paar Beamte müssen schleunigst auf die Suche gehen. Der Regen verwäscht alle Spuren. Sie sollen sich auf Stellen konzentrieren, die man anfahren kann und nur schwer einsehbar sind. Weit geschleppt haben werden sie den Mann nicht, wenn es hell war.«

»Die Kollegen werden sich freuen.« Wiedemann grinste.

Preusser sah ihn gleichgültig an. »Das ist mir vollkommen egal. So ist der Beruf eben. Sieh zu, dass die Sache in Gang kommt.« Er musterte den Kollegen. »Und morgen wieder im Anzug.«

Thömmes trat neben Preusser. »An den Füßen gibt es Spuren, die darauf hindeuten, dass man ihn über einen rauen Untergrund geschleift hat. Da lebte er noch. Bis auf die Stichwunde und das Hämatom auf der Wange ist äußerlich nichts zu sehen. Wir müssen die Obduktion abwarten. Die Leiche wird gleich in die Gerichtsmedizin gebracht.«

»Wann kann ich mit dem Bericht rechnen?«

Der Arzt war groß und hager. Er hatte mit Gesshoff nicht nur das Alter gemein. Beide standen wenige Jahre vor dem Ruhestand, und kaum etwas vermochte noch, sie aus der

Ruhe zu bringen. »Morgen im Laufe des Vormittags wahrscheinlich. Ich melde mich. Kommen Sie rüber in die Kennedyallee. Ich gebe Ihnen vorab eine kleine Zusammenfassung.«

Er tippte sich an den Hut und verschwand in der Dunkelheit. Preusser sah nachdenklich zu dem abgedeckten Körper. Der Tote war nackt. Keine Kleidung, keine Papiere, jemand versuchte, es ihnen schwerzumachen, den Mann zu identifizieren. Er deckte die Leiche wieder auf und betrachtete die Hände, deren Fingerkuppen von der Abnahme der Fingerspuren blau verfärbt waren. Nirgends Schwielen oder Schrunden. Die weichen Hände eines Menschen, der selten körperlich arbeitete.

»Eugen.« Gesshoff verließ erneut die Gruppe der Kriminaltechniker und sah Preusser fragend an. »Was denkst du?«

Der Kollege nahm die Mütze vom Kopf, strich sich langsam über die glänzende Glatze und sah in die Nacht. »Vorweggenommene Schafskälte, was?« Er ließ sich mit der Antwort Zeit. Gesshoff war schon vor dem Krieg bei der Kripo gewesen. Es gab wenige Formen von Gewalt, Totschlag und Mord, die er bislang noch nicht gesehen hatte. »Er sieht nicht nach einem Kriminellen aus, und wenn er doch einer gewesen sein sollte, dann ist er jemand aus der oberen Etage, einer von denen, die sich die Hände nicht schmutzig machen.«

»Ein Überfall?«

»Weiß nicht. Wieso sollte ein gewöhnlicher Räuber ihn ausziehen und in den Main werfen? Es besteht in so einem Fall ohnehin keine Verbindung zwischen Täter und Opfer, die wir ausgraben könnten.«

Preusser nickte. »Die Kleidung war eventuell teuer.«

»Möglich, aber auch die Unterwäsche? Außerdem wird zumindest das Hemd voller Blut gewesen sein.«

»Er hat keine Abwehrverletzungen.«

»Der Täter muss dicht an ihm dran gewesen sein und dann … zack.« Gesshoff stach ein Loch in die Luft.

»Der Täter war ein Mann?«

»Wahrscheinlich. Der Tote ist zwar schlank, aber relativ groß. Es gibt nur wenige Frauen, die über so viel Kraft verfügen, einen Körper zu entkleiden und zum Fluss zu schleppen.«

»Ziemlich kaltblütig, am helllichten Abend auf diese Art eine Leiche verschwinden zu lassen.«

Gesshoff winkte ab. »Denk an den Kerl, der vor drei Jahren seine Ehefrau erwürgt, zersägt und die Teile in denAscheneimern überall in der Stadt entsorgt hat. Was hat er gemeint: Einer alten Frontsau macht so was nichts.«

Preusser nickte. »Wir sollten nicht spekulieren. Für heute sind wir hier durch. Vielleicht findet der Suchtrupp die Kleider. Mach den Technikern noch Druck mit den Berichten. Vor allem die Fingerspuren eilen. Geh danach auch nach Hause.«

Gesshoff sah Preusser kritisch an. »Das wird nicht leicht.«

* * *

In der Wohnung brannte kein Licht mehr, als er den Ford Taunus vor dem Haus abstellte. Seine Uhr zeigte bereits nach Mitternacht.

Der Mai tat sich mit seiner Bestimmung als Wonnemonat derzeit schwer und ließ den Regen weiterhin kalt in so feinen Tropfen vom Himmel fallen, dass die Scheibenwischer sich nur quietschend über die Scheibe bewegten. Zu seinem Bedauern hatte der kurze Weg von den städtischen Bühnen hierher ins Westend nicht ausgereicht, um die Heizung in Gang zu bringen, daher fror er in seiner feuchten Kleidung wie im Winter.

Er lief zum Haus, in dem sie mit ihrer Tochter Elke in der

ersten Etage eine weitläufige Wohnung mit Balkon hatten, die für sein Beamtengehalt recht teuer gewesen wäre, doch das Haus gehörte Helga, der es von ihrem Vater geschenkt worden war. Helmut Prinz hatte ein Dachdeckerunternehmen und von dem Wiederaufbau profitiert.

Nebenan in Brickmanns Milchladen brannte noch Licht. Wahrscheinlich reinigte er mit seiner Frau die Tanks. Das Geschäft lief anscheinend schlecht, denn sie hatten die Hilfe entlassen und putzten nun wieder selbst die Anlage. Wundern konnte es nicht. In den wie aus dem Boden sprießenden Selbstbedienungsläden gab es neben all dem anderen Zeug auch Milchprodukte, schön verpackt und länger haltbar.

Preusser öffnete die Haustür und ging leise nach oben. Drinnen war es angenehm warm, und er genoss die Ruhe.

Wenig später schlüpfte er zu Helga ins Bett.

»Schlimm?«

Sie wartete oft, bis er zurück war. Ihr Ärger war verflogen. Wie meistens, wenn sie sich stritten, gelang es ihr schnell zu vergessen. Anders als er war sie nie nachtragend.

»Nein.« Sanft nahm Preusser sie in den Arm.

»Geh weg! Du bist kalt.« Sie versuchte, ihn abzuschütteln.

»Eben.« Er schlang seinen Arm enger um ihren Körper und genoss die Wärme, die von ihr ausging. »Wo ist Elke?«

Helga gab ihren Widerstand auf. »Schläft bei Marianne. Sie müssen noch ein Referat vorbereiten und wussten nicht, wie lange es dauert.«

Preusser küsste sie auf den Nacken. »Ganz ungestört.«

Er ließ seine Finger an ihrem Körper nach oben wandern, doch Helga legte den Arm unter die Brust. »Kommt nicht in Frage. So wie du dich heute Abend aufgeführt hast.«

»Ich musste an den Tatort.« Er gab ihr einen zärtlichen Kuss.

Sie drehte den Kopf weg. »Hör auf! Darum geht es überhaupt nicht. Das weißt du ganz genau.«

Er schwieg. Sie rollte herum und sah ihn im schwachen Licht der Straßenlaternen an.

»Seitdem du aus der Gefangenschaft zurück bist, seit zwanzig Jahren schon, hast du die Alpträume, und deine Hände zittern manchmal wie bei einem Alkoholiker. Es spielt keine Rolle, wie oft du auch behauptest, es würde besser, es bleibt ein Problem.«

Er sprach leise. »Ich komm damit klar, es funktioniert. Außerdem …«

Sie unterbrach ihn. »Das stimmt nicht. Du kapselst dich jetzt, wo du älter wirst, mehr und mehr ab. Ich merke seit langem, dass du mich davon fernhältst, doch eines ist klar: In dir ist nichts in Ordnung.« Preusser schwieg. »Ich sag es dir nochmal: Es ist mir gleichgültig, was damals passiert ist oder wo der Grund für die Träume liegt. Aber es steht irgendwie zwischen uns. Ich will nicht so weitermachen. Bitte sei bereit, dir helfen zu lassen.«

»Es ging all die Jahre so und hat dich nicht gestört.«

»Natürlich hat es mich gestört. Ich habe nur den Mund gehalten. Die Zeiten ändern sich aber. Du änderst dich, und ich habe mich auch verändert. Denk also drüber nach.« Sie sah ihn auffordernd an.

Preusser zögerte. Aus ihrer Sicht der Dinge hatte Helga recht, doch was war er für ein Mann, wenn er zu einem Klapsdoktor ging? Wer das machte, den bezeichneten die Kollegen und Freunde als Weichei oder als Schlappschwanz, wie er es im umgekehrten Fall ebenso tun würde. Er konnte sich an niemanden erinnern, der je die Hilfe eines Psychologen in Anspruch genommen hatte, gleichgültig, wie schlimm es in ihm aussehen mochte. »Ich werde darüber nachdenken.«

Helga schien seine Gedanken zu kennen.

»Es sollte dir ganz gleich sein, was die anderen denken, es geht um dich.« Sie streichelte sanft seine Wange und gab ihm einen Kuss, dann noch einen, intensiver. »Ich will dich glücklich sehen.«

Er nickte. Sie hatte ihm deutlich gemacht, was sie dachte und von ihm verlangte. Das Thema war für diesen Abend erledigt – bis zum nächsten Mal. Er atmete auf und küsste sie nun auch. Vorsichtig brachte er seine Hand wieder in Bewegung.

»Stopp!« Sie presste wieder ihren Arm unter die Brust.

Er sah überrascht auf. »Was denn jetzt?«

Nun lag ein Lächeln auf ihrem Gesicht. »Ich will den Führerschein machen.«

»Das ist Erpressung.« Helga wusste, wann er nicht nein sagte.

»Es geht ja nicht anders.«

Preusser sah sie im schwachen Licht an. »Deine Frisur gefällt mir.«

»Lügner«, sie äffte ihn nach, »Frauen haben noch immer lange Haare getragen.«

»Kann ich nicht mal meine Meinung ändern.«

Sie stupste mit dem Finger seine Nase. »Du? Niemals.« Ihre Stimme klang warm. »Lenk außerdem nicht vom Thema ab. Was ist mit dem Führerschein?«

Er seufzte. »Na gut, wir melden dich an. Aber dann fährst du in diesem Sommer bis nach Spanien.«

»Geht in Ordnung.« Helga lockerte den Arm.

ZWEI

Mittwoch, 24. Mai 1967

Auf der Friedrich-Ebert-Anlage rollte der Verkehr stockend Richtung Innenstadt. Weil immer mehr Menschen aus der Stadt ins Umland zogen, wuchs die morgendliche Blechlawine und verpestete die Luft. Immerhin baute die Stadt an einer U-Bahn.

Missmutig sah Preusser dem Regen zu, der langsam am Fenster herablief. Er hasste das Wetter, weil es ihnen die Arbeit noch schwerer machte.

Die Zeitung hatte die Nachricht von dem Toten aus dem Main noch aufgenommen, allerdings nur wenige nichtssagende Zeilen gebracht.

Auf seiner Schreibtischunterlage lag der Bericht der Spurensicherung und gab rein gar nichts her. Über Seiten hatten die Techniker dargelegt, was sie alles versucht hatten, um ein verwertbares Detail herauszubekommen, doch der Fundort war eindeutig nicht der Tatort, und der Fluss hatte obendrein alle messbaren Spuren davongeschwemmt. Preusser warf die Mappe auf den Aktenbock, der neben seinem Schreibtisch stand, und hoffte auf den Suchtrupp, der den Platz suchte, an dem der Verletzte in den Main geworfen worden war.

Wieder wanderte sein Blick zum Fenster.

Helga und er hatten eine schöne Nacht verbracht. Es war fast wie damals, als sie während des Krieges auf einem seiner Fronturlaube ihren Sohn Wolfgang gezeugt und danach beschlossen hatten, schleunigst zu heiraten. Sein Jurastudium war damit beendet, was ihm in der Rückschau wenig ausmachte. Er liebte sein Leben mit Helga und den Kindern, und in seinem Beruf war er erfolgreich.

Er hätte zufrieden sein können, doch seine Frau hatte sich in der letzten Zeit sehr verändert. Sie war mit ihrem Alltag als Hausfrau nicht mehr zufrieden und wollte irgendetwas Neues machen, vielleicht sogar arbeiten gehen. Er schüttelte ungläubig den Kopf.

Nun, dazu würde sie sein Einverständnis brauchen.

Ihr Drängen auf den Führerschein war auch so eine plötzliche Marotte. Praktisch keine Frau fuhr Auto, warum also

Helga? Er verstand es nicht. Was war denn so schlecht an ihrem Leben? Es war nun mal so: Der Mann ging zur Arbeit, und die Ehefrau blieb zu Hause. Sie waren seit 1942 verheiratet, und auf einmal stellte sie vieles in Frage, nicht zuletzt seine Entscheidungen. Helga diskutierte neuerdings mit ihm jede Investition ins Haus oder die Wohnung, Dinge, die er früher allein entschieden hatte. Zudem bedrängte sie ihn damit, zum Irrenarzt zu gehen. Zwanzig Jahre nach dem Krieg!

Ob es an ihm lag? Preusser schüttelte den Kopf. Nein, er war der Alte geblieben, die Welt jedoch änderte sich und mit ihr seine Frau.

Er schrak zusammen, als es klopfte und Hilmar Backhaus seine massige Gestalt ins Büro schob.

»Morgen.« Ohne zu fragen, ließ der Kollege sich auf dem abgewetzten Stuhl vor dem Schreibtisch nieder und zündete sich eine Zigarette an. »Auch eine?«

»Nein, danke.«

»Wie war es in der Oper?«

»Schön. Wo seid ihr gestern gewesen? Ist doch schade um die teuren Karten.«

Backhaus spielte mit seinem goldenen Feuerzeug zwischen den Fingern und winkte ab. »Ich musste einen Informanten treffen. Es ging nicht anders. Tut mir leid, ich wäre auch lieber in die Oper gegangen. Hattet ihr wenigstens Spaß?«

»In der Pause hat mich Wiedemann rausgeholt.«

Backhaus sah ihn aus stechend blauen Augen an. »Dienst?«

»Ein Toter, erstochen. Trieb unbekleidet im Main. Du kannst dir vorstellen, wie dürftig die Spurenlage ist.«

»Wird er gesucht?«

»Die Vermisstendatei hat noch niemanden ausgespuckt. Wir sind allerdings früh dran, da kann in den kommenden Tagen etwas nachkommen.«

Asche rieselte auf Backhaus' Krawatte. Er schnippte sie auf den grauen Linoleumboden. »Raubmord? Dann wäre es auch was für mich?«

»Weiß nicht. Wieso sollte ein Räuber sein Opfer ausziehen?«

»Teure Kleidung, oder er braucht eine Uniform, um irgendwo reinzukommen. Hatten wir doch schon. Ein Wachmann oder Polizist.«

»Der Gedanke ist nicht schlecht. Könnte durchaus sein. Wiedemann hat mit dem Wasserschifffahrtsamt telefoniert. Der Main fließt in der Mitte etwa einen Meter pro Sekunde. Rechnet man das runter und bezieht mit ein, dass der Körper am Ufer ins Wasser gelangte, kann er maximal zwei Kilometer abgetrieben worden sein. Aufgrund des Strömungsverlaufs geht der Experte davon aus, dass er auf Höhe des Hafens auf der Stadtseite hineingeworfen wurde.«

»Siehst du!« Backhaus schloss für eine Sekunde müde die Augen hinter fleischigen Lidern. »Vielleicht also ein Wachmann, und sie brauchten seine Uniform, um in ein Lagerhaus einzudringen. Wenn du Unterstützung brauchst, werde ich meine Leute darauf ansetzen.«

»Mach das! Wir können jeden Hinweis brauchen.«

Backhaus nickte und sah dann schweigend zum regennassen Fenster. Sein Blick verlor sich in der Ferne.

»Was ist los, Hilmar? Müde?« Tagträumen passte nicht zu dem Kollegen.

»Was?« Backhaus sah Preusser überrascht an.

»Du siehst richtig angeschlagen aus. Ist etwas nicht in Ordnung?«

Backhaus winkte schwach ab. »Das ist es eigentlich immer, nicht wahr? Ist Zeit, dass wir mit unseren Familien in Urlaub kommen. Spanien ist doch gebucht, oder?«

»Klar. Ist etwas vorgefallen?«

Hilmar wusste, was er andeutete. »Ich habe dir gesagt, dass das damals ein Versehen war. Nein, es hat nichts mit dem Laden hier zu tun.«

»Wenn du Hilfe brauchst, bin ich für dich da.«

Sie sahen sich schweigend an, und Preusser glaubte, einen unbestimmten Druck zu spüren, der in Backhaus war, aber gerade als er davon überzeugt war, sein Freund würde zu sprechen beginnen, klopfte es, und Annemarie Josten steckte ihren Kopf durch die Tür.

Ihr mausgraues Kleid gab ihr das Aussehen eines Schulfräuleins. »Ach, Herr Hauptkommissar, heute Mord und kein Raub?«

Backhaus zeigte sein schönstes Lächeln und breitete die Arme aus. »Ich wollte doch nur in Ihrer Nähe sein.« Seine Fassade stand wieder.

Preussers Sekretärin lachte verschämt auf und strich sich mit einer unbewussten Bewegung kokett über die grauen Haare, die sie in einem Dutt zusammengebunden hatte. Sie sah zu Preusser. »Kriminaldirektor Deckers wünscht, Sie zu sprechen.«

»Ich gehe gleich zu ihm.«

»Nein, nein, er wartet vor der Tür.«

Backhaus sprang auf und drückte seine Zigarette aus. »Oh, Zeus steigt vom Olymp herab. Am Freitag auf ein Bier in der ›Letzten Instanz‹ oder erst beim Kegeln?«

»Ich melde mich. Denk dran, deine Leute auf den Fall anzusetzen. Wenn ihr was habt, sag mir Bescheid.«

Backhaus verschwand, und Preusser sah ihm einen Augenblick hinterher. Sie kannten sich, seitdem er bei der Polizei begonnen hatte. Noch vor der Währungsreform waren sie miteinander Streife gelaufen und waren gegen die Schwarzhändler vorgegangen. Beide hatten ihre Karriere gemacht, ihre damals entstandene Freundschaft war geblieben. Sie fuhren öfter mit den Familien zusammen in Urlaub, gingen kegeln und unternahmen viel gemeinsam. Es funktionierte, auch wenn sich zwischen Helga und Christa nicht das gleiche innige Verhältnis entwickelt hatte.

* * *

Kriminaldirektor Deckers trug immer schwarz. Sein Anzug mitsamt der Weste saß, wie nur ein Maßanzug sitzen konnte. Er stolzierte herein und blieb mitten im Raum stehen.

»Wo bleibt Ihr Bericht? Ich musste mich von Kriminaldirektor Werner in Kenntnis setzen lassen, dass in meiner Abteilung der Mord an einer Wasserleiche untersucht wird.« Er hob die Stimme. »Wissen Sie, wie peinlich das war? Man könnte glauben, ich hätte den Laden nicht im Griff.« Er nahm die Hornbrille ab und polierte mit seinem Taschentuch übertrieben die Gläser.

»Wir tragen die Ergebnisse gerade zusammen. Danach wäre ich zu Ihnen gekommen.«

Deckers setzte sich Preusser gegenüber auf den Besucherstuhl. »Der Informationsfluss muss schneller gehen. Ich verlange, in allen neuen Fällen gleich morgens in Kenntnis gesetzt zu werden.«

Preusser hasste den nörgeligen Befehlston und den hierbei leicht angehobenen Kopf seines Vorgesetzten mit den dünnen Haaren.

»Wir sind bisher immer so vorgegangen, dass ich den Bericht erst vorgelegt habe, wenn die bekannten Fakten auch auf dem Tisch liegen.«

»Mag sein. In Zukunft jedenfalls kommen Sie sofort am Morgen. Was war los?«

Preusser fasste in unwilligem Ton die wenigen Fakten zusammen.

Deckers stand auf. »Da haben sich wohl Verbrecher gegenseitig abgemurkst. Sobald es etwas Neues gibt, informieren Sie mich umgehend.«

»Erklären Sie mir bitte, warum das plötzlich so wichtig ist?«

»Lesen Sie gelegentlich die Zeitung? Es brodelt überall. Jugendliche zünden eine Rauchbombe auf der deutsch-amerikanischen Freundschaftswoche, Demonstrationen der Griechen und Portugiesen gegen die Militärdiktatur in ihren Heimatländern vor dem Römer. Die Studenten bereiten Proteste anlässlich des Besuchs des Schahs vor, und der SDS fabuliert von Marcuses Eindimensionalität der fortgeschrittenen Industriegesellschaft, die er verändern will. Die sägen alle am System. Wir sollten wachsam bleiben! Unsere Verbündeten sehen die Entwicklung sehr kritisch. Verstehen Sie? Wir müssen aufpassen, dass nicht irgendein Funke das Ganze zum Explodieren bringt.«

Preusser sah seinen Chef zweifelnd an. »Bei denen ist es doch genau das Gleiche, oder demonstrieren die Menschen drüben nicht gegen den Vietnamkrieg? Außerdem ist lediglich ein Toter gefunden worden, und meine Aufgabe ist es, den Mörder zu fassen. Die Politik ist mir da völlig egal.«

»So einfach ist das nicht.«

»Für mich schon. Die Zeiten, in denen nur der schuldig war, der es laut der Politik sein musste, sind zum Glück seit zwanzig Jahren vorbei. Meine Pflicht ist es heute, Täter zu überführen, unabhängig davon, wer es ist und was daraus für irgendwelche Parteien und Politiker folgt. Über die Schuld urteilen die Gerichte, und Justitia ist ja bekanntlich blind.«

Deckers richtete die gestreifte Krawatte und sah Preusser an, als wollte er einen scharfen Kommentar geben, doch dann winkte er ab. »Ich hätte Sie für weniger naiv gehalten, Herr

Hauptkommissar. Nun gut, tun Sie Ihre Arbeit, den Rest überlassen Sie mir.«

* * *

Dr. Thömmes wartete schon, als sie in den weiß gekachelten Sektionssaal kamen. Der hagere Mann schlüpfte aus seinem Kittel und hängte ihn an einen Ständer.

Er nickte ihnen nur zu, dann kramte er in Papieren mit handschriftlichen Notizen, die auf einem Tisch verstreut lagen. Die Gerätschaften und der Seziertisch waren bereits gereinigt worden. Der Geruch von Desinfektionsmitteln lag schwer in der Luft und überdeckte zum Glück die üblen Ausdünstungen der Leichen. Preusser war viele Male in der alten Villa gewesen, die die Gerichtsmedizin auf dem Gelände der Universität beherbergte. Im Gegensatz zu manchen jungen Kollegen waren Obduktionen für ihn kein Problem. Möglich, dass er schon zu viel gesehen hatte, um sich noch beeindrucken zu lassen. Jedenfalls mochte er den wissenschaftlichen Umgang mit dem Tod, der hier herrschte, frei von Emotionen, die den Blick verstellten. Er sah zu Wiedemann, dessen Blick verriet, dass er anders dachte.

Thömmes trat neben eine Bahre aus Edelstahl und schlug das Tuch über dem Körper zurück. »Eine kurze Vorabinformation, den Bericht bekommen Sie möglichst schnell.«

Er deutete auf die Brust des Toten, der sauber gewaschen und mit gekämmten Haaren dalag, als schliefe er, wäre nicht der große Y-Schnitt gewesen, mit dem ihm der Gerichtsmediziner und seine Assistenten den Brustraum geöffnet hatten. »Ein Meter vierundachtzig groß, neunundsiebzig Kilo, Schuhgröße einundvierzig. Guter Gesamtzustand. Keine Operationsnarben oder Knochenbrüche. Gut genährt. Er war kein Arbeiter oder ein Kleinkrimineller, der sich oft schlägt. Die Hände sind schlank und unversehrt. Auf mich wirkt er wie ein Student oder ein junger Akademiker.« Thömmes wies auf die Brustwunde. »Der Messerstich hat einen Mantelpneumothorax verursacht. Luft ist in den Pleuraraum, also den Bereich zwischen Brustwand und Lunge, gelangt und um den Lungenflügel geflossen. Dieser gerät in einem solchen Fall unter Druck und bereitet Atembeschwerden. Die Brust hat sich nach dem Stich äußerlich wieder verschlossen. Das Blut aus einer verletzten Schlagader konnte so nach und nach in die Lunge sickern, was den Druck wiederum erhöht hat. Wir haben auch Wasser gefunden. Kurz gesagt: Der Mann ist langsam und qualvoll gestorben und erst im Main ertrunken. Die Menge des ausgetretenen Bluts lässt auf einen Todeszeitpunkt von circa zwanzig Minuten nach der Messerattacke schließen.«

»Was für eine Art Messer?«

»Spitze Klinge. Zweiseitig geschliffen.« Der Gerichtsmediziner zeigte auf die Einstichstelle. »Sehen Sie: Die Klinge eines Bajonettes zum Beispiel läuft nach unten schmal zu. Die Wunde ist dann an einer Seite breiter.« Er sah Preusser an. »Das kennen wir ja noch aus dem Krieg. Diese hier verjüngt sich aber zu beiden Seiten, also symmetrisch. Wie von einem Paradedolch der Luftwaffe, nur kürzer.«

»Länge?«

»Zwölf bis fünfzehn Zentimeter.«

Preusser dachte nach. »Da der Tote eine Weile im Fluss getrieben ist, bis er starb, muss der Angriff relativ nahe zum Ufer geschehen sein, sonst hätte die Zeit nicht ausgereicht.«

»Nicht unbedingt.« Thömmes deutete auf eine Rötung, die quer über den Bauch verlief. »Er könnte in einem Hänger oder Kofferraum transportiert worden sein.«

»Wie ein Stück Vieh.« Wiedemann schien es sich gerade bildlich vorzustellen.

Der Mediziner achtete nicht auf ihn. »Es gibt Kratzspuren auf dem Rücken, die eingeblutet sind.« Thömmes trat beiseite und beugte sich nach unten. »Jemand hat ihn so gepackt und herausgezogen.« Der Arzt richtete sich auf. »Aber der Körper ist ihm aus der Hand gerutscht. Daher die Spuren. Der Verletzte hing kopfüber nach unten. Die Rötung stammt von einer Kante. Das Blut aus der Lunge floss hierbei in den Mundraum.«

»Ein Täter?«

»Vermutlich.« Er trat ans Ende der Trage und hob einen Fuß an. »Ich habe es Ihnen ja gestern schon gezeigt. Hier an den Fersen sind Schleifspuren entstanden, als man ihn über einen rauen Boden gezogen hat.«

»Nackt?«

»Da ja, bei der Messerattacke war er jedoch bekleidet. Wir konnten Faserspuren in der Wunde sichern. Weiße Baumwolle von einem Hemd oder Unterhemd.«

Wiedemann resümierte. »Er wird niedergestochen, wahrscheinlich in einen Kofferraum gesteckt, mühsam rausgezogen, entkleidet, zum Main geschleppt und in den Fluss geworfen.«

Der Gerichtsmediziner trat zum Schädel des Toten und öffnete den Mund. »Interessant sind die Zähne. Sehen Sie hier! Er hat irgendwann die Schneidezähne verloren. Da die anderen Zähne intakt sind, könnte das Folge eines Unfalls gewesen sein. Die Kronen sind etwas abgenutzt, also bereits ein paar Jahre im Einsatz. Bei uns in Europa gibt es diese Dinger jedoch erst seit kurzer Zeit.«

»Also?«

»Amerika. Ich habe mit den Kollegen der Zahnmedizin telefoniert.«

Preusser dachte an Deckers Mahnung und stöhnte leise. »Ein Amerikaner.«

»Jedenfalls wurde die Arbeit dort drüben gemacht. Es wird aber noch besser.« Nun grinste Thömmes, was er nur tat, wenn seine Ausführungen auf den Höhepunkt zusteuerten. »Der Tote ist beschnitten.«

Die Augen der Polizisten wanderten unisono am Leib des Opfers nach unten.

»Verdammt!« Preusser verzog das Gesicht.

»Ein solches Wort aus Ihrem Mund, Herr Kommissar?«

Preusser machte eine wegwerfende Handbewegung. »Sie wissen doch, was das bedeutet. Er hat aber rotblonde Haare.«

»Die uns anerzogene nationalsozialistische Rassentheorie lag da völlig daneben, wie immer eigentlich. Es gibt nicht wenige Juden mit roten oder blonden Haaren.«

»Vielleicht haben wir ja Glück. Ich habe gehört, in Amerika werden viele Jungen beschnitten«, warf Wiedemann ein.

Preusser lächelte ihm gequält zu. »Dein Wort in Gottes Ohr. Die Presse wird einiges veranstalten, wenn das herauskommt, gerade jetzt, wo die Prozesse hier laufen.« Preusser wandte sich an Thömmes. »Halten Sie den Bericht ein oder zwei Tage zurück. Ich hoffe, es gelingt uns, den Mann bis dahin zu identifizieren.«

»Viel Glück.«

* * *

Gesshoff streifte die Asche seines Zigarillos aus dem Fenster ab und achtete nicht auf den Regen, der auf den Ärmel seines Jacketts fiel, als Preusser durch die Tür trat, die sein Büro mit dem der anderen Kollegen verband. Er legte einen Aktenordner zu denen, die sich schon auf dem Tisch stapelten.

»Der Suchtrupp hat an einem Pier am Hafen diesen Lederschuh gefunden. Schuhgröße einundvierzig, passt zu unserer Leiche.« Er hielt einen braunen Budapester in die Höhe. »Der Schuh ist in Amerika handgearbeitet worden. Steht jedenfalls drin. Scheint teuer zu sein und ist nicht abgetragen. Den wirft niemand einfach so weg.«

Gesshoff trat an den Stadtplan und deutete auf eine Stelle. »Hier zwischen den Lagergebäuden wurde er entdeckt. Eine praktisch uneinsehbare Stelle. Könnte mit den Strömungsberechnungen übereinstimmen.« Er sah die Kollegen an.

Wiedemanns Schreibtisch stand Kopf an Kopf mit dem von Gesshoff. Er drehte an seinem Stempelkarussell. »Die Idee mit der Uniform können wir dann vergessen.«

»Ja, das ist kein Uniformschuh. Da wir aber bis auf Weiteres davon ausgehen müssen, dass unser Toter ein Amerikaner ist – die Zahnkronen und jetzt der Schuh lassen jedenfalls darauf schließen –, kann es immer noch sein, dass es um den Ausweis eines zivilen Mitarbeiters und dessen amerikanische Kleidung ging«, meinte Preusser.

»Ziemlich dünn«, warf Gesshoff ein.

Preusser hob die Schultern. »Wenigstens ein erster Ansatz. Da das Opfer relativ kurz nach dem Messerstich im Main gelandet ist, muss der Tatort nicht weit von der Stelle entfernt liegen, an der man ihn in den Fluss geworfen hat. Ich kann mir jedenfalls nicht vorstellen, dass der Täter kilometerweit mit einer Leiche im Auto durch die Stadt fährt.« Er dachte nach. »Hermann, du fährst zu den Amerikanern und fragst, ob dort eine Person vermisst wird. Nimm das Foto des Toten mit, vielleicht erkennt ihn jemand.«

»Okay, Chef.«

»Hör mit diesem Okay auf.«

»Jawoll.« Wiedemann schlug die Hacken zusammen und verschwand.

Gesshoff lachte, und selbst Preusser konnte ein Grinsen nicht unterdrücken. »Eugen, du gehst alle Anzeigen der Mordnacht durch. Konzentriere dich auf Vorfälle, die zwischen zwanzig Uhr und Mitternacht in der Nähe des Hafens gelaufen sind. Schick dann die Schupos raus, die sollen den Leuten das Foto zeigen.«

Gesshoff nickte und hinkte zur Tür. Bei Regen machte ihm seine alte Verletzung besonders zu schaffen. Er ließ aber nichts auf sie kommen, da er wusste, dass er wegen dieser Verletzung um die Einberufung herumgekommen war.

Wenige Sekunden später stand Preusser allein im Büro der Kollegen. Draußen hämmerte Annemarie Josten auf ihrer Schreibmaschine und summte wie immer entnervend.

Er sah auf die Tafel, an die sie ihre Fahndungsergebnisse mit Heftzwecken befestigten. Bis auf die Fotos der Leiche war die Tafel leer. Bär hatte seine Bilder wie versprochen geliefert, und auch dieses Mal stach ein Abzug heraus. Preusser sah lange auf die Züge des Ermordeten, dann ging er zurück in sein Büro.

In seinem Bericht an Deckers hatte er lediglich von dem Verdacht gesprochen, der Tote könnte ein Amerikaner sein, was schon ausgereicht hatte, um den Kriminaldirektor in Fahrt zu bringen. Preusser hatte das politische Geschwätz von der deutsch-amerikanischen Freundschaft kaum ertragen und wollte sich nicht vorstellen, wie sein Chef reagierte, sollte sich herausstellen, dass das Opfer zudem ein Jude war.

Nachdenklich zündete er sich eine Ernte 23 an und stieß den Rauch aus, der gegen den Schrank mit den Leitz-Ordnern waberte und träge zur grauen Decke aufstieg, die einen neuen Anstrich hätte gebrauchen können. Ein einfacher Raubmord ließe sich geräuschlos abwickeln. Die Amerikaner würden das nicht allzu hoch hängen, um das Verhältnis zu den Deutschen nicht zu belasten. Sollte sich das Ganze als eine antisemitisch motivierte Tat herausstellen, war die Lage der Dinge völlig anders. In Frankfurt führte man seit 1964 Prozesse gegen die Verantwortlichen von Auschwitz. Die internationale Presse berichtete ständig darüber. In einem ersten Prozess waren viele der Täter zu – wie Preusser fand – milden Strafen verurteilt worden. Ein zweiter Prozess ging gerade seinem Ende entgegen, ein dritter befand sich in der Vorbereitung.

Der Mord an einem amerikanischen Juden würde einen Pressesturm entfachen. Das konnte niemand wollen, und der Druck auf die Polizei, also in erster Linie auf ihn persönlich, würde extrem werden. Er hatte das einmal erlebt, als sie 1957 den Tod einer Edelprostituierten aufzuklären versuchten. Rosemarie Nitribitt wurde in ihrer Wohnung erwürgt. Da die Tote prominent war und in Verdacht stand, auch mit hohen Herren der Politik und Gesellschaft verkehrt zu haben, lief das Ganze durch alle Gazetten. Sie hatten den Mörder nie gefasst. Bittner, sein Vorgänger, war ins Kreuzfeuer der Kritik geraten und fast daran zerbrochen. Selbst er, ein damals einfacher Kriminalassistent, war von der Pressemeute auf der Straße bestürmt worden.

DREI

Wiedemann trabte hinter dem schwarzen GI her, der ihn zu einem gewissen Lieutenant Philip Hunter bringen sollte, der als Verbindungsoffizier fungierte. Der Boden glänzte ebenso wie die Stiefel des Wachmanns, dessen Uniform keine Falte oder Stäubchen aufwies. Es roch hier in dem alten Verwaltungsgebäude der IG Farben septisch wie in einem Krankenhaus. Nach zwei Treppen und einem langen Flur klopfte der Mann an eine Tür, trat ein, nahm Haltung an und rief etwas in den Raum, das Wiedemann nicht verstand. Der Soldat kam rückwärts aus der Tür und verschwand mit strammen Schritten.

Ein Uniformierter, etwa in Wiedemanns Alter, mit Haaren, die so kurz waren, dass die Kopfhaut durchschimmerte, tauchte im Türrahmen auf und reichte ihm die Hand.

»Mein Name ist Lieutenant Philip Hunter, ich bin der Verbindungsoffizier für die deutschen Behörden in Frankfurt, wenn es sich um Anfragen auf niederer und mittlerer Ebene handelt.«

»Und auf welcher stehe ich?«

Hunter grinste über die provokante Frage. »Vor meiner Tür. Kommen Sie doch bitte herein.«

Das Büro war so klein, dass es früher die Besenkammer gewesen sein musste, denn außer für einen grauen Metallschreibtisch, einen Spind und die amerikanische Flagge bot es gerade noch Platz für einen Besucherstuhl.

Wiedemann setzte sich und sah sich Auge in Auge mit Präsident Lyndon B. Johnson, der streng von der Wand blickte.

Hunter grinste wieder und faltete die schlanken Hände auf der Tischplatte. »Was kann ich für Sie tun, Herr Kriminalinspektor?«

Wiedemann erläuterte kurz den Grund seines Kommens und wurde dann freundlich gebeten, draußen zu warten, bis Hunter die Fragen geklärt hatte.

Es dauerte, daher ging er den Flur hinunter und trank aus einem Wasserspender. Unten auf dem Hof übte eine Einheit marschieren. Offensichtlich wurde jemand Wichtiges erwartet und sollte mit Brimborium empfangen werden. Befehle wurden gebellt und jede Bewegung immer wieder geübt.

Wiedemann schüttelte den Kopf und dachte mit Widerwillen an seine Zeit auf der Polizeischule zurück, die eher einer militärischen Ausbildung in einer Kaserne geglichen hatte. Zucht und Ordnung war eine Devise, Sauberkeit und Gehorsam eine andere. Kameradschaft wurde hoch aufgehängt.

Es fiel ihm damals leicht, kritiklos all diese vermeintlichen Werte zu verinnerlichen und diese auch während seines

Dienstes bei der Schutzpolizei hochzuhalten, in letzter Zeit jedoch bröckelte sein Glaube daran immer mehr.

Begonnen hatten seine Zweifel, als im Oktober des vergangenen Jahres in Köln seine dortigen Kollegen eine Straßenschlacht mit Demonstranten austrugen und die Knüppel nur so flogen. Natürlich waren Aggressoren oder, wie der Polizeipräsident sich ausdrückte, Gammler mit von der Partie, doch genauso Studenten und Schüler, die blutend nach Hause gingen oder wie Verbrecher in Gewahrsam kamen.

Bis zu jenem Tag galt für ihn die eiserne Devise: Befehl ist Befehl, aber er hatte sich damals sofort gefragt, ob er kritiklos auf junge Menschen einknüppeln könnte, die so waren wie er selbst, nur weil der Vorgesetzte es ihm befahl. Er wusste das nicht zu sagen, verstand jedoch umso mehr die Demonstranten, die sich gegen eine verkrustete Gesellschaft wandten, die ihm ebenso zuwider war.

Preusser hätte kein Problem, solche Befehle auszuführen, da war Wiedemann sich sicher. Der Hauptkommissar stammte aus einer anderen Generation; zu gehorchen war ihnen eingebläut worden. Leider verlangte er das Gleiche von seinen Leuten.

»Sehen Sie unseren Musikern zu?« Hunter war lautlos hinter ihm aufgetaucht. »Ich habe eine Weile herumtelefoniert, allerdings ohne Ergebnis. Es existiert nirgends eine Vermisstenanzeige, die auf den Toten passen könnte. Es ist auch kein Soldat abgängig.« Er sah Wiedemann bedauernd an.

»Wenn unser Opfer ein Amerikaner war, dann also eine Person, die nicht mit dem Militär in Verbindung steht.«

»Exactly.«

»Wo würden Sie suchen?«

Hunter dachte einen Augenblick nach. »Ich könnte …« Er zögerte. »Gehen Sie gerne in Clubs?«

»Beatclubs?«

»Zum Beispiel.«

Wiedemann grinste. »Eine meiner Leidenschaften.«

»Okay. Wir treffen uns morgen um einundzwanzig Uhr am Römer und fahren von da in die Clubs. Kann ja sein, dass wir Glück haben und einer der Barleute erkennt den Mann wieder.«

»Wieso sprechen Sie so gut deutsch?«

»Meine Mutter ist in den zwanziger Jahren in die USA ausgewandert. Sie hatte Verwandte, die in New York eine kleine Brauerei besaßen, die nun uns gehört.« Er musterte sein Gegenüber. »Morgen Abend, aber nicht im Anzug.«

Wiedemann nahm Haltung an und führte die Hand zur Schläfe. »Jawoll.«

* * *

Gesshoffs Zigarillo stank erbärmlich.

Preusser saß mit ihm zusammen vor der nach wie vor fast leeren Tafel und blies einen Rauchkringel in die Luft. Er mochte es, mit dem alten Kollegen die Zusammenhänge zu diskutieren. Gesshoff war schon in der Mordabteilung, als Preusser 1958 dazugestoßen war, und hatte ihn in die Feinheiten ihrer Aufgabe eingeführt. Selbst nie bereit, einen Lehrgang zu besuchen, der ihn zum Kommissar gemacht hätte, war er die große Stütze für Preussers Vorgänger und nun für ihn geworden.

Preusser spürte langsam die Müdigkeit der kurzen Nacht. »Was gibt es Neues?«

Gesshoff schüttelte den Kopf und drehte ein Papier um. »Ich habe bis Mittag gebraucht, um die Anzeigen zusammenzubekommen und sie zu sichten. Vier Beschwerden könnten etwas bringen, doch die Schupos sind noch nicht von der Befragung zurück.«

Er beobachtete, wie Preussers Zigarette leicht zitterte.

Der Hauptkommissar drückte den Stummel aus und sah auf die Uhr. Kurz vor sechs. »Der Bericht der Kriminaltechnik vom Fundort des Schuhs hat bestätigt, dass der Tote dort hineingeworfen wurde. Sie konnten Hautpartikel und Haare sicherstellen, die dem Opfer zuzuordnen sind. Wie sie das wohl bei dem Sauwetter angestellt haben? Unter der Laderampe eines verlassenen Lagerhauses liegen eine vergammelte Matratze, Schnapsflaschen und Decken. Wahrscheinlich der Unterschlupf eines Landstreichers. Die Beamten von der Wache am Hafen suchen nach ihm. Der Mann heißt Guntram Brenner. Ihn kennt in der Gegend jeder. Hat einen an der Klatsche. Fühlt sich verfolgt oder so. Eventuell hat er was gesehen.«

»Ein besoffener Penner, der nicht ganz dicht ist? Also ich weiß nicht.«

Preussers Telefon schrillte, und er hob ab. »Kriminalpolizei.«

Es knackte in der Leitung. Gedämpft war Straßenverkehr zu hören. Jemand atmete hörbar in die Muschel.

»Wer ist da? Hier spricht die Kriminalpolizei.«

»Bin ich …« Ein Mann. Er sprach zögerlich. »… bin ich bei der Abteilung, die für Morde zuständig ist.«

»Ja. Wie ist Ihr Name?« Preusser griff ein Blatt, um mitschreiben zu können.

»Es geht um einen Toten. Er …« Wieder verstummte der Anrufer.

Preusser holte einen kleinen Ohrhörer unter dem Telefon hervor und reichte ihn Gesshoff, der ihn mit fragendem Blick in seinen Gehörgang schob.

Preusser hob die Schultern. »Von welchem Toten sprechen Sie?«

»Aus dem Main.«

»Wo genau?«

»Am Schaumainkai.«

Gesshoff hob überrascht die Brauen.

»Was wissen Sie darüber?«, fragte Preusser.

»Ist er Anfang dreißig und hat rotblonde Haare?«

Preusser zwang sich zur Ruhe. Der Anrufer wusste, wen sie gefunden hatten. Eigentlich ein Volltreffer für ihre Fahndung, aber aus irgendeinem Grund wollte der Mann sich nicht offenbaren, sonst hätte er gleich seinen Namen genannt oder wäre persönlich in ein Revier gegangen. »Darüber darf ich keine Auskunft geben.«

»Ist das ein Ja?«

»Nein.«

»Ich will doch nur …«

Diesmal unterbrach ihn Preusser. »Wieso rufen Sie an und nennen nicht Ihren Namen?« Er wollte eine unüberlegte Reaktion provozieren. »So müssen wir davon ausgehen, dass Sie etwas mit der Tat zu tun haben.«

»Was für ein Schwachsinn! Sie kapieren nichts, hören Sie, einfach gar nichts.«

»Beruhigen Sie sich. Wenn Sie Anonymität benötigen, kann ich dafür sorgen. Kommen Sie zu uns, und wir beantworten Ihre Fragen hier vor Ort. Wir haben Fotos. Ihren Namen muss niemand erfahren.«

Ein Klicken, dann piepte das Besetztzeichen hektisch.

»Mist.« Preusser knallte den Hörer auf die Gabel.

Gesshoff zog den Stöpsel aus dem Ohr und sah Preusser nachdenklich an. »Der Kerl steht ordentlich unter Druck. Daran, dass er der Täter ist, glaube ich aber nicht.«

»Ich auch nicht. Sonst hätte er wohl kaum angerufen.«

»Womöglich ein einfacher Krimineller?«

»Dafür war mir der Bursche zu aufgeregt. Er kennt den Toten und steht in einem engen Verhältnis zu ihm. Nun hat er bemerkt, dass er nicht mehr dort ist, wo er sein sollte, und liest die kleine Notiz in der Zeitung. Er ruft an.«

»Ein Verwandter?«

»Zum Beispiel oder ein guter Freund. Ich tippe aber auf einen Komplizen. Wieso sollte er ansonsten seinen Namen verschweigen?«

Gesshoff zog an seinem Zigarillo, der allerdings ausgegangen war. Er drückte ihn in den Aschenbecher. »Also derart: Sie haben etwas ausgefressen, sind aufgeflogen, und er hat Angst, seinem Kumpel könnte Schlimmes passiert sein?« Preusser nickte. »Was meinst du? Ruft er wieder an?«

»Ich denke schon. Versuche aber trotzdem herauszufinden, woher der Anruf kam.«

VIER

Donnerstag, 25. Mai 1967

Elke kam in die Küche, sie warf achtlos ihre Schultasche neben die Tür und blies sich den Pony aus der Stirn. Wieder fiel Preusser auf, wie sehr sie Helga ähnelte, jetzt, wo sie fast erwachsen war. Sie registrierte seinen Blick.

»Was ist?«

Er überging ihren aufsässigen Ton. »Ein bisschen kürzer und man sieht deinen Schlüpfer.«

Sie strich über den dünnen Pullover mit V-Ausschnitt und sah hinab zu ihrem Minirock. »Mein Gott, man kann meine Knie sehen. Wenn du es wissen willst: Alle laufen so herum.«

Helga ließ das Messer sinken, mit dem sie ihrer Tochter ein Schulbrot schmierte. »Rede nicht so mit deinem Vater. Er hat ja recht.«

»Wieso springst du ihm sofort wieder bei, Mama? Du hast mir den Rock doch gekauft. Außerdem ziehe ich an, was mir passt.« Elke setzte sich, goss Kaffee in eine Tasse und dämpfte ihre Stimme. »Warum bist du eigentlich schon angezogen?«

»Wir gehen zur Fahrschule und melden mich an.« Sie schien sich darauf zu freuen.

Preusser vergaß seinen Ärger. »Ich will ins Präsidium, wir untersuchen einen neuen Fall, da sollte ich nicht so spät kommen.«

»Wieso geht Mama nicht alleine hin?«

»Sie darf den Vertrag nicht unterschreiben. Ich muss zustimmen.«

Elke ließ mit offenem Mund ihr Brot sinken. »Warum denn das? Sie ist erwachsen.«

»Aber nicht voll geschäftsfähig«, belehrte sie Preusser. »Im Gesetz ...«

Seine Tochter unterbrach ihn. »Das heißt, wir wohnen hier in Mamas Haus, doch sie kann ohne deine Zustimmung nicht mal einen Handwerker beauftragen?«

Preusser nickte.

»Und wenn sie nicht verheiratet wäre, könnte sie das alles tun?«

»So ist das nun mal«, erklärte Helga.

»So ist das nun mal«, äffte sie ihre Mutter nach.

»Elke!«

»Was denn? In einem solchen Land werde ich nie heiraten! Da muss man etwas gegen tun.«

Helga brauste auf. »Setzen sie euch diesen Unsinn in der Schule in den Kopf?«

Elke warf ihr Brot auf den Teller und fuhr ihre Mutter an. »Du bist doch selbst gegen die Bevormundung und meckerst laufend über die Rolle der Frau in unserer Gesellschaft.«

Es entstand eine Pause. »Das ist etwas anderes. Ich ...«

Das Telefon klingelte, und Preusser war froh, der Diskussion zu entkommen.

Im Flur hob er den Hörer ab. Es war Gesshoff.

»Wir haben einen Treffer. Eine Frau hat den Toten erkannt. Sie wohnt in der Nähe des Zoos.« Er kramte hörbar in Papieren. »Moment.«

Elke kam aus der Küche. Sie hatte die Tasche übergehängt und drückte ihm im Vorbeigehen einen Kuss auf die Wange. Preusser lächelte. Pubertät. In der Tür zog seine Tochter provozierend den Minirock noch weiter nach oben. Ein frecher Blick über die Schulter, dann war sie weg. Preusser schüttelte den Kopf und grinste.

»Im Röderbergweg.«

»Name?«

»Greta Petzhold, dreiundzwanzig, Studentin. Sie hat angegeben, der Mann sei ihr zweimal auf der Straße aufgefallen, weil er sie unverhohlen angegafft habe. Als sie ihm dann im Treppenhaus ihres Wohnhauses begegnet sei, habe sie es mit der Angst zu tun bekommen und sei zur Wache. Die sind los, haben den Kerl aber nicht gefunden.«

»Wann war das?«

»Die Anzeige ist am dreiundzwanzigsten Mai gegen einundzwanzig Uhr aufgenommen worden.«

»Am Abend des Mordes?«

»Ja, unmittelbar davor.«

* * *

Preusser sah der Qualmfahne nach, die der VW-Käfer in der Schlange vor ihnen in den grauen Himmel blies. Das alte Modell, noch mit Brezelfenstern, stank erbärmlich. Zum Glück machte der Regen eine Pause, doch sie kamen nicht vom Fleck. Die Zeil war wegen der Baustelle für die U-Bahn an der Hauptwache verstopft, und ein überforderter Verkehrspolizist versuchte vergeblich, die Fahrzeuge möglichst schnell an dem Engpass vorbeizulenken.

Über die breiten Bürgersteige schlenderten ältere Paare

mit Einkaufsnetzen, Mütter mit Kinderwagen betrachteten die Auslagen der Geschäfte, und eine Gruppe von Grundschülern folgte ihrer Lehrerin. Die Jungs – fast alle hatten eine kurze Lederhose mit Trägern an – sprangen wild in die Pfützen und bespritzten ihre Klassenkameradinnen mit Wasser. Sie hielten andere Passanten auf, die an ihnen mit angespannten Gesichtern vorbeihetzten.

Preusser fragte sich, seit wann die Menschen keine Zeit mehr hatten. Auch im Präsidium griff die Eile um sich. Deckers, dem es zu lange dauerte, wenn er den Bericht erst im Laufe des Vormittags bekam, und der die Fallzahlen erhöhen wollte, damit die Arbeit seiner Abteilung gut aussah. Preusser verstand nicht, was das sollte. Es ging doch darum, die Täter zu fassen, und nicht um Zahlen und Zeiten. Als er bei der Kripo angefangen hatte, liefen die Dinge noch anders. Man ging die Fälle ruhig und besonnen an. Zeit spielte nur dann eine Rolle, wenn man mit Anschlusstaten rechnete. Erst seit dem Fall der ermordeten Prostituierten kam der Druck der Medien ins Spiel.

»Und Sie glauben, der Anrufer wird sich wieder melden?« Wiedemann hatte das Sakko ausgezogen und hielt lässig das Lenkrad mit zwei Fingern.

»Ich denke schon. Er ist richtig in die Luft gegangen, als ich ihn verdächtigt habe.« Neugierig drückte Preusser auf den Zigarettenanzünder des neuen Opels.

»Und warum gibt er keine Vermisstenanzeige auf?«

»Tja, das ist unser Problem. Er will sich nicht zeigen.«

Wiedemann riss das Lenkrad herum und wechselte die Spur. »Vielleicht weiß er, wer der Mörder ist, und hat Angst?«

»Mag sein, doch das könnte er durch eine Aussage aus der Welt schaffen. Nein, ich glaube, er hat selbst Dreck am Stecken. Jedenfalls ist er zwischen dem Wunsch nach Gewissheit und seiner Furcht hin und her gerissen. Er kann momentan nicht einmal sicher sein, ob der Tote wirklich der von ihm Gesuchte ist.«

»Und nun?«

Wiedemann sah zu ihm herüber. Mit der Sonnenbrille erinnerte er Preusser an Steve McQueen, einen Schauspieler, den er in einem Kinofilm gesehen hatte, in den ihn Helga geschleppt hatte.

Er hob die Schultern. »Hoffen, dass er nochmal anruft. Ich glaube, der Mann hat uns einiges zu erzählen.«

Der Zigarettenanzünder sprang heraus, und Preusser betrachtete das glühende Ding. Dann hielt er es an eine Ernte 23 und blies den Rauch aus dem offenen Fenster.

Zehn Minuten später erreichten sie den Röderbergweg. Als sie aus dem Auto stiegen, war das Geschrei der Affen aus dem naheliegenden Zoo deutlich zu hören. Endlich schien einmal die Sonne, und die Schwalben drehten in der Luft kreischend ihre Runden. Eine Klasse Schulkinder mit kleinen Rucksäcken lief den Gehweg entlang und strömte um die Polizisten wie eine Herde Schafe. Die Kinder schnatterten aufgeregt über den anstehenden Zoobesuch. Die junge Lehrerin, die versuchte, die Gruppe zusammenzuhalten, lächelte entschuldigend und warf verstohlen einen Blick auf Wiedemann.

Preusser unterdrückte ein Grinsen.

Das Haus, in dem Greta Petzhold dem Namensschild nach zu schließen in der obersten Etage wohnte, war nach dem Krieg gebaut worden. Preusser vermutete, noch in den fünfziger Jahren. Die Fassade war typisch schmucklos für diese Zeit, in der die Materialien knapp gewesen waren. Kleine Fenster reihten sich einheitlich aneinander. In der Mitte lag ein Treppenhaus, von dem auf jeder Seite vermutlich nur eine Wohnung abzweigte. Sie klingelten und stiegen zum dritten Geschoss hinauf, nachdem die Tür summend aufgesprungen war. Das Haus war gepflegt und sauber. Preusser begann zu schwitzen. Die Sonne hatte die Luft aufgeheizt, und oben unter dem Dach empfing sie eine stickige und heiße Atmosphäre. Er zog die Jacke aus und registrierte abwesend, wie still es im Hausflur war. Nur ein Insekt flog aufgeregt summend an einer Scheibe auf und ab.

Wiedemann klopfte.

»Komm rein.« Die Wohnungstür schwang auf.

Alle verharrten für einen Moment. Auf der einen Seite die Polizisten in Hemd und Krawatte und ihnen gegenüber Greta Petzhold, die lediglich hautenge, orange Hotpants und ein weißes Trägerhemd trug, das nicht verbarg, dass sie sich den Büstenhalter gespart hatte.

Die junge Frau war nicht auffallend hübsch, aber etwas ging von ihr aus, das Preusser sofort in den Bann zog. Er bemerkte, dass er sie anstarrte, den Leberfleck auf ihrer Schulter registrierte, die honigblonden Haare, die zu einem losen Zopf gebunden waren, bewunderte und sie barfuß vor ihnen stand. Er wusste auch, dass er eigentlich die Augen hätte senken müssen, doch er tat es nicht. Ihr offener Blick vertiefte sich in seinen, und einen Augenblick lang schienen sie sich abzutasten.

Es war Greta Petzhold, die die Situation so souverän entkrampfte, dass sich Preusser später für sein Verhalten schämte. Sie lachte auf und versuchte nicht, sich vor den Blicken der Männer zu verbergen. »Ich dachte, es wäre mein Vater, der klopft. Mit wem habe ich die Ehre?«

Preusser riss sich aus seiner Starre und zog die Marke aus der Tasche. »Wir sind von der Kriminalpolizei. Mein Name ist Preusser, und das ist Kriminalhauptmeister Wiedemann. Wir kommen wegen Ihrer Beschwerde.«

Sie sah ihn forschend an. »Zum zweiten Mal schon?« Sie zögerte einen Augenblick. »Gehen Sie geradeaus in die Küche. Ich ziehe mir etwas über.«

Sie wandte sich ab und verschwand in einem der beiden Zimmer, die von dem kurzen Flur abgingen. Erneut blickte Preusser ihr hinterher, registrierte den federnden Gang und den Schwung ihrer Hüften. Bevor sie die Tür schloss, sah sie auf, ihm wieder in die Augen. Ein Lächeln umspielte ihre Lippen.

Preusser ignorierte Wiedemanns fragenden Blick und ging voran.

Die Küche war hell und aufgeräumt. Neben dem Spülstein stand ein cremefarbener Küchenschrank, dessen Front in unterschiedlichen Pastelltönen lackiert war. »Zu meiner Zeit haben die Studenten zur Untermiete in einem Zimmer gewohnt.«

»Sie haben studiert?«

Preusser fuhr herum. Greta Petzhold hatte sich eine kurzärmelige Bluse übergezogen, aber lediglich zwei Knöpfe geschlossen.

»Vor dem Krieg. Drei Semester Jura.«

»Einen Kaffee? Ich habe gerade Wasser heißgemacht.«

»Gerne.«

Wiedemann nickte nur und schaute seinen Chef wieder verwundert an. Preusser hatte ihm eingebläut, bei Befragten nichts zu konsumieren, um nicht in den Verdacht der Befangenheit zu geraten.

»Und jetzt sind Sie Polizist? Nicht zu Ende studiert?«

»Meine Frau wurde während des Krieges schwanger.«

Greta Petzhold löffelte Pulver in den Filter und goss Wasser darüber. Sie sah auf und richtete den Blick auf seine Hände. »Bedauern Sie das?«

»Was? Den Krieg oder das abgebrochene Studium?«

»Sowohl als auch.«

»Der Krieg war eine Katastrophe für alle, die ihn erleben mussten.«

»Und für Sie?«

Preusser war von der Direktheit der Fragen überrumpelt. Die meisten Menschen hatten Angst vor der Polizei und waren schon durch den Anblick einer Marke eingeschüchtert. Greta Petzhold hingegen behandelte ihn wie einen zufälligen Besucher. Er hatte mitgespielt, um ihr Vertrauen zu gewinnen, doch jetzt kam sie ihm zu nahe.

»In Russland und dann bis 49 in Gefangenschaft. Beantwortet das Ihre Frage?« Er klang bitterer, als er beabsichtigt hatte.

Die junge Frau sah ihn einen Augenblick so an, als ob sie abschätzte, inwiefern eine weitere Frage möglich war. »Ja.«

Es entstand eine Pause, während der sie erneut nachdenklich auf seine Hände schaute. »Da war das abgebrochene Studium zu verkraften.«

Er nickte. »Nur manchmal, wenn ich mich über meinen Chef ärgere, schmerzt es ein wenig. Aber wegen meiner Lebensgeschichte sind wir eigentlich nicht hier.«

»Ist es Ihnen unangenehm, über sich selbst zu reden?«

»Nein. Doch …«

Greta Petzhold unterbrach ihn. »Sie werden mir gleich viele Fragen stellen, um herauszufinden, ob ein Zusammenhang zwischen mir und diesem Mann besteht, Sie jedoch bleiben mir völlig verschlossen. Ist das nicht unfair?«

Preusser lächelte. »So funktioniert das eben.« Sie setzten sich.

Greta Petzhold holte Tassen aus dem Regal, stellte sie auf den Tisch und goss ein. Dann nahm sie ihnen gegenüber Platz. »Was wollen Sie wissen, was ich dem Kollegen noch nicht erzählt habe?«

»Ich würde gerne mit Ihrer Person beginnen.«

Sie wirkte gelangweilt. »Greta Petzhold, geboren am 17. September 1943. Mein Vater ist Berthold Petzhold. Er ist leitender Angestellter bei Höchst. Ihm gehört übrigens dieses Haus. Meine Mutter Sieglinde ist Hausfrau. Ich bin in Bad Soden aufgewachsen und vor einem Jahr hierhergezogen, da es näher zur Uni ist und ich zum Lernen mehr Ruhe brauchte. Ich studiere Psychologie.«

»Daher können Sie also die Leute so gut ausfragen.«

Die junge Frau lächelte.

Preusser zwang sich, auf sein Notizbuch zu schauen und sie nicht wieder zu lange anzusehen. »Sie sind in welchem Semester?«

»Im zehnten. Im September kommt das Examen.«

Er legte ihr das Foto des Toten vor. »Nur der Vollständigkeit halber: Das ist der Mann, den Sie beobachtet haben?«

Sie konzentrierte sich auf das Foto und nickte. »Er ist mir zweimal gleich hier auf der Straße vor dem Haus begegnet. Normalerweise achte ich nicht darauf, wer mich ansieht, doch dieser Kerl hatte einen fast schon hypnotischen Blick.«

»Was haben Sie anfangs gedacht?«

»Wollen Sie es ehrlich wissen?«

»Natürlich.«

»Er war attraktiv, und ich habe mich gefragt, ob er gut im Bett wäre.«

Sie provozierte ihn. Er sah kurz zu Wiedemann, dem er anmerkte, wie sehr er darum kämpfte, nicht grinsen zu müssen.

»Konnten Sie das in Erfahrung bringen?«

»Nein.« Seine Frage perlte an ihr ab. Greta Petzhold war genau die selbstbewusste Frau, die seine Tochter gerne werden würde.

»Was trug er?«

»Einen schicken Anzug, weißes Hemd und Krawatte, teure Schuhe.«

»Bei all Ihren Begegnungen?«

»Ja. Doch es war nicht immer dieselbe Kleidung.«

»Ein Mann mit Geld?«

Sie wiegte den Kopf hin und her. »Arm war er jedenfalls nicht.«

»Wie verlief das zweite Aufeinandertreffen.«

»Er starrte mich an, als ich von der Uni kam. Stand gegenüber dem Hauseingang und beobachtete mich. Ich hatte den Eindruck, er wolle mit mir sprechen.«

»Wann war das?«

»Am Tag, nachdem er mir zum ersten Mal aufgefallen ist.«

»Und dann?«

»Wieder ein Tag später im Treppenhaus. Dort ist er nur an mir vorbeigelaufen.«

»Gelaufen?«

»Er nahm zwei Stufen auf einmal.«

»In Ihrer Wohnung war er nicht?«

»Nein. Meine Mitbewohnerin hat nichts gehört. Sie ist momentan bei Ihren Eltern.«

Preusser machte sich eine Notiz. »Und das war am frühen Abend des 23. Mai?«

»Ja. Am Tag vorher habe ich ihn übrigens noch einmal in der Bärenstraße gesehen. Dort hat er mit einem Mann gesprochen.«

»Das ist uns neu. Wie sah der Gesprächspartner aus?«

»Er war relativ groß. Dunkle Haare. Mehr weiß ich nicht. Er stand mit dem Rücken zu mir.«

»Wissen Sie einen Grund, warum der Mann Ihnen nachgestellt haben könnte?«

Sie sah ihn schmunzelnd an. »Vielleicht habe ich ihm gefallen.«

Preusser wusste nicht, wie er mit einer Frau wie Greta Petzhold umgehen sollte. Sie wirkte auf ihn anziehend, das konnte er nicht abstreiten, doch sie überschritt ohne Schwierigkeiten die Grenzen, die er aus dem traditionellen Miteinander von Mann und Frau gewohnt war: Der Mann gab den Ton an.

Er ließ ihre Bemerkung unkommentiert. »Hinterließ er den Eindruck, nicht ganz richtig im Kopf zu sein? Sie sprachen von seinem hypnotischen Blick.«

»Nein. So war es nicht.«

»Sondern?«

Zum ersten Mal schien Greta Petzhold nicht sicher zu sein, wie sie antworten sollte. Sie nahm sich Zeit und dachte intensiv nach, während sie eine blonde Strähne, die sich aus dem Zopf gelöst hatte, immer wieder um ihren Zeigefinger wickelte. »Wie gesagt, es war, als wollte er mit mir sprechen, sich aber nicht dazu überwinden konnte. Wie zum Beispiel ein verliebter Junge, der es nicht wagt, ein Mädchen anzusprechen.«

»Meinen Sie, sein Verhalten war sexuell motiviert?«

»Kann sein, aber wenn Sie mich das spontan fragen, würde ich eher nein sagen.«

»Es ging ihm aber speziell um Ihre Person?«

Greta Petzhold nickte wieder. »Ich denke schon.«

»Der Mann ist, kurz nachdem er Ihnen im Treppenhaus begegnet ist, erstochen worden.«

»Mein Gott!« Die Information traf sie sichtlich. »Wo ist es passiert?«

»Das wissen wir nicht genau.« Es lag auf der Hand, dass der Mord ganz in der Nähe stattgefunden haben musste, da zwischen dem Verlassen des Hauses und der Tat nur eine kleine Zeitspanne gelegen hatte, doch das brauchte Greta Petzhold nicht zu erfahren.

»Haben Sie ihn an diesem Abend noch einmal gesehen.«

»Nein.« Sie wirkte nun verunsichert.

»Woher könnte er Sie kennen?«

Greta Petzhold schüttelte nachdenklich den Kopf und hob dann die Schultern.

Preusser hakte nach. »Es muss aber eine Erklärung geben.«

»Ich kann Ihnen da leider nicht helfen.«

»Freunde, an der Uni, irgendwoher sonst?«

Sie hob hilflos die Hände.

Preusser trank die Tasse aus und stand auf. Er gab ihr eine seiner Visitenkarten. »Fräulein Petzhold, wir haben zu danken. Sollte Ihnen noch etwas einfallen, melden Sie sich bitte unter dieser Nummer.«

Sie sah einen Augenblick auf seine Hand, die wieder leicht zitterte, dann nahm sie die Karte.

Es klingelte. Greta Petzhold verließ kurz die Küche und kehrte mit einem Mann zurück, der deutlich älter war als Preusser.

»Mein Vater, Berthold Petzhold.«

Ihr Vater war groß und hager. Seine Augen lagen tief unter buschigen Augenbrauen. Er reichte den Polizisten die Hand. »Was führt die Polizei zu meiner Tochter?« Er legte schützend seinen Arm um ihre Schultern, und Preusser fragte sich, ob ihm bewusst war, wie wenig diese junge starke Frau seinen Schutz brauchte.

Sie erklärten ihm mit wenigen Worten, was geschehen war.

Preusser zog das Foto hervor und hielt es ihm hin. »Das ist der Mann.«

»Der Sauhund ist also meiner Tochter nachgestiegen?« Der Druck zwischen Daumen und Zeigefinger ließ das Foto verknicken.

Wiedemann sah fragend zu Preusser. »Kennen Sie den Mann?«

Petzhold schüttelte den Kopf, wobei er unverwandt auf das

Bild starrte. »Nein, Herr Kommissar. Ich male mir nur gerade aus, was er gewollt haben könnte.«

»Wir gehen nicht davon aus, dass sein Auftauchen hier sexuell motiviert war.«

»Was denn sonst? Meine Tochter ist eine schöne junge Frau.«

»Es kam ihr selbst aber nicht so vor.«

Petzhold sah seine Tochter an, und sie hob unentschlossen die Hände. »Nun, es ist auch egal. Er wird ihr nichts mehr tun.«

»Wo waren Sie am Abend des Mordes?« Wiedemanns Gesicht war ausdruckslos.

Das Lachen war laut und wohlklingend. »Sie verdächtigen mich?«

»Reine Routine.«

»Ich war beim Skat, wie jeden Dienstag.«

»Das war wo?«

Die Fröhlichkeit verflog. »Im ›Wirtshaus zur Linde‹ in Kelkheim.«

Preusser nahm die Spannung aus dem Gespräch und debattierte kurz mit Petzhold über eine neue Regel im Skat, dann verließen sie die Wohnung.

Greta Petzhold rief ihn, als sie bereits eine Etage hinabgestiegen waren.

»Herr Kommissar?«

Preusser ging noch einmal nach oben und bedeutete Wiedemann, bereits zum Auto zu gehen.

Sie hatte die Tür beigezogen, als er zu ihr trat und sie fragend ansah. Ihm war nicht wohl. Ihr offener Blick machte ihn auf eine Art nervös, wie er es schon lange nicht mehr erlebt hatte.

»Das Zittern Ihrer Hände. Haben Sie das seit Ihrem Fronteinsatz?« Preusser war zu überrascht, um etwas zu sagen.

»Ich habe ein Praktikum bei einer Psychologin gemacht, die traumatisierte Frontkämpfer betreut. Die waren ein bisschen wie Sie, übergingen alle Fragen, die auf die Zeit damals abzielten. Einige hatten auch ein Zittern oder ähnliche körperliche Reaktionen auf die traumatischen Erlebnisse. Entschuldigen Sie meine Direktheit, doch den Männern ging es nach der Therapie besser.«

Sie wandte sich ab, ohne auf seine Reaktion zu warten, und verschwand lautlos in ihrer Wohnung.

FÜNF

Wiedemann hätte Hunter fast nicht wiedererkannt, als der Dodge Charger mit leise summendem Motor neben ihm hielt und er in den Beifahrersitz sank. Der Amerikaner trug Bluejeans und ein Hawaii-Hemd, das mit den vier Grundfarben und so ziemlich allen Nuancen dazwischen in wirren Formen bedruckt war.

»V8?«

»Ja. Gehört einem Bekannten.« Der Wagen glitt wie auf Wolken davon, und obwohl das Radio nur leise AFN spielte, drang kaum ein Geräusch zu ihnen.

»Heute in Zivil. Ist doch bequemer, oder?«

Wiedemann strich über seine Jeans. »Natürlich. Wo wollen wir anfangen?«

»Im ›Jason's Inn‹. Die Jazzfans sind etwas früher unterwegs.«

Sie fuhren an der Paulskirche vorbei hinauf zur Hauptwache. Hunter stoppte vor einer Straßenbahn, die klingelnd vorbeiratterte. »Henninger Pils« stand auf der Seite.

»Sie mögen Jazz?«, fragte der Amerikaner.

»Ist okay.«

Der Club erinnerte Wiedemann an eine Szene aus dem Film »In der Hitze der Nacht« mit Sidney Poitier. Rings um die Tanzfläche standen hohe Hocker mit buntem Bezug und chromglänzenden Füßen an Stehtischen, während sich an den Wänden entlang Nischen mit abgetrennten Sitzgruppen befanden. Bunte Neonröhren erhellten den Tanzbereich, ansonsten lag der Raum im Dunkeln. An diesem Abend bewegten sich nur wenige Paare eng umschlungen zur Musik aus der Jukebox. In einer der Nischen war die Birne herausgedreht worden, und Wiedemann bemerkte ein Paar, das sich im Halbdunkel näherkam.

Sie gingen zur Bar, an der ein Mann in blütenweißem Hemd Gläser polierte.

Hunter bestellte zwei Bourbon Whiskey und wartete, bis der Barkeeper ihnen die Getränke hinstellte. Er zahlte und hielt dem Mann das Foto des Toten hin. Wiedemann verstand von dem Gespräch nichts und beobachtete stattdessen die Menschen. Einige waren Soldaten wie sein Begleiter, das sah man bereits an den ultrakurz geschnittenen Haaren. Sie saßen in Gruppen um die Stehtische und waren offensichtlich alkoholisiert. Lautstark grölten sie die Lieder mit.

Hunter schüttelte den Kopf. »Kein Glück gehabt.« Sie prosteten sich zu. »Ich heiße übrigens Philip.«

»Hermann.«

Sie leerten die Gläser.

Während Wiedemann auf Bier umstieg, nahm Hunter einen weiteren Whiskey und deutete auf die GIs. »Das sind oft Landeier aus dem mittleren Westen oder dem Bible-Belt. Zu Hause kriegen die allenfalls eine Limo, und in den Bars ist das unter einundzwanzig Jahren auch nichts mit Alkohol. Hier in Deutschland ist für sie das Schlaraffenland. Sie kommen endlich mal raus aus ihren Nestern. In Hanau gab es bis vor zwei Jahren neben vielen Clubs eine Menge Puffs, in denen Hunderte ihre Unschuld verloren haben.« Er grinste, dann versank er in Gedanken und bestellte einen weiteren Drink, den er ebenso schnell in sich hineinschüttete wie zuvor.

Dann erklärte Hunter: »Komm, lass uns gehen.«

Mit bereits glasigen Augen startete er den Motor des Dodge und wollte ihn gerade auf die Fahrbahn lenken, als ein klappriger Peugeot 304 heranschoss und sie um Haaresbreite verfehlte.

»Fuck you.« Hunter schob noch eine ganze Reihe an Flüchen hinterher.

Schließlich fuhr er los.

Sie schwiegen.

An einer Ampel sprang das Licht auf Rot.

»Am ersten Juni geht es nach Saigon.«

Wiedemann sah Hunter von der Seite an. Die glatten Züge des Amerikaners wirkten wächsern, und er fragte sich, ob Hunter schon vorher getrunken hatte.

»Das tut mir leid.«

Hunter seufzte. »So ist der Job.«

»Wieso schickt man dich? Mit deinen Deutschkenntnissen bist du hier wesentlich wertvoller.«

In den braunen Augen des Amerikaners lag plötzlich Resignation. »Mag sein, doch ich kann meinen Mund nicht halten. Zwei unserer Leute haben einen Deutschen verprügelt. Ich bekam heraus, wer das war, und bin zu meinem Chef, der meinte, eine gebrochene deutsche Nase sei ihm egal. Er war am 6. Juni 44 am Omaha Beach dabei. Ich war dumm genug anzumerken, ob ihm die Nase seines Sohnes ebenso gleichgültig wäre, wenn ein Vietcong sie ihm einschlagen würde. Er ist in die Luft gegangen wie ein … wie sagt ihr? …

HB-Männchen. Sein Junge ist hochdekoriert aus Korea heimgekehrt, und ich lerne nun bei der Kampftruppe den Krieg kennen.«

Die Ampel sprang auf Grün, jemand hupte. Hunter fuhr los, nun offenbar wieder völlig nüchtern. Er zögerte. »Sie setzen uns im Dschungel ab, bis wir Feindkontakt haben, dann kommen die Flieger und werfen die Bomben. Nirgends ist eine Front, immer die ungewisse Bedrohung aus dem Gebüsch. Ein Freund von mir ist gefallen. Jetzt wird das Kontingent aufgestockt. Die GIs, die du eben gesehen hast, gehen fast alle rüber. Kann ich mich da drücken?« Er wartete keine Antwort ab, sondern klopfte auf Wiedemanns Arm. »Angst hat man trotzdem. Ihr habt es gut in eurem kleinen geteilten Land.«

Sie fuhren Richtung Ginheim, wo Hunter in einer Seitenstraße parkte, die nicht weit von den Housings entfernt lag.

»Da unten sind sicherlich nur Schwarze.«

»Rassentrennung?«

»Muss ich mir das von einem Deutschen sagen lassen?« Hunter sah ihn spöttisch an.

Wiedemann hob die Schultern. »Wahrscheinlich nicht, doch ein Unrecht rechtfertigt nicht ein weiteres.«

»Ich bin aus New York. Da ist der Rassismus nicht so wie im Süden. Getrennte Busse oder Bänke, zweierlei Toiletten und so was gibt es bei uns nicht, und trotzdem gehen wir uns aus dem Weg. Hier beim Militär ist das nicht anders. Die Unruhen 1965 in Watts bei Los Angeles haben dazu geführt, dass sich die Gräben vertieften. In den Clubs geht es aber um Musik. Die Schwarzen bevorzugen R&B und Soul, die Weißen Beat und Rock 'n' Roll.«

Hunter stieg aus und ging vor. Das »Mowtown« befand sich in einer alten Lagerhalle. Überwiegend schwarze GIs und ihre deutschen Freundinnen tanzten wild zu den Songs, einige von ihnen mit glasigen Augen. Wolken von Marihuana hingen schwer in der Luft.

Als Aretha Franklins »Respect« lief, kochte die Stimmung schier über. Hunter drängelte sich zur Bar durch und stellte schnell seine Fragen. Auch hier bekamen sie nichts heraus, daher beeilten sie sich, ihre Drinks zu kippen und aus einer überhitzten Atmosphäre mit feindseligen Blicken zu verschwinden. Wiedemann atmete auf, als sie wieder an der frischen Luft waren. Von wegen es ging nur um die Musik.

Hunter schwankte leicht, als sie am Auto ankamen.

»Lass mich fahren, du hast ein bisschen zu viel getrunken«, sagte Wiedemann beinahe freundschaftlich.

Sie stiegen ein, und Wiedemann startete ehrfürchtig den Motor, der leise grollend zum Leben erwachte, doch dann wusste er nicht weiter.

»Automatik.« Hunter rutschte auf der durchgehenden Sitzbank herüber und schob den Hebel neben dem Lenkrad auf D. Es ruckte sanft, und als Wiedemann die Bremse löste, rollte der Wagen langsam an. »Wohin wollen wir?«

»Nur um ein paar Ecken ins ›Black Cat‹.«

»Schade.« Wiedemann hatte noch nie einen solchen Schlitten gefahren und hätte sich gefreut, bis ans andere Ende der Stadt zu rollen.

Im »Black Cat« dröhnten die Rolling Stones mit »Let's Spend the Night Together«. Wiedemann strahlte. Hier war er richtig.

Eine gute Live-Band gab sich auf einer kleinen Bühne Mühe, dem Original nahe zu kommen, und machte das nicht einmal schlecht. Die vier Musiker hatten die üblichen Pilzköpfe und trugen alle den gleichen grauen Anzug. Sie tobten wie ihre Vorbilder über die Bühne und heizten den Leuten ein. Hunter strebte schon zur Bar, doch Wiedemann blieb an der Tanzfläche stehen und genoss die Musik.

Das »Black Cat« war ein Club mit vorwiegend weißem Publikum. Hier könnten sie mit ihren Nachforschungen mehr Glück haben, doch zuerst wollte er die Musik genießen. Wiedemann streifte die Lederjacke ab und mischte sich unter die Tanzenden, bis er nach ein oder zwei Songs Hunter wahrnahm, der an der Bar stand und winkte, einen neuen Whiskey im Glas.

»Gefällt es dir hier?«, fragte der Amerikaner.

Wiedemann nickte und sah einer blonden Frau zu, die sich mit ultrakurzem rotem Kleid und hohen weißen Lederstiefeln zwischen den anderen zur Musik bewegte. Ihr dicker Lidschatten glitzerte im Licht der Lampen. Sie sah auf und registrierte seinen Blick. Ein Lächeln. Wiedemann zwinkerte ihr zu.

»Super Club. Seit wann gibt es das ›Black Cat‹?«

»Seit drei Monaten. Die GIs lieben es hier und ein Bekannter deines Toten offensichtlich auch.«

Wiedemann drehte ruckartig den Kopf. »Was?«

»Er war ein paar Mal mit einem weiteren Mann hier. Er selbst hat meistens an der Bar gesessen und zugesehen, während der andere unentwegt getanzt hat.«

»Ein Amerikaner?«

»Ja. Aus dem Osten, dem Akzent nach.« Hunter reichte ihm ein Bier. Sie tranken. Die Band begann »My Generation« zu spielen und drehte die Lautsprecher voll auf. Ein Gespräch war nicht mehr möglich, ohne zu schreien, und so wippte Wiedemann den Takt und wartete auf das Ende des Lieds. Plötzlich stellte er sich Preusser in diesem Club vor und musste so spontan lachen, dass Hunter ihn fragend ansah. Er winkte ab. Er bewunderte seinen Chef für dessen Gespür, dessen Wissen und die Akribie, mit der er den Fällen nachging, doch im Jahr 1967 war er noch nicht angekommen und würde es wohl auch nie tun. Ein Beamter von Kopf bis Fuß. Das Meckern wegen seines Aufzugs, Bemerkungen, wenn am Hemdkragen ein Knopf aufstand, Haare, die über die Ohren reichten und so weiter, gingen Wiedemann gehörig auf die Nerven. Preusser hielt sich stets an die Regeln und tat das, was man von ihm verlangte. Zu allem Überfluss übertrug er das auf sein Umfeld. »Dienst ist Dienst«, war sein Mantra. So wie sein Chef war, wollte Wiedemann nie werden.

Am Morgen hatte es ihn allerdings überrascht, wie Greta Petzhold auf Preusser reagiert hatte. Fast schon intim wirkten die Blicke, die sie seinem Chef zugeworfen hatte. Preusser schien die Petzhold auch zu interessieren, eine Frau, für die sich die Männer früher duelliert hätten. Wiedemann nahm noch einen Schluck Bier. Langsam spürte er den Alkohol. Wieder trafen seine Augen den Blick des Mädchens, das nun unmittelbar vor ihm tanzte und dabei die blonden Haare warf. Er lächelte ihr zu.

Als der Song verebbte, machten die Musiker eine Pause, und Procol Harums »A Whiter Shade Of Pale« trieb die Gäste bis auf wenige Paare an die Bar. Auch das Mädchen im roten Kleid. Sie stellte sich eine Armlänge von ihm entfernt auf, zahlte den Cocktail und ging zu einer Freundin, nicht ohne erneut zu Wiedemann zu sehen, der sie ebenso intensiv anschaute.

Er wandte sich wieder dem Amerikaner zu. »Wann war dieser Mann zuletzt im ›Black Cat‹?«

»Vor einer Woche etwa.«

»Hat jemand seinen Namen erfahren?«

Hunter sah ihn ungläubig an. »Hier sagt niemand seinen Namen.« Seine Stimme war nun vom Alkohol verwaschen. Er winkte nach einem neuen Drink.

»Hat er erzählt, was er beruflich tut?«

Wieder lachte der Amerikaner. »Wiedemann, du weißt doch, was hier läuft. Die Leute wollen Spaß. Sieh dir die Mädchen an. Ihr Körper ist die Projektionsfläche für die Phantasien der Männer, und sie bedienen genau das durch ihre Kleidung, Frisuren und so weiter. Unser Mann hat nichts von sich preisgegeben.«

Wiedemann ärgerte sich über sich selbst, er fragte schon wie Preusser. »Konnte der Barkeeper den Begleiter beschreiben?«

»Auch ein Weißer. Möglicherweise sogar ein Deutscher. Verheiratet jedenfalls. Dem Barkeeper ist der breite Ehering aufgefallen. Braune Haare.«

»Würde er ihn erkennen?«

Hunter wechselte ein paar Worte mit dem Mann hinter der Theke, der nachfragen musste, da er die genuschelte Frage nicht verstand. »Ja. Was nun? Wollen wir weiter?«

Wiedemann schüttelte den Kopf und sah zu dem Mädchen. »Ich denke, da kommt nichts Neues mehr. Ich bleibe noch ein bisschen hier.«

Der Amerikaner sah ihn grinsend an. »Eine Projektionsfläche?«

»Eine ganz bestimmte im roten Kleid.«

»Na, dann viel Erfolg.«

»Dir auch.« Er sah den Amerikaner ernst an. »Pass auf dich auf.«

Er sah Hunter nach, der leicht schwankend zur Treppe ging, dann suchte er die Tanzfläche ab und setzte sich in Bewegung.

SECHS

Freitag, 26. Mai 1967

Deckers Büro war groß und repräsentativ mit Sitzecke, wuchtigem Schreibtisch und holzvertäfelten Wänden eingerichtet, doch als Preusser nun wartete, bis sein Vorgesetzter die Neuigkeiten verdaut hatte, erkannte er, dass auch hier der Zahn der Zeit deutliche Spuren hinterlassen hatte. Ein dunkler Wasserfleck verunzierte die graue Decke, und die Vertäfelung wirkte ausgetrocknet und rissig. Die einstmals kräftig blauen Vorhänge wehten in verblasstem Blau im Wind, der warm von der Straße hereindrang und Lärm und Abgase mit sich trug.

Preusser hatte schlecht geschlafen. Dauernd waren ihm Greta Petzholds Worte durch den Kopf gegangen, die sie wie ein Echo Helgas klingen ließen. Vielleicht hatten beide recht, doch wie sollte er eine psychische Behandlung hier im Präsidium vernagelten Männern wie Deckers erklären, von denen jedes Zeichen von Krankheit nur als Schwäche ausgelegt wurde.

Deckers tippte sich gerade gedankenverloren mit dem Zeigefinger auf die Spitze seiner Nase. Preusser hatte die Morgenbesprechung vergehen lassen, ohne das Thema anzuschneiden, nun aber seinem Vorgesetzten ihre unangenehmen Vermutungen offengelegt.

»Beschnitten, sagen Sie? Eventuell Jude?«

Preusser nickte.

»Und in einer Bar ist er mit einem verheirateten Mann gesehen worden, und dieser jungen Frau ist er lästig geworden?«

»Ja, aber er hat sich nicht zudringlich verhalten. Dem Akzent nach war er Amerikaner von der Ostküste.«

Deckers zog die Brille von der Nase und polierte sie einmal mehr mit seinem Einstecktuch. »Seine Identität ist nach wie vor unklar. Großer Gott, was für ein riesengroßer Mist! Wenn da etwas dran ist, können wir uns auf was gefasst machen.«

Es vergingen einige Sekunden, in denen Preusser glaubte, das Gehirn Deckers nur so rattern zu hören, als er die Konsequenzen abwog und vor allem seine Position analysierte. Den Kriminaldirektor hatte er schon des Öfteren so erlebt. Wie eine Ratte, die in der Falle saß und hektisch nach einem Ausweg suchte.

Er selbst hasste Situationen, in denen es nur noch am Rande darum ging, Verbrecher dingfest zu machen, sondern jeder bemüht war, in Deckung zu gelangen.

»Also gut.« Deckers sah ihn ruhig an. »Sie und Ihre Beamten warten erst einmal ab, ob sich jemand meldet, der den Mann vermisst.«

»Also nichts tun?«

»Wo wollen Sie denn ansetzen?« Deckers ließ die flache Hand auf die lederne Schreibunterlage sinken. »Ein wirrer Haufen unzusammenhängender Fakten, die in keine Richtung weisen.«

»Doch je mehr Zeit verstreicht, desto problematischer wird es. Die Spuren werden verwischt, die Zeugen vergessen.«

Deckers hob gleichgültig die Schultern. »Was wollen Sie tun? Ich sehe nirgends einen Ansatz, aber unendliche Möglichkeiten, der Tat einen politischen Hintergrund anzudichten, was umso wahrscheinlicher wird, je mehr Staub Sie aufwirbeln. Irgendwer wird sich melden, wir müssen nur Geduld haben. Vielleicht greift Ihr ominöser Anrufer wieder zum Hörer.«

Du meinst, wir sollen das aussitzen, ging es Preusser durch den Kopf. »Der Tote hat einen Anspruch darauf, dass wir seinen Mörder finden.«

Deckers lachte amüsiert auf. »Das ist doch nicht Ihr Ernst! Sie sind schon so lange bei der Truppe, da müssten Sie eigentlich …« Das Läuten des Telefons unterbrach ihn, und gleichgültig, wer auch immer am anderen Ende genau in diesem Moment angerufen hatte, Preusser war ihm dankbar.

Deckers ergriff unwillig den Hörer und schnarrte in die Leitung. »Frau Krebich, wie oft soll ich es noch sagen, wenn ich im Gespräch bin, werden keine Telefonate durchgestellt.«

Deckers Sekretärin war eine kleine und verschüchterte Frau, die schon seit Jahren ihren Chef ertrug, der nun angestrengt zuhörte. Seine verkniffene Miene wandelte sich in Erstaunen.

Er hielt Preusser den Hörer hin und knurrte. »Als hätte er mich gehört. Der anonyme Anrufer ist am Apparat.«

»Halten Sie ihn hin.«

Eine kurze Sekunde schien es Deckers zu widerstreben, dem Quasibefehl seines Untergebenen zu folgen, dann aber wurde er der gute Polizist, der er einst gewesen war. Er stellte die Verbindung her und begann umständlich belangloses Zeug zu reden, der Kriminalhauptkommissar Preusser sei gleich da und so weiter.

Preusser lief ins Vorzimmer, langte über den Tresen und griff sich ungefragt Gerta Krebichs Telefon. Gesshoff war sofort am Apparat.

»Der anonyme Anrufer. Schick eine Streife zu der Telefonzelle, aus der er zuletzt angerufen hat. Vielleicht nutzt er sie wieder, und wir erwischen ihn. Stellt auf jeden Fall fest, von wo aus er anruft. Die Spusi soll auch Fingerabdrücke vom Telefonhörer sicherstellen.«

Sekunden später nahm er den Hörer, den Deckers ihm hinhielt, um sich dann die Ohrmuschel zum Mithören zu greifen.

»Ich höre.«

»Haben Sie den Mann identifiziert?«

»Das kann ich Ihnen nicht sagen.«

»Ich muss es aber wissen.«

»Keine Chance am Telefon. Sie könnten genauso gut von der Presse sein. Die Brüder werden immer einfallsreicher, um an Informationen zu gelangen. Sie müssen vorbeikommen.«

Der Mann hatte die Unsicherheit des ersten Anrufs abgelegt, oder er wollte ganz einfach Klarheit. »Kapieren Sie es nicht? Das geht nicht, sonst würde ich schon längst vor Ihrer Tür stehen.«

»Geben Sie mir einen Hinweis, und wir gehen der Sache nach. Vielleicht werde ich Sie dann informieren.«

Der Anrufer zögerte eine kurze Weile. »Also gut. Der von mir vermisste Mann heißt Simon Mandel und wohnt in der Pension Klinghammer. Das Haus liegt im Nordend am Ende der Brahmsstraße kurz vor dem Nibelungenring.«

Preusser hatte eilig mitgeschrieben. »Woher kennen Sie Herrn Mandel?«

»Ich rufe Sie wieder an und erwarte Antworten.«

»Warten Sie! Waren Sie mit dem Toten in den Clubs?«

Eine Sekunde erstaunten Schweigens folgte, dann legte der Mann auf.

* * *

Preusser und Wiedemann brauchten länger als gedacht, um ins Nordend zu gelangen. Der Verkehr staute sich. Ein Grüppchen von vielleicht vierzig Studenten aus der nahegelegenen Universität hatte die Bremer Straße gesperrt und demonstrierte gegen den Vietnamkrieg.

»Schickt Brot statt Bomben nach Vietnam«, stand auf einem Plakat zu lesen und: »Die Amerikaner verteidigen in Vietnam die Macht der Herrschenden«. Einige GIs lehnten entspannt am Zaun zum I. G.-Farben-Haus und sahen dem Treiben gelangweilt zu.

Zwei Einsatzwagen rasten heran, und Polizisten sprangen heraus. Sie bildeten eine Kette, indem sie sich unterhakten, und versuchten, die jungen Leute von der Fahrbahn zu drängen, die sich allerdings vehement wehrten. Ein Gerangel entstand, Hunde bellten, und erste Studenten wurden abgedrängt.

Preusser sah auf die Uhr. »Was soll denn der ganze Unsinn? Ich hoffe, der Spuk mit den Protesten ist bald vorbei. Elke faselt in letzter Zeit auch immer wieder diese Parolen. Befreiung der Frauen. Wovon? Von mir? Vietnamkrieg beenden. Was geht uns der Krieg an? Die Amerikaner sind unsere Verbündeten gegen die Russen. Wir müssen zu ihnen stehen und nicht gegen sie protestieren. Schau dir die Studenten an! Die Amis werden verteufelt und die Kommunisten als Retter der Welt gesehen. Haben die mal etwas von Stalin gehört? Ich habe erlebt, wie die Kommissare jeden Rotarmisten, der nicht weiter nach vorne stürmen wollte, erschossen haben. Ist das die Freiheit?«

Er merkte, wie er sich in Rage redete, und schwieg.

Wiedemann sah ihn zögernd an. Er räusperte sich. »Das macht es im Prinzip doch nicht besser. Der Krieg in Vietnam ist ein Unrecht und kostet das Leben von vielen Zivilisten.«

»Das sehen unsere Politiker anders. Außerdem funktioniert ein Krieg eben so.«

»Müssen wir ihn deshalb einfach akzeptieren und zusehen?«

»Er ist eine Tatsache, und diejenigen, die ihre Ziele mit dem Krieg verfolgen, werden sich nicht von ein paar Studenten davon abbringen lassen.«

Wiedemann schüttelte verständnislos den Kopf. »Das will ich nicht glauben.«

Preusser lachte auf. »Solange Waffen existieren, wird sie jemand einsetzen, um sich Macht oder Geld zu besorgen. Da helfen alle Proteste nicht. Sieh dir Korea an oder Algerien, den Nahen Osten, die Putsche in Griechenland und Portugal. Dem Sieger jubeln die Opportunisten zu, und die Gräuel sind vergessen.«

Ein Student schlug nach einem Polizisten, der daraufhin seinen Gummiknüppel zückte und auf ihn eindrosch. Der junge Mann ging zu Boden und wälzte sich davon, sprang dann auf und versuchte zu fliehen. Sein dunkler Anzug war voller Staub. Der Uniformierte setzte nach und knüppelte weiter, bis ihm ein Kollege in den Arm fiel und etwas rief, das sie im Auto nicht verstanden.

»Und wir Bullen verteidigen kritiklos die Mächtigen? Stellen nichts in Frage?« Wiedemann sah Preusser fragend an.

»Dienst ist Dienst.«

»Selbst wenn es gegen Kinder oder die eigenen Leute geht?«

»Auch dann. Es steht uns nicht zu, klare Befehle zu hinterfragen. Nur so halten wir die Ordnung aufrecht.«

Schließlich verebbte ihr Gespräch, und der Verkehr begann wieder zu laufen.

Plötzlich erfasste Preusser etwas in seinem Blickfeld. Er sah Greta Petzhold am Straßenrand. Sie trug einen froschgrünen Minirock, dazu ein gelbes T-Shirt mit Smiley. Über ihre Schulter hatte sie sich eine Ledertasche mit langen schwarzen Fransen geworfen.

Sie sah Preusser nicht, denn ihre Augen richteten sich auf das Geschehen auf der anderen Straßenseite, wo Polizisten den Studenten, auf den sie eingedroschen hatten, in einen Gefängniswagen bugsierten. Wut und Entsetzen zeigten sich auf Gretas Gesicht, als sie nun in den Chor der Protestschreie einstimmte, die offenen Haare energisch nach hinten warf und auf den hohen Korksohlen ihrer Sandalen auf die Fahrbahn trat, um zwischen den langsam fahrenden Autos die Straßenseite zu wechseln.

Wiedemann erkannte sie nun auch. Er nickte mit dem Kinn in ihre Richtung. »Die junge Petzhold! Sie ist ganz schön in Fahrt.«

Hinter ihnen wurde gehupt, und er fuhr weiter, während Preusser aus dem Rückfenster sah, wie Greta Petzhold gestikulierend mit den Polizisten stritt.

Die Brahmsstraße, von der der unbekannte Anrufer gesprochen hatte, lag ruhig im milchigen Sonnenschein, der jedoch bereits Regen ankündigte. An der Ecke befand sich ein Krämerladen, vor dem ein Mann in blauem Kittel neugierig unter seiner Markise stand und zusah, wie sie anhielten und zur Tür gingen. Er verlor das Interesse und widmete sich seinen Auslagen mit Obst und Gemüse.

Sie klingelten an der Pension.

Ein gelbes Postauto holperte heran und stoppte neben dem Briefkasten. Ein Mann in blauer Uniform sprang heraus, schob einen Sack mit Metallschienen in die Führung und entleerte den Kasten, als die Tür aufschwang.

Die kleine rundliche Frau, die ihnen öffnete, war offensichtlich mit Kochen beschäftigt gewesen, denn sie hielt ein Küchenmesser in der Hand. Ihre Kittelschürze war voll Fettspritzer.

»Sind Sie die Pensionswirtin?«

Sie strahlte. »Ilse Klinghammer, ja. Und eins vorweg: Meine Zimmer sind alle belegt.«

Das freundliche Lächeln verblasste schnell, nachdem Preusser ihr seine Marke gezeigt hatte.

»Wir sind ein anständiges Haus.« Ihre Miene zeigte nun eine Mischung aus Unbehagen und Beleidigtsein. »Hier geht alles mit rechten Dingen zu.«

Preusser lächelte. »Wir haben Fragen zu einem Mann, der eventuell bei Ihnen wohnt.«

»Ich wüsste nicht, wen Sie meinen könnten.«

»Sollen wir das vor der Tür klären?«

»Nein, nein, entschuldigen Sie. Kommen Sie herein.«

Ilse Klinghammer wandte sich ab und lief eilig in die Küche, während sie die Schürze aufknöpfte, unter der ein Kleid zum Vorschein kam, das genau so ein Blumenmuster aufwies wie die Tapete im Hausflur. Dann richtete sie sich mit einer fahrigen Bewegung ihre kurzen grauen Haare.

»Gehen Sie ins Fernsehzimmer. Letzte Tür links.«

Der Raum war bis auf einen älteren Mann leer, der auf einem Sofa saß und stumpf in den Garten starrte. Als die Polizisten eintraten, blickte er verständnislos in ihre Richtung und wandte sich dann kommentarlos ab.

Wiedemann und Preusser sahen sich fragend an.

Sie warteten. Der Raum wurde von einer Fernsehkommode beherrscht, auf der ein riesiger Apparat von Grundig thronte. Auch hier waren die Wände mit einer Blümchentapete bedeckt. Ilse Klinghammer schien gerne zu häkeln. Die Fensterbank und mehrere Fächer eines Bücherregals quollen über von Häkelpüppchen.

Die Pensionswirtin kam mit einem Tablett herein, das sie auf den Tisch stellte, und tätschelte dem Mann den Kopf. »Mein Sigi ist ein bisschen verkalkt.«

»Seit wann führen Sie in diesem Haus eine Pension?«, fragte Preusser.

Ilse Klinghammer goss Kaffee in drei Tassen, ohne zu fragen, ob jemand davon mochte. »Seit acht Jahren. Damals waren die Kinder aus dem Haus, und Sigi verlor seine Arbeit, da er so vergesslich wurde. Wir haben drei Zimmer vermietet, abends sehen wir oft mit den Gästen hier fern.«

»Wohnt dieser Mann bei Ihnen?« Preusser zeigte ihr das Foto des Toten.

Sie nickte. »Herr Mandel. Ist er der Tote, von dem alle sprechen?« Preusser nickte, und sie ließ sich auf eine Sessellehne sinken und hielt sich die Hand vor den Mund. Tränen quollen aus ihren Augen. »Er ist doch so ein netter junger Mann.«

Ein Poltern war zu hören.

»Was war das?«

Preusser stand auf und ging in den Flur. Im Obergeschoss wurde ein Gegenstand über die Dielen geschoben.

Er sah auf ein Schlüsselbrett, an das anscheinend die Pensionsgäste ihre Zimmerschlüssel hingen, sobald sie das Haus verließen. Jeder einzelne war fein säuberlich mit einem Anhänger versehen, auf dem der Name der Pension, die Adresse und die Zimmernummer vermerkt waren.

»Wer ist oben?«

»Niemand«, erwiderte Ilse Klinghammer, die ihm gefolgt war.

Preusser verdrehte die Augen. »Sind alle Schlüssel da?«

Sie sah auf das Brett. »Herrn Mandels Schlüssel fehlt.«

Wieder waren Schritte zu hören.

Preusser sah Ilse Klinghammer an. »Woher kommen diese Geräusche?«

»Aus Mandels Zimmer.« Sie flüsterte. »Von den anderen ist niemand zu Hause. Es ist die zweite Tür rechts.« Ihre Augen hatten sich vor Angst geweitet.

Preusser und Wiedemann stiegen lautlos in die nächste Etage hinauf. Als sie den Treppenabsatz der alten Holztreppe erreicht hatten, quietschte eine der Bohlen. Sie hielten inne und lauschten. Die Geräusche waren verstummt, dann wurde irgendwo eine Tür aufgerissen, und jemand eilte den Gang entlang.

»Los!« Wiedemann stürmte voran.

Als er oben angelangt war, konnte Preusser soeben noch sehen, wie ein Mann aus dem Seitenfenster stieg und über das Garagendach Richtung Straße davonrannte.

Wiedemann war schon auf dem Rückweg und preschte die Stufen hinab und durch die Haustür hinaus.

Preusser überlegte, ob er hinterherlaufen sollte, als er ein

Geräusch aus der offenstehenden Zimmertür Mandels hörte. Er zog die Walther PPK und ging mit leisen Schritten den Flur entlang.

Dort angekommen, stellte er sich seitlich neben die Türöffnung

Von unten drang gedämpft Ilse Klinghammers Stimme. »Alles in Ordnung, Herr Kommissar?«

»Ja, bleiben Sie aber bitte, wo Sie sind.«

Wieder ein Rascheln.

Preusser spannte die Muskeln an und stieß dann heftig die Tür auf. Geduckt sprang er in den Raum, die Waffe im Anschlag.

»Polizei!«

Eine Katze huschte erschrocken an seinen Beinen vorbei.

Preusser atmete auf.

Er sah in den Raum und zögerte, was er oft tat, bevor er die Wohnung oder das Zimmer eines Opfers betrat. Es war ihm in diesen kurzen Momenten so, als würde er ungefragt eine imaginäre Linie überschreiten und unaufgefordert in das Leben eines anderen Menschen eindringen. Eine Mordermittlung war mehr als nur ein flüchtiger Blick. Sie sahen nicht nur auf einen kleinen Ausschnitt, einen Moment der Schwäche, nein, sie waren erst fertig, wenn das Bild so vollständig war, dass sich selbst die Sachen im Hellen befanden, von denen der Tote gewünscht hätte, sie würden nie das Licht der Öffentlichkeit erblicken. Die Dinge in der Wohnung des Opfers sprachen mit den Ermittlern, erzählten ihnen von ihrem Eigentümer. Es machte einen Unterschied, ob eine Bibel oder Kondome in der Nachttischschublade lagen, ob alles in Unordnung war oder jeder Gegenstand seinen Platz hatte.

Preusser hatte nie psychologische Seminare besucht, die Erfahrung jedoch hatte seine Sinne geschärft. Er nahm oft automatisch Dinge wahr, die falsch zu sein schienen, nicht ins Bild passten, und setzte genau dort an.

Mandels Unterkunft bot all dies nicht, als er die Tür weiter aufschob. Es handelte sich um ein klassisches Zimmer, das in einer solchen Pension zu erwarten war. Ein Bett, eine Kommode und ein Kleiderschrank, das Waschbecken unter einem Fliesenspiegel, ein einfacher Tisch samt Stuhl, eine Nachttischlampe mit Schirm, dazu wieder eine geblümte Tapete. Das Bad am Ende des Flurs. Doch hier war der Inhalt der Schränke auf dem Boden verstreut. Die Schubladen standen auf, und Kleidung hing heraus. In diesem Bild war alles falsch, von einem Einbrecher verfälscht.

Preusser fluchte leise, betrat das Zimmer jedoch nicht, sondern ging nach unten.

Ilse Klinghammer saß gedankenverloren neben ihrem apathischen Mann und streichelte dessen Hand.

»Dürfte ich Ihren Fernsprecher benutzen?«, fragte Preusser. »Dann muss ich nicht extra zum Wagen.«

Sie schrak zusammen und federte auf die Füße. »Das Telefon hängt an der Wand im Flur.«

Preusser rief Gesshoff an und forderte die Spurensicherung an. Dann ging er zurück ins Fernsehzimmer, nicht ohne vorher dreißig Pfennige in die kleine Spardose zu stecken, die neben dem Apparat jeden Nutzer dazu aufforderte.

Die Pensionswirtin saß nun am Esstisch und schlürfte geräuschvoll an ihrem Kaffee. »Er war so ein netter junger Mann.«

Preusser nahm ihr gegenüber Platz. »Erzählen Sie mir von ihm.«

»Man hat früher so viel Schlimmes über die Juden erzählt, und ich habe es geglaubt. Alles Lügen, sage ich Ihnen. Doch wer hätte der Partei und dem Führer widersprochen? Ich nicht. War wohl zu dumm, um diese Dinge zu begreifen.« Ilse Klinghammer schüttelte langsam den Kopf.

»Mandel war also Jude?«

»Ja. Er hat das ganze hirnlose Geschwätz, das Gehetze vom Bösen des Weltjudentums innerhalb von wenigen Minuten widerlegt. Ein ehemaliger Bewohner, auch Journalist, hat ihm unsere Pension empfohlen. Herr Mandel kam vor einem guten Jahr zu uns, er war elegant gekleidet und sprach ausgezeichnet deutsch. Er stahlte soviel Wärme aus. Neulich war er in Berlin und hat mir einen kleinen Porzellanbären mitgebracht.« Sie deutete auf das Regal, dann begann sie bitterlich zu weinen. »Geht die Jagd jetzt wieder los?«, fragte sie schluchzend.

SIEBEN

Wiedemann spürte die Ereignisse der letzten Nacht in den Knochen, als er hinter dem Flüchtenden hersprintete.

Er hatte lange Jahre Großfeldhandball gespielt und nie geraucht. Mittlerweile trainierte er einmal in der Woche im Polizeisportverein Hockey und fühlte sich körperlich besser in Form als die allermeisten Kollegen, die abends lieber in der Kneipe Bierkrüge stemmten und rauchten, als sich zu bewegen. Heute half ihm das alles jedoch nichts. Seine Beine waren schwer, und schon nach den wenigen Metern ging sein Atem pfeifend.

Der Einbrecher hingegen war gut in Form. Er rannte davon, als würde er nur einen entspannten Dauerlauf machen. Der Flüchtende war fast so groß wie Wiedemann, hatte dunkle glatte Haare, die pomadig an seinem Kopf klebten, und breite Schultern. Wiedemann schätzte ihn – den Bewegungen nach – auf einen mittelalten Mann, älter als er selbst jedenfalls, denn ihnen fehlte die ungestüme Energie eines jungen

Körpers. Seine Rechte umklammerte einen Gegenstand, den Wiedemann nicht erkennen konnte.

Wiedemann verfluchte die Kleiderordnung, die ihn dazu verpflichtete, in Anzug und Hemd im Präsidium zu erscheinen. Genervt riss er im Laufen die Jacke von den Schultern und warf sie über einen Gartenzaun.

Schweiß quoll ihm aus allen Poren.

Sie hatten zwischen all den heranfahrenden Autos die Nibelungenallee überquert, und bereits dort hätte ein Hanomag-Kurier um Haaresbreite seiner Verfolgung ein Ende bereitet und ihn angefahren.

Wiedemann fand irgendwann seinen Rhythmus. Die Biere waren herausgeschwitzt, und auch die Nacht mit seiner neuen Flamme, der blonden Helene, war vergessen. Endlich kam er an den Mann heran.

»Bleiben Sie stehen, Polizei!«

Noch zehn Meter trennten sie, als unvermittelt eine Frau ihren Kinderwagen zwischen den parkenden Autos hindurchschob und vor Wiedemann auf der Fahrbahn stehen blieb. Er registrierte ihr braunes ärmelloses Kleid mit weißen Tupfen und die aufgetürmte Bienenkorbfrisur, sie jedoch zupfte an der Decke des Kinderwagens und bekam nichts von dem mit, was um sie herum geschah.

Wiedemann warf sich nach links, stieß sich die Hüfte am Türgriff eines Ponton-Mercedes und schaffte es, ohne zu stürzen, an den beiden vorbeizulaufen.

Er fluchte. Seine Seite schmerzte, und es dauerte einige Schritte, bis er wieder in seinen Rhythmus gekommen war.

Der Abstand zu dem Flüchtenden hatte sich jetzt vergrößert. Der Mann bog nach links ab, um wenige Meter später durch eine Durchfahrt auf den Hauptfriedhof zu verschwinden.

Wiedemann lief hinterher und blieb dann abrupt stehen. Der lange Weg, der tiefer in das riesige Friedhofsgelände hineinführte, war leer, und auch nirgends zwischen den Gräbern bewegte sich etwas.

Er beruhigte seinen Atem, um zu lauschen. Hier herrschte fast völlige Stille, lediglich sein Keuchen störte den Frieden. Wie so oft schirmten Bäume und die Mauern eines Friedhofs den Lärm der Stadt ab. Eine Amsel warb aus voller Kehle um ein Weibchen, sonst war kein Laut zu vernehmen.

Plötzlich doch ein Geräusch von rechts, wo sich ein Häuschen befand, in dem die Friedhofsangestellten ihre Gerätschaften unterbrachten. Etwas fiel scheppernd um.

Wiedemann trabte langsam los und sondierte die Lage, ohne das Geringste zu erkennen. An der Hausecke ging er in die Hocke. Ein kleiner Hof lag vor ihm, in den die Deichsel eines Hängers hineinragte. Ein weiteres Poltern.

Er sprang nach vorne und wusste sofort, dass es ein Fehler war. Niemand war zu sehen. Auf dem gepflasterten Hof stand noch eine Handkarre mit Fahrradreifen neben dem Hänger, und hinten in einer Ecke lagen sauber aufgestapelt Bretter, die wahrscheinlich zur Abstützung von Grabwänden dienten. Den Mann, den er suchte, fanden seine Augen hingegen nicht.

Von der Seite aber flog etwas auf ihn zu. Er zuckte schnell herum. Er sah noch eine beringte Hand und einen Stock, der herabfuhr; um zu reagieren, blieb jedoch keine Zeit. Ein dumpfer Schlag traf ihn seitlich an der Schläfe. Ein dröhnender Schmerz. Sterne explodierten vor seinen Augen, und er fühlte im Fallen, wie ihm Blut über das Gesicht rann. Benommen schlug er auf den Boden und wälzte sich herum, während er versuchte, die Hosenbeine des Angreifers zu packen. Seine Bewegungen waren jedoch zu langsam und ohne Richtung. Er sah auf, und sein Blick streifte ein schemenhaftes glattrasiertes Gesicht, in dem dunkle Augen glommen. Der Mann holte wieder aus. Ein Schatten huschte vorbei wie ein fliegender Vogel. Dann riss der Film.

* * *

»Wir sollten weitermachen. Simon Mandel war also Reporter.«

Ilse Klinghammer tupfte sich die Tränen von den Wangen, wobei ihr Mann sie verständnislos beobachtete. »Ja, für eine Zeitung in New York. Da stammte er auch her.«

»Worüber hat er berichtet?«

»Die Auschwitz-Prozesse.«

Preusser atmete tief ein. Deckers würde Amok laufen, wenn er ihm diese Nachricht überbringen würde.

»War seine Familie ausgewandert?«

Sie nickte. »Genau. Im Jahr 1936 sind sie nach drüben gegangen.«

So wie sie es sagte, klang es, als ob es eine freie Entscheidung gewesen wäre, doch sie wussten es beide besser.

Preusser zögerte einen Augenblick und überlegte, wie er vorgehen sollte. Die Ermittlungen würden zu einem Drahtseilakt werden. Ein ermordeter amerikanischer Journalist jüdischer Abstammung, der über die Prozesse berichtete, die sich mit dem Genozid an den Juden beschäftigten, war ein gefundenes Fressen für die Presse. Sie mussten alles tun, damit diese Information möglichst lange unter der Decke blieb, wollten sie einigermaßen ungestört ermitteln. Außerdem brauchte er Fakten, um einen Wildwuchs der Spekulationen zu verhindern.

Er blickte auf Ilse Klinghammer, die wieder den Kopf schüttelte und das Taschentuch gegen die Lider presste. Sie war ein Risiko. Wenn sie in ihrer Aufregung herumlief und von Mandels Tod erzählte, würde die Geschichte schnell die Runde machen.

»Hören Sie mir gut zu!« Er sah sie streng an. Ihre geröteten Augen weiteten sich einmal mehr. »Sie dürfen, bis ich es Ihnen erlaube, mit keiner Menschenseele, hören Sie, mit niemandem darüber sprechen, dass Simon Mandel tot ist.«

Sie nickte benommen. »Aber …«

»Wir regeln das! Wir werden unauffällig das Zimmer durchsuchen und kriminaltechnisch bearbeiten, danach gilt für jeden, der fragt: Herr Mandel ist verreist.« Er hob die Stimme. »Haben Sie verstanden?«

Sie nickte wieder und sah ihn eingeschüchtert an. »Warum?«

»Die Ermittlungen könnten durch das Gerede behindert werden. Denken Sie auch an den guten Ruf Ihrer Pension. Die Zeugen glauben plötzlich, Dinge gesehen zu haben, die andere erzählen. Gerüchte über Mandel und über seine Unterkunft. Das müssen wir verhindern. Ich verlasse mich auf Sie.«

»Das können Sie, Herr Kommissar.«

Preusser sah auf seine Uhr. Wo blieb Wiedemann? »Ich muss Ihnen in dieser Sache vertrauen können. Hat Herr Mandel von seiner Arbeit gesprochen?«

»Nein. An manchen Tagen wirkte er jedoch sehr bedrückt. Einmal meinte er, eigentlich wäre es an der Zeit, sich nicht mehr mit dem Vergangenen zu beschäftigen, sondern nach vorne zu schauen.«

»Aber?«

»Sein Lächeln war damals so bitter, es hat ihn richtig alt gemacht. Ich kann mich genau an seine Worte erinnern: ›Wir können jedoch erst unbeschwert in die Zukunft gehen, wenn wir das Grauen der Vergangenheit hinter uns gelassen haben.‹ Das war so untypisch für ihn. Normalerweise ging er immer offen und fröhlich auf die Menschen zu.«

»Für wen genau hat er gearbeitet?«

»Für die ›New York Times‹ – ja, das hat er mehrfach erwähnt, deshalb habe ich es mir gemerkt.«

Preusser machte sich Notizen in sein kleines Ringbuch. »Sie sagten, er sei in Berlin gewesen. Was hat er dort gemacht?«

Ilse Klinghammer schüttelte nachdenklich den Kopf. »Das weiß ich nicht. Er war in den vergangenen Monaten mehrfach unterwegs. Wohin die Reisen gingen, entzieht sich meiner Kenntnis. Nur von Berlin und Belgien hat er gesprochen.«

»Belgien?«

»Er war in der Nähe von Lüttich. Ich habe das Visum gesehen. Es lag auf seinem Tisch. Glauben Sie bloß nicht, ich würde meinen Gästen nachspionieren.«

Preusser unterdrückte ein Grinsen.

»Nach dem Besuch in Berlin jedenfalls war er verändert.«

»Wie muss ich das verstehen?«

»Er war hektischer. Er stand auf einmal unter Strom, könnte man sagen.«

»Den Grund dafür kennen Sie nicht?«

Sie schüttelte abermals den Kopf.

»Hat er Familie?«

»Er ist nicht das einzige Kind. Eine Schwester hat er, glaube ich. Die Eltern leben in New York.« Sie sah ihn traurig an. »Die armen Leute!«

Preusser nickte. »Mit wem hatte er Kontakt in Frankfurt?«

»Fräulein Gertrud war zwei Mal zu Besuch.«

»Eine Liaison?«

Sie empörte sich. »Nicht, was Sie denken und schon gar nicht unter meinem Dach. Ich kenne den Paragraphen 180!«

»Der Kuppelparagraph interessiert mich nicht. Ich bin nicht von der Sittenpolizei. Mir geht es darum, Menschen zu finden, die Herrn Mandel kannten.«

Ilse Klinghammer sah ihn einige Sekunden prüfend an. »Fräulein Gertrud war nie oben.« Sie hob den Finger. »Einmal haben sie beide hier mitgegessen. Ich glaube, sie ist auch Journalistin.«

»Wer hat Herrn Mandel noch besucht?«

»Ein Mann, dessen Namen ich nicht kenne. Er ist aus dem Viertel und hat ihn ab und an gefahren. Herr Mandel hatte keinen in Deutschland gültigen Führerschein.«

»Gab es weitere Besucher?«

»Ein Besucher ist gegangen, bevor ich ihn zu Gesicht bekam.«

»Wer wohnt noch in der Pension?«

»Gisbert Schmitt. Er ist momentan in Saudi-Arabien und montiert dort Anlagen. Das Zimmer nutzt er kaum, bezahlt aber regelmäßig. Im hinteren Zimmer lebt Hanspeter Ossing. Die beiden haben sich nicht besonders verstanden. Ich glaube, Ossing wollte nichts mit einem Juden zu tun haben.«

»Wann kann ich diesen Ossing erreichen?«

»Seine Frau ist mit den Kindern in Kassel. Er ist vorübergehend nach Frankfurt versetzt worden, um sich weiterzubilden. Ich denke, er ist am Planungsamt tätig. Sein Vertrag läuft in drei Monaten aus, dann wird er wieder zurückkehren.« Sie dachte nach. »Dann fehlen mir ja gleich zwei Mieter.«

»Herr Mandel wurde in einem Beatclub gemeinsam mit einem anderen Herrn gesehen. Können Sie etwas dazu sagen?«

»In einem Club? Nein!«

»Das erstaunt Sie?«

»Er war nicht der Mann, der in solche Etablissements geht.«

Die Tür flog auf, und Wiedemann stolperte herein. Aus seinem Haaransatz sickerte Blut und perlte an seinem Nyltest-Hemd ab.

Preusser sprang vor und stützte ihn, bis sein Assistent auf einem der Sessel saß und den Kopf nach hinten auf die Lehne legte.

»Der Dreckskerl hat mich niedergeschlagen.« Wiedemann sah Preusser an. »Tut mir leid, Chef.«

* * *

Als Preusser später aus dem Krankenhaus, wohin er seinen Assistenten gebracht hatte, zur Pension zurückkehrte, sah er, dass Gesshoff so unauffällig wie möglich vorgegangen war. Die Spurensicherung war nur mit einem Kastenwagen vorgefahren, der genauso gut einem Handwerker hätte gehören können. Auf der anderen Straßenseite schleppten zwei Männer Säcke mit Koks von einem Lastwagen zu einer Rutsche, über die sie deren Inhalt polternd in einen Kellerraum schütteten. Schwarzer Staub quoll aus dem Schacht.

Zwei Frauen standen vor den Obst- und Gemüseauslagen des kleinen Ladens an der Ecke zur Nibelungenallee und tratschten. Die Einkaufsnetze hatten sie auf das Heringsfass gestellt, das neben dem Eingang stand; sie achteten auf nichts, was in ihrer Umgebung stattfand. Nur aus dem Fenster einer nahen Filiale der Frankfurter Sparkasse sah ein Mann interessiert herüber.

Preusser betrat die Pension, als ihn Ilse Klinghammer schon am Fuße der Treppe abfing.

»Wie geht es Ihrem Kollegen?«, fragte sie aufgeregt.

»Er ist drüben im Bürgerhospiz, es ist aber nicht so schlimm. Eine Platzwunde, die genäht werden muss. Er hat zum Glück keine Gehirnerschütterung und wird morgen wieder auf dem Damm sein.«

»Das freut mich. Mir ist da noch etwas eingefallen. Vor etwa drei Wochen hat eine Frau angerufen, die einen Akzent hatte. Ich kenne mich da nicht so gut aus, eine Amerikanerin war sie jedenfalls nicht, eher aus Frankreich.«

»Oder Belgien? Wissen Sie, was die Frau wollte?«

»Nein, ich belausche die Telefonate meiner Gäste nie.«

Preusser sah sie prüfend an.

»Ich muss doch sehr bitten!« Ilse Klinghammer wandte sich ab und stolzierte beleidigt davon.

Oben im Flur wartete Gesshoff, während die Männer der Spurensicherung mit Pulver und Pinsel Fingerabdrücke sammelten und den Raum auf mögliche Täterspuren untersuchten.

»Was ist mit Hermann?«, fragte Gesshoff.

»Er hat nur eine Platzwunde.«

»Gott sei Dank. Das Zimmer hier wurde professionell durchsucht. Alle Schubladen wurden herausgezogen, und auch unter den Böden wurde kontrolliert.«

»Mandel war Journalist. Was ist mit einer Schreibmaschine, einer Aktentasche oder irgendwelchen Notizen?«

»Nichts. Bis auf ein Adressbuch ist kein Stück Papier, kein Wertgegenstand, einfach nichts zu finden. Wir hatten sogar Glück. Das Büchlein hatte er in der Tasche eines Hemds vergessen. Die Klinghammer wäscht für ihn und hat es zwischen der schmutzigen Kleidung entdeckt. Sie wollte es ihm geben, sobald er zurück sein würde. Auch die Kleidung ist weg.« Er sah Preussers fragenden Blick. »Leere Bügel und vier Schuhspanner, die nicht genutzt werden. Ein Karton war noch da.«

»Frau Klinghammer soll uns sagen, was fehlt. Sie müsste es wissen. Was fällt auf?«

»Die Schuhe aus dem Karton sind vom selben Schuhmacher wie der von uns gefundene Schuh. Mandel wurde da oben in den Main geworfen, jede Wette. Der Täter hat bis auf ein paar Bücher alles mitgenommen, vermutlich in einem Koffer. Der Kerl, der Hermann niedergeschlagen hat, war es daher nicht, es sei denn, er ist wiedergekommen, weil er etwas vergessen hat.«

»Vielleicht war es unser anonymer Anrufer.«

Gesshoff hob die Schultern.

Preusser sah die Bücher durch: Hannah Arendt: ›Eichmann and the Holocaust‹, Goethe: ›Faust‹ I und II, einige Werke von Schiller und ein paar amerikanische Romane. Er blätterte durch die Seiten, doch nur wenige handschriftliche Anmerkungen zu den Texten waren zu finden.

»Das bringt uns nicht weiter.« Er sah sich nachdenklich um. »Da hat jemand sehr gut aufgeräumt.«

Gesshoff gab ihm das Adressbuch. »Der einzige Lichtblick. Eine Handvoll Namen aus Frankfurt.«

Eine Fahrkarte segelte auf den Boden. Preusser klaubte sie auf. Deutsche Bundesbahn nach Berlin. Benutzt. Eine Zange hatte kleine Löcher an den Rand gestanzt.

Gesshoff wirkte resigniert. »An Fingerspuren werden wir auch nichts Verwertbares finden.«

Preusser nickte missmutig und wedelte mit dem Adressbuch. »Unsere größte Chance! Wir müssen jetzt die Eltern informieren, Mandels Artikel durchsehen, die Leute hier abklappern und die anderen Journalisten befragen.«

»Könnte es nicht doch ein Raubmord gewesen sein?«

»Welcher Dieb stiehlt Papiere? Wer macht sich die Mühe und kommt vom Main hierher, um das Zimmer auszuräumen? Woher hat er überhaupt diese Adresse? Er kann nur hier gewesen sein, als die Wirtin außer Hauses war. Das heißt, er musste abgepasst haben, dass niemand da war. Ein enormes Risiko. Ein Raubmörder? Der macht schnell Kasse und verzieht sich, der kommt nicht wieder. Unser Täter versucht, etwas vor uns zu verstecken. Eine große Sauerei vielleicht, die Mandel aufgedeckt hat.«

ACHT

»Du hättest den Rest vom Tag zu Hause bleiben sollen.« Preusser war überrascht, als sein Assistent schon wieder im Präsidium auftauchte.

Wiedemann schüttelte den Kopf. »Das Aspirin wirkt. Mir geht es gut, also lassen Sie uns weitermachen, Herr Kommissar.«

»Würdest du den Mann wiedererkennen?«

»Ich denke schon. Für ein Phantombild sind meine Erinnerungen aber zu vage.«

Preusser musterte seinen Assistenten noch einige Sekunden, dann zündete er sich eine Ernte 23 an und ging zur Tafel. »Wir haben nun erste Ergebnisse. Simon Mandel ist zweiunddreißig Jahre alt, unverheiratet und kommt vor etwa achtzehn Monaten als Journalist aus New York, um über die Auschwitzprozesse zu berichten. Er …«

Die Tür öffnete sich, und Kriminaldirektor Deckers trat ein, nickte und nahm neben Gesshoff auf dem Besucherstuhl Platz.

Preusser drückte die Zigarette aus und brachte seinen Chef auf den neuesten Stand.

Neben das Foto des Toten schrieb er dessen Namen und die relevanten Daten. Daneben ein Fragezeichen.

»Das Fragezeichen steht für den Mann, der das Zimmer durchwühlt hat. Ob er derjenige ist, der die Wertgegenstände, Kleidung, Papiere und so weiter entwendet hat, oder auch der Anrufer ist, wissen wir nicht. Heute hat er jedenfalls nicht die schweren Sachen geklaut, er hielt aber einen Gegenstand in der Hand.«

Preusser sah zu Wiedemann, der bestätigend nickte. »Ich vermute, dass er ihn aus dem Zimmer hat mitgehen lassen. Was es war, konnte ich nicht erkennen.«

Auf die andere Seite der Tafel schrieb Preusser den Namen Greta Petzhold. »Was Mandel mit ihr zu tun hatte, ist noch völlig unklar.«

»Sie hat ihm gefallen«, warf Deckers ein.

»Nur, warum hat er sie nicht angesprochen?«

»Weil er zu schüchtern war?«

»Mag sein. Wir überprüfen die Familie.«

Preusser schrieb weitere Wörter an die Tafel und wandte sich dann kurz um. »Wir werden Mandels Umfeld und sein Leben hier in Frankfurt durchleuchten.« Er schrieb weiter. »Berlin. Was hat er da gemacht? Laut der Pensionswirtin war der Besuch dort wie eine Zäsur. Belgien? Die Namen aus dem Adressbuch. Was wissen die Menschen über Mandel?«

Gesshoff unterbrach ihn. »Ich habe die meisten bereits gefunden: Gertrud Thessen, vierunddreißig. Sie arbeitet für die ›Zeit‹ und ist wie Mandel Prozessbeobachterin. Sie will mit uns reden. Irene Schaeder ist im Außenamt der evangelischen Kirche tätig, zurzeit verreist. Dashiel Smith ist Journalist. Ursprünglich schrieb er für die ›New York Herald Tribune‹ und ist seit deren Einstellung für die ›Washington Post‹ hier in Frankfurt im Einsatz. Auch er hat eine Akkreditierung für die Prozesse. Ich habe ihn noch nicht erreicht. Ignaz Lewysohn ist der Rabbiner der hiesigen jüdischen Gemeinde. Er bittet uns, auf den Sabbat Rücksicht zu nehmen.« Deckers verdrehte die Augen. »Am Sonntagmorgen könnte er ins Präsidium kommen, oder er ist am Montagnachmittag in der Synagoge im Westend. Es fehlen Georg Hostener und Arnold Zeuner. Beide sind nicht erreichbar. Ich bleibe dran.«

Preusser hatte die Namen an der Tafel notiert. »Sind das alle?«

»In Frankfurt ja. Der überwiegende Teil sind Adressen aus Amerika und eine aus Berlin.«

»Berlin!? Nun gut, wir werden mit den Leuten sprechen

müssen. Ich schlage vor, da Eugen bereits Mandels Artikel zusammenträgt, dass Hermann den amerikanischen Journalisten und die unbekannten Herren befragt, wenn wir sie ausfindig gemacht haben. Ich übernehme den Rabbiner und die beiden Damen. Hierdurch sollten wir ein Bild von der privaten und der beruflichen Seite bekommen.«

Er schrieb ein weiteres Fragezeichen an die Tafel. »Das hier steht für den Mann, der mit Mandel im Club war. Wir können über ihn ebenso wenig sagen wie über den anonymen Anrufer.« Ein neues Fragezeichen erschien auf der Tafel. »Die Telefonzelle, aus der er angerufen hat, wurde kriminaltechnisch untersucht, doch die Menge der Fingerspuren ist groß.«

»Wie genau sieht Ihre Zielsetzung aus?« Deckers machte sich Notizen in ein Heft.

»Zu klären ist, inwiefern Mandel im persönlichen beziehungsweise im beruflichen Umfeld Probleme hatte. Vielleicht hat er bereits andere Mädchen belästigt. Möglich ist auch, dass er durch seine Artikel an einen Punkt gerührt hat, der ihm zum Verhängnis wurde.«

Deckers räusperte sich, ein untrügliches Zeichen für die Wichtigkeit dessen, was er nun zu sagen gedachte. Wiedemann sah mit einem spöttischen Ausdruck in den Augen zu Preusser.

»Ihren Einsatz in allen Ehren, doch bin ich der Meinung, dass wir abwarten sollten, wie sich die Dinge entwickeln.« Preusser wollte etwas einwenden, aber Deckers hob abwehrend die Hände. »Ich habe das gerade mit dem Polizeipräsidenten und Hauptkommissar Backhaus diskutiert, die sich meiner Ansicht anschließen. Wir sollten davon ausgehen, dass es ein Raubmord war, denn das ist das wahrscheinlichste Szenario. Wir warten das Wochenende ab und sehen, ob die verdeckten Ermittler von Backhaus neue Fakten in der Szene in Erfahrung bringen können.«

Preusser bemühte sich, ruhig zu bleiben. »Herr Kriminaldirektor, es ist meine Aufgabe, Morde aufzuklären, und nicht die des Präsidenten oder des Kollegen Backhaus. Ich hätte zu dem Gespräch hinzugezogen werden müssen, wenn man sich schon in meinen Fall einmischt. Fakt ist: Vor uns liegt ein ermordeter Mann, dessen Familie von uns erwarten kann, dass wir alles tun, um die Mörder zu fassen. Ich habe ja soeben gezeigt, welche Fakten und Fahndungsansätze wir neben der Raubmordthese verfolgen. Warten wäre fahndungstaktisch gesehen grundfalsch. Wir sollten parallel vorgehen.«

Deckers sah ihn kalt an. »Der Wille des Polizeipräsidenten in dieser Sache steht fest. Halten Sie sich bitte daran!«

»Ich …«

»Ich denke, die Diskussion ist beendet. Sie wissen, was zu tun ist: Abwarten bis Montag. Ich muss Sie ja nicht darauf hinweisen, dass ich in einem so heiklen Fall absolute Diskretion erwarte. Besonders gegenüber der Presse.«

Preusser sah frustriert aus dem Fenster in die Bäume der Friedrich-Ebert-Anlage. »Dann warten wir eben ab.«

Deckers erhob sich und verließ grußlos den Raum.

Kaum war die Tür zugeschlagen, brauste Wiedemann auf. »Das ist doch nicht in Ordnung. Wir …« Er zuckte zusammen, als er die Stirn runzelte und die Wunde zu schmerzen begann.

»Du hast gehört, was Deckers gesagt hat. Schluss jetzt«, erklärte Preusser.

»Sie sind der Chef.« Wiedemann wandte sich angewidert seinem Schreibtisch zu und spannte einen Bogen Papier in die Schreibmaschine. »Befehl ist Befehl.«

* * *

Als Preusser zum Mittagessen durch die Wohnungstür trat, roch es verführerisch nach gebackenem Blätterteig, doch eigentlich war ihm der Appetit vergangen.

Er hing sein Sakko an die Garderobe und ging in die Küche, wo Helga schon den ersten Abwasch machte. Sie trug lange gelbe Gummihandschuhe und lächelte ihm zu, als er sie auf die Wange küsste.

»Es gibt etwas Neues: Pastete Hawaii. Habe ich in einer Illustrierten gefunden.«

Preusser nickte missmutig.

»Was ist denn mit dir los? Ärger im Präsidium?«

Er setzte sich an den gedeckten Tisch und sah ihr zu, als Elke hereinkam und ein Handtuch griff, um abzutrocknen.

Preusser nahm eine Zigarette aus der Schachtel.

»Nein, Papa, bitte nicht jetzt vor dem Essen, da stinkt die ganze Küche.«

Er warf Zigaretten und Feuerzeug auf den Tisch.

»Was war denn los, dass du so muffig bist?« Helga streifte die Handschuhe ab und öffnete den Ofen. »Noch drei Minuten.« Dampf strömte heraus.

Sie wandte sich um und sah ihn fragend an.

Er hob die Schultern. »Ich habe das Gefühl, Deckers und der Präsident wollen meine Fahndung im aktuellen Fall ausbremsen.«

»Warum machen sie das?«

Preusser spähte zu Elke, die stumm weiter abtrocknete, aber aufmerksam zuhörte. »Das darf ich eigentlich nicht erzählen.«

»Wir schweigen.« Helga sah zu Elke. »Versprochen?«

Ihre Tochter nickte.

Preusser fasste die Fakten grob zusammen, während Helga das Blech aus dem Ofen zog und die Pasteten auf den Tellern verteilte. Sie setzten sich zu ihm.

»Das können die doch nicht machen. Du suchst einen Mörder.« Elke sah ihn mit vollem Mund empört an.

»Sie sind die Chefs, und an das, was sie vorgeben, muss ich mich halten.«

»So wie im Dritten Reich? Führer befiehl, wir folgen dir«, erwiderte seine Tochter.

Preusser warf die Gabel auf den Teller. »Immer derselbe vorwurfsvolle Ton! Man durfte damals keine Befehle verweigern. Du kannst das gar nicht beurteilen, wenn du es nicht selbst erlebt hast.«

»Man konnte aber nein sagen, oder nicht?«

Er schnaubte. »Aus der Perspektive deiner Generation kann man das alles leicht behaupten. Ihr lebt in einem Rechtsstaat und genießt alle Freiheiten. Studenten dürfen Eier gegen den Amtssitz des amerikanischen Hochkommissars in Berlin werfen oder offen zum Umsturz in der Bundesrepublik aufrufen.«

»Die Studenten widersetzen sich eben der Staatsgewalt. Habt ihr das damals auch nur versucht?«

Preusser winkte ab, doch Elke ließ nicht locker. »So wie die Geschwister Scholl zum Beispiel?«

»Die sind deswegen hingerichtet worden. Außerdem war ich in Russland.«

»Was hast du eigentlich im Krieg gemacht?«

»Ich war Soldat.«

»Als was denn? Ich weiß nichts davon.«

»Das ist keine Zeit, von der ich etwas erzählen will.«

»Warum nicht? Fühlst du dich schuldig?«

Die Frage seiner Tochter traf Preusser härter, als er es erwartet hätte. Seine Hand begann zu zittern. »Nicht mehr als die anderen auch.«

»Welche anderen?«

»Hör jetzt auf!« Er griff seine Gabel und aß weiter, obwohl ihm der Appetit gründlich vergangen war. Die Pastete schmeckte wie Pappe.

»Nein, Papa, ich höre nicht auf. Welche anderen? Ich will das wissen. SS oder Gestapo? Was hast du gemacht?«

»Ich war Soldat. Ein einfacher Soldat, der in Russland sein Leben riskiert hat und nicht mehr weiter studieren durfte, anders als dein Bruder oder bald du selbst.«

»Aber wenn da nichts ist, warum erzählst du nicht davon?«

Er schlug mit der Faust auf den Tisch. »Weil ich nicht will! Ende der Diskussion.«

Er sah seiner Tochter in die Augen. Zweifel, las er da, Zweifel und auch tiefe Enttäuschung. Es schmerzte ihn, nicht reden zu können.

Preusser wandte den Blick ab.

Elke sah ihre Mutter fragend an, doch Helga hatte die Augen gesenkt. Ungläubig lachte sie auf, nahm kopfschüttelnd ihren Teller und ging in ihr Zimmer.

* * *

Im Präsidium kam Annemarie Josten auf ihn zugeeilt.

»Herr Hauptkommissar, Hauptmeister Gesshoff hat mich gebeten, Ihnen mitzuteilen, dass Sie ihn aufsuchen möchten.«

»Später«, blaffte Preusser.

Er ging in sein Büro, knallte die Tür zu und hockte sich hinter seinen Schreibtisch.

Nach einer Weile klopfte es zaghaft an der Zwischentür. Gesshoff steckte vorsichtig den Kopf hindurch. Dass Preusser schlechter Laune war, hatte sich anscheinend herumgesprochen.

Preusser zügelte sich. »Was gibt es, Eugen?«

Gesshoff trat ein, erleichtert darüber, dass sich der Sturm verzogen hatte. Er setzte sich und zündete den Zigarillo an, der für seine Besprechungen mit Preusser obligatorisch zu sein schien.

»Ich habe Blaupausen der Artikel von Mandel bekommen. Sind alle auf Englisch. Soll ich eine Übersetzung veranlassen?«

Preusser wollte schon nein sagen, dann dachte er an die Diskussion mit Elke. »Ja, mach mal. Wir können ja behaupten, dass der Auftrag vor dem Gespräch mit Deckers herausgegangen ist. Die müssen bis Montag liefern.«

Gesshoff wirkte verblüfft, nickte jedoch. »Willst du ermitteln, obwohl Deckers es untersagt hat?«

»Wenn der Präsident es mir verbietet? Nein! Aber hat er das bislang getan? Wieder nein.«

»Wie geht es weiter?«

»Bis Montag passiert ohnehin nicht viel, dann gehen wir erneut an die Sache und befragen die Personen aus dem Umfeld. Übrigens: Wir sollten die Nachbarschaft der Pension abklappern, ob ein Mann mit einem Koffer aufgefallen ist. Irgendjemand langweilt sich doch immer und liegt am Fenster, um zu schwätzen.«

Gesshoff nickte und sog an seinem Zigarillo. Er sah hinaus in den Sonnenschein. Sein Hemd spannte über dem immer dicker werdenden Bauch.

»Muss ich wirklich die Artikel lesen?«

»Warum nicht?«

Gesshoff rieb sich über die Glatze. »Ich weiß nicht. Das Thema ist …«

»Unangenehm?«

»Man fühlt sich gleich so schuldig und angeklagt.«

»Bist du schuldig?« Die Frage hatte Preusser, ohne nachzudenken, ausgesprochen.

Gesshoff sah ihn überrascht an, schwieg jedoch.

»Vergiss es.« Preusser machte eine fahrige Handbewegung. »Es steht mir nicht zu, dich das zu fragen.«

»Wenn wir uns alle nicht schuldig fühlen würden, wäre es kein Tabu, über diese Zeit zu sprechen.«

Preusser lachte, doch es war ein bitteres Lachen. »Lassen wir das«, sagte er matt.

Gesshoff sah nachdenklich aus. »Ich war die ganze Zeit in Frankfurt und habe nichts anderes getan als heute: Verbrecher gejagt. Nichts sonst. Wo also ist meine Schuld? Dann wieder frage ich mich, was ich wohl gedacht habe, als die alle verschwunden sind und die Synagoge brannte? Ich weiß es nicht mehr. Das Sankt-Florians-Prinzip: *Heiliger Sankt Florian/ Verschon' mein Haus, zünd' andre an!*« Er schaute Preusser traurig an. »Ich könnte vermutlich gut auf die Lektüre verzichten.«

Preusser war froh, das Thema wechseln zu können. »Du denkst an Hermann? Teilt euch die Arbeit. Du befragst mit, und Wiedemann sieht sich die Hälfte der Texte an.«

Gesshoff nickte dankbar. »Wir haben die Telefonnummer der Eltern in New York in dem Adressbuch gefunden.«

Preusser hasste es, Todesnachrichten zu überbringen. Nie wusste er, mit der Trauer umzugehen. »Macht das im Ausland nicht das Konsulat?«

»Das dauert wahrscheinlich bis Montag.«

»Lass die Nummer hier. Ich rufe die Eltern an.«

Gesshoff erhob sich. »Da ist es jetzt halb zehn am Morgen. Vielleicht sind sie zu Hause.«

»Aber vielleicht sollte ich erst bei Deckers nachfragen, ob er mich dazu befugt. Ist ja eine heikle Angelegenheit.«

Gesshoff lächelte müde. »Ich habe das in der Mittagspause mit ihm geklärt. Er hat uns die Freigabe unterschrieben.«

Schnell verschwand Gesshoff durch die Tür, und Preusser zögerte eine Weile. Schließlich ließ er sich von der Zentrale des Präsidiums mit der Nummer in den USA verbinden.

Es dauerte lange, bis sein Telefon klingelte. Er hob ab und hörte ein verrauschtes Freizeichen.

»Yes?« Eine Frauenstimme.

»Guten Tag«, sagte er auf Deutsch. »Mein Name ist Hauptkommissar Preusser von der Polizei Frankfurt am Main. Spreche ich mit Margarete Mandel?«

»Wieso wollen Sie das wissen?« Der Übergang ins Deutsche gelang ihr ohne Probleme. »Herr Hauptkommissar.«

Ihre Feindseligkeit reichte von New York bis in sein Büro. »Weil ich Frau Mandel etwas Wichtiges mitzuteilen habe.«

»Ist die deutsche Sprache nicht meisterhaft dazu geeignet, so neutral zu klingen, dass es jemandem Angst macht? Ich bin Margarete Mandel.«

Ihre Stimme verriet, dass sie eine starke, selbstbewusste Frau war, doch Preusser war das leichte Zittern in den letzten Worten nicht entgangen.

Er atmete tief ein. »Wir haben Ihren Sohn Simon vor drei Tagen tot im Main aufgefunden. Es …«

Margarete Mandel schrie auf, und er hörte, wie etwas zu Boden fiel und zerbarst. Sie begann dann beinahe lautlos zu weinen, unterbrochen von einigen Schluchzern. Das Geräusch, das Preusser im Hintergrund vernommen hatte, musste einen Bediensteten oder wen auch immer herangelockt haben, denn eine zweite Stimme schien etwas zu fragen.

Margarete Mandel keifte auf Englisch, dann war sie wieder am Apparat.

»Ich wollte nicht, dass mein Sohn in Ihr verdammtes Land reist.«

»Frau Mandel, es tut mir leid …«

»So wie die anderen sechs Millionen Toten Ihnen leidtun?«

»Ich …«

»Ihr habt mir meine Familie genommen, Sigrid und meine Eltern und die Brüder meines Mannes mit ihren Frauen und Kindern. Alle sind tot, verstehen Sie! Alle! Und jetzt nimmt mir Ihr verfluchtes Land auch noch meinen einzigen Sohn. Ihr seid das Böse, die Geißel der Menschheit.«

Preusser kannte die emotionalen Ausbrüche der Hinterbliebenen, die einen Schuldigen suchten, um der Frage zu entkommen, was man persönlich falsch gemacht haben konnte. Hinter Margarete Mandels Wut stand jedoch etwas anderes. Hier lauerten die unverarbeitete Trauer um die Verwandten und vielleicht die Frage, warum sie selbst überlebt hatte.

Wieder schluchzte sie auf und sagte mehr zu sich. »Ich hätte ihn nicht fahren lassen sollen. Doch er ist erwachsen. Wissen Sie was, Herr Hauptkommissar, er hat Deutschland geliebt – ist das nicht verrückt?« Ihr hohles Lachen ging in einen Schmerzensschrei über. »Neuerdings war er auf den Spuren der Familie unterwegs, interessierte sich auf einmal für meine Schwester Sigrid, die ihr vergast habt.« Sie schwieg einen Moment lang. »Wie ist mein Sohn ums Leben gekommen?«

Preusser sprach leise. »Er wurde ermordet.«

Sie stöhnte auf. »Wer hat meinem Jungen das angetan? Er hat doch nie jemandem ein Haar gekrümmt.«

»Ich weiß es nicht, aber ich werde es herausfinden.«

»Und das soll ich Ihnen glauben?« Plötzlich wirkte sie kalt und emotionslos.

»Ja, ich bitte Sie darum, mir zu glauben.«

»Wie alt sind Sie?«

»Ich bin siebenundvierzig.«

»Also waren Sie im Krieg.« Es war eine Feststellung. »Haben Sie auch Menschen vertrieben und ermordet?«

»Ich war bei der Wehrmacht.«

»Macht Sie das weniger schuldig?«

»Ich war jung und habe nur den Befehlen gehorcht.«

»Haben Sie diese Ausrede von Eichmann in Jerusalem gelernt?«

»Bitte, Frau Mandel, es geht um Ihren Sohn und nicht um mich.« Preusser spürte, wie ihm der Verlauf des Gesprächs zusetzte. Kalter Schweiß brach ihm aus.

»Wenn sich das so leicht trennen ließe.« Margarete Mandel atmete tief ein. »Ich habe geschworen, nie wieder in Ihr dunkles Land zu kommen, dorthin, wo mir die Täter begegnen.«

»Wir sind nicht alle Täter, und die, derer wir habhaft werden können, wollen wir bestrafen.«

»Jeden? All die kleinen Verbrecher, die einen Kriegsgefangenen schikaniert, den Erschießungskommandos angehört und auf Unschuldige angelegt haben. Jeder nur auf Befehl? Was ist mit Ihnen, Herr Exsoldat, haben Sie sich auch lautlos als kleines Rad in der Mordmaschine gedreht?«

Preusser dachte an den Panzer, der sie gejagt hatte, an die toten Kameraden. Waren sie alle nur Täter gewesen?

»Was ist außerdem mit Staatssekretär Globke? Der läuft frei durch Bonn, obwohl er maßgeblich an mehreren Gesetzen gegen uns Juden beteiligt war und auch in Verdacht steht, mit Eichmann über den Abtransport der Juden von Saloniki verhandelt zu haben.«

Preusser räusperte sich. »Frau Mandel, wir sollten diese Diskussion beenden. Ich muss einen Mörder finden, das ist meine Aufgabe.«

»Wird Ihnen unser Telefonat unangenehm?«

»So eine Diskussion hilft weder Ihnen noch mir weiter. Es ist meine Aufgabe, den Täter zu fassen, und das werde ich auch tun. Das verspreche ich Ihnen.«

Es war, als könnte sie seine Gedanken lesen. »Dann wollen wir mal hoffen, dass bei Ihnen genügend Power ist, wie man hier in Amerika sagt.« Wieder zögerte sie kurz. »Mein Sohn soll nicht in Ihrem unseligen Land beerdigt werden. Sorgen Sie dafür, dass seine sterblichen Überreste am Flughafen sind.

Und wenn ich dort eintreffe, soll jemand zugegen sein, der nicht im Krieg war. Sagen Sie mir, wann ich mein totes Kind heimholen kann.«

Ohne Gruß legte Margarete Mandel auf.

NEUN

Die »Letzte Instanz« war eine Kneipe nahe dem Gerichtsgebäude und eigentlich ein Stück vom Präsidium entfernt, doch Backhaus und Preusser mochten die Atmosphäre und das gut gezapfte Bier. Aufgrund der Nähe zu den Behörden tranken viele der Mitarbeiter aus den Justizämtern hier ihr Feierabendbier, bevor sie nach Hause gingen. Es war Freitag, und entsprechend voll war der Gastraum. Preusser erkannte einige Richter und Staatsanwälte, Wachtmeister und Rechtspfleger.

Backhaus und er hatten am Ende der Theke zwei Hocker erwischt und beobachteten die aufgeregt durcheinanderredenden Menschen. Preusser war bereits beim zweiten Bier und spürte den Alkohol, denn er trank üblicherweise wenig.

»Ein Lärmpegel wie im Stadion.« Backhaus zog an seiner Zigarette.

Preusser sah seinen Freund von der Seite an. »Wie machen wir es mit Spanien? Fahren wir zusammen oder jeder für sich?«

»Gerne gemeinsam, und dann ein Zwischenstopp irgendwo unten in Valence oder Montélimar.« Backhaus lächelte, als könnte er es gar nicht erwarten wegzukommen.

Preusser musterte Backhaus. »Hör mal, wie kommst du eigentlich dazu, dich in einen meiner Fälle einzumischen? Und warum sagst mir noch nicht einmal Bescheid?«

Backhaus öffnete den Mund, doch im nächsten Augenblick krachte ein Stück weiter ein Tablett voller Gläser auf den Boden. Einige Männer sprangen aufgeregt zur Seite. Ein Mann quetschte sich neben Preusser.

Backhaus hob die Schultern und schnaubte gleichgültig. »Ach, das war völlig anders. Deckers und der Präsident haben mich zum Gespräch gebeten, ohne dass ich wusste, worum es ging. Als ich meinte, dass die Fakten für einen Raubmord sprechen, sind die beiden sofort darauf angesprungen.«

Preusser trank weiter an seinem Bier und schüttelte den Kopf. »Warum fragt man da nicht mich?«

Backhaus lächelte. »Weiß ich nicht. Wir waren jedenfalls nicht alleine. Da saß auch noch ein Kerl vom Innenministerium in Bonn, ein gewisser Doktor Reinke. War mal hier in Frankfurt als leitender Beamter der Stadt unterwegs, ist laut Deckers dann Ende der fünfziger Jahre nach Bonn und dort aufgestiegen.«

»Was hat einer aus Bonn denn hier bei uns verloren?«

Der Lärm schwoll wieder an, und Backhaus musste lauter sprechen, damit sie einander verstanden. »Druck aufbauen. Die haben von deinem Juden mitbekommen und wollen nicht, dass es an die große Glocke kommt. Unser Präsident war richtig kleinlaut. Der hat den Papagei gegeben und alles nachgeplappert, was der Mann abgesondert hat.« Er grinste. »Hosen voll und in Deckung gehen. Ist die ganze Zeit rumgekrochen. ›Mit Verlaub, Herr Ministerialdirigent.‹ ›Selbstverständlich, Herr Ministerialdirigent.‹ War wie früher. Ein Arschkriecher.« Backhaus lachte und winkte dem Wirt.

»Was hat dieser Mann aus Bonn denn geredet?«

»Kannst du dir das nicht denken?«

Preusser nickte. »Politik. Ein toter Jude eben.« Er trank sein Bier aus. Wenn sich schon ein Ministerialbeamter aus Bonn auf den Weg machte, lag die Sache klar: Man wollte den Deckel draufmachen. Daher wehte also auch der Wind. Deutschland war dabei, sich in der Welt wieder Respekt zu verschaffen, zahlte brav an die Hinterbliebenen und verurteilte die Täter von damals. Man gliederte sich hervorragend in das Westbündnis ein, da passte es nicht ins Bild, dass die Studenten gegen die Amerikaner und den Vietnamkrieg protestierten, und schon gar nicht, dass sich die NPD momentan erstarkt zeigte. Ein weiterer Skandal sollte auf jeden Fall vermieden werden.

»Außerdem braut sich in Israel was zusammen. Die Ägypter rasseln mit den Waffen. Da will man seine Verbundenheit signalisieren.«

»Woher hast du das denn?«, fragte Preusser.

»Das hat dieser Reinke behauptet.«

Preusser nahm eine Zigarette, die ihm Backhaus anbot, und zündete sie an. »Ich bezweifle trotzdem, dass es ein Raubmord ist.«

»He, Joachim, lass es einfach gut ein. Es gibt nur Ärger.«

»Es geht mir gegen den Strich. Die Fakten zeigen auch andere Optionen. Da ist es mir egal, ob der Tote ein Jude oder Ägypter war. Ich will die Wahrheit herausfinden.«

»Du weißt schon, worauf das hinausläuft? Internationales Pressetamtam, die bösen Deutschen und so weiter.«

Preusser hob die Schultern. »Soll ich wegschauen und einen Mörder am Ende laufen lassen?«

»Natürlich nicht, aber halt den Ball erstmal flach. Mit genau solchen Aktionen scheißen wir uns doch ins eigene Nest. Unser Problem ist, dass wir uns mit den Falschen angelegt haben und den Krieg nicht gewinnen konnten. Die Juden haben Amerika finanziell fest im Griff und quetschen uns jetzt aus, halten uns klein, und wir buckeln. Mich kotzt das einfach nur an.«

»Ja, alles wird vermischt, damit es Wirkung hat. Der Mord an den Juden, Spannungen in Palästina, Vietnamkrieg. Ich glaube, es geht nur darum, dass der Laden geräuschlos funktioniert. Kein großes Aufheben, keine Diskussionen, keine Veränderungen. Wie im Winter, wenn es schneit. Eine weiße Decke über den ganzen Dreck, und es sieht wunderbar sauber aus.« Preusser drückte heftig die Kippe in den vollen Aschenbecher. »Aber irgendwann schmilzt das Eis, und der Fluss darunter schwemmt auf einen Schlag den Mist nach oben.«

Backhaus lachte höhnisch auf. »Glaube ich nicht. Hier verändert sich so schnell nichts.« Er nahm ein paar Groschen in die Hand, ging zur Musikbox und klackte auf den Tasten herum. Freddy Quinn ertönte mit »Seemann, deine Heimat ist das Meer«, und schon sang eine erste Gruppe in der Kneipe die Strophe mit.

»Worum geht es denn in Ihrem Gespräch?«

Preusser wandte sich erstaunt um. Der Mann, der sich zwischen ihn und seinen Nachbarn gedrängt hatte, war Staatsanwalt Ostholm. Seine intelligenten Augen sahen ihn neugierig hinter spiegelnden Brillengläsern an.

»Muss ich das überhaupt sagen? Das war privat.«

Ostholm lächelte. »Wir sprechen doch auch nur ganz privat, oder?«

Backhaus trat hinzu. Seine Augen glänzten. Er war mittlerweile angetrunken. »Ach, der Herr Staatsanwalt! Haben Sie gelauscht und wollen mich jetzt anklagen?«

»Warum?« Ostholm blickte zu Preusser, der von seinem Barhocker aufstand.

»Wegen politisch unkorrekter Äußerungen?«

»Sie verwechseln heute mit früher.« Ostholm war noch jung, deutlich unter vierzig, doch waren seine Haare bereits dünn, und am Hinterkopf zeigte sich eine kleine Tonsur.

Backhaus winkte dem Wirt. »Sie waren doch einer der Leute, die mit Fritz Bauer die Prozesse und das ganze Tamtam mit Theaterstücken, Presse und der Ausstellung in der Paulskirche vorbereitet haben.«

»Hilmar, halt die Klappe.« Preusser legte dem Freund die Hand auf den Arm, der aber schüttelte ihn ab.

»Lass mich, Joachim. Der Staatsanwalt kann wissen, was ich denke und dass ich mit meiner Meinung weiß Gott nicht alleine auf der Welt bin. Die KZ-Prozesse und die Aufarbeitung, das ist für mich reine Nestbeschmutzung. Haben die Engländer sich wegen ihrer Konzentrationslager in Südafrika entschuldigt? Oder die Russen für die Morde in Ostpreußen oder wo sie sonst noch gewütet haben? Nein! Nur weil wir verloren haben, müssen wir uns das gefallen lassen. Langsam ist es genug.«

Backhaus spie die Worte so heftig aus, dass Spucke von seinen Lippen tropfte.

Ostholm richtete sich auf und strich sich die Anzugjacke glatt. Er war groß und schlank. »Haben Sie Kinder, Herr Hauptkommissar?«

Backhaus griff nach dem frischen Bier. »Auch eins?« Ostholm schüttelte den Kopf. »Zwei. Ein Junge und ein Mädchen.«

»Dann seien Sie so mutig und hören sich die Aussagen der Menschen an, denen man in Auschwitz die Kinder auf der Rampe weggenommen hat und die später erfahren mussten, dass man sie vergast und verbrannt hat.«

Backhaus verdrehte ostentativ die Augen, doch Ostholm achtete nicht darauf.

»Das sind Verbrecher apokalyptischen Ausmaßes, die damals am Wochenende in ein SS-Vereinsheim gefahren sind und gemeinsam feierten. Ich habe Fotos gesehen. Eine richtige Sommerfrische! Wie bekommen die das hin, frage ich mich immer und immer wieder?«

Preusser wollte nicht glauben, dass ihn das Thema nun auch hierhin verfolgte. Ihm kam es vor, als wirkte der Mord an Mandel wie ein Brandbeschleuniger.

Doch der Staatsanwalt war noch nicht fertig. »Wenn ich

dann diese unselige Verjährungsdebatte höre, fasse ich mir an den Kopf. Wir brauchen für Mord ein Aufheben der Verjährung und eine deutliche Ausweitung der Fahndung nach den Tätern von damals. Und nicht nur die großen Fische, sondern auch die kleinen gehören vor Gericht.«

»Sie konnten nicht einmal bei den angeblich großen Verbrechern die individuelle Schuld nachweisen. Das waren zumeist Mitläufer, die unter Befehlsnotstand zu Werke gingen«, erwiderte Backhaus empört.

Preusser sah sich um. Die anderen Gäste lachten und sangen nun mit Udo Jürgens »Und immer wieder geht die Sonne auf«. Wer war hier ohne Schuld? Seine Hand zitterte.

Backhaus wirkte nun völlig nüchtern. »Ich war in einem Polizeibataillon in Belgien. Wir haben auf Befehl manchmal verdächtige Personen verhaftet und waren nicht zimperlich. Doch gestorben ist in unserem Gewahrsam niemand. Aber wenn es so gewesen wäre, dann hätten wir«, er betonte das letzte Wort, »auf Befehl hin agiert. Die Entscheidung und damit die Verantwortung lagen woanders. Bei den Prozessen der letzten Jahre sitzen alle Deutschen mit auf der Anklagebank, selbst die, die damals noch gar nicht geboren waren. Das stinkt mir.«

Ostholm atmete tief ein. »Mir hat mal ein Zeuge aus Palästina gesagt, alle hierzulande wären schuldig geworden. Eine im Ausland oft anzutreffende Haltung. Das ist natürlich völlig abwegig. Nur ein bewusstes Handeln oder Unterlassen kann bei Vorhandensein von Alternativen überhaupt bewertet werden. Der so oft zitierte Befehlsnotstand läuft dann darauf hinaus, dass es keine Alternative gab und so jeder unterhalb der Führungsetage schuldlos ist, egal, was er getan hat. Vom Lokführer, der die Waggons nach Osten gefahren hat, bis zum Polizisten oder Soldaten, der die Menschen zusammentrieb, wäscht das jeden rein von Schuld.

Sechs Millionen tote Juden und nur Hitler und ein paar seiner engsten Parteigänger wie etwa Himmler sollen dafür verantwortlich sein? Waren alle nur Werkzeuge ohne moralischen Kompass, und wenn ja, können wir einfach so weitermachen?«

Der Staatsanwalt schaute sie herausfordernd an, doch keiner von ihnen ging auf die Frage ein.

»Bauer hat mal gesagt: ›Ziel des Verfahrens kann nicht sein, lediglich rückwärts zu blicken. Es ist die Aufgabe, neue Werttafeln zu errichten und an der Zukunft mitzuarbeiten. Aus Deutschlands Schutt und Asche ist ein neuer Staat und eine Wirtschaft erwachsen. Auch eine neue menschliche Gesinnung ist notwendig.‹«

Preusser steckte seine zitternde Hand in die Tasche. »So etwas Ähnliches hat auch der Mann, der kürzlich ermordet worden ist, einmal geäußert.«

Ostholm wandte sich um. »Erzählen Sie mir von diesem Fall.«

»Das geht nicht. Sie sind nicht zuständig, tut mir leid.«

Er wollte nicht einen Staatsanwalt mit ins Boot nehmen, der von einem solchen Sendungsbewusstsein durchdrungen war, dass im Zweifelsfall die Neutralität der Fahndung darunter leiden könnte, doch Backhaus durchkreuzte seine Pläne.

»Was denn, Joachim?« Er stellte das wieder leere Glas auf den Tresen. Mittlerweile war ihm deutlich anzumerken, dass er gut alkoholisiert war. »Natürlich kann der Staatsanwalt über den Fall Bescheid wissen. Da sieht er mal, wie es läuft, wenn sich alle in die Hosen kacken und auf reuige Verlierer machen, wohin dieses ganze Nestbeschmutzen führt.«

»Hör auf, Hilmar.«

Doch Backhaus schnaubte nur und begann zu erzählen.

* * *

Ein Feldweg lag vor ihm. Heiß, lang und staubig. Links ein endloses Feld, das abgeerntet war, rechts ein einsamer Baum, dessen Schatten nicht die Straße erreichte. Seine Zunge war wie ein Klumpen totes Fleisch in seinem trockenen Mund, Schweiß rann ihm in die Augen, doch er achtete auf nichts als auf das Dröhnen des Panzers und das Lachen der Russen, die ihn und die Kameraden gefangen genommen hatten und nun vor sich und dem Panzer hertrieben. Er lief an dem Baum vorbei und sah dahinter eine Frau und ihr Kind sitzen. Angstvoll waren ihre Blicke, sie zeigten jedoch mit den Fingern auf ihn und lachten und jauchzten über seine Qual. Er kannte sie und schämte sich, ohne zu wissen, warum.

Sie stoppten auf einen Befehl hin, und Preusser beugte sich keuchend vor, die Augen fest zugekniffen, denn er wusste, was kam, was immer kam, immer und immer wieder.

Ottos Schreie, voll von Entsetzen. Die Ketten des Panzers klirrten, als er anfuhr. Neue Schreie, diesmal schriller.

Er sah sich um, doch da war jetzt Helga.

Sie beugte sich über ihn. »Alles ist gut.« Ein sanfter Kuss. »Es ist vorbei.«

Ihre Hände strichen über seine schweißnassen Haare. Preusser sog ihren Trost in sich auf, während in seinem Kopf die Bilder zusammenfielen und eine abgrundtiefe Leere hinterließen.

»Hat es mit dem neuen Fall zu tun?«

Er nickte. »Ja.« Seine Stimme war so belegt, dass er sich räuspern musste. »Er spült alles wieder nach oben.«

Helga erwiderte nichts, denn eigentlich war alles gesagt, was gesagt werden konnte. Seit langem schon.

Kurz darauf hörte er, wie ihr Atem ruhiger wurde, und spürte am gleichmäßigen Heben ihrer Brust, dass sie eingeschlafen war.

Preusser aber lag wach und dachte über seine Situation nach. Der einfachste Weg wäre es, den Fall dranzugeben und den Anweisungen des Kriminaldirektors zu folgen. Und wenn er es sich ehrlich eingestand, war genau das die Lösung, die er bevorzugte. Er war es einfach nicht gewohnt, sich seinen Vorgesetzten entgegenzustellen. Dazu war er weder erzogen noch bei der Polizei ausgebildet worden. Doch dann dachte er an Elke. Wollte er vor ihr zugeben müssen, gekniffen zu haben? Wollte er ihre Vorurteile gegenüber seiner Generation und ihm selbst bestätigen? Nein.

Zu alledem rührte der Fall an seinen Träumen. Er hatte in der »Letzten Instanz« gespürt, wie die Diskussion ihn aus der Fassung brachte. Das Beste wäre, aufzuhören, Elke hin oder her.

Preusser spürte verschämt, wie gerne er sich auf diese Argumente einließ. Er hoffte auf einen Montag, der ihm die Entscheidung abnahm. Der Gedanke beruhigte ihn, und er begann wieder einzudösen, aber bevor er endgültig erneut einschlief, tauchte Margarete Mandel in seinem Kopf auf. Er hörte ihren Schmerzensschrei und dann seine eigene Stimme, als er versicherte, er würde den Mörder finden.

»Es ist meine Aufgabe, den Täter zu fassen, und das werde ich auch tun. Das verspreche ich Ihnen.«

Er wiederholte diese Worte murmelnd wie eine Beschwörungsformel.

Dann erst schlief er wieder ein.

ZEHN

Montag, 29. Mai 1967

Deckers stürmte in Preussers Büro und polterte los. »Wer hat Ihnen erlaubt, Details zu einem Fall weiterzugeben?«

Preusser sah in das vor Ärger gerötete Gesicht seines Vorgesetzten und spürte, wie Wut in ihm aufstieg. »Mit Verlaub,

Herr Kriminaldirektor, Wie kommen Sie dazu, mir das zu unterstellen?«

Deckers hielt kurz inne und senkte die Stimme. »Dieser Ostholm hat den Fall Mandel an sich gezogen. Er ist zum Oberstaatsanwalt gelaufen, der ihm die Sache liebend gerne weitergegeben hat. Sagen Sie mir, wie der Mann plötzlich auf solche Ideen kommt, wenn nicht Sie ihn darauf angesetzt haben.«

»Ich habe keine Interna weitergegeben.«

»Was war am Wochenende?«

»Ich habe mich mit dem Staatsanwalt am Freitag in einem Lokal unterhalten, zufällig, den Fall aber nicht zum Thema gemacht.«

Deckers schnaubte. »Dann war es also der Heilige Geist?« Er dachte nach. »Sie waren mit Hauptkommissar Backhaus unterwegs?«

Preusser hob vielsagend die Schultern.

»Dieser Idiot! Er sollte weniger saufen. Ostholm wittert doch überall eine Verschwörung der alten Seilschaften.«

»Er hat wohl einschlägige Erfahrungen gesammelt.«

»Pflüger wird toben.«

»Hat der Präsident Angst vor einem Einlauf aus dem Innenministerium?«

Deckers sah Preusser ungläubig an. »Ich muss doch sehr bitten! Natürlich wird man dort wenig begeistert sein, dass ein Staatsanwalt, der mit Fritz Bauer die Auschwitz-Prozesse angestoßen hat, sich ausgerechnet um einen Fall kümmert, den man hat kleinhalten wollen.« Er wandte sich ab und marschierte zur Tür. »Was für ein Mist!«

»Wir brauchen Unterstützung«, rief Preusser dem Kriminaldirektor nach.

Deckers drehte sich nicht um, er rief jedoch: »Zwei Beamte, mehr sind für die Arbeitsgruppe nicht drin.«

Die Tür krachte ins Schloss. Preusser lächelte. Er hätte Deckers noch sagen können, dass die Fingerspuren aus der Pension ohne Ergebnis geblieben waren, doch das konnte er auch später noch erledigen.

Draußen hatte es zu regnen begonnen.

Die Bremser aus dem Präsidium und Innenministerium würden nun erst einmal abtauchen und den Dingen ihren Lauf lassen, denn Ostholm wusste, wie man sich gegen Widerstände durchsetzte.

Es war nun an Preusser zu liefern, dabei musste er jedoch bedenken, dass der kleinste Fehler fatale Auswirkungen haben könnte.

Er griff zum Hörer und ließ sich mit der Staatsanwaltschaft verbinden.

* * *

Sie waren aus Platzgründen in einen größeren Besprechungsraum ausgewichen, dessen fensterlose, graue Wände an ein Verlies erinnerten. Preusser hasste den Raum.

Offensichtlich hatte auch Backhaus einen Besuch Deckers hinter sich, denn er beschwerte sich lautstark bei Ostholm.

Die Vorwürfe perlten jedoch an dem Staatsanwalt ab.

»Wenn Sie mir Dinge berichten, Herr Hauptkommissar, die ich für relevant halte, müssen Sie damit rechnen, dass ich aktiv werde. Der leitende Oberstaatsanwalt war einverstanden.«

»Der Polizeipräsident geht von einem Raubmord aus. Ich übrigens auch«, erklärte Backhaus.

»Es wäre sehr hilfreich, wenn wir für diese momentan rein spekulative Annahme Beweise finden würden.«

Wiedemann grinste verhalten, während Ostholm die Diskussion beendete, indem er sich an Preusser wandte. »Was schlagen Sie für die Ermittlungsarbeit vor?«

»Ich denke, wir sollten zunächst in die unterschiedlichen Richtungen ermitteln, die wir bereits besprochen haben. Hauptkommissar Backhaus und seine Abteilung gehen in die Szene und fahnden nach Hinweisen auf einen Raubmord. Die beiden zusätzlichen Beamten werden mit den Schupos die Anwohner im Nordend und am Hafen befragen. Die Kollegen Wiedemann, Gesshoff und auch ich kontaktieren die Personen aus dem Adressbuch und lesen die Artikel, die Mandel verfasst hat, um hier nach Anhaltspunkten zu suchen.«

»Was ist mit Fräulein Petzhold?«

»Wir prüfen mögliche Verbindungen. Ehrlich gesagt sehe ich da nicht den geringsten Anhaltspunkt.«

Sie lösten das Treffen auf. Alle erhoben sich, wobei Backhaus sofort wieder zu nörgeln begann. »Warum der ganze Aufwand und die Leute befragen? Das war eindeutig ein Raubmord! Erstens haben wir ein Opfer, dem alle Wertgegenstände geraubt wurden, sogar die Kleidung ist weg. Zweitens wurde die Wohnung ausgeräumt. Für mich sieht das so aus: Mandel begegnet zufällig seinem Mörder, der erkennt, dass der Mann nicht unvermögend ist. Er raubt ihn aus und bringt ihn um, wahrscheinlich, weil der sich gewehrt hat. Er findet den Schlüssel mit Adresse und entscheidet sich, den restlichen Kram ebenfalls mitgehen zu lassen. Welche Erklärung bleibt uns denn sonst? Der Mann ist aus Amerika und schreibt über einen Prozess, dessen Verbrechen mehr als zwanzig Jahre her sind. Wo soll da ein Motiv herkommen, Joachim?«

»Das weiß ich nicht, und du kannst durchaus richtigliegen, Hilmar, aber bis wir mehr wissen, ermitteln wir in alle Richtungen.«

»Zeitverschwendung.« Backhaus wandte sich ab.

»Du hast dem Staatsanwalt doch zeigen müssen, wo es im

Argen liegt. Also beschwer dich nicht«, rief Preusser ihm nach.

»Wie hätte ich denn ahnen können, dass Ostholm sofort ein Fass aufmacht?« Backhaus drehte sich wieder um und sah Preusser aggressiv an.

»Wenn du dich mit dem ersten Auschwitzprozess beschäftigt hättest, wäre es dir klar gewesen.«

»Ist mir auch egal. Ich jedenfalls bringe dir die Täter.«

* * *

Gertrud Thessen wohnte in einem der neuen Blocks, die wie Pilze aus den Trümmergrundstücken geschossen waren. Glatte Fassaden in einem ärmlichen Bauhausabklatsch. Selbst die Treppenhäuser mit ihren steinernen Stufen und den Metallhandläufen wirkten kalt.

Die Journalistin lebte in der obersten Etage, und Preusser war froh, dass es einen Aufzug gab. Gertrud Thessen wäre ihm im Straßenbild nicht aufgefallen. Sie trug einen burschikosen Kurzhaarschnitt, der von grauen Strähnen durchzogen wurde, weder Schmuck noch Schminke und Kleidung, die Elke als völlig neutral bezeichnet hätte. Nur ihre hellwachen Augen ließen erkennen, dass sich unter dieser biederen Hülle ein messerscharfer Verstand verbarg.

Sie bat ihn hinein, nachdem er ihr seine Marke gezeigt hatte, und führte ihn in einen Raum, der als Wohn- und Arbeitszimmer diente.

»Sie kommen wegen Simon?«

»Leider ja. Simon Mandel ist tot«, erwiderte Preusser.

Sie schwankte leicht, ihre Miene hingegen blieb ausdruckslos. Sollte sie eine besondere Beziehung zu dem Toten gehabt haben, wusste die Journalistin es zu verbergen.

»In welchem Verhältnis standen Sie zu Herrn Mandel?

Die Pensionswirtin sagt, Sie seien zweimal bei ihm gewesen.«

Gertrud Thessen lachte angewidert auf. »Big sister is watching you. Sie wissen, was ich meine.« Preusser hatte nicht die geringste Ahnung, doch er nickte. »Der arme Simon! Was ist ihm zugestoßen?«

»Er wurde ermordet.«

Entsetzt keuchte sie auf, Tränen traten ihr in die Augen. Nervös blickte sie zum Fenster.

»Wir haben ihn erstochen im Main aufgefunden. Leider haben wir noch keinen Verdächtigen«, fügte Preusser hinzu. »Wissen Sie, ob Simon Mandel irgendwelche ernsten Probleme hatte?«

Die Journalistin blinzelte die Tränen weg. »Nein. Ich wüsste nicht, wieso jemand Simon töten sollte. Er war ein großer, vielleicht sogar naiver Junge, wie es die Amerikaner manchmal sind. Am Anfang seiner Zeit hier hat er die Welt sehr schwarzweiß gesehen.« Sie blickte Preusser traurig an. »Seine Eltern haben ihn nicht auf das hier vorbereitet und seine Reise auch zu verhindern versucht. Wissen Sie was? Ich glaube, die Opfer reden genauso wenig über das Erlebte wie die Täter. Simon war gegen Ende des ersten Prozesses angereist und hat die Zeugenvernehmung nicht mitbekommen. Eigentlich war er völlig ahnungslos. Er wusste, dass seine Eltern geflohen waren, doch viel mehr nicht. Erst hier hat er mehr erfahren. Er war schockiert und ist nach Ludwigsburg gefahren, um sich zu informieren.«

»Nach Ludwigsburg?«

»Dort befindet sich die zentrale Stelle der Landesjustizverwaltungen zur Aufklärung nationalsozialistischer Verbrechen. Haben Sie davon noch nie gehört?«

Preusser dachte kurz nach. »Nach dem Ulmer Einsatzgruppenprozess vielleicht?«

1958 hatte man in Ulm den ersten großen Prozess gegen zehn Einsatzgruppenmitglieder geführt, die unmittelbar nach dem Einmarsch der deutschen Truppen in Litauen in einem Gebiet direkt an der ostpreußischen Grenze mehr als fünftausendfünfhundert jüdische Männer, Frauen und Kinder liquidiert hatten. Preusser erinnerte sich an die Zeitungsartikel, die nicht nur ihn aufgeschreckt hatten. Erste Risse waren ins Eis geraten. Einer der Mörder war am Strand noch entspannt spazieren gegangen, bevor er die Erschießung von mehr als tausend Menschen geleitet hatte, und andere, die Hunderte von Juden erschossen hatten, ließen sich am Massengrab fotografieren und versoffen dann das Geld der Toten in der nächsten Kneipe.

Gertrud Thessen nickte und lächelte bitter. »Der Richter sah in allen nur Gehilfen, die auf Befehl handelten. Es gab für über dreihundert Beihilfen zum Mord zweieinhalb Jahre. Das ist weniger als das, was Sie bekommen, wenn Sie ein paar Mal Äpfel stehlen.« Sie winkte ab. »Ich weiß, ich übertreibe. Ein Gutes hatte das Ganze jedoch. Um die komplizierten Fahndungen zu strukturieren, hat man Ludwigsburg gegründet. Sie bearbeiten in dem Amt Unmengen von Daten über Täter, Tatorte und Einheiten, leiten Vorermittlungen ein und geben die Ergebnisse an die normalen Staatsanwaltschaften weiter, die dann Anklage erheben können. Als Simon von da zurückkam, haben wir viel gesprochen. Er ist in die Thematik hineingewachsen und persönlich gereift. Der zweite Prozess läuft ja gerade. Schwer für ihn war dabei, den Opfern direkt zu begegnen. Zu der Zeit begann er, sich zudem für die eigene Familiengeschichte zu interessieren und Nachforschungen anzustellen.«

»Mit welchem Ergebnis?«

Sie hob die Schultern. »Er war auch im Berlin Document Center.«

»Was ist das?«

»Ein Archiv, in dem die Amerikaner die NSDAP-Mitgliederkartei und Angaben zu mehr als fünfhunderttausend SS-Angehörigen zusammengetragen haben«

»Sie sagen das so, als hätte Sie das überrascht.«

»Seine Familie waren die Opfer, in dem Archiv geht es aber um die Täter.«

»Wo finde ich denn die Opfer?«

»Beim Internationalen Suchdienst in Arolsen.«

Preusser machte sich eine Notiz. »War Herr Mandel vielleicht auch dort?«

»Ich denke schon. Er hat zumindest von dem Schicksal einer Tante gesprochen.«

»Über die Ergebnisse seiner Reisen können Sie nichts sagen?«

Die Journalistin schüttelte den Kopf und sah hinaus auf die Stadt, wo in der Ferne die Baustelle des Rhein-Main-Centers in den Himmel wuchs. Ein Hochhaus wie in Amerika.

»Kennen Sie seine Artikel?«, fragte Preusser weiter.

»Zum Teil. Warum fragen Sie mich das?«

»Ist er bei den Recherchen eventuell zu nahe an alte Täter gekommen, die er in Berlin weiter verfolgt hat?«

»Simon war doch kein Detektiv. Nein, seine Aufsätze waren rein journalistische Berichte über den Fortgang des Prozesses, von dem die Öffentlichkeit leider ja kaum noch Notiz nimmt.«

»Für wen hat er geschrieben?«

»Als freier Mitarbeiter für die ›New York Times‹, aber deren Interesse ist auch erlahmt. Ich glaube, Simon hat lange Zeit von dem gelebt, was ihm seine Eltern haben zukommen lassen.«

»Ist Ihnen bekannt, was er in der Freizeit gemacht hat?«

»Wir waren im Theater oder der Oper und einige Male zum Essen in Restaurants.«

»Ist er auch gelegentlich in Beatclubs gegangen?«

»Simon? Niemals.« Gertrud Thessen lachte auf.

»Wir haben eine Aussage, dass er mit einem Mann in einem Club war. Vielleicht auch ein Kollege?«

»Wenn dem so war, kenne ich diesen Kollegen nicht. Ich habe Simon immer allein getroffen.«

Preusser erhob sich. »Sagt Ihnen der Name Greta Petzhold etwas?«

»Wer soll das sein?«

»Eine Studentin, die sich von Simon Mandel beobachtet fühlte.«

»Beobachtet?« Sie stöhnte überrascht auf. »In den letzten Wochen, also nach dem Besuch in Berlin, war er verändert. Gehetzt, würde ich sagen.« Sie zögerte einen Moment. »Da fällt mir etwas ein. Vor etwa einem Monat wurde eine Zeugin vernommen, die aus meiner Sicht das ausgesagt hat, was wir bereits oft genug gehört hatten. Verstehen Sie mich nicht falsch, aber auch das Grauen nutzt sich ab. Die Prozesse haben Dinge ans Tageslicht gebracht, die man sich nicht vorstellen kann. Prügel, Erschießung, Vergasung, Krankheiten infolge der Haft, unmenschliches Leid schon auf dem Transport. Jedes einzelne Schicksal ist erdrückend und müsste individuell wahrgenommen und bedauert werden, doch die unfassbare Masse an Untaten lässt sich von dem Betrachter nicht mehr differenzieren. Man ertappt sich, wie Aussagen kategorisiert und zugeordnet werden. Krankheit, Rampe und so weiter.«

»Aber Mandel hat auf die Aussage dieser Frau reagiert?«

»Ja, er war plötzlich aufgeregt und wollte sie befragen, doch die Situation vor Gericht muss ihr so zugesetzt haben, dass sie niemanden ertragen konnte und sofort abgereist ist.«

Preusser spürte, wie er erschauderte.

»Die Zeugenaussagen bringen die Opfer zu den Orten des Grauens zurück«, erklärte die Journalistin, »und brechen verkapselte Erinnerungen auf. Sie wollen aussagen, damit die Welt es erfährt, doch hat das seinen Preis. Ich habe einmal einen Zeugen betreut, der ist danach zwei Stunden durch die Stadt gegangen, ohne ein Wort zu mir zu sagen. Er war wieder zurück im Lager. Unten am Main brach er dann zusammen. Glauben Sie mir, in diesem Moment habe ich jeden verstanden, der sie alle bestraft sehen will.«

»Haben Sie den Namen der Zeugin, das Datum ihrer Aussage oder etwas, das uns weiterhelfen könnte?«

»Ich müsste da einige Nachforschungen anstellen, aber ich denke, es ist möglich.« Sie lächelte matt.

»Können Sie die Ereignisse zeitlich einordnen?«

Wieder nahm sich Gertrud Thessen Zeit mit der Antwort. »Zuerst die Zeugin, dann Berlin. Dort war er erst vor zwei oder drei Wochen.«

»Nach Pfingsten, genau am sechzehnten Mai, ist Simon Mandel nach Berlin gefahren. Wir haben den Fahrschein gefunden.«

»Die Reise hat ihn sehr verändert. Er war nicht mehr bei der Sache. Irgendetwas ist in seinem Kopf herumgespukt.«

»Haben Sie ihn darauf angesprochen?«

»Ja, doch er hat nur stumm gelächelt.«

* * *

Die Synagoge im Westend lag nicht weit von ihrer Wohnung, daher ging Preusser zunächst zum Essen nach Hause.

Diesmal blieb ein Streit aus. Elke beschwerte sich zwar über einen Lehrer, der auf dem Pausenhof einen Jungen so heftig geohrfeigt hatte, dass dessen Brillenbügel zerbrach, doch ansonsten schienen ihr die näher kommenden Ferien und die Frage wichtiger, ob sie mit einer Freundin auf eine Ferienfreizeit in die Rhön oder zu ihrem Bruder nach Bonn fahren sollte.

Preusser genoss die Normalität und lauschte dann Helgas Bericht über die erste Fahrstunde, die bereits stattgefunden hatte. Sie lernte auf einem Opel Kadett mit Lenkradschaltung und tat sich schwer, den richtigen Gang zu finden. Der dichte Verkehr bereitete ihr Schwierigkeiten.

Nach dem Kaffee machte er sich mit einem Regenschirm auf den Weg.

Der Synagogenbau stammte aus der Kaiserzeit und hatte die Reichskristallnacht und den Bombenkrieg so überstanden, dass man kurz nach dem Krieg und einigen Renovierungsarbeiten wieder mit den Gottesdiensten beginnen konnte.

Preusser war noch nie in einer Synagoge gewesen; es befremdete ihn, nur wenige Minuten von seinem Zuhause entfernt, in eine ihm so gänzlich fremde Welt einzutreten.

Er klingelte und wurde von einem Mitarbeiter, der das Eingangsgitter öffnete, in einen kleinen Vorhof mit Brunnen geführt. Der Mann trug eine Kippa und schaute Preusser misstrauisch an, schließlich bat er ihn zu warten.

Die Synagoge war im Jugendstil erbaut. Eine große Kuppel, die nun regennass glänzte, wölbte sich über den Gebetsraum, während sich in einem Anbau vermutlich die Verwaltung befand.

Der Mann, der die Tür geöffnet hatte, tauchte aus einer schmalen Tür wie aus dem Nichts wieder auf und führte ihn wortlos in den Gebetsraum, der ihn mit den Bankreihen links und rechts eines Mittelgangs an eine christliche Kirche erinnerte. Nur der Thoraschrein auf der Empore vor der Stirnwand wirkte fremd. Vor dem Schrein, der mit einem reichverzierten und bestickten Tuch bedeckt war, stand ein Pult, auf dem wohl die Thorarollen abgelegt wurden, um vorzulesen.

Preusser stellte den tropfenden Schirm in eine Ecke.

»Sie sind zum ersten Mal in einer Synagoge?«

Preusser drehte sich um.

Ignaz Lewysohn war ein schmaler hochgewachsener Mann mit ergrauten Haaren. Er trug den üblichen Bart eines orthodoxen Juden, dazu einen Straßenanzug und auf dem Kopf eine Kippa. Eine weitere hielt er in der Hand und reichte sie Preusser, der ihn verständnislos ansah.

»Die Kippa müssen alle männlichen Besucher hier tragen.«

Er lächelte milde, als sich Preusser die Kippa ungeschickt auf den Hinterkopf setzte.

»Eine kleine Führung?«

Der Rabbiner wartete nicht auf eine Antwort und ging in Richtung Thoraschrein.

»Wir Juden haben keinen Priester als Mittler zwischen Gott und uns. Wir beten unsere neunzehn Segenssprüche, die Schmone Esser, stehend dreimal am Tag, dazu am Morgen und Abend das Schma Israel, unser Glaubensbekenntnis. Hierzu benötigen wir die Kippa, den Gebetsschal und die Gebetskapsel. Um in der Synagoge zu beten, brauchen wir zehn erwachsene Mitglieder. Wir hier sind orthodoxe Juden. Da zählen nur Männer. Liberale Gemeinden erlauben auch Frauen. Moses hat nach der Überlieferung das Vorlesen der Thora für die Vormittage der Sabbate, Feste, Neumonde und jeden zweiten und fünften Wochentag angeordnet, das war damals der Markttag. Außerdem wird an allen Halbfesten und Fasttagen, an Chanukka und Purim vorgelesen. Den Abschnitt, der gelesen wird, teilt man in Abteilungen auf, zu denen dann einer der Anwesenden aufgerufen wird, der vor die Thora tritt und jedes Wort leise liest, das ihm der Vorbeter der Schaliach Zibur vorträgt. Dazu spricht er weitere Gebete. Am Sabbatmorgen werden sieben, am Versöhnungstag am Morgen sechs, an den Festtagen fünf, an den Halbfesten und Neumondtagen vier, bei jeder anderen Vorlesung drei Personen aufgerufen. Das Lesen wird so eingeteilt, dass einmal im Jahr alle 54 Teile der Thora an die Reihe kommen.«

Der Rabbi ging zum Thoraschrein und zog den mit hebräischen Zeichen bestickten Vorhang zur Seite. Er öffnete die hölzernen Türen des Schreins. Dahinter lagen die Rollen.

Lewysohn betrachtete sie nachdenklich einen Moment, dann wandte er sich Preusser zu. »Aber deswegen sind Sie wahrscheinlich nicht gekommen.«

Preusser war von der Atmosphäre der Synagoge und dem Vortrag des Mannes völlig eingenommen und brauchte einen Moment, um sich zu sammeln.

Der Rabbiner lächelte. »Das ist alles neu für Sie?«

»Ja. Ich lebe nur fünf Minuten zu Fuß von hier entfernt, doch es ist so anders.«

»Das geht den meisten Besuchern so. Seit fast zweitausend Jahren bestehen die Religionen nebeneinander in Deutschland, aber die Christen wissen praktisch nichts über uns und den jüdischen Glauben. Was kann ich für Sie tun?«

»Ich komme aus einem traurigen Grund. Ich bin von der Kriminalpolizei, der Mordkommission.«

»Ich weiß, der Schammes, also der Synagogendiener, hat es mir gesagt.«

Preusser zog das Bild Mandels hervor und hielt es dem Rabbiner hin.

»Kennen Sie diesen Mann?«

Lewysohn schloss einen Augenblick die Augen, und Preusser beobachtete, wie sich Sorgenfalten in sein Gesicht gruben.

»Wir haben ihn erstochen im Main gefunden.«

Der Rabbiner seufzte. »Es ist eine Weile her, dass Simon zuletzt hier war. Ich schätze, ein halbes Jahr.«

»War er gläubig und kam zu den Gottesdiensten?«

»Er kam aus dem freien und friedlichen Amerika herüber und wurde mit dem Schicksal seines Volkes konfrontiert. Ich denke, er suchte Halt im Glauben.«

»Hat er diesen Halt gefunden?«

»Wer weiß das schon? Einige seltene Male war er zum Sabbat hier, doch wissen Sie, viele haben den Glauben verloren. Eine der wenigen Frankfurter Jüdinnen, die zurückgekommen sind, hat zu mir mal gesagt, sie habe Gott im KZ gesucht, aber nirgends finden können, es müsse ihn also nicht geben.«

Preusser nickte. »Ich verstehe.«

»Wirklich?«

Die Atmosphäre in der Synagoge war beinahe hypnotisch. Preusser blickte in Richtung des Teppichs über dem Thoraschrein, eigentlich aber sah er wie in seinen Träumen das Feld und den Baum, sah die Frau mit ihrem Kind. »Ich war in Russland, und sollte Gott mich gerufen haben, waren die Schreie der Verletzten und Sterbenden lauter.«

»Welcher Konfession gehören Sie an?«

»Ich bin katholisch. Mir wurde immer von dem lieben himmlischen Vater erzählt. Nächstenliebe und Vergebung der Sünden. Im Gefecht war er nicht mit uns, wie es auf den Koppelschlössern stand, sondern vielleicht der Teufel, nein, der war ganz sicher dort. Ein Kamerad ist nach dem Krieg ins Kloster eingetreten. Er hat den Glauben in dieser Hölle gefunden. Ich hingegen habe mich vom Gott meiner Kindheit abgewandt. Jedes meiner Gebete wird zur Anklage: Warum hast du das zugelassen?«

Der Rabbiner sah ihn mit ruhigen Augen an. »Simons Eltern sind den gleichen Weg gegangen, den auch Sie beschritten haben. Sie leben ohne Glauben und haben ihre Kinder entsprechend erzogen.«

»Hatte Simon Mandel es deswegen schwerer? War es ihm unwohl dabei, in diesem Punkt mit den Eltern zu brechen?«

»Mag sein, aber da war ein weiterer Punkt, über den er nicht mit mir redete und den ich nie herausfand. Es hatte etwas mit den jüdischen Gesetzen zu tun.«

»Haben Sie eine Vermutung?«

Lewysohn lachte. »Herr Kommissar, wir müssen auf sechshundertdreizehn Gebote und Verbote achten.«

Sie lachten leise.

Preusser verabschiedete sich und ging zur Tür, als Lewysohn ihn noch einmal rief. »Ich habe ganz vergessen: Vor einer Woche war Simon noch einmal in der Synagoge. Doch als ich ihn später ansprechen wollte, war er schon gegangen.«

»War er alleine?«

»Das weiß ich nicht. Er wirkte jedenfalls sehr aufgeräumt. Ich habe ihn im Vorhof gesehen, als er mit einem anderen Besucher sprach.«

ELF

Annemarie Josten hatte Kaffee gekocht. Die Fahndungsgruppe saß vor dampfenden Tassen und wartete. Ostholm hatte sich entschuldigt.

»Wo bleibt Backhaus?«

Preusser nahm den Hörer, doch zu seiner Verwunderung erreichte er nur die Sekretärin.

»Der Hauptkommissar ist bereits nach Hause gefahren und hat mich gebeten, Ihnen mitzuteilen, dass es bisher keine Ergebnisse gibt.«

Preusser legte unwillig auf.

»Fangen wir an. Eugen?«

Gesshoff beugte sich über seine Notizen. »Der Reporter der ›Washington Post‹, Dashiel Smith, ist ein Säufer, und dementsprechend unzuverlässig sind auch seine Aussagen. Wir waren in einer Bar am Bahnhof. Ihr könnt es euch vorstellen. Überall Nutten und Kriminelle. Nach einer Stunde bin ich gegangen, da war nichts mehr zu wollen. Vorher konnte ich ein paar Dinge aus ihm herausbringen. Zunächst hat er gar nicht verstanden, wieso er im Adressbuch von Mandel stand, denn eigentlich hatten sie nur einmal miteinander zu tun. Sie waren zusammen mit einer Gruppe amerikanischer Journalisten im KZ Dachau.«

»Wir können diesen Smith demnach als unwichtig abhaken?«, fragte Preusser.

Gesshoff wiegte den Kopf hin und her. »So würde ich das nicht sagen. Die beiden haben auf der Rückfahrt lange gesprochen. Smith hat dabei ein bestimmtes Bild von Mandel bekommen: gebildet, kultiviert, wohlhabend und extrem höflich, aber auch unsicher. Dashiel – die duzen sich ja alle, die Amis, und reden sich mit dem Vornamen an –, also er meinte, Mandel wäre auf einem Selbstfindungstrip gewesen.« Gesshoff hatte bei den letzten Worten süffisant die Stimme gehoben.

»Einem was?«

»Ein Trip ist eine Reise. Er glaubt, dass sich Simon Mandel in einer Lebensphase befand, in der er zu sich selbst finden musste. Er suchte seinen Platz.«

Preusser sah Wiedemann an. »Was ist das für ein Bockmist?«

»Psychologie.«

»Selbstfindung.« Preusser grunzte ironisch. »Wir hatten schnell unseren Platz in der Welt. Uniform, Waffe und Krieg, danach Wiederaufbau, nicht wahr, Eugen?«

Gesshoff nickte. »Augen zu und durch. Was blieb uns anderes übrig? Wir hatten Familie. Für so eine Gefühlsduselei war keine Zeit. Außerdem: Wer braucht denn so etwas, um seinen Mann zu stehen? Ich hätte mich geschämt.«

»Wäre vielleicht nicht schlecht gewesen«, warf Wiedemann ein.

»Was willst du damit sagen?« Gesshoff fummelte einen Zigarillo aus dem Päckchen und sah Wiedemann streitlustig an.

»Es geht nicht immer ums Materielle. Eure Generation hat so getan, als sei nichts passiert, und jetzt, wo es wieder gut läuft, kann man die dunklen Momente vergessen. Verarbeitet wurden die Erlebnisse bis heute nicht. Meine Mutter flieht noch bei jedem Probealarm in den Keller und weint. Sie hält es oben einfach nicht aus. Alle, die solche Zwangsneurosen haben, sollten sich nach dem Grund fragen.«

»Und dann?«, fragte Gesshoff empört.

Preusser spürte ein Kribbeln in seiner Hand und ballte sie zur Faust. »Schluss damit! Das reicht.«

Gesshoff war sichtbar verärgert. »Weinen? Man musste den Hintern zusammenkneifen und nicht gleich lamentieren.«

»Augen zu und weitermachen also?« Wiedemann beugte sich auf seinem Stuhl vor. »Glaubst du, ich merke nicht, wie du dich davor drückst, Mandels Artikel zu lesen? Warum tust du dich hiermit so schwer, wenn alles gut ist? Musst du dann die Augen aufmachen?«

»Schluss jetzt.« Preusser erhob die Stimme, doch ohne Wirkung.

Gesshoff war plötzlich hochrot im Gesicht. Die Asche seines Zigarillos flog wie eine kleine Wolke durch die Luft. »Ich war in Frankfurt ein einfacher Polizist und habe mir nichts vorzuwerfen, wofür ich in Sack und Asche gehen müsste.«

Wiedemann wollte weiter streiten, aber Preusser sprang

auf, trat an die Tafel und brüllte: »Ruhe! Das gehört hier nicht hin, und ich dulde diese Diskussionen nicht in meiner Abteilung. Eugen, was ist mit den beiden Männern von deiner Liste?«

Einige Sekunden knisterte noch die Luft, dann paffte Gesshoff zweimal missmutig und kramte schließlich in seinen Unterlagen. »Adalbert Zeuner und Hanspeter Schnieder. Sie haben mit Mandel in einem Verein im Nordend Tennis gespielt. Schnieder war der ständige Partner, Zeuner ist nur ab und an eingesprungen. Der eine Mann war ziemlich ruhig, der andere regelrecht schockiert. Sie konnten nicht viel sagen. Mandel ist eines Tages im Vereinsheim aufgetaucht. Die Konstellation mit den beiden hat sich ganz zufällig ergeben. Er hat sich schnell integriert und war für das Vereinsturnier im August angemeldet, hat sich ansonsten aber aus der Vereinsmeierei herausgehalten. Interessant war ein Streit, den er mit einem älteren Herrn hatte. Zeuner hat das beobachtet. Er ist Filialleiter der Frankfurter Sparkasse direkt neben Ilse Klinghammers Pension. Er war länger dort, da er einen Kreditantrag bearbeiten wollte, und sah, wie Mandel mit einem Mann diskutierte und schließlich in Streit geriet.«

»Hat er Mandel darauf angesprochen?«

»Nein, er hat ihn nicht mehr getroffen. Kurz darauf sah er die Spurensicherung in der Pension und hat schon geahnt, dass etwas passiert sein musste.«

»Konnte er den Kontrahenten beschreiben?«

»Groß, sonst nichts. Dass es ein älterer Mann war, schließt er daraus, dass er einen Hut trug.«

»Unterhielt der Tote ein Konto bei Zeuner?«

»Kann ich nicht sagen. Die Miete hat er jedenfalls bar bezahlt. Ich werde nachfragen.«

»Was ist mit den Artikeln?«, fragte Preusser dann.

Wiedemann sah kritisch zu Gesshoff, sagte aber nichts.

»Die drei kurzen Artikel, die ich gelesen habe, sind normale Berichte. Mandel stellt nur auf journalistische Weise dar, was der Prozess zutage fördert. Keine Mutmaßungen, keine Anschuldigungen gegen Außenstehende. Zudem hat er nur selten etwas in einer Zeitung platzieren können. Die Inhalte sind zugegebenermaßen unschön, doch das trifft auch auf andere Berichte zu.«

Preusser steckte sich eine weitere Zigarette an und merkte, dass er zu viel rauchte. »Mandel ist kultiviert, freundlich und beliebt. Er ist nur mäßig erfolgreich in seiner journalistischen Arbeit, hat jedoch keine Geldsorgen. Er fällt anfangs durch Unerfahrenheit auf, was sich aber gegeben hat. Privat spielt er gerne Tennis, geht in Beatclubs oder das Theater und versucht neuerdings, das Schicksal seiner Familie zu erkunden.«

Gesshof drückte den Stumpen aus. Rauch drang in seine Augen, und er blinzelte. »Viel ist das nicht. Wenn Deckers uns ausbooten will und den Fall Backhaus überträgt, haben wir kaum Gegenargumente.«

Wiedemann drehte wieder an seinem Stempelhalter. »Sofern wir die Tatsache beiseitelassen, dass er als Jude über die Prozesse berichtet hat, ist er so unauffällig wie eine weiß getünchte Wand. Raubmord?«

Preusser nickte langsam. »Möglich, aber ihr kennt ja meinen Wahlspruch.«

Wiedemann grinste. »Wir glauben es erst, wenn alle Zweifel ausgeräumt sind.«

»Also: Was ist offen? Zunächst der anonyme Anrufer.«

Wiedemann kratzte sich am Kopf. »Da sind wir nicht weitergekommen. Dass er anonym bleiben will, kann tausend Gründe haben. Angst vor unseren Fragen, selbst Dreck am Stecken. Der Mörder ist er jedenfalls nicht.«

»Zweitens: die Zeugin, die ihn so aufgewühlt hat.«

»Berufliches Interesse. Wo ist da die Verbindung zu seiner Ermordung?«

»Im Augenblick kaum herzustellen. Wir sollten sie ausfindig machen«, warf Gesshoff ein.

»Unbedingt. Drittens: der Berlinbesuch. Diese Reise war offenbar eine Zäsur. Es müsste jemand hinfahren, um herauszufinden, was Mandel dort gesucht hat.»

»Da wird Deckers niemals mitspielen.«

Preusser nickte. »Und viertens: Greta Petzhold. Dass Mandel ihr nachgestellt haben soll, widerspricht dem Bild, das wir bisher von ihm zeichnen konnten. Allerdings gibt mir hier die zeitliche Nähe zu seinem Tod zu denken.« Er zögerte. »Also Folgendes: Der anonyme Anrufer ist nicht festzustellen. Die Zeugin will Gertrud Thessen ausfindig machen, das kann allerdings dauern. Du, Hermann, überprüfst die Familie Petzhold. Mit Berlin werde ich vorfühlen, glaube aber nicht, dass die Reise genehmigt wird. Du, Eugen, gehst wegen des Kontos und des Streits zu diesem Zeuner. Was uns danach bleibt, ist abzuwarten.«

Es klopfte, und Karl Linz betrat vorsichtig den Raum. Er war erst seit kurzem bei der Kriminalpolizei und einer der beiden Kollegen, die ihnen Deckers zugeordnet hatte. Hoch aufgeschossen und schlank stand er so hilflos vor ihnen, dass Preusser ein Grinsen unterdrücken musste.

»Herr Linz, was kann ich für Sie tun?«

»Die Schutzpolizei hat einen Anwohner gefunden, der sich sicher ist, am Abend des Mordes eine Gruppe von NPD-Mitgliedern in der Nähe der Stelle gesehen zu haben, wo der Tote in den Main geworfen wurde.«

»Wieso ist er sich da sicher?«

»Die NPD hat um die Ecke eine Stammkneipe, daher kennt er die Männer.«

»Fahren die Kollegen zur Befragung zu dieser Kneipe?«

Nun grinste Linz. »Das wollten sie nicht ohne klare Anweisungen und schon gar nicht alleine hin.«

Preusser stand auf. »Dann lasst uns heute Abend mal in die Kneipe gehen.«

Linz hatte noch etwas auf dem Herzen. »Die Leiche wurde freigegeben.«

»Informieren Sie bitte die Eltern. Die Telefonnummer hat Hauptmeister Gesshoff.« Preusser sah zu Wiedemann. »Das ist deine Aufgabe, Hermann, sie wollen jemanden, der zu jung ist, um damals dabei gewesen zu sein.«

* * *

Das »Wirtshaus am Main« lag lediglich ein paar hundert Meter vom Frankfurter Hafen entfernt auf einem Trümmergrundstück zwischen dem Ostpark und den Gleisen. Das einstöckige Gebäude erinnerte Preusser an das Vereinshaus des Kleingartenvereins, in dem Gesshoff seit Jahren eine Parzelle hatte, auf der er regelmäßig seinen Geburtstag feierte. Eine funzelige Leuchtreklame wies darauf hin, dass hier Licher Bier aus dem Hahn kam.

Als sie mit dem Opel von der Oststraße auf den unbefestigten Platz holperten, der mit Pfützen der Regenfälle der letzten Tage übersät war, zählte Preusser vier weitere PKWs, einige Fahrräder und Mopeds der Marken Kreidler und Zündapp, dazwischen stand ein NSU Quickly.

Sie hatten Kollegen von der Schutzpolizei mitgenommen, die ihnen in einem VW-Bulli folgten.

Die NPD hatte im vorherigen Jahr unter ihrem Vorsitzenden Adolf von Thadden einen Aufschwung erlebt, der ihr Mandate in mehreren Landtagen eingebracht hatte. Viele hatten Angst vor einem Wiedererstarken der Nazis, Preusser sah in dem Erfolg eher die Reaktion Ewiggestriger auf die

Wirtschaftskrise, die Deutschland erfasst hatte. Die Arbeitslosenzahlen waren auf über zweihunderttausend gestiegen und hatten Ludwig Erhard die Kanzlerschaft gekostet. Mittlerweile lief es wieder besser, doch weiterhin suchten Tausende vergeblich Arbeit, weshalb die NPD die Gastarbeiter ins Visier nahm.

Es war noch hell, als Preusser mit Gesshoff und Wiedemann auf die Wirtschaft zuging.

Er zog die Tür auf und schob einen einstmals grauen Vorhang zur Seite, der als Windfang diente und mittlerweile nikotingelb verfärbt war. Es stank nach vergossenem Bier, Erbrochenem und Zigarettenqualm.

»Was für ein Drecksloch!« Gesshoff grinste.

Im Innern war es dunkel. An den vielleicht zehn Tischen saßen kaum fünf Gäste. Eine Gruppe spielte schweigend Skat, eine einsame Figur hing am Tresen und starrte in ein halbleeres Bierglas.

Preusser zog seine Dienstmarke aus der Tasche.

»Wo sind die Mitglieder von der NPD?«

Der Wirt, ein schmieriger Typ mit fettem Bauch, rieb sich die Hände an einer Schürze ab und beäugte die Marke. »Ich weiß nicht, wovon …«

Gesshoff unterbrach ihn. »Pass auf! Wir machen dir den Saustall hier in zwei Sekunden dicht, wenn du uns blöd kommst, klar?«

»Sie …«

»Wo? Im Hinterzimmer?«

Der Mann nickte nur.

»Sie bleiben hier!«, rief Gesshoff.

Neben der Theke führte ein schmaler Gang zu den Toiletten. Der Gestank war beißend. Eine Tür führte nach draußen, denn durch eine verdreckte Scheibe fiel Tageslicht diffus in den Gang.

Auf der rechten Seite war eine Tür angelehnt. Stimmen und dröhnendes Lachen waren zu hören.

Preusser wandte sich an Wiedemann. »Geh raus und bewache den Hinterausgang, die Schupos sollen sich aufteilen. Mindestens zehn brauche ich eventuell hier im Gastraum, der Rest soll draußen warten. Einen nimmst du mit.«

Wiedemann verschwand, und Preusser nickte Gesshoff zu.

Der drückte, ohne anzuklopfen, die Tür auf.

Ein Mann unterbrach den Satz, den er begonnen hatte, und wandte sich um. Sein Stiernacken quoll über den Kragen des weißen Hemds.

»Geschlossene Gesellschaft! Sieh zu, dass du rauskommst, sonst machen wir dir Beine«, rief der Mann.

Dem rauen Ton folgte Gelächter.

Preusser hatte schon die Marke in der Hand.

Der Ton des Kerls reizte ihn. »Reißen Sie sich mal im Ton zusammen. Kriminalpolizei, wir haben ein paar Fragen.«

In dem relativ engen Raum standen zwei lange Tische, an denen ausschließlich ältere Männer saßen. Eine bunte Mischung des Kleinbürgertums, die noch die volle Gehirnwäsche der nationalsozialistischen Propaganda abbekommen hatte. Kräftige Handwerker schienen dabei zu sein, vielleicht der eine oder andere Arbeiter, aber auch Angestellte mit schmalen Schultern in Anzug und Krawatte.

Stille trat ein. Die Anwesenden sahen sich überrascht an.

»Was für Fragen?« Der Wortführer war offensichtlich der Chef. Seine wasserhellen Augen sahen Preusser feindselig an.

»Fragen eben«, erwiderte Preusser ruhig.

»Und wenn mir das egal ist?«

Preusser kannte diese Typen von vergangen geglaubten Zeiten. Herrisch und arrogant. »Würden Sie mir bitte Ihren Namen nennen?«

»Wüsste nicht warum.«

»Passen Sie auf! Ich erkläre Ihnen mal, wie das hier läuft. Ich frage, und Sie antworten mir.«

»Oder?«

Der Typ wandte sich beifallheischend an seine Claqueure, die wie auf Kommando zu johlen begannen.

»Oder ich nehme Sie fest.« Preusser ließ sich nicht einschüchtern. »Morgen früh können wir uns dann ausgeruht unterhalten.«

»Mein Anwalt …«

»Ihr Anwalt ist mir egal. Sie widersetzen sich der Staatsgewalt, das gibt mir das Recht, Sie erst einmal einzubuchten.«

Sein Gegenüber zögerte kurz und stand schließlich ruhig auf. Seine Wangen hatten sich gerötet. »Passt mal auf: Ihr von der Schmiere könnt mich mal.«

Gesshoff verdrehte die Augen und ging in den Raum. »Na los, dann kommen Sie zur Befragung mit aufs Revier.«

Preusser sah nicht, welchen Wink der Kerl seinen Gefolgsleuten gab, während er spöttisch grinste und nach seiner Jacke griff. Jedenfalls stürmte die Meute wie auf Kommando von den Tischen los.

Gesshoff und er machten auf dem Absatz kehrt, knallten den ersten Angreifern die Tür vor die Köpfe, dann eilten sie schleunigst in den Gastraum und traten hinter die Schupos, die nun eine Kette bildeten.

Als die ersten Männer in den Raum stürmten und die Polizisten sahen, versuchten sie sofort, zurück in den Gang nach hinten zu gelangen, doch ihre Kameraden drängten nach wie vor in den Raum und schoben sie weiter.

»Na dann gebt ihnen mal Saures.« Einer der Uniformierten, offensichtlich der Gruppenleiter, nickte seinen Männern zu.

Es ploppte im Stakkato, als die Gummiknüppel niederfuhren, und innerhalb kurzer Zeit fiel der Angriff in sich zusammen.

Männer, die eben noch aggressiv schreiend hinter Gesshoff und Preusser hergestürmt waren, lagen im Dreck zwischen fleckigen Bierdeckeln und hielten sich die schmerzenden Köpfe und Glieder.

Es kostete Preusser viel Beherrschung, nicht schadenfroh zu sein, und auch Gesshoff wirkte zufrieden, als er anmerkte: »Die Bande kommt in Gewahrsam. Tut dem Abschaum nichts mehr, sonst produziert ihr neue Märtyrer.« Er lachte. »Der Marsch auf das Wirtshaus am Main.«

Kurz darauf herrschte Ruhe.

* * *

Wiedemann war hinter der Baracke, in der das braune Pack seine Versammlungen abhielt, und duckte sich unter ein kleines Vordach, von dem es tropfte. Sein Kopf und die Wunde schmerzten, und er wäre lieber nach Hause gegangen, doch der Einsatz war ihm zu wichtig.

Er vertrat die Auffassung, dass eine Partei, die im Grunde vorhatte, wieder einen Führerstaat aufzubauen, verboten gehörte. Es widerte ihn schon an, als er nur den Ton hörte, mit dem ein Mann in einem der Hinterzimmer seine Parolen absonderte.

Preusser musste damit rechnen, dass sie bei dem NPD-Sturm, wie ihn einer der Schupos abfällig bezeichnet hatte, auf Widerstand stoßen würden, während die wichtigen Kerle durch die Hintertür zu verschwinden versuchten. Auch Wiedemann glaubte, dass sein Chef damit richtiglag.

Ein Güterzug rumpelte auf den Gleisen vorbei. Als der Zug endlich verschwunden war, hatte sich der Tonfall im Inneren verändert.

Unvermittelt brach ein Tumult aus, Stühle krachten auf den Boden, und lautes Geschrei war zu hören.

Wiedemann reagierte sofort. »Aufpassen. Es geht los.«

Keine fünf Sekunden später schwang die Hintertür auf, und drei Schatten eilten geduckt in Richtung eines Gebüschs, das zwischen dem Haus und den Gleisen wucherte. Vorneweg trabte ein bulliger Kerl in Sakko und Krawatte, ihm folgten zwei andere, die jünger waren und Handwerkskleidung trugen.

»Stehen bleiben! Polizei!« Wiedemann riss die Walther hervor und entsicherte die Waffe. »Stehen bleiben, oder ich schieße!«

Die drei Männer beschleunigten ihre Schritte.

Wiedemann hob die Pistole und schoss in die Luft.

»Halt, verdammt! Der nächste Schuss geht in die Beine, versprochen.«

Die Männer standen so abrupt still, als wären sie gegen eine imaginäre Wand gelaufen, und hoben die Hände.

»Auf die Knie und dann ganz langsam mit dem Gesicht nach vorne auf den Boden«, rief Weidemann, während er sich mit einem Kollegen näherte, die Waffe im Anschlag.

Der Anzugträger und der Begleiter zu seiner Linken folgten den Anweisungen. Der Dritte jedoch zögerte.

»Ich leg mich wegen dir nicht in eine Pfütze, Bullenschwein.«

Wiedemann trat hinter den Mann, stellte den linken Fuß zwischen die Schultern und stieß ihn um. Es klatschte, als der Kerl im Wasser landete und zu fluchen begann.

Grinsend sah Wiedemann zu dem Mann von der Schutzpolizei hinüber, der bereits seine Handschellen zückte.

»Na, geht doch.«

ZWÖLF

»Karlhans Wimmer heißen Sie? Wie ich in Ihrem Ausweis lese.«

Der Mann mit der nun verschmutzten Trachtenjacke nickte kaum merklich.

Preusser sah einige Sekunden in das gerötete Gesicht. Wie er diese Typen hasste.

»Kaufmann in Frankfurt. Was bringen Sie denn unter die Leute?«

»Baustoffe.«

»Hoffentlich haben Sie einen guten leitenden Mitarbeiter. Die Staatsanwaltschaft bereitet nämlich die Anklage wegen diverser Vergehen vor. Widerstand gegen die Staatsgewalt, Anstiftung zu Tätlichkeiten gegenüber Polizeibeamten und was denen ansonsten noch so einfällt.«

»Das ist doch barer Unsinn, ich habe mich bedroht gefühlt und wollte nur da wegkommen.« Die blauen Augen blickten emotionslos.

»Erzählen Sie das jemand, der dumm genug ist, Ihnen dieses Ammenmärchen zu glauben. Der Staatsanwalt wird wahrscheinlich laut lachen.«

»Ich werde hier schneller wieder raus sein, als Sie bis drei zählen können, und eins kann ich Ihnen versprechen, sobald wir an der Macht sind, hört das mit der Polizeiwillkür auf.«

»Noch mal will Deutschland euch nicht ertragen.«

»Träumen Sie weiter! Wir sitzen in mehreren Parlamenten, und zehn Prozent der Stimmen sind uns praktisch sicher.«

»Verschonen Sie mich mit Ihren Ausführungen. Wenn ich meine Tochter und ihre Generation betrachte, kann ich mir kaum vorstellen, dass Sie das Rad der Geschichte zurückdrehen können. Die werden auf die Straße gehen.«

»Hören Negermusik und lassen sich von den Kommunisten beeinflussen. Wir werden erneut in diesem Land regieren, und dann räumen wir auf mit den Gastarbeitern und den linken Ratten und …«

»… den Juden?«

Wimmer zögerte, nickte schließlich aber mit heroischer Miene. »Ja, mit denen auch. Sie beherrschen Amerika und das Geld. Nur wegen diesem Geschmeiß gab es keine Wiedervereinigung. Wollen Sie nicht, dass Deutschland wieder groß wird? Haben Sie damals nicht den Zauber gespürt, den eine geeinte Nation ausmacht?«

»Ich bin aus dem Sudetenland. Es war schön dort. Die Tschechen haben uns machen lassen. Mein Bruder hat seinen Wehrdienst bei der tschechischen Armee abgeleistet und kam nach einem Jahr nach Hause. Danach ist das Reich …« Preusser spukte das Wort förmlich aus. »… gekommen, und er ist mit der deutschen Wehrmacht nach Russland gezogen, voller Elan, voller Patriotismus und durfte vor Moskau erfrieren, weil man lieber Waffen als warme Uniformen geschickt hat.« Preusser schwieg. Er hatte bereits zu viel gesagt, hatte sich dazu hinreißen lassen, mit diesem Nazi zu streiten. »Also: Warum haben Sie vorhin versucht zu fliehen?«

»Um einer politisch motivierten Inhaftnahme zu entgehen.«

Preusser lachte auf. »Was für ein Unsinn! Wir hatten lediglich einige Fragen.«

Wimmer sah ihn wieder spöttisch an. »Genau das ging eben nicht. Bringen Sie mir Hauptkommissar Backhaus. Er wird das klären.«

Preusser stutzte. »Später. Wo waren Sie am Abend des neunundzwanzigsten Mai dieses Jahres?«

»Ohne Backhaus kein weiteres Wort.«

»Beantworten Sie meine Frage.«

Wimmer verschränkte die Arme und schwieg.

Preusser wartete einige Sekunden, dann stand er auf und schaltete das Tonbandgerät ab.

Er wandte sich an den Polizisten, der neben der Tür auf einem Stuhl saß. »Bringen Sie ihn in eine Zelle. Da kann er ein wenig über meine Frage nachdenken.«

Wimmer brauste auf. »Ich will …«

Preusser verließ wortlos den Raum.

Im Nachbarraum verhörte Gesshoff den Mann, der in der Pfütze gelandet war. Er trug nun ein Rippenhemd mit dem Aufdruck der JVA Frankfurt.

Preusser ging hinein und setzte sich mit an den Tisch. »Was gibt es?«

»Herr Günzburg beliebt zu schweigen.« Gesshoff rieb sich über das Gesicht. Er wandte sich um. »Pass mal auf, es ist jetzt an der Zeit, dass du die Zähne auseinanderbekommst.«

»Sein Sturmbannführer Wimmer erzählt uns schon, was am Montag unten am Main los war. Will wohl eine Strafmilderung«, warf Preusser ein.

Die Augen von Mario Günzburg weiteten sich. »Er würde niemals mit Ihnen reden.«

Preusser streckte die Hand aus. »Wollen wir wetten?«

»Wenn Sie schon alles wissen, kann ich ja den Mund halten.«

Gesshoff sah den Mann väterlich an. »Bevorzugt wird nur derjenige, der sich kooperationsbereit zeigt.«

»Ich habe doch nichts getan.«

»Wimmer sieht das anders. Was ist unten am Main passiert, als Sie dort waren?«

»Ist es verboten, sich dort aufzuhalten?«

»Natürlich nicht. Nur, warum halten Sie dann mit den Informationen so hinter dem Berg?«

»Wir sprechen nicht mit der Polizei.« Mario Günzburg verschränkte die Arme.

»Tun Sie gerade. Genauso wie Ihr Sturmbannführer.«

Preusser lächelte überlegen. »Sie trieben sich also am Main herum. Wann genau?«

»So gegen neun oder zehn Uhr. Ich war angesoffen, ich weiß es nicht mehr genau.«

Gesshoff sah Preusser an. Nun redete Günzburg also doch.

»Und was war dann?«

»Nichts.«

»Wie nichts?« Gesshoff zündete sich einen Zigarillo an. »Auch einen?«

Günzburg blickte auf das Päckchen Ernte 23, das auf dem Tisch lag. »Lieber so eine.«

Preusser schob die Schachtel hinüber, dann rauchten sie ein paar Momente schweigend.

»Also, was war los?«

»Wir sind da runter, Wimmer, Bruno und ich.«

»Bruno wer?«

»Schneider, der Zimmermann.«

Schneider war der Dritte, den sie festgenommen hatten. Er saß nebenan und schwieg Wiedemann an, doch das brauchte Günzburg nicht zu wissen.

»Weiter.« Gesshoffs Ton war jovial.

»Da kam das Auto und …«

Die Tür flog auf. Backhaus erschien und winkte ihnen, herauszukommen.

»Jetzt nicht!«

»Muss sein.«

»Nein, jetzt nicht! Du musst warten.«

»Das ist eine Anordnung.« Deckers tauchte hinter Backhaus auf.

Preusser erhob sich unwillig und folgte Gesshoff. Er schloss die Tür.

»Ihr kommt wirklich ungelegen. Günzburg war gerade im Begriff, eine Aussage zu machen.«

»Wir lassen sie laufen, ohne sie noch zu befragen.« Deckers musste von zu Hause gekommen zu sein. Er trug eine bequeme Hose und hatte keine Krawatte umgelegt.

»Ich brauche die Aussage dieses Mannes«, erwiderte Preusser ungehalten und zeigte auf die geschlossene Tür des Vernehmungsraums.

»Wir haben unsere Gründe, das so zu entscheiden.« Deckers rieb sich über Mund und Nase. Auch ihm schien das Ganze nicht zu gefallen.

»Und welche wären das?«

»Wimmer ist ein wichtiger Informant, den Hauptkommissar Backhaus in der rechten Szene installiert hat. Wir müssen ihn schützen.«

»Hilmar, mit dem Pack gibst du dich ab? Soll das die neue Polizeiarbeit sein? Wir decken den einen Verbrecher, damit er uns die anderen ans Messer liefert?«

Backhaus reagierte nicht darauf.

Preusser wandte sich wieder an Deckers. »Das kann ich nicht akzeptieren!«

»Stellen Sie meine Anweisungen in Frage?« Deckers hob die Stimme.

Backhaus legte Preusser die Hand auf den Oberarm. »Sie waren mit mir zusammen. Du erinnerst dich, ich war nicht in der Oper. Ich kann bezeugen, dass sie mit dem Toten nicht in Verbindung stehen.«

»Günzburg spricht von einem Auto, das angekommen ist.«

Backhaus hob die Schultern. »Ein Angler. Wir haben uns nicht weiter darum gekümmert. Hauptsache war, dass er uns nicht gesehen hat.«

»Hast du das Auto gesehen?«

»Ein großer Wagen. BMW oder Mercedes.«

»Ich will Günzburg trotzdem noch auf den Zahn fühlen. Du bist ja nicht den ganzen Abend geblieben.«

Deckers wurde nun richtig laut. »Es steht Ihnen nicht zu, meine Anordnungen zu übergehen, Herr Hauptkommissar. Wo kommen wir denn hin, wenn das Schule macht. Ich erwarte Gehorsam!«

Preusser sah unter sich. »Also brechen wir das Verhör ab?«

»Ja. Ende der Diskussion!«

»Und Wimmer, dieser miese Nazi, geht einfach so wieder nach Hause?«

Deckers sah ihm nur streng in die Augen.

Preusser ging grußlos, wich dem vorwurfsvollen Blick Wiedemanns jedoch aus.

Backhaus kam ihm auf der Treppe hinterher.

»Es lässt sich nicht vermeiden. Tut mir leid.«

»Wir verraten uns selbst. Wägen Böse gegen Böse ab, wobei unser Auftrag lautet, alle zu überführen.«

»Das war noch nie so.«

»Und deswegen ist es also gut, dass wir ausgerechnet diesem Nazipack wieder die Tür öffnen, nach all dem, was war?«

»Ich habe das im Griff.«

Preusser lachte auf. »Na, dann ist ja alles gut. Einen schönen Abend, Herr von Papen.«

* * *

Helga saß auf der Couch im Wohnzimmer und sah »Im Schatten des Todes« aus der Serie »Auf der Flucht«. Richard Kimble floh gerade aus dem Haus der Familie seiner Frau, die ihn für den Mörder hielt, und entkam nur knapp der Polizei.

Das Gerät begann zu rauschen, weiße Flecken flimmerten wie Schneeflocken über den Bildschirm.

»Verdammt.« Helga sprang auf und drehte an der Zimmerantenne, die auf dem Fernseher stand, bis das Bild wieder klar wurde. »Wann bekommen wir denn endlich eine Antenne auf das Dach?«

Er blieb ihr die Antwort schuldig und ging in die Küche, wo er eine Bierflasche öffnete, bevor er ins Wohnzimmer zurückkehrte.

Helga sah ihm wortlos zu, als er Glas und Flasche auf den Tisch stellte. »Mach keine Flecken. Du bist spät?«

»Festnahme einer ganzen Gruppe von NPDlern. Sie haben uns angegriffen.«

»Bist du verletzt worden?«

»Nein, aber wir haben die Kerle wieder laufenlassen. Sie gehören zu Backhaus' Informanten, die werden geschont. Dieser Abschaum!«

»Hast du nichts dagegen gesagt?«

»Natürlich, aber es wurde von Deckers so angeordnet.«

Helga verdrehte die Augen. »Du lässt dir zu viel gefallen, Joachim.«

»Kann schon sein.«

Ein Gong ertönte, und die bekannte Musik der »Tagesschau« kündigte die Nachrichten an.

Der Sprecher begann mit der Beschwerde des ägyptischen Präsidenten Nasser, der der Bundesrepublik vorwarf, Waffen an Israel zu liefern.

Helga achtete nicht darauf. Sie stand auf. »Gib nicht immer klein bei. Komm, wir gehen zum Klaus und trinken noch ein Bier. Das bringt dich auf andere Gedanken.«

* * *

»Zum Klaus« war ihre Stammkneipe gleich an der Ecke zur nächsten Straßenkreuzung, kaum einhundert Meter entfernt. Sie gingen oft hierher, da die halbe Nachbarschaft hier ganz regelmäßig auftauchte und Neuigkeiten die Runde machten.

Preusser trottete lustlos neben Helga den Bürgersteig entlang. Er hätte lieber vorm Fernseher seine schlechte Laune abgesessen.

»Was sagen denn deine Kollegen dazu?«

»Wiedemann ist sauer, Eugen hält sich raus.«

Sie lachte leise und schüttelte den Kopf. »Ihr und euer Gehorsam.«

Preusser erwiderte nichts und zog die Eingangstür auf. Sie betraten den Schankraum, aus dem ihnen die Musik einer Musikbox und die Stimmen der Gäste entgegenfluteten.

Klaus stand wie immer wie aus dem Ei gepellt hinter seinem blitzblanken Tresen und beobachtete die Gäste, ohne selbst viel zu reden. Er trank meistens nur eine Cola und achtete darauf, dass jeder Wunsch der Leute direkt erfüllt wurde.

Preusser musste lediglich Zeige- und Mittelfinger heben, und der Wirt begann sofort zu zapfen.

In der hinteren Ecke, mit Vereinswimpel auf dem Tisch, saßen die »Skatfreunde Westend« und spielten stumm ihre Karten aus. Qualm hing in der Luft, der allerdings nicht so dicht war wie an den Wochenenden.

Preusser nickte den Bekannten zu. Vierkorn, der Bäcker aus der Nachbarstraße, Schneider, der nur zwei Häuser neben ihnen einen Lebensmittelladen betrieb, drei Männer von der Post, deren Namen er nie wusste, und in der Ecke Egon Baltum, der sich hier allabendlich betrank und auch jetzt schon auf etwa zehn kleine Flaschen Underberg stierte.

»Joachim, Helga!«

Preusser drehte sich um und erkannte Frank und Katrin Blau am anderen Ende der Theke.

Katrin war mit Helga zur Schule gegangen und lebte nach wie vor im Viertel. Wenn er sich nicht täuschte, war Elke mit ihrem jüngeren Sohn in einer Klasse gewesen.

»Heute nicht unterwegs?«

Frank verzog das Gesicht zu einem Grinsen. »Herr Blau macht blau.« Er lachte über seinen Witz. »Nein, Spaß beiseite. Wir hatten ein Einführungsseminar für einen Schokoriegel, der das Sortiment an Schokoladentafeln ergänzen soll.«

Frank war Vertreter für einen Schokoladenhersteller und fuhr während der Woche kreuz und quer durch Südhessen und den Heidelberger Raum. Wenn er dann nach Hause kam, rannte ihm eine Schar Kinder hinterher, denn wenn Frank den Kofferraum aufmachte, gab es oft eine Tafel zum Teilen.

Er faltete die Abendzeitung der ›Frankfurter Rundschau‹ auseinander. »Bist du mit diesem Fall befasst?«

Preusser griff fragend nach der Zeitung und sah die Überschrift in großen Lettern:

JÜDISCHER REPORTER AUS DEN USA
TREIBT TOT IM MAIN

Also hatte die Presse doch Wind davon bekommen.

Preusser sah Frank Blau an und nickte. Er rang sich sogar ein Lächeln ab, das entspannt wirken sollte, doch in Wahrheit lief ihm ein kalter Schauer über den Rücken. Nun würden die Ermittlungen noch schwerer werden.

Der Artikel war ein Sammelsurium an Verdächtigungen und Vermutungen. Spekulationen über Neonazis, neuen Antisemitismus; lediglich dass Mandel von den Auschwitzprozessen berichtet hatte, deckte sich mit den Fakten.

Ohne auf die anderen zu achten, die eben von einer Spülmaschine redeten, die Frank für seine Frau gekauft hatte, stürzte er das erste Glas hinunter, stand auf und ging Richtung Theke. »Ich brauche erst noch ein Bier.«

DREIZEHN

Dienstag, 30. Mai 1967

Die Morgenbesprechung war vergangen, ohne dass Deckers auch nur ein Wort gesagt hatte. Der Kriminaldirektor streifte den Fall »Main«, wie er intern hieß, nicht mit der kleinsten Anmerkung, obwohl alle darauf warteten.

Preusser hatte es ebenfalls dabei bewenden lassen und sich anschließend mit Ostholm besprochen, der den Presseartikel als Normalfall abtat. Der Staatsanwalt war hinsichtlich der Fahndung ebenso unschlüssig wie Preusser. Einerseits deutete einiges auf den Raubmord hin, andererseits lagen viele offene Fragen auf dem Tisch, die sich insbesondere mit der NS-Zeit befassten: die Zeugin, Mandels Fragen nach dem Verbleib seiner Verwandten und die Fahrt nach Berlin.

Karl Linz hatte ihm einen Bericht zur Familie Petzhold zusammengestellt, den er nun in der Erwartung las, gleich zur Lagebesprechung gerufen zu werden.

Berthold Petzhold, geboren 1901, stammte aus Bochum, wo sein Vater in einem Zweigwerk von Krupp als Chemiker arbeitete. Er trat in dessen Fußstapfen und studierte nach einem kurzen Kriegseinsatz 1918 – da war er erst siebzehn – Chemie in München. Dort promovierte er auch und begann 1925 bei der neu gegründeten I. G. Farben AG.

Seit dem 27. August 1936 war er mit seiner zehn Jahre jüngeren Frau Sieglinde verheiratet. Petzhold machte als Chemiker Karriere, wobei er als Abteilungsleiter an der Herstellung neuer Produkte wie Methadon und dem Morphinersatz Dolantin beteiligt war. 1940 kehrte er der Produktion den Rücken und arbeitete als persönlicher Assistent von Carl Lautenschläger, dem Werkleiter in Frankfurt. In dieser Zeit leitete er das Projekt zur Entwicklung von Penicillin. Das Projekt war erfolgreich, jedoch wurde nichts mehr produziert, da der Krieg zu Ende ging.

Eingezogen wurde er ebenso wenig, wie er ein NSDAP-Mitglied war. Ob er je das konzerneigene KZ Bruna als Außenstelle von Auschwitz besucht hat, war nicht belegt. 1943 erfolgte die Geburt der einzigen Tochter Greta.

Preusser ließ den Bericht sinken und sah hinaus in den wieder regnerischen Tag. Petzhold hatte sich geschickt durch die Zeit laviert, ohne dem Regime allzu nahegekommen zu sein.

Im Januar 1944 wechselte er in den Stab von Karl Winnacker, dem er während des Penicillin-Projekts aufgefallen war. Nach dem Krieg und der Zerlegung der I. G. Farben AG blieb er in der Firma und beteiligte sich an der Organisation des Neubeginns als Höchst AG. Als Winnacker 1952 dann Vorstandsvorsitzender wurde, übernahm Petzhold 1954 den Posten des Organisationsleiters, den er bis zu seiner Berentung 1966 innehatte. Er galt als sehr wohlhabend und gut vernetzt, war CDU-Mitglied und saß in mehreren Ausschüssen des Landes Hessen.

Sieglinde Petzhold, geborene Müller, stammte aus einer Lehrerfamilie in Frankfurt. Sie war nie berufstätig.

Zu Greta gab es neben ihrem Geburtsdatum nur die Einträge zu Grundschule, Gymnasium und Studium.

Preusser lehnte sich zurück und verkniff sich den Griff nach einer Zigarette.

Die Petzholds konnten als Gewinner des Wirtschaftswunders gelten und hatten es in den gut zwanzig Jahren seit Ende des Krieges zu einer Villa in Bad Soden und laut Vermögensaufstellung zu mehreren Immobilien in Frankfurt und Umgebung gebracht. Doch wo war die Schnittmenge mit Mandel? Der Amerikaner war in Berlin und Ludwigsburg gewesen, um eine Vergangenheit zu beleuchten, in der die Petzholds allem Anschein nach nicht vorkamen. Vielleicht Berthold Petzhold, dessen Arbeitgeber das KZ Bruna unterhielt, dem man diesen Namen gegeben hatte, da hier das kautschukähnliche Zeug hergestellt wurde, das man für Panzer und Flugzeuge brauchte. Sie würden das klären müssen. Allerdings gab selbst eine solche Erkenntnis keine Auskunft darüber, warum Mandel nun Greta und nicht Berthold Petzhold zu kontaktieren versucht hatte.

Eine Sackgasse. Es war wohl eher so, dass Simon Mandel Gefallen an der hübschen Studentin gefunden hatte und sich nur nicht traute, sie anzusprechen.

Preusser griff zum Hörer, um Linz zu beauftragen, die Frage mit dem KZ Bruna zu klären, damit die Sache vom Tisch war, als Wiedemann hereinstürmte.

»Chef, Sie sollen zum Präsidenten kommen.«

* * *

Das Büro des Präsidenten erinnerte Preusser in seinen Ausmaßen an den Empfangsraum eines Fürsten.

Nachdem die mit dicken Polstern schallgedämmte Tür sich sanft geschlossen hatte, benötigte Preusser etliche Schritte, um über einen tiefen Teppich die Sitzecke zu erreichen, in der mehrere Personen in Ledersesseln saßen.

Alles war aus Palisanderholz. Der ausladende Schreibtisch, hinter dem ein enormer Ledersessel thronte, die Bücherregale auf der linken und die Schrankwand auf der rechten Seite des Raums.

Preusser umrundete einen Gummibaum mit sauber abgestaubten Blättern und trat an die Gruppe heran, die sich dort bereits versammelt hatte. Alle Männer erhoben sich.

Polizeipräsident Enders war ein schlanker, hochgewachsener Mann mit aristokratischer Ausstrahlung. Er trug stets einen dunklen Maßanzug mit Weste und passender Krawatte. Als er Preusser die Hand gab, blinkte sein Siegelring in der Sonne.

»Kommissar Preusser, ich darf Ihnen Herrn Ministerialdirigent Dr. Reinke vorstellen, die Kollegen Deckers und Backhaus sind Ihnen ja bekannt.«

Preusser war unwohl zumute, als er dem bulligen Mann aus dem Innenministerium die Hand reichte und sich auf die Kante des einzigen freien Sessels setzte. Das Ganze war die erwartete Krisensitzung, und offensichtlich saß er im Auge des Sturms.

Ihm blieb ein kurzer Moment, um sich zu sammeln, denn Ostholm trat ein, um nach der gleichen Begrüßungszeremonie neben dem Polizeipräsidenten auf dem Sofa Platz zu nehmen. Er zwinkerte Preusser aufmunternd zu.

Enders ergriff das Wort. »Es hat sich etwas Unvorhergesehenes ereignet, das Anlass gibt, die Vorgehensweise im Fall ›Main‹ zu überdenken.« Er strich sich über den akkurat gestutzten silbergrauen Schnauzer und ließ seine Worte wirken. »Ein anonymer Brief wurde gestern der Redaktion der ›Frankfurter Rundschau‹ zugespielt und war Anlass für den uns allen bekannten Artikel in der Abendzeitung. Ausgerechnet diesem linken Blatt. Nun, wie dem auch sei, wir stehen unter Druck.«

»Das sind reine Spekulationen.« Backhaus winkte ab.

»Das interessiert die Pressemeute doch nicht.« Der Polizeipräsident erhob die Stimme. »Es heißt, dass wir den Fall zu zögerlich bearbeiten. Sie stecken uns mit den Nazis und Auschwitz in einen Sack, und sofort klingt die Vermutung an, dass wir als reaktionäre Behörde kein Interesse an einer Aufklärung hätten. Woher wusste der Redakteur überhaupt von der unseligen Razzia in dem NPD-Lokal? Heute Morgen heißt es schon, wir würden die Neonazis decken.«

Enders sah einen nach dem anderen an, doch keiner antwortete ihm.

Reinkes raue Stimme war laut und barsch, als er Preusser ansprach. »Wie sind Sie überhaupt auf die Idee gekommen, die NPD-Fritzen hochzunehmen? Ich dachte, wir suchen nach einem Raubmörder?«

»Wir hatten Zeugenaussagen, die eine Befragung notwendig machten«, erwiderte Preusser sachlich.

»Mein Gott, Sie hätten wissen müssen, wie das im Zusammenhang mit einem toten Juden wirken würde.« Reinke strich sich über einen Schmiss an seiner linken Wange.

»So funktioniert Polizeiarbeit nun einmal«, warf Backhaus in einem gereizten Tonfall ein. Preusser war ihm dankbar dafür, dass er in die Bresche sprang. »Ich wäre den gleichen Weg gegangen, da jeder, der eine solche Aussage nicht verfolgt, seinen Dienst ungenügend erledigt.«

Reinke straffte sich. »Wir können in dieser Angelegenheit alles gebrauchen, nur nicht Aufmerksamkeit von der falschen Seite. Die Zeiten sind unruhig. Spannungen im Nahen Osten, dann der kommende Besuch des Schahs in Bonn und Berlin.«

»Es gibt Grenzen der Rücksichtnahme auf politische Befindlichkeiten, Herr Dr. Reinke.« Preusser traute seinen Ohren nicht, als er Deckers so sprechen hörte. »Und ich verbitte es mir, dass Sie meine Beamten, die ihren Dienst mit Erfolg im Rahmen der Vorschriften erledigen, so abkanzeln.«

»Ihre Vorschriften sind mir ziemlich egal. Es gibt eine undichte Stelle bei Ihnen, oder woher hat der Briefeschreiber seine Informationen?« Reinke wurde immer ungehaltener.

»Von mir und meinen Beamten nicht«, erklärte Preusser völlig ruhig.

»Und dafür legen Sie Ihre Hand ins Feuer?« Der Ministerialdirigent machte eine Kunstpause. »Egal. Wir müssen nun zusehen, dass die Presse diesen Mist nicht hochkocht und er uns um die Ohren fliegt.«

Deckers sog heftig die Luft ein, doch Ostholm ergriff das Wort. »Dass die Dinge früher oder später zur Presse vordringen, ist in meinen Augen ganz normal. Ihre Sorge vor einer undichten Stelle sagt mir jedoch, dass Sie etwas zu verheimlichen versuchen.«

Reinke schnappte nach Luft. »Unsinn. Sie wissen doch genau, worum es geht.«

Ostholm nickte. »Da war es wohl nicht sehr hilfreich, sich frühzeitig auf einen Raubmord festzulegen.«

Enders und Reinke wechselten einen kurzen Blick.

Der Ministerialdirigent beugte sich drohend vor. Preusser verstand plötzlich, warum man gerade ihn geschickt hatte. Der Mann hatte leichtes Übergewicht und grobe Züge, die ihm ein rabiates Aussehen gaben. Ein Mann, mit dem offensichtlich nicht gut Kirschen essen war.

»Das würden Sie doch nicht in aller Öffentlichkeit wiederholen, Herr Staatsanwalt?«

Ostholm ging auf den drohenden Tonfall unmittelbar ein. »Dr. Reinke, versuchen Sie nicht, mich einzuschüchtern, das ist schon einigen Ihrer Vorgänger nicht gelungen. Wir sprechen hier nicht von einer Behauptung, sondern von Tatsachen, deren Erwähnung erlaubt sein muss. Was ich damit sagen will, ist, dass wir im Sinne einer Vorgehensweise, die auch der kritischen Betrachtung durch die Öffentlichkeit standhält, jeder Spur nachgehen sollten, bis sie erwiesenermaßen und nachweisbar zur Lösung des Falls unbrauchbar ist. Dem werden Sie doch zustimmen?«

Reinke nickte mit zusammengebissenen Zähnen. »Und was schlagen Sie vor, Herr Staatsanwalt?«

»Wir ermitteln weiter, wie es von Hauptkommissar Preusser bereits eingefordert wurde. Wir suchen denjenigen, der die Habseligkeiten von Simon Mandel gestohlen und ihn gegebenenfalls getötet hat. Die Frage ist hierbei die Motivation. Ich habe mich mit Herrn Preusser lange beraten und aus den bisherigen Erkenntnissen scheint ein Raubmordszenario sehr wahrscheinlich. Jedoch deuten Zeugenaussagen, die auch den NPD-Sturm ins Spiel brachten, darauf hin, dass Mandel nach einem kürzlich erfolgten Besuch in Berlin, in den NS-Archiven des Document Centers und nach dem Kontakt mit einer Zeugin des Auschwitz-Prozesses sehr verändert war. Wir sollten der Frage nachgehen, was er ausfindig gemacht hat und ob sich ein Zusammenhang herstellen lässt. Das werden wir dann der Presse geben, und niemand kann uns den Vorwurf machen, dass wir Dinge verschleiern oder nicht mit Nachdruck ermitteln.«

Preusser hatte Mühe, ein Grinsen zu unterdrücken. Ostholm war auf seine Art äußerst geschickt. Enders und Reinke standen unter Druck, und er hielt ihnen einen Strohhalm hin, an den sie sich klammern konnten.

Enders schnappte als Erster nach dem Köder. »Wie soll das im Detail aussehen?« Er zog eine goldene Taschenuhr aus der Weste und sah auf die Zeiger, als ob das die Zeit beschleunigen könnte, um dieser unangenehmen Besprechung endlich zu entgehen.

»Hauptkommissar Preusser fährt nach Berlin und gegebenenfalls in andere Einrichtungen wie Arolsen und Ludwigsburg, die Mandel besucht hat, damit wir mögliche Anhaltspunkte finden, bevor sich die Presse vor uns auf den gleichen

Weg macht. Wenn er von dort zurückkommt, bewerten wir die Ergebnisse. Hauptkommissar Backhaus treibt die Suche nach dem eventuellen Raubmörder weiter an.«

Enders nickte und sah zu Reinke, der nachdachte. »Sie garantieren mir, dass die Presse ruhiggestellt wird, bis der Schah und seine Frau Soraya wieder verduftet sind?«

»Farah Diba«, murmelte Backhaus, doch niemand achtete auf ihn.

»Ja, das garantiere ich Ihnen.« Preusser wunderte sich, dass Enders sich so weit aus dem Fenster lehnte. Die »Rundschau« war als linksliberale Zeitung nicht gerade als das Blatt bekannt, das bei diesem Thema mit sich reden ließ, immerhin war sie die erste Zeitung, deren Chefredakteur seine Leute ermutigt hatte, den Naziverbrechen nachzuspüren.

»Wie wollen Sie das erreichen?«

»Da ist mir noch jemand etwas schuldig.« Enders hielt dem forschenden Blick des Ministerialdirigenten stand.

»Also dann, an die Arbeit, meine Herren.«

Reinke verschwand grußlos.

Backhaus und Preusser passierten das Sekretariat des Präsidenten und vermieden es, Fräulein Neisdörfer, der Sekretärin von Enders, zu begegnen. Sie war ein Vorzimmerdrache alter Schule; es war bekannt, dass derjenige, der es sich mit ihr verdarb, seine Karriere in Frankfurt beerdigen konnte.

Sie gingen in die Kantine und setzten sich an einen der Tische. Es herrschte wenig Betrieb. Nur einige Kollegen in Uniform blickten müde in die Gegend.

»Danke, dass du eben für mich eingetreten bist«, meinte Preusser.

Hilmar Backhaus sah ihm lächelnd in die Augen. »Das sollten Freunde doch füreinander tun. Oder?«

Preusser nickte. »Trotzdem. Dieser Reinke ist nicht der Mann, mit dem man Streit haben möchte.«

»Vor dem habe ich keine Angst. Ich kenne ihn von früher, als er noch in Frankfurt Beamter bei der Stadt war. Er bellt, aber er beißt nicht. Wohnt sogar weiterhin hier, wenn ich mich richtig erinnere. Wann fliegst du nach Berlin?«

»Frühestens übermorgen.«

»Also gehen wir heute Abend noch kegeln?«, fragte Backhaus. Preusser nickte. »Dann machen wir dich und Helga endlich mal fertig.«

VIERZEHN

Donnerstag, 1. Juni 1967

Die nagelneue Boeing 737–100 schoss über die Startbahn und zog steil nach oben in den trüben Himmel. Einige Sekunden flog sie durch graue Wolken, die nach und nach zu heller Watte wurden, dann schien die Sonne in die kleinen Fenster.

Preussers Hände krampften um die Armlehnen; er war froh, dass niemand neben ihm saß. Noch nie zuvor in seinem Leben war er geflogen, daher hatte der furiose Start ihn völlig überrumpelt.

Nach einer Weile beruhigten sich seine Nerven, und er sah hinunter auf die Wolken, die irgendwann aufrissen und ihn das Land sehen ließen. Ununterscheidbar zogen Dörfer und Städte unter ihm vorbei. Er hätte nicht sagen können, welche Orte im Westen und welche in der DDR oder – wie die meisten noch sagten – in der Zone lagen, wären nicht die Grenzanlagen wie eine Narbe von Horizont zu Horizont durch die Landschaft verlaufen.

Er schüttelte den Kopf. Was für ein Irrsinn!

Später folgte er mit den Augen dem Land gen Süden. Trauer überkam ihn. Irgendwo im Südosten lag das Sudetenland, lag seine Heimatstadt Aussig. Er zweifelte daran, dass er so weit sehen konnte, doch allein das Gefühl, über den Eisernen Vorhang hinaus zu sein, trieb seine Erinnerungen an. Er dachte an den Landmaschinenhandel seines Vaters, der in ganz Tschechien, bis nach Polen und Österreich, aber auch nach Sachsen geliefert hatte. Sie hatten Traktoren aus der Schweiz namens Hürlimann verkauft und für diese Produkte alle benötigten Geräte wie Mähbalken, Pflüge und Eggen in Eigenproduktion hergestellt.

Fast jeder, den Preusser von dort kannte, war entweder tot oder verschollen. Seine Eltern wurden beim Massaker in Aussig ermordet und in die Elbe geworfen, sein älterer Bruder war gefallen, das Geschäft, die kleine Villa und die Heimat waren verloren. Seine Jugend war aus der realen Welt radiert worden wie ein Bleistiftstrich auf weißem Papier.

Sein einziger noch lebender Bruder war nach ihrer Vertreibung in Erfurt gestrandet und ähnlich wie er einer Frau wegen geblieben. Klaus und er schrieben sich ab und an, und einmal hatten sie sogar geplant, sich in Berlin zu treffen, doch dann hatte der Bau der Mauer alle Hoffnung auf ein Wiedersehen zerstört. Klaus hatte auch einen Sohn, der in etwa im Alter von Wolfgang war. Manchmal fragte Preusser sich, ob die beiden im Kriegsfall aufeinander schießen würden.

»Möchten Sie etwas zu trinken, mein Herr, oder einen Snack, eine Illustrierte?«

Die junge Stewardess wirkte wie dem Katalog entnommen. Ein kurzes einteiliges Kleid, blonde Hochsteckfrisur und sorgfältig geschminkte blaue Augen. Sie lächelte.

»Ein Kaffee wäre schön.«

Er sah ihr nach, wie sie federnd davonging, und erinnerte sich an Greta Petzhold. Die junge Frau hatte eine Wirkung auf ihn entfaltet, die ihm unheimlich war. Zum einen, weil sie ihn und seine Probleme so einfach durchschaut hatte, und zum anderen fühlte er sich von ihr körperlich angezogen. Er verstand sich selbst nicht mehr. Diese junge Frau könnte seine Tochter sein, außerdem liebte er Helga nach wie vor und wäre nie bereit, seine Ehe aufs Spiel zu setzen. Trotzdem spukte die Studentin in seinem Kopf herum.

»Ihr Kaffee, mein Herr. Ich habe mir erlaubt, ein kleines Kaffeeteilchen beizulegen.«

Der Kaffee in zehntausend Metern war auffallend gut, und auch das Gebäck ließ er sich schmecken.

Seine Maschine sollte gegen neun Uhr in Tempelhof landen, von dort aus würde er sein Hotel in der Nähe der Gedächtniskirche beziehen und sich mit Sergeant Williams treffen, einem Verbindungsoffizier, dessen Kontakt ihm Wiedemann über Lieutenant Philip Hunter verschafft hatte. Mit ihm würde er dann ins Document Center fahren, das etwas außerhalb in Zehlendorf lag.

Er lehnte den Kopf an und schloss die Augen. Am Tag zuvor war kaum etwas vorangegangen – außer dass man Mandels Leiche freigegeben hatte, die von einem Bestatter einbalsamiert wurde, wie es für eine Überführung in die USA erforderlich war. Seine Eltern würden heute nach Frankfurt kommen, um ihren toten Sohn abzuholen. Preusser war froh, nicht dabei sein zu müssen, zu sehr hallten ihm noch die Worte von Margarete Mandel im Kopf. In ihrem Fall war bisher nur Backhaus vorangekommen. Ein Informant hatte einem seiner Beamten zugeflüstert, dass bei einem Hehler Gegenstände angeboten worden waren, die vermutlich aus den USA stammten. Die Suche nach dem Einbrecher, der Wiedemann niedergeschlagen hatte, war soweit im Sande verlaufen. Keiner der Nachbarn war in der Lage gewesen, konkrete Angaben zu machen. Zwei ältere Frauen erinnerten sich lediglich, dass Mandel ab und an mit einem Auto davongefahren war, das ein dunkelhaariger Fahrer gesteuert hatte, doch eine genauere Beschreibung des Mannes oder des Wagens hatten sie nicht abgeben können.

Zeuner war zu einer weiteren Aussage vorbeigekommen, ganz der Sparkassenfilialleiter in steifem Anzug mit Pullunder. Auch hier traten sie auf der Stelle, da er zu einem möglichen Konto Mandels keine Details angab und sich auf das Bankgeheimnis berief. Ostholm kümmerte sich nun um eine gerichtliche Anordnung.

Preusser wäre bei dem sanften Brummen der Triebwerke eingenickt, hätte ihn nicht ein Luftloch aufgeschreckt. Die Maschine sackte ein wenig ab und flog unbeeindruckt weiter, während er seinen Magen beruhigte. Müde sah er dann auf die endlosen Felder der landwirtschaftlichen Produktionsgenossenschaften hinab, die seit den fünfziger Jahren nach und nach die Anbauflächen der enteigneten Bauern bestellten.

Wenig später leuchtete eine Anzeige über seinem Kopf und forderte ihn auf, den Gurt anzulegen und die Zigarette zu löschen. Kurz darauf flogen sie in einem Bogen über die geteilte Stadt, die er zuletzt im August 1942 gesehen hatte, kurz bevor es für ihn Richtung Russland ging. Er konnte die Ruine des Reichstags erkennen, sah das Brandenburger Tor hinter einem Zaun liegen und die vielen Seen, die für den Berliner in beiden Teilen der Stadt den Sommer verschönten.

Ein lautes, knallendes Geräusch ertönte, als das Fahrwerk ausfuhr, und Preusser legte krampfhaft die Hände auf die Lehnen. Hoffentlich blieb der Kaffee dort, wo er war.

* * *

Hermann Wiedemann fuhr den Opel, den er von der Fahrbereitschaft bekommen hatte, in das neu erbaute Parkhaus und blieb noch einige Minuten sitzen, bevor er in den Ankunftsbereich ging. Musik drang aus dem Radio, die alles, was er bisher gehört hatte, in den Schatten stellte. »Purple Haze« hieß der Song eines amerikanischen Schwarzen namens Jimi Hendrix, der seine Gitarre traktierte, als gäbe es kein Morgen. Neben den Doors ein weiterer Stern am Himmel des Psychedelic Rocks. Das Lied handelte von einer violetten Cannabispflanze.

›Purple haze all in my eyes
Don't know if it's day or night
You got me blowin', blowin' my mind
Is it …‹

Das Gitarrensolo war so gewaltig, dass Wiedemann die Augen schloss und den Kopf im Takt auf und ab wippte.

Seine Erfahrungen mit Cannabis waren eher gemischt. Auf einer Party war ein Joint herumgegangen, und er hatte ein paar Mal daran gezogen und tief eingeatmet. Die Wirkung kam wie ein Hammer. Zwischen zwei Worten eines Satzes, den er mit einem Mädchen wechselte, an das er sich schon länger heranmachte, war es ihm, als wäre er von null auf zwei Promille hochgefahren. Er verspürte weder das allgemein angepriesene Hochgefühl noch die Albernheit, die er mehrmals an anderen hatte beobachten können. Er war nur vollkommen benebelt. Die Frau hieß Andrea und war zunächst völlig verwirrt und besorgt, dann von seinem hilflosen Gestammel genervt, kurzum, sie hatte ihn stehen lassen. Er war nach Hause geschlichen und hatte sie nicht wiedergesehen.

Wiedemann öffnete die Augen und grinste. Vergangenheit.

Das Lied verebbte, und er sah auf die Uhr. Kurz vor zehn. Die Mandels waren vor etwa einer Viertelstunde gelandet. Margarete Mandel hatte sich geweigert, den Flughafen zu verlassen, und so war man auf eine pragmatische Lösung gekommen. Sie und ihr Mann würden in zwanzig Minuten in einem kleinen Raum im Keller warten, wo sie ihren Sohn identifizieren konnten. Danach sollte der Sarg in den nächsten Flieger nach New York verbracht werden, mit dem auch die Eltern zurückkehren wollten. Wiedemann plante, in der Zwischenzeit mit ihnen zu sprechen und die offenen Fragen zu klären.

Er stieg aus und machte sich langsam auf den Weg. Der Flughafen war eine riesige Baustelle, die Presse behauptete sogar, die größte Europas. Wohin man sich auch wandte, sah man Kräne und Betonmischer sowie Kolonnen von Arbeitern, die Asphalt gossen.

Wiedemann hatte Angst vor diesem Termin. Niemand führte eine Identifizierung mit den Verwandten durch, ohne mitzuleiden. Aber dieser Fall lag noch ganz anders. Hier ging es um die Katastrophe eines ganzen Volks, an dem die Deutschen schuld waren.

Im Inneren der Abflughalle herrschte einigermaßen Ruhe vor dem Baulärm, doch vor den Schaltern der Airlines standen lange Schlangen genervter Passagiere.

Wiedemann drängte sich durch eine Gruppe älterer Leute, die auf einen Flug nach Mallorca warteten. Die Männer hatten schon einiges getrunken und lachten dröhnend.

In einer Ecke warben die USA mit Bildern von San Francisco und New York um Urlauber. Im Vorbeigehen erregte ein Plakat seine Aufmerksamkeit. In Monterrey in Kalifornien stand vom 16. bis zum 18. Juni ein internationales Pop Festival an, auf dem The Who, Canned Heat, Janis Joplin und auch Jimi Hendrix auftreten sollten.

Wehmütig blickte Wiedemann auf die Anzeigetafel, die einen Flug nach Los Angeles zeigte. Unbezahlbar für einen Beamten, doch was hätte er darum gegeben, der verknöcherten Gesellschaft hier, seinen Chefs, die noch aus der Kaiserzeit zu sein schienen, den verklemmten Regeln, dem »Was sollen die andern denken« zu entgehen!

Kurz darauf verflog dieses Gefühl.

Wiedemann folgte einem Angestellten des Flughafens in den Keller, wo ein Raum bereitgehalten wurde, in dem Tote zum Versand vorbereitet wurden, wie der Mann ihm ein wenig süffisant mitteilte.

Der Weg zu diesen Räumlichkeiten ließ jede Pietät vermissen. Sie gingen grobe Betonstufen hinab und folgten langen, schmucklosen, meist weiß getünchten Gängen, bis sie an eine Metalltür gelangten, hinter der ein Raum angenehm erleuchtet war. Ein paar Stühle gruppierten sich um einen Tisch, auf dem eine Kerze brannte. Sogar ein Kreuz hing an der Wand.

Eine junge Frau in Uniform des Flughafens wartete an einer grauen Stahltür, hinter der Wiedemann den Toten vermutete.

Er wandte sich nach links und erblickte ein älteres Paar, das im Halbdunkel eng beisammenstand und sich an den Händen hielt.

Langsam trat er heran und entschuldigte sich. »Mein Name ist Hermann Wiedemann, ich bin Kommissar der Mordkommission in Frankfurt und bin hier, um der Identifizierung beizuwohnen.«

Margarete Mandel drehte sich um und sah ihn aus verweinten Augen abschätzig an. »Ihr Kollege hat es nicht fertiggebracht zu kommen?«

»Er ist in Berlin. Zudem hatten Sie gebeten, dass niemand anwesend ist, der zur Zeit des Dritten Reichs bereits erwachsen war.«

»Warum sagen Sie nicht, der ein Täter war?«

Frau Mandel trug ein schwarzes Kostüm mit Hut und einen kleinen Schleier, den sie zurückgeschlagen hatte.

Wiedemann sah in das bleiche Gesicht und erkannte die

Züge ihres Sohnes. »Es ist nicht meine Aufgabe, darüber zu urteilen, wer ein Täter war und wer nicht.«

»Und warum nicht?«

Wiedemann wurde nervös. »Weder ich noch die junge Dame dort an der Tür waren alt genug, um dem damaligen System zu dienen.«

»Sie sind also unschuldig?«

Ihr Mann trat an ihre Seite. »Margarete, lass gut sein. Das hat doch keinen Sinn.«

Margarete Mandel packte ihren Mann an den Schultern und schüttelte ihn. »Da liegt dein toter Sohn, Matthias, dein ermordeter Sohn. Von Deutschen ermordet! Und ich soll es gut sein lassen? Und dieser Deutsche hier hält sich für unschuldig.«

Matthias Mandel trat einen Schritt zurück und senkte den Kopf.

Wiedemann sah Margarete Mandel direkt an. »Mein Vater ist 1943 in Frankreich von der Résistance in einen Hinterhalt gelockt, gefangen, gefoltert und umgebracht worden. Da war ich noch nicht einmal geboren. Wer ist schuld? Alle Franzosen?«

Sie sah Wiedemann forschend an, der fortfuhr.

»Ich habe gelernt, dass Schuld individuell ist. Ich bin demnach ohne Schuld. Das macht mich aber nicht frei von …« Er suchte nach dem richtigen Wort. Was war es? Mitschuld? Betroffenheit? »… Verantwortung.«

»Verantwortung wofür?«

»Die Schuldigen zur Rechenschaft zu ziehen.«

»So etwas Ähnliches hat Ihr Chef schon gesagt. Wissen Sie eigentlich, was für Traumtänzer Sie sind? Ihre Führungsetagen sind immer noch voll von Männern, die damals bereits Verantwortung hatten.«

»Fritz Bauer …«

»Fritz Bauer ist Jude und wird bekämpft. Die Mächtigen werden nicht so ohne weiteres zulassen, dass jeder Stein umgedreht wird, denn das Licht könnte ja ihre eigenen Untaten beleuchten. Ihr habt bis 1958 gebraucht, um überhaupt einmal darüber nachzudenken, auch Taten zu verfolgen, die außerhalb Deutschlands passiert sind, und dann winden sich die Verbrecher durch einen Befehlsnotstand aus der Affäre, und jetzt mordet ihr schon wieder.« Tränen liefen über ihr Gesicht.

Wiedemann gab der jungen Frau an der Tür ein Zeichen, und sie betraten den Nebenraum. Er war erleichtert, als er sah, dass der Bestatter ganze Arbeit geleistet hatte. Ein schlichter Zinksarg war mit Stoff ausgeschlagen worden. Sie hatten dem Toten einen Anzug und eine Krawatte angezogen, so dass die Stichwunde und die Schnitte der Obduktion nicht zu sehen waren. Die Haare waren gewaschen und frisiert, das Gesicht war rasiert und sauber.

Margarete Mandel musste von ihrem Mann gestützt werden, dessen Züge wie Granit waren, über den Tränen liefen. Sie küsste ihren toten Sohn auf die Stirn und strich ihm durch das Haar.

Wiedemann hielt sich im Hintergrund. Er atmete tief durch und spürte, wie er schwitzte.

Zum Glück sah sich der Bestatter aufgefordert, die Identifizierung und den bürokratischen Wahnsinn abzuwickeln.

Als sie den Raum endlich verließen, hatten sich die Eltern so weit gefangen, dass Wiedemann sie zu einem kurzen Gespräch bitten konnte.

Sie folgten ihm wie in Trance die Treppen hinauf in das Flughafenrestaurant.

Der Raum erstreckte sich langgezogen über der Abflughalle und bot durch eine wandhohe Fensterfront Aussicht auf die Startbahn. Gerade als sie eintraten, zog eine Maschine der PanAm jaulend in den Himmel.

Sie ergatterten einen Tisch ganz am Ende des hallenartigen Raums und ließen sich in die hochlehnigen, rot gepolsterten Stühle fallen.

Margarete Mandel sah sich um und lauschte den Gesprächen um sich herum, wobei sie fahrig die Stoffserviette auffaltete und wieder zusammenknickte.

»Es ist dreißig Jahre her, dass ich so viele Menschen habe deutsch sprechen hören.« Es gelang ihr, ein wenig zu lächeln. »Ich hasse dieses Land und fühle mich doch in der Heimat. Verrückt, nicht wahr?«

Eine Kellnerin, die herankam, um ihre Bestellung aufzunehmen, ersparte Wiedemann die Antwort.

»Wo kommen Sie ursprünglich her?«, fragte er.

»Aus Nürnberg. Klingt wie ein Witz, oder?«, erklärte Matthias Mandel. »Ich war dort als ganz junger Arzt im Hautklinikum. Schon 1933 hat Julius Streicher, dieser Judenhetzer, dafür gesorgt, dass ich entlassen wurde. Ich bin dann noch ein paar Jahre in einer Praxis untergekommen, doch als ich Margarete geheiratet hatte, war schnell klar, dass wir keine Zukunft in Deutschland haben würden. Wir konnten 1936 mit dem Geld meiner Familie in die USA gehen, nachdem unserer Praxis die Zulassung entzogen worden war. Angeblich hatten wir rechtswidrig eine Arierin behandelt. Mein Kompagnon ist dafür sechs Monate im Gefängnis gewesen. Die Frau war gestürzt und blutete stark. Was hätte er denn tun sollen?«

Wiedemann hob die Schulter. Es war gut, wenn sie zu reden begannen, irgendwann würden sie auf Simon zu sprechen kommen.

»Ein Drittel der Nürnberger Ärzte waren Juden. Als die Nazis gewütet hatten, gab es Versorgungsengpässe.« Er schüttelte den Kopf und sah gedankenverloren auf die eintönige Wandvertäfelung aus Holz. »Diese Idioten!«

»Warum sind Sie in die USA ausgewandert?«

»Mein Doktorvater war dort hingegangen, da man ihn auch sofort entlassen hat. Deutsche Mediziner hatten damals einen ausgezeichneten Ruf, und so ist er nach drüben und hat mich dann nachgeholt. Englisch sprach ich zwar kaum, doch das hat sich schnell gegeben. Seit 1944 bin ich ein niedergelassener Arzt.«

Die Kellnerin brachte die Bestellung. Kaffee in Kännchen und Kuchen. Mandel griff nach der Sachertorte, zögerte dann jedoch einige Sekunden, als fragte er sich, ob er in der Lage wäre zu essen, schließlich nahm er eine Gabel.

Wiedemann hatte für sich nur Kaffee bestellt. Er schenkte aus und ärgerte sich sofort über das dicke weiße Porzellan, das in fast allen Gaststätten zu finden war und in dem der Kaffee augenblicklich kalt wurde.

Die Mandels aßen wortlos ihre Torte, die, so schien es Wiedemann, mit jedem Bissen Erinnerungen in ihnen aufkeimen ließ. Margarete vergoss wieder Tränen, die sie verstohlen wegwischte.

»Ich war glücklich in Amerika und bin es heute noch«, Margarete Mandel sprach fast unhörbar vor sich hin, »1937 kam Simon zur Welt und zwei Jahre später unsere Tochter Sara. Ich habe sie aus Protest so genannt.«

Wiedemann schaute sie fragend an.

»Sara lautete der Namenszusatz, den jede Jüdin ab 1938 im Pass tragen musste.«

»Ich verstehe.« Wiedemann kam sich dumm vor. Davon hatte er noch nie gehört. »Was wurde aus Ihren Familien?«

Matthias Mandel legte die Gabel beiseite und goss sich Kaffee ein, doch er trank nicht, sondern sah aus dem Fenster, als könnte er irgendwo in die Vergangenheit blicken. »Meine Mutter war 1933 bereits tot, mein Vater lebte zurückgezogen in seinem Haus in Nürnberg. Ich hatte zwei Brüder. Gabriel und Michael. Gabriel war geistig behindert. Sauerstoffunterversorgung während der Geburt, die meine Mutter auch nicht überlebt hat. Ihn haben die Nazis im Rahmen ihres Euthanasieprogramms getötet.« Mandel stockte der Atem. »Mein Vater blieb in Nürnberg. Wir haben noch bis 1940 regelmäßig geschrieben und telefoniert, wenn das denn mal geklappt hat. Ein Jahr später ist er verschwunden. Er ist auf dem Transport schon umgekommen. Sie müssen bedenken, er war schon über siebzig. Michael ist nach den Pogromen 1938 in die Niederlande geflohen. Ganz in der Tradition der Familie war er Arzt und arbeitete in einem Hospital des Roten Kreuzes. Nach der Besetzung wurden er und seine Frau mit den Kindern deportiert. Der International Tracing Service hat ihre Leidensgeschichte verfolgt und bestätigt, dass er nach Zwischenstationen in Treblinka ermordet wurde. Meine Schwägerin ist an Typhus in Majdanek gestorben. Die Kinder wurden sofort nach ihrer Ankunft dort getötet.« Mandel sah Wiedemann in die Augen. »Alle Cousins und Cousinen und ihre Kinder sind bis auf zwei ebenso umgekommen. Die beiden leben nun in Israel.«

Margarete Mandel übernahm das Gespräch, als hätte ihr Mann ein Stichwort gegeben. »Meine Eltern und alle Verwandten sind den gleichen Weg gegangen. Ohne Ausnahme, nicht einer hat überlebt.«

»Eine Bekannte Ihres Sohnes sprach davon, dass er der Familiengeschichte nachgegangen ist«, warf Wiedemann ein.

Margarete Mandel nickte. »Vor ungefähr drei Monaten hat Simon mich nach meiner Schwester Dana gefragt.« Sie lächelte in ihrer Erinnerung an ihren Sohn. »Sie war meine einzige Schwester, drei Jahre jünger. Ich habe immer mit ihr gespielt, oft bei ihr im Bett gelegen, wenn sie Angst hatte und die Eltern ausgegangen waren. Gemeinsam waren wir auf der Schule, ich drei Jahre voraus, gemeinsam haben wir die

Ferien an der See verbracht. Als wir weggegangen sind, wollte ich sie unbedingt mitnehmen, doch sie hatte einen geheimen Freund, ich glaube, er war nicht jüdisch, und das war der Rassegesetze wegen gefährlich. Außerdem hätte sie in den USA wahrscheinlich keine adäquate Arbeit gefunden. Sie hatte bis dahin im Geschäft meiner Eltern gearbeitet und wollte es weiterführen. Sie müssen wissen, wir haben in Erlangen ein großes Modegeschäft gehabt. Es ist arisiert worden. Zurzeit kämpfe ich um die Rückgabe des Hauses.«

»Warum könnte Ihr Sohn gerade an dem Schicksal Ihrer Schwester interessiert gewesen sein?«

»Ich weiß es nicht und zerbreche mir deswegen den Kopf. Es war mir nicht recht, dass er alles wieder aufwirbeln wollte. Wir wussten doch, dass Dana 1944 in Auschwitz umgekommen ist. Ich wollte nicht Genaueres von ihrem Leid erfahren.«

Wiedemann merkte auf: Auschwitz.

»Überhaupt wollte ich nicht, dass er nach Deutschland geht. Wir haben in New York ein Leben gefunden, das uns gefällt. Freunde, ein großes Apartment in Manhattan, nicht so weit vom Central Park, ein Ferienhaus in East Hampton auf Long Island, zwei gesunde Kinder. Was wünscht man sich mehr? Sara wird bald Matthias' Praxis übernehmen, und Simon hat so wie ich Geschichte studiert. 1963 hatte er dann die fixe Idee, als Reporter nach Frankfurt zu gehen. Ich habe versucht, es ihm auszureden, ich wollte diese Zeit nicht wieder in mein Leben lassen, es reichte schon, dass wir uns nie von der Sprache getrennt haben, aber er ging hierher, um die Vergangenheit zu verstehen, und sofort mochte er die Menschen hier und das Land. Er konnte nie verstehen, wie es möglich war, das deutsche Volk zu manipulieren, kultivierte Menschen dazu zu bringen, solche Gräueltaten zu begehen.«

Margarete Mandel begann wieder zu weinen.

»Haben Sie eine Ahnung, was Ihr Sohn herausgefunden haben könnte?«, fragte Wiedermann sanft.

»Nein«, erwiderte Matthias Mandel ohne Zögern.

»Doch, er hat etwas ausgegraben.« Margarete Mandel sah ihren Mann überrascht an. »Er wollte nur mit dir nicht darüber sprechen.«

Wiedemann spürte, wie sich sein Herzschlag beschleunigte. »Und was war das?«

»Das hat er mir nicht gesagt, nur, dass es uns überraschen würde.«

FÜNFZEHN

Sergeant Williams war ein hünenhafter Schwarzer, dessen Hand die Ausmaße eines Suppentellers hatte. Er stand wartend an der Rezeption des Hotels und sah sich kritisch um, als Preusser hereinkam und ihn begrüßte.

»Nice place?« Er grinste und wechselte dann ins Deutsche. »Haben Sie so wenig Geld, dass man einen Kommissar in einer solchen Absteige unterbringen muss?«

»Immerhin zentral.« Das Zimmer war eine Katastrophe. Preusser wünschte sich, er hätte einen der Schlafsäcke dabei, die sie mit nach Spanien nahmen. »Dusche und Toilette auf dem Gang, ich habe es aber bisher nicht gewagt, beides zu besichtigen. Ich denke, unsere Sekretärin hat einen Fehler gemacht, als sie das Zimmer buchte.«

Williams lachte dröhnend.

Preusser log. Er hätte gewettet, dass Deckers das Budget absichtlich gedrückt hatte, denn er missgönnte ihm den Ausflug nach Berlin.

»Wollen Sie sofort nach Zehlendorf fahren?«, fragte Sergeant Williams.

»Am besten. Warum sprechen Sie so gut deutsch?«

»An der Uni gelernt. Ich liebe Sprachen und Sport und dachte, beides lässt sich beim Militär miteinander verbinden. Wissen Sie, was im BDC gesucht werden soll?«

»Das, was ein anderer Amerikaner hat ausfindig machen lassen«, erklärte Preusser vage.

Williams sah fragend zu ihm herüber, als sie zu einem völlig unmilitärischen Straßenkreuzer gingen.

Der Sergeant bemerkte Preussers verwunderten Blick. »Fast sechzehn Kilometer durch Berlin im offenen Jeep sind kein Spaß. Außerdem wollen wir unsere Präsenz etwas reduzieren, der Proteste wegen, Sie verstehen.«

Preusser nickte und nahm auf dem Beifahrersitz Platz. »Was genau ist das für ein Wagen?«

»Ein Chevrolet Impala aus dem letzten Jahr. Ein 160er mit sechs Zylindern.«

»Mein Ford Taunus hat vier Zylinder.«

Sie lachten.

Der Impala glitt geräuschlos davon, während Preusser aus dem Fenster schaute.

»Sie sind zum ersten Mal in Berlin?«

»Nein. Im Juni 1943 war ich für zwei Tage in der Stadt.«

Williams war vom Kufürstendamm abgebogen und rollte gemütlich die Konstanzer Straße hinab. Vor ihnen zockelte ein Bus in dieselbe Richtung und hielt an jeder Haltestelle den Verkehr auf. Er sah zur Seite.

»Erkennen Sie noch irgendetwas wieder?«

Preusser zögerte. »Nein. Damals war es die großartigste Stadt, die ich je gesehen hatte. Wundervolle Bauten und phantastische Straßenzüge. Davon ist praktisch nichts mehr da.«

»Gab es zu der Zeit noch keine Schäden?«

Preusser versuchte, sich zu erinnern. »Einiges war bereits zerbombt. Auch die Stimmung war ziemlich gedrückt.«

»Wo sind Sie danach hingekommen?«

»Nach Russland.«

Wieder hielt der Bus, und Williams sah ihn länger an. »Eine schlimme Zeit, denke ich mir.«

Preusser hob die Schultern.

»Es waren die schrecklichsten Jahre meines Lebens. Im Herbst 1942, kurz vor der Rasputiza, dem großen Schlamm, bekam ich einen Schuss in die Schulter. Dienstuntauglich wurde ich leider nicht dadurch. Lazarett, nach Hause zur Familie, irgendwann über Berlin zurück an die Ostfront. Im Kursker Bogen durfte ich sofort die Wende des Krieges hautnah erleben. Es ging dann nur noch rückwärts. Keine Pause, selbst der Winter war in dem Jahr extrem kurz. Kämpfe und Tote, Tote und Kämpfe. Im August 1944 geriet ich irgendwo zwischen Witebsk und Vilnius in Gefangenschaft.«

»Tut mir leid.« Williams bog gegenüber der russischen Christi-Auferstehungskathedrale auf den Hohenzollerndamm ab, dem sie einige Zeit folgen würden, bevor er unmerklich in die Clayallee überging.

Preusser fasste seine zitternde Hand fester. »Vorbei und vergessen. Ihr habt heute einen neuen Krieg in Vietnam. Wir bleiben mit unserer Bundeswehr in Deutschland. Ich frage mich auch, was wir in Afrika, im Nahen Osten oder besser noch in Asien sollten. Das kostet immer nur Menschenleben und viel, viel Geld. Raus kommt dabei nie was.«

»Erzählen Sie das mal meinen Chefs. Kommen wir zurück zu Ihren Fragen. Worum geht es genau?«

Preusser wurde vorsichtig. »Wir haben ein Mordopfer, das kurz vor seinem Tod im BDC war. Es ist zwar weit hergeholt, aber meine Vorgesetzten sind der Meinung, dass wir das unbedingt abklären müssen. Der Mann war hier und hat etwas gesucht. Mehr weiß ich nicht.«

»Das Archiv ist nach Namen geordnet, und ich weiß nicht, ob man die Suchanfragen aufhebt. Es kann also sein, dass Sie nicht weiterkommen werden.«

Sie fuhren schweigend eine Weile, bis Williams auf eine weitere Allee abbog, der sie kurz folgten, um in einer schmalen Straße weiterzufahren, die zur Krummen Lanke führte, wie ein Schild erklärte.

»Das ist einer der Seen hier, klein, aber schön zum Schwimmen.«

Sie erreichten einen Schlagbaum, den zwei amerikanische Soldaten bewachten.

Die Anlage wirkte unspektakulär. Ein paar Häuser, die wie Wohngebäude aussahen, standen um einen Platz. Nur eins der Bauwerke war etwas größer und vermittelte den Eindruck, dass sich dort eine offizielle Stelle befand. Sah man von den Militärfahrzeugen ab, hätte man sich auf dem Land in einem Dorf befinden können.

Williams bemerkte Preussers erstaunten Blick und grinste. »Der ganze Bereich ist unterkellert. Bunker. Zwischen 1939 und 1941 erbaut, war das der Sitz einer Verstärkeranlage für Telefongespräche, über die die Leitungen von Berlin in den Westen des Reiches liefen. Die Gestapo hat von hier aus alles mitgehört. Wir haben das übernommen, weil die Anlage vollkommen unversehrt war.«

Sie stiegen aus und betraten einen Vorraum, durch dessen Kontrollen Williams ihn schnell lotste, bis sie eine Treppe hinabstiegen und einen hallenartigen Raum erreichten, in dem eine Gruppe von Frauen an Schreibmaschinen saß und tippte.

»Die Frauen beantworten die schriftlichen Anfragen. Dass Sie hier sind, ist eine Ausnahme und vom Headquarter in Frankfurt aus ermöglicht worden.«

Preusser war überrascht und fragte sich, wie Wiedemann das zustande gebracht hatte. Die Atmosphäre bedrückte ihn. Er mochte keine Räume ohne Tageslicht und schon gar nicht Bunkeranlagen unter Tage.

Williams zog ihn zu einem abgetrennten Raum, in dem ein Mann in Zivil saß und telefonierte. Sie klopften an, woraufhin er sie hereinwinkte und das Gespräch beendete.

»Dann soll er mir eben den Buckel runterrutschen.« Der Mann knallte den Hörer auf die Gabel und lächelte. »Wissen Sie, was das Schlimme mit Arschlöchern ist?« Die beiden sahen sich fragend an. »Jeder hat eins. Ich heiße Egon Hauser und bin hier für Auskünfte zuständig, kann aber nicht zaubern, so wie es der Zeitungsheini gerade erwartet hat. Was darf ich für Sie tun?«

Preusser wurde aufmerksam. »Jemand von einer Zeitung?«

Hauser sah ihn durch die dicke Hornbrille an. »Sie müssen der Kommissar aus Frankfurt sein.«

Preusser nickte.

»Der Journalist, der mich eben angerufen hat, sucht nach der Vergangenheit von Prominenten, um eine Story zu kriegen. Egal. Zu Ihrem Anliegen: Wie können unsere Informationen in einem aktuellen Fall so wichtig sein, dass Sie sich auf den weiten Weg von Frankfurt nach Berlin gemacht haben?«

»Wir haben ein Mordopfer namens Simon Mandel, das hier Recherche betrieben hat, übrigens auch ein Journalist. Es gibt Indizien dafür, dass die Ergebnisse seiner Suche im Zusammenhang mit dem Täter stehen könnten.«

Hauser nickte. »Also ganz verkürzt: Er findet etwas in unserem Archiv und wird deswegen ermordet?«

»So in etwa könnte es sein.«

»Wir haben hier die zentrale Mitgliederkartei der NSDAP mit ca. 12,7 Millionen Karteikarten, die Personenakten des Rasse- und Siedlungshauptamtes-SS – da geht es um Ariernachweise –, die Personalunterlagen von SS- und von SA-Angehörigen und rund eine Million Akteneinheiten und Unterlagen aus dem Kultur- und Einwandererbereich. Wir haben nur Daten zu Dienstzeit, Beförderung, Ausbildung, Einsatzort und Auszeichnung. Vom Rasse- und Siedlungshauptamt kommen dann noch Heiratsanträge und so etwas hinzu. Ob da jemand Dreck am Stecken hat, werden wir hier in diesem Archiv aber kaum beantworten können.«

»Das ist mir durchaus bewusst. Wir wissen nicht, in welcher Phase seiner Recherchen das Mordopfer hier war. Es kann daher sein, dass der Journalist aus einer anderen Quelle Informationen mit denen dieses Archivs verknüpfen wollte. In dem Fall müssen wir von dem, was er hier gesucht hat, rückwärts ermitteln. Wäre es möglich, die Anfrage einzusehen?«

»Natürlich. Die Anfragen heben wir auf.« Hauser erhob sich und verließ den Raum.

»Es ist nicht das, was Sie erwartet haben?« Der Sergeant schaute Preusser bedauernd an.

»Nicht wirklich. Allerdings wird einem die Lösung nie auf dem silbernen Tablett präsentiert.«

»Ich habe keine Ahnung von Ihrer Arbeit. Ist es nicht wie bei einem Puzzle? Sie tragen so lange Stücke zusammen, bis sich ein Bild ergibt?«

Preusser nickte. »Ein schöner Vergleich, so funktioniert es in den meisten Fällen. In diesem hier zeigen sich bisher allerdings noch nicht einmal die Teilchen, die es zusammenzusetzen gilt.«

Hauser war nicht allzu groß und hager und wirkte wie eine Vogelscheuche, als er, die Hemdsärmel aufgekrempelt, durch die Tür stürmte und einen Stapel Papier auf den Tisch legte, zuoberst eine Liste.

Dr. Ralf Rosen
Dr. Gundram Schiedl
Dr. Gisela Oberhaus
Dr. Susanne Schuster
Dr. Reginald Trasit
Klaus-Peter Hohenfels
Martha Handke
Liesbeth Krug
Gerda Gans

»Diese Namen hat der von Ihnen erwähnte Simon Mandel uns am siebten Mai zur Überprüfung vorgelegt. Wir konnten als SS-Mitglieder Rosen, Schiedl, Hohenfels und Trasit ausmachen. Die anderen Namen sind uns unbekannt.«

»Handelt es sich um Ärzte?« Preusser deutete auf die Namen mit Doktortitel.

Hauser blätterte die Papiere durch. »Genau. Sie waren als Mediziner bei der SS und haben weitestgehend im KZ Ravensbrück ihren Dienst getan. Rosen, Schiedl und Trasit sind meines Wissens nach dem Krieg in Hamburg verurteilt und hingerichtet worden beziehungsweise begingen Selbstmord. Hohenfels auch, er war jedoch kein Arzt, sondern Adjutant des Kommandanten.«

»Und die anderen Personen?«

»Sie waren weder in der NSDAP noch in der SA, aber in der SS. Bei den weiblichen Namen mit Doktortitel handelt es sich ebenfalls um Medizinerinnen aus Ravensbrück. Die anderen Frauen gehörten dem SS-Helferinnenkorps an. Über den Verbleib der Frauen weiß ich nichts zu sagen.«

Preusser war enttäuscht. »Das ist nicht viel. Die einen sind tot, die anderen unbekannt. Können Sie mir die Unterlagen geben, damit ich Gemeinsamkeiten finden kann.«

Hauser schob die Papiere über den Tisch. »Das sind Kopien, die ich eben habe anfertigen lassen.«

»Kopien?« Preusser sah auf die Blätter.

»Elektrofotografie. Eine neue Erfindung! Da legen Sie ein Blatt auf eine Glasscheibe, ein Lichtbalken saust darunter durch, und hinten kommt ein Duplikat raus. Die Army hat uns so einen Apparat spendiert. Sind teuer die Dinger.«

Preusser lächelte matt. Es würde Jahre dauern, bis sie so ein Gerät im Präsidium haben würden. »Was würden Sie an meiner Stelle tun?«

»Dieser Mandel ist allem Anschein nach hierhergekommen und wusste sehr genau, wen er sucht. Die gesuchten Personen haben eine Gemeinsamkeit: Ravensbrück. Die Briten haben meines Wissens in Hamburg mehrere Prozesse gegen die Mannschaft des KZ geführt und neben den drei genannten etliche Lagerleiter, Adjutanten und Ärzte zu Haftstrafen verurteilt oder hingerichtet. Da in Ravensbrück insbesondere politische Gefangene waren, darunter einige alliierte Bürger, hat man großen Wert darauf gelegt, die Täter zu bestrafen. Folgen Sie dieser Spur und finden Sie eine Person auf dieser Liste, die noch am Leben ist.«

Preusser bedankte sich.

»Fahren Sie sofort zurück nach Frankfurt?«, fragte ihn Sergeant Williams, als sie das Gebäude wieder verlassen hatten.

»Nein!«, erwiderte Preusser. »Morgen treffe ich noch jemanden, der Mandel kannte und in Berlin lebt. Vielleicht bringt mich das noch weiter.«

* * *

Wiedemann legte den Hörer auf. »Das war der Chef. Aus einer Telefonzelle am Ku'damm-.« Er grinste. »Hat wohl seine

Arbeit für heute beendet und macht sich einen angenehmen Tag.«

Gesshoff zündete einen Zigarillo an, und Wiedemann öffnete fast schon automatisch das Fenster.

»Wir sollen Akten zu einem Prozess besorgen«, erklärte Wiedemann wichtig. »Zu mehreren Prozessen, genauer gesagt Verfahren, die von den Briten zwischen 1947 und 1949 in Hamburg abgehalten wurden. Es ging um Ärzte, Aufseher und SS-Leute aus dem KZ Ravensbrück.«

Gesshoff stöhnte auf. »Ich dachte, wir reden über Auschwitz. Es geht mir absolut gegen den Strich, in all diesem Mist zu wühlen. Ich habe ja kapiert, dass da Schreckliches gelaufen ist, aber müssen wir uns jetzt auch noch durch Prozessakten wühlen? Irgendwann muss mit dem Aufarbeiten doch mal Schluss sein.«

»Wenn alle abgeurteilt sind, bin ich deiner Meinung. Eugen, die Mandels haben da am Flughafen gestanden und sich nicht herausgetraut. Ich glaube, das war nicht die Angst, den Tätern zu begegnen, sondern die Furcht, da draußen zu erkennen, dass niemand übrig ist. Die Deutschen haben das zugelassen, auch du und Preusser, und ich wäre garantiert nicht der gewesen, der dagegen aufsteht. Wir sollten wenigstens die bestrafen, die aktiv daran teilgenommen haben.«

»Und was ist mit der Verjährung? Ab 1969 greifen die Verjährungsfristen. Dann gehen alle straffrei aus, egal, was sie damals verbrochen haben.«

»Man hat sie doch schon einmal verlängert. Das muss man wieder tun, oder willst du den Opfern sagen, dass wir zwar wissen, wer ein Täter war, doch ihn nicht mehr aburteilen können?«

Gesshoff brach das Thema ab. »Wo bekommen wir die Akten her?«

»Frag Ostholm, der weiß sicher Bescheid.«

Gesshoff telefonierte gerade, als die Tür aufflog und Backhaus hereinkam. »Wir haben einen Füllfederhalter aus Mandels Besitz gefunden.«

* * *

Das Pfandleihhaus lag in einer der Verbindungsstraßen zwischen Taunusstraße und Guteleutstraße, umgeben von Bars und heimlichen Bordellen. Das Gebäude war heruntergekommen. Die Farbe blätterte vom Fensterrahmen. Hinter dem völlig verdreckten Schaufenster sah die Auslage aus, als stamme sie noch aus den fünfziger Jahren.

»Da habt ihr den Federhalter entdeckt?«, fragte Wiedemann, ohne den Blick von dem verstaubten Sammelsurium zu wenden, das der Pfandleiher zu verkaufen versuchte. Eine Nähmaschine wirkte schon museumsreif.

Backhaus nickte. »Der Besitzer ist der kahle Hans. Er mag es unauffällig. Die einen bringen ihm Dinge zum Pfand, die Diebe das gestohlene Zeug, und er schiebt es unter der Theke hinaus. So oder so, er macht den Reibach.«

»Warum nehmt ihr ihn nicht hoch?«

»Wenn er es nicht tut, wird ein neuer Drecksack parat stehen. Der kahle Hans weiß, wann wir etwas sehr Wichtiges brauchen, um weiterzukommen. Ich habe ihn mal mit einem Jungen im Bett erwischt. Seitdem ist er kooperativ und ruft mich an, wenn ihm etwas auffällt. Ich statte ihm dann einen Besuch ab.«

»Hat er angerufen?«

Backhaus nickte. »Jemand hat ihm den Füller gebracht und noch andere Sachen angeboten: eine Schreibmaschine, teure amerikanische Kleidung.« Er lächelte triumphierend. »Ich habe es Preusser ja gesagt: Ich bringe ihm den Täter.«

Wiedemann hatte anfangs nicht verstanden, was Preusser und Backhaus miteinander verband. Mittlerweile sah er die

Freundschaft differenzierter. Backhaus war ein Macher, der gerne im Dreck wühlte. Wiedemanns Meinung nach war er für die analytische Arbeit in der Mordkommission völlig ungeeignet. Beim Raub ging es eher hemdsärmelig zu; hier konnte Backhaus seine Stärke ausspielen. Er war reaktionsschnell, hart, bauernschlau und wusste, wen man unter Druck setzen musste, um weiterzukommen. Mit Preusser ergänzte sich das kongenial. Dessen zurückhaltende, teils brüske Art kam bei den Kollegen nicht gut an. Er brauchte einen Backhaus, der ihn durchs Präsidium schleppte, wo er mit feiner Intelligenz und Gespür die Fälle zerlegte, wovon dann wieder Backhaus in seinen eigenen Fällen profitierte. Privat verband die beiden ganz offensichtlich ein tiefes gegenseitiges Vertrauen, das in der gemeinsamen Zeit bei der Einsatzpolizei gewachsen sein musste. Irgendwo hatte er mal läuten gehört, dass Preusser seinen Freund Backhaus aus einem schwierigen Fall herausgehauen hatte, doch darüber schwiegen alle, die es wissen konnten.

Backhaus marschierte vorneweg. Er trug wie immer einen perfekt sitzenden, dunkelgrauen Anzug. Die Rahmenschuhe waren sicherlich genauso teuer wie die seidene Krawatte. Der Hauptkommissar war nicht arm. Seiner Familie gehörten angeblich einige Immobilien in zentraler Lage.

Sie stießen die Tür auf und drückten sich in einen engen staubigen Raum, der bis unter die Decke mit Regalen gefüllt war, auf denen Wertgegenstände lagen. Wiedemann sah sich um. Uhren, Schmuck, Bilder, Figuren, aber auch Pelze, Besteckkästen oder Kronleuchter türmten sich vor ihm auf.

Backhaus schien den Laden zu kennen. Er ging, ohne zu zögern, zu einer kleinen Theke und schlug auf eine Glocke.

»He, Karl!«

Sekunden später schlurfte der wohl schmierigste Kerl um die Ecke, den Wiedemann je gesehen hatte. Seinen Namen trug der kahle Hans nicht von ungefähr. Kein Haar war zu sehen, auch Wimpern und Augenbrauen fehlten.

»Na, wie geht's, alte Schwuchtel?«, fragte Backhaus.

Der Kahle lächelte dünn. »Herr Kommissar, das können Sie nicht so einfach behaupten.«

»Dem Kollegen von der Mordkommission ist deine sexuelle Orientierung egal, und ich bin nicht von der Sitte. Aber ich wette, wenn wir in dein Zimmer oben unterm Dach gehen, finden wir da einen schlanken Knaben, nicht wahr?«

Der Hehler wurde blass, das Lächeln aber blieb. »Deswegen sind Sie doch nicht gekommen?«

»Zeig mal den Füller her!«

Der kahle Hans fummelte mit dünnen Fingern unter der Theke eine Tür auf. Ein kleiner Tresor kam zum Vorschein, den er mit einem Schlüssel, den er um den Hals trug, aufschloss, nachdem er die Zahlenkombination eingestellt hatte.

Im Inneren lagen auf samtbezogenen Tabletts die wertvollen Stücke. Echter Schmuck, ein paar teure Uhren. Der Füller, den er hervorzog und ihnen hinhielt, war auch nicht gerade ein Billigprodukt. Wiedemann erkannte die weiße Blume von Montblanc auf der Kappe, die vergoldeten Ringe und den Klipp. Er nahm ihn in die Hand und schraubte die Kappe ab. Die Feder war ebenfalls vergoldet und steckte so im Gehäuse, dass man augenblicklich an einen herabstoßenden Vogel erinnert wurde. Ein kleines Sichtfenster zeigte den Tintenstand an, was er jedoch nicht beachtete, denn oberhalb davon war ein Datum eingearbeitet, 27.09.1962 – Mandels fünfundzwanzigster Geburtstag.

Wiedemann nickte. »Es ist der Füller des Opfers.«

»Woher hast du das Ding?«, fragte Backhaus.

»Von einem Mann«, erwiderte der kahle Hans eifrig. »Ich kann Ihnen den Beleg zeigen.«

Er zog einen Abrissbeleg hervor, auf dem das Datum vom

Vortag und eine genaue Beschreibung des Füllers eingetragen waren. Dazu eine unleserliche Unterschrift.

»Wie komisch, dass wir nichts lesen können und die Adresse fehlt.« Backhaus stöhnte übertrieben auf.

»Ich habe einen Ruf zu verlieren.« Der kahle Hans verschränkte die Arme theatralisch vor der Brust.

Bachhaus grunzte sarkastisch. »Von wem hast du den Füller?«

»Ich kann nicht mehr sagen.« Die Stimme des Pfandleihers wurde schrill

»Erzähl mir keine Märchen, sonst muss ich doch einmal die Sitte herbitten. Also!«

Der kahle Hans senkte den Blick. »Versucht es im ›Chez Pierre‹ am Ende der Moselstraße. Der Kerl sitzt da manchmal rum. Hat eine Narbe an der Nase, und sein linker Arm ist steif.«

»Den müssen wir leider mitnehmen.« Triumphierend wedelte Backhaus mit dem Füller, bevor sie die Pfandleihe verließen.

SECHZEHN

Vor dem Schöneberger Rathaus waren Absperrungen aufgebaut und Vorbereitungen getroffen worden, um den Verkehr umzuleiten.

Preusser hatte ein wenig Zeit, sich in der Stadt umzuschauen. Er würde Jeremy Brown, einen Mann, dessen Name in Mandels Notizbuch gestanden hatte, erst am folgenden Nachmittag erreichen, da dieser im Schichtbetrieb arbeitete. Vorher müsste er sich die Unterlagen aus dem BDC ansehen, doch wollte er sich eine Pause gönnen, bevor er in sein muffiges Hotelzimmer zurückkehrte.

Vor dem Rathaus zog er die Agfa Optima 3 aus der Aktentasche und machte lediglich zwei Fotos, da er nicht sagen konnte, wie weit er mit dem 36er-Film kommen würde. Die Kamera war ein Geburtstagsgeschenk von Helga, die wusste, wie gerne er fotografierte. Eine Nikon, wie ihr Fotograf Bär sie hatte, konnte er sich leider nicht leisten.

Zwei Stunden später stand er vor der Mauer und lugte zum oberen Teil des Brandenburger Tors, das gerade so noch zu sehen war. Bis auf den Tiergarten, die Siegessäule und das Brandenburger Tor hatte er praktisch nichts wiedererkannt. Die Zerstörung der Stadt und der Wiederaufbau hatten das Stadtbild völlig verändert. Zudem war er 1943 hauptsächlich in Mitte, auf der Museumsinsel und rund um den Alexanderplatz unterwegs gewesen. Teile, die nun in der DDR lagen.

Der Anblick der Mauer bedrückte ihn. Einige Straßen in Kreuzberg wurden von ihr so zerteilt, dass die Menschen, wenn sie aus ihren Häusern traten, unmittelbar vor den Betonelementen standen und eigentlich das Gefühl haben mussten, eingeschlossen zu sein.

Wenig später setzte er sich müde vor einem Café in die Sonne, die gelegentlich durch die Wolken lugte. Er hatte eine Mark ausgegeben, um vom Bahnhof Zoo aus mit Helga zu telefonieren. Sie beneidete ihn um den Aufenthalt in Berlin, vor allem, weil am folgenden Tag der Schah Reza Pahlavi und seine Frau Farah Diba nach Berlin kommen sollten. Helga liebte die Klatschpresse und ihre Illustrierten, die den Schah wie einen Märchenfürsten erscheinen ließen. Er hatte ihr versprechen müssen, am Abend zur Oper zu gehen und das Kaiserpaar zu fotografieren.

Preusser hasste solche Aktionen, aber wie so oft konnte er Helga die Bitte nicht abschlagen.

Die Kellnerin brachte ihm ein Glas rote Berliner Weiße. Er trank einen großen Schluck und steckte sich eine Zigarette an.

Was hatte Mandel mit dem KZ Ravensbrück zu tun? Er war nach Frankfurt gekommen, um über den Auschwitz-Prozess zu berichten, seine Tante war dort verstorben, aber wo war die Verbindung zu Ravensbrück?

Am Nachbartisch wurden plötzlich Stimmen laut. Ein Streit war in einer Gruppe junger Leute, anscheinend Studenten, ausgebrochen. Man diskutierte heftig über Politik.

»Was sollen denn Proteste gegen diesen Lackaffen aus Persien? Wir sollten uns da raushalten. Vietnam ist wichtiger. Die Demonstration übermorgen muss stattfinden.«

Ein arabisch aussehender Mann widersprach der jungen Frau, die in ihrer weißen Bluse und dem Faltenrock nicht wie eine Anarchistin aussah.

»Was hat Kennedy gesagt, als er hier war: Leute, mischt euch ein. Demokratie ist, wenn ihr euch beteiligt. Macht was. Und genau das ist es, was wir auch gegen den Schah tun sollten. Im Iran werden die Oppositionellen gefoltert und getötet, und die Bundesregierung lädt den Kerl ein und pudert ihm den Hintern.«

Die Frau schob ihre Brille ins Haar zurück. »Also ich bin dagegen. Der SDS sollte seine Kräfte auf die wirklich wichtigen Themen konzentrieren: Vietnam, die Notstandsgesetze, die Mitbestimmung und Finanzierung der Hochschulen. Wir wollen doch diese postfaschistische Gesellschaft ändern, unsere Politiker und ihre Vergangenheit offenlegen, die Nazis aus den Unis kriegen. Der Schah ist da eine Randfigur.«

Der junge Mann, offensichtlich ein Perser, warf die Hände in die Luft. »Untätigkeit ist falsch.«

»Untätig?« Eine andere Studentin mischte sich ein. Ihre Haare fielen in einer Mähne von der Schulter. Sie trug enge Hosen und eine bunte Bluse. »Wir demonstrieren laufend. Auch übermorgen. Wir haben den Ostermarsch organisiert, unser Sit-in an der FU wurde von den Bullen aufgelöst. Eier haben wir gegen Moïse Tschombé, den Vizepräsidenten Humphrey und das Amerikahaus geworfen. Wir sind doch nicht untätig.«

Sie nahm eine Zigarette und versuchte vergeblich, ihrem Feuerzeug eine Flamme zu entlocken. Dann wandte sie sich an Preusser. »Haben Sie mal Feuer?«

Preusser entzündete ein Streichholz und hielt ihr die Flamme hin.

»Danke. Das kann ich aber auch selbst.«

»Daran habe ich nicht gezweifelt.«

»Alte Schule?«

»Sieht so aus.« Preusser grinste.

Sie musterte ihn, während das Gespräch am Tisch verebbte. Alle sahen Preusser an.

»Was halten Sie davon, gegen den Schah zu protestieren?«, fragte die Studentin, der er das Feuer gereicht hatte.

»Haben Sie eine Meinung dazu?« Sie warf die Mähne zurück und sah Preusser auffordernd an.

»Der Schah ist ein Staatsgast und sollte höflich behandelt werden«, erklärte Preusser.

»Dann darf man also nur gegen Politiker demonstrieren, die von hier stammen, denn alle anderen sind ja immer Gäste? Oder finden Sie, dass wir ohnehin den Mund halten sollten?«

»Nein, aber es gibt demokratische Wege. Sie können Mitglied einer Partei werden, zum Beispiel.«

Die junge Frau lachte laut. Ihre Schneidezähne standen ein wenig auseinander. »Die große Koalition macht, was sie will. Die haben eine absolute Mehrheit, die können alles durchdrücken. Die Notstandsgesetze zum Beispiel. Klingelt es? Weimar? Wir sind auf dem Weg in die Entmachtung des Parlaments. Ein Polizeistaat. Wen soll ich denn bitte schön wählen? Die KPD hat man ja soeben verboten, aber das rechte NPD-Pack darf in die Landtage.«

»Vertrauen Sie den Institutionen. Dem Verfassungsgericht«, erwiderte Preusser, der sich allmählich unwohl zu fühlen begann.

»Da sitzen überall Nazis. Die wollen diese Republik nicht verändern, die akzeptieren keine andere Meinung außer ihrer eigenen.«

»Ohne Ordnung und auch Gehorsam geht es in einer Gesellschaft nicht, und dazu gehören nun mal Gesetze. Die Parteien sind ordnungsgemäß gewählt.«

Ein weiteres Mädchen mischte sich ein. »Von Leuten wie Ihnen.«

Preusser hatte in der letzten Nacht kaum geschlafen, weil er wieder von seinen Träumen heimgesucht worden war, und er verspürte nicht die geringste Lust, mit jungen Leuten zu streiten, die nichts als Wohlstand kannten.

»Ja, von Menschen wie mir, von Menschen, die nach dem Krieg das alles aufgebaut haben, worauf sich Ihr Leben stützen kann. Ich bin stolz auf das Erreichte. Geht es uns denn nicht gut?«

Die Studentin schob ihre Brille wieder auf die Nase. Ihre Augen funkelten. »Ja, natürlich läuft es gut. Euer Wohlstand ist aber nichts als Opium fürs Volk, ähnlich wie in Rom: Brot und Spiele. Die Reichen werden immer reicher, während eine arme Arbeiterschicht heranwächst.«

Preusser wurde allmählich wütend. »Werfen Sie gelegentlich einen Blick über die Mauer, nach Ostberlin? Die Kommunisten, die Sie so schätzen, haben mir alles genommen. Meine Heimat, das Vermögen meiner Familie«

»Sie tun mir richtig leid. Lassen Sie mich raten: Sie sind Angestellter. Sie tragen einen Ring. Verheiratet, Kinder, Fernseher und Waschmaschine, ein eigenes Haus. Ihre Frau macht den Haushalt.« Sie blies eine Strähne aus ihrem Gesicht.

»Und wenn es so ist? Es ist mein Leben und das meiner Frau.«

Einem Mann von einem anderen Tisch platzte der Kragen. »Ihr verdammtes Kommunistenpack! Studiert auf unsere Kosten und glaubt, die Welt verändern zu müssen. Ihr gehört mal in ein Lager, da bringen sie euch Manieren bei.«

Preusser verdrehte die Augen, während die Kellnerin ins Café lief, wahrscheinlich um den Chef zu holen.

»Wir sollten aufhören zu streiten.« Preusser versuchte, die Wogen zu glätten.

Doch der Mann reagierte nicht, sondern maulte weiter. »Das Einzige, was ihr könnt, ist linkes Geschwafel, von freier Liebe quatschen und irgendein Negergejaule hören. Schafft lieber mal was.«

Die jungen Leute legten Geld auf den Tisch und standen auf. Einer der Studenten brüllte. »Besser mit Lübke in den Männergesangsverein gehen und *Die Fahne hoch* singen. Meinen Sie das?«

Der Geschäftsführer eilte herbei und schob die Gruppe von der Terrasse, die sich nun lautstark beschwerte.

Der andere Mann schrie weiter, bis Preusser ihn anherrschte.

»Halten Sie endlich den Mund.«

Nur das Mädchen, dem er Feuer gegeben hatte, stand noch neben seinem Tisch. Ihre braunen Augen sahen traurig aus.

»Schade, Sie und Ihre Generation verstehen einfach nicht, worum es uns geht.«

Preusser sah ihr nach.

Nein, er verstand es nicht.

* * *

Preusser saß im Lesesaal der Bibliothek der Rechtswissenschaften auf dem Campus der Freien Universität. Nach dem Zwischenfall vor der Ruine der Gedächtniskirche war er in sein Hotel zurückgekehrt, doch vor der deprimierenden Atmosphäre gleich wieder geflohen und mit der U-Bahn hierhergefahren.

Erinnerungen wurden in ihm wach. Zwei Semester hatte er in Frankfurt Jura studieren können, nicht mehr. Die Behörden hatten ihn nach dem Abitur noch nicht richtig erfasst. Auf der einen Seite war er kein Tscheche mehr und somit dort nicht wehrpflichtig, die Wehrmacht war andererseits noch nicht auf ihn aufmerksam geworden. Er war im Wintersemester 1938/39 von Aussig nach Frankfurt gezogen und in einem Zimmer bei einer alten Dame gleich neben dem Römer untergekommen. Bis in den März 1939 gönnte ihm das Leben die schönsten Monate. Es war wundervoll, mit Kommilitonen durch Kneipen zu ziehen und sich völlig unabhängig zu fühlen. Drei Prüfungen hatte er erfolgreich abgelegt, dann kam der Stellungsbefehl zum Wehrdienst.

Preusser seufzte und studierte weiter die Unterlagen. Die Ärzte Dr. Ralf Rosen, Dr. Gundram Schiedl und Dr. Reginald Trasit waren in den dreißiger Jahren der SS beigetreten. Sie waren zwischen 1888 und 1904 geboren und gelangten über das Führungshauptamt – Amtsgruppe D – Sanitätswesen der Waffen-SS in Berlin und dem Amt DIII Oranienburg des Wirtschafts- und Verwaltungshauptamts der SS in ihre Stellung als Lagerärzte in verschiedene Konzentrationslager, unter anderem auch nach Ravensbrück. Rosen und Schiedl waren zudem zeitweise in Auschwitz, Trasit in Sachsenhausen und Majdanek. Dr. Giesela Oberhaus und Dr. Susanne Schuster waren keine richtigen SS-Mitglieder, sondern praktisch nur Angestellte der SS. Ihre Akten waren nicht so umfangreich. Dr. Schuster verbrachte als Ärztin lediglich sechs

Monate im Jahr 1942 in Ravensbrück, danach schied sie aus dem Dienst für die SS aus. Dr. Oberhaus hingegen war von März 1943 bis zur Befreiung des KZ Ravensbrück dort im Einsatz. SS-Sturmführer Klaus-Peter Hohenfels diente ab 1942 in mehreren KZ als Verantwortlicher für Verwaltungsaufgaben, ab Dezember 1943 bis Januar 1945 in Ravensbrück als Adjutant des Lagerleiters und war damit auch zuständig für den Krankenbereich. Martha Handke und Liesbeth Krug waren Mitglieder des SS-Helferinnenkorps, die eine war Aufseherin, die andere Krankenschwester. Beide versahen ihren Dienst in den Jahren 42 bis Ende 44 in Ravensbrück auf der Krankenstation. Gerda Gans wurde im BDC nur geführt, da sie ihren Ariernachweis für eine Vermählung mit einem SS-Wachsoldaten zu den Akten gegeben hatte. Über den Verbleib der Personen gaben die Unterlagen keine Auskunft.

Preusser sah auf und beobachtete durch ein Fenster, wie viele Studenten einzeln und in Gruppen in Richtung des Hauptgebäudes zogen.

Er konzentrierte sich wieder auf seine Arbeit, doch kam er nicht weiter. Außer dem Punkt, dass alle im KZ Ravensbrück auf der Krankenstation waren, verband die Personen auf der Liste nichts miteinander.

Er gab auf und verließ kurze Zeit später auf der Suche nach einer Telefonzelle die Bibliothek.

Gesshoff war sofort am Apparat. »Wir haben einen Füller von Mandel bei einem Hehler sichergestellt.«

Preusser wollte Einzelheiten erfahren, und Gesshoff gab ihm eine Zusammenfassung.

»Deckers jubiliert und ist kaum davon abzuhalten, eine Pressemitteilung herauszugeben. Er hat bei Wiedemann eine Bemerkung zu deiner für ihn unsinnigen Vergnügungsfahrt nach Berlin gemacht. Backhaus hat übrigens eine Spur, der er nachgehen will. Wenn da etwas rauskommt, wird Deckers uns in diese Richtung drängen. Backhaus möchte eine Durchsuchung bei Personen machen, von denen er vermutet, dass sie etwas wissen könnten.«

»Danke, Eugen. Ich rufe ihn an. Was ist mit den Akten zum Prozess in Ravensbrück?«

»Wir kommen nur an eine Mitschrift ran.«

»Das ist in Ordnung. Es geht nur um eine Handvoll Personen, die Mandel gesucht hat.« Preusser diktierte die Namen. »Wir müssen herausfinden, was diese Leute in Ravensbrück getan haben und wo sie heute stecken.«

»Willst du wirklich weitermachen?« Die Zweifel in Gesshoffs Stimme waren nicht zu überhören. »Auch Ostholm war hier. Er wirkte verunsichert.«

»Erst wenn eine Spur nachweislich kalt oder der Täter überführt ist, hören wir mit den Nachforschungen auf. Es ist mir schon klar, dass wir unter immensem Druck stehen. Aber sobald was danebengeht und wir nicht sauber gearbeitet haben, werden die aus der Führungsetage uns den Schwarzen Peter zuschieben.«

Gesshoff war nicht wirklich überzeugt. »Wenn du meinst.«

»Was denkst du denn? Anfangs hast du auch nicht an die Raubmordvariante geglaubt.«

»Ich mag das Thema nicht. Mir gehen das Gewühle in der Vergangenheit und der Generalvorwurf, der immer mitschwingt, auf den Nerv.«

Sie beendeten das Gespräch, und Preusser kehrte in die Bibliothek zurück.

Die Bibliothekarin war Preusser behilflich, als er sie wegen eventueller Zeitungsausschnitte ansprach. Sie erinnerte sich an das Jahr 1947 und die Prozesse gegen Ärzte und Mannschaft von Ravensbrück. Es stellte dann aber seine Geduld auf die Probe, als er beobachten musste, mit welcher

Ruhe die dürre Frau von einem Verzeichnis zum nächsten ging und hier und dort Karteikarten durchblätterte. Schließlich jedoch zeigte sie ihm die Bände der Tageszeitungen und Illustrierten, die allesamt über die Prozesse berichtet hatten.

Als Preusser die Artikel durchgearbeitet und zurückgebracht hatte, war es bereits gegen neunzehn Uhr. Immerhin hatte er seine Liste ergänzen können.

Dr. Ralf Rosen, Arzt (hingerichtet)
Dr. Gundram Schiedl, Arzt (hingerichtet)
Dr. Gisela Oberhaus, Ärztin (zu 15 Jahren verurteilt)
Dr. Susanne Schuster, Ärztin (freigesprochen)
Dr. Reginald Trasit, Arzt (Selbstmord)
Klaus-Peter Hohenfels, Sturmbannführer SS (hingerichtet)
Martha Handke, Krankenschwester (zu 5 Jahren Haft verurteilt)
Liesbeth Krug, Krankenschwester (hingerichtet)
Gerda Gans, Krankenschwester (hingerichtet)

Also lebten noch drei Personen von dieser Liste. Doch wonach genau hatte Mandel gesucht? Preusser fragte sich, ob er auf dem Holzweg war und seine Zeit verschwendete. Vieles deutete darauf hin, und niemand hätte ihm einen Vorwurf machen können, wenn er die Spur fallenließ. Seine Intuition aber sagte etwas anderes. Er glaubte nicht an den Raubmord. Dagegen sprachen zu viele Fakten.

* * *

Wiedemann lag, den Arm aufgestützt, im Bett und ließ seine rechte Hand über Helenes nackte Schulter und Rücken wandern.

Er beugte sich vor und küsste ihren Nacken. Sie kicherte.

»Noch Wein?«

Helene schüttelte den Kopf. »Woran denkst du?«

»Daran, dass ich dem Herrgott für die Antibabypille danke.«

Sie lachte. »Du Quatschkopf! Sag mal ehrlich?«

»An meinen Chef.«

Sie wandte sich um. »Den Spießer, der auf Anzug und Krawatte besteht?« Wiedemann nickte und musste lächeln. »Was ist mit ihm?«

Er hob die Schultern. »Er ist nach Berlin geflogen, um einer Spur nachzugehen.«

»Dafür muss er einem nicht leidtun.«

»Es ist anders. Wir haben zurzeit einen kritischen Fall zur Aufklärung, und alle drängen uns, die Sache schnell und geräuschlos zu beenden.«

»Warum?«

»Es gibt Hinweise auf einen Zusammenhang, der nicht ins politische Kalkül passt. Ich darf logischerweise nicht darüber sprechen. Mein Chef ist da wie Don Quijote. Er sträubt sich dagegen, Hinweise zu ignorieren, und kämpft unbeirrt gegen die Windmühlen.«

»Ist das nicht richtig?«

»Natürlich. Preusser hat fast immer den besten Riecher für die Zusammenhänge, außerdem ist das, was er tut, unsere Arbeit. Nur weil es nicht ins Bild passt, können wir ja nicht aufhören zu ermitteln. Ich frage mich jetzt aber, wie ich mich verhalten soll, wenn die Auseinandersetzung dazu führt, Farbe zu bekennen. Wenn ich zu ihm stehe, kann das mein Weiterkommen behindern.«

Er sah hinaus. Helenes Wohnung lag in einem anonymen Block, daher mussten sie nicht befürchten, von ihrem Vermieter Druck wegen des Kuppelparagraphen zu bekommen.

Helene strich ihm durch die Haare. »Hör auf dein Gewissen. Du möchtest doch zu ihm halten?«

Wiedemann nickte.

»Dann tu es oder willst du auf einem Selbstbetrug deine Karriere aufbauen?«

SIEBZEHN

Freitag, 2. Juni 1967

Clara Hohenfels kämpfte um ihr Leben, ohne zu wissen, warum und für wen eigentlich.

Der Mann war in der Dunkelheit gekommen wie ein Geist.

Ein Abend wie jeder andere war dahingeplätschert. Stummes Abendessen, beim Fernsehen allein mit Kulenkampff und seinem Butler und dann in ein Bett, dessen zweite Hälfte schon seit Jahren leer blieb, es sei denn, ihr Kater Fritzi sprang hinein, was er nicht durfte.

Seit sie KP, ihren Mann, geholt hatten, seit sie ihn wie einen Verbrecher aus seinem Versteck auf dem Dachboden gezerrt und in den Tod getrieben hatten, ging das so. Jahrein, jahraus in unendlicher Gleichförmigkeit. Die Nachbarn schnitten sie und selbst ihre wenigen Freundinnen machten sich rar.

Es hatte geklirrt, als ob Glas zersprang, und sie war hinabgegangen. Nur den Morgenmantel hatte sie übergeworfen, der sich nun mit ihrem Blut vollsog.

Es war nicht Fritzi, wie vermutet, und sie würde nie wieder Scherben aufkehren müssen.

Hände packten sie schon unten, direkt neben der Treppe in den Haaren und am Arm. Clara hatte vor Schmerz und Überraschung aufgeschrien, als er ihren schmalen Körper mit aller Wucht zu Boden schleuderte und sich so auf ihre Brust setzte, dass sie sich kaum mehr rühren konnte.

»Wo?«

Sie schwieg.

»Wo? Ich frage nur einmal.«

Sie hatte geschwiegen, denn niemals würde sie ihm verraten, wo die Dinge lagen, die ihr Mann zurückgelassen hatte.

Die Klinge, die er ihr unter das rechte Auge drückte, war spitz und stach schmerzhaft in die dünne Haut. »Eine kleine Bewegung hier und noch mal auf der anderen Seite, und alles wird dunkel. Willst du das?«

»Verrecken sollst du.«

Der Mann lachte schallend und rammte seine Faust in ihren Unterleib. Sie krümmte sich, während er sie emotionslos betrachtete, das Messer in der Hand. »Letzte Chance, Schlampe.«

Er erhob sich, war so arrogant, sich seiner Überlegenheit so gewiss.

Ihr Knie traf ihn zwischen den Beinen und pumpte die Luft aus seinen Lungen. Nicht einmal schreien konnte der Kerl, während er zur Seite kippte.

Wenn sie weggelaufen wäre, hätte sie vielleicht eine Chance gehabt, sie aber wollte das Messer, um ihn in Schach zu halten, bis die Polizei eintreffen würde.

Also sprang sie über ihn, um an das Messer zu gelangen, und spürte den warmen Griff schon in ihrer Hand, als sie am Fußgelenk zurückgerissen wurde.

Sie war schnell und nutzte den Schwung, um instinktiv aus der Drehung heraus zuzustechen. Ihr Arm beschrieb einen Bogen, er aber packte ihr Gelenk, noch bevor die Klinge durch sein Fleisch fahren konnte.

Er entriss ihr das Messer und drückte sie brutal zu Boden. Sie war kaum noch in der Lage zu atmen. Für eine kurze Weile sah er ihr in die Augen. Ohne Eile wog er seine Optionen ab, dann stach er ihr in den Bauch. Einmal, zweimal …

Am Anfang war da kein Schmerz, sondern nur eine Taubheit und das Gefühl eines Fremdkörpers in ihrem Leib.

Sie stöhnte auf, mehr aus Überraschung, und wälzte sich zur Seite, als er sie freiließ und einfach aufstand. Sie sah zu ihm auf.

»Es braucht seine Zeit, bis der Schmerz kommt. Im Krieg hatte jeder Angst vor dem Bauchschuss. Aber du weißt ja: Strafe muss sein.«

Der Mann ging und begann, das Haus zu durchsuchen.

Es war, als hätte er mit seinen Worten einen Schalter umgelegt. Die erste Woge von Schmerzen erfasste sie. Es tat nicht nur weh, es war wie ein Vorgeschmack auf die Hölle. Schon nach einer Sekunde wurde ihr klar, dass sie diese Tortur nicht lange aushalten würde. Sie versuchte, zur Tür zu kriechen. Irgendwo da war ein Telefon.

»Gegrüßet seist du, Maria, voll der Gnade, der Herr ist mit dir. Du bist gebenedeit unter den Frauen, und gebenedeit ist die Frucht deines Leibes, Jesus. Heilige Maria, Mutter Gottes, bitte für uns Sünder jetzt und in der Stunde unseres Todes. Amen.«

Es war die Litanei, die ihre Mutter ihr beigebracht hatte und die sie auch so oft mit Pater Frederick sprach, wenn sie in schweren Stunden in die Kirche ging, um zu beten.

Fritzi kam gelaufen und leckte ihr Gesicht. Die Katze miaute ein wenig, sah sie unsicher an und schleckte von dem Blut.

Sie hielt es nicht mehr aus und musste schreien, woraufhin die Katze erschrocken davonsprang. Eine Freundin hatte ihr einmal von den Schmerzen erzählt, die Wehen auslösten. Schlimmer als das, was ihr gerade widerfuhr, konnte es nicht sein.

Sie begann zu weinen.

»Gegrüßet seist du, Maria, voll der Gnade, der Herr ist mit

dir. Du bist gebenedeit unter den Frauen, und gebenedeit ist die Frucht deines Leibes, Jesus. Heilige Maria, Mutter Gottes, bitte für uns Sünder jetzt und in der Stunde unseres Todes. Amen.«

Irgendwann wurden ihre Arme gefühllos, und es blieb ihr nur ein Fuß, mit dem sie sich auf dem Parkett langsam weiterschob, doch rutschte sie auf ihrem Blut immer wieder aus.

Der Kerl war noch irgendwo im Haus und suchte das, was er hatte haben wollen. Er würde es nicht finden, nicht alles. Ihr Kreislauf gab nach, und sie sackte in der Gewissheit weg, dass er verlieren würde.

Ein Schütteln an ihrer Schulter. Sie wusste nicht gleich, wo sie war, bis sie die Augen öffnete und ihn erkannte. Es war sogar noch Platz für ein bisschen Hass in ihr. Er hockte seitlich von ihr, außerhalb der Blutspur, die sie hinter sich herzog.

Ein Licht blendete sie. Ihre Augen reagierten zu langsam, und sie kniff die Lider zusammen.

»Sieh mal her.« Im Leuchten der Taschenlampe sah sie ihn grinsen. Er hatte den Umschlag gefunden und hielt ihn in den Lichtstrahl.

»Kein schlechtes Versteck, Clara. Ich habe ordentlich suchen müssen.«

Sie keuchte auf. Worte brachte sie nicht mehr über die Lippen.

»Ja, ja, reg dich nur auf, dann hast du es gleich hinter dir.« Er ging, und sie sah seinen Schatten zur Hintertüre gehen. »Schönen Gruß an KP.« Er verließ sie mit einem Lachen. Woher wusste er, wie sie ihn genannt hatte?

Zeit und Raum flossen ineinander, und plötzlich war KP da. Sie roch seine Haut und seine pomadigen Haare, spürte seine Hände auf ihrem Leib. Eine Woge aus Wohlbefinden und Geborgenheit flutete über sie, ja, es war ihr, als könnte sie sein Gewicht auf sich spüren, wie er sich in ihr bewegte.

Er hielt sie fest an sich gepresst und zog sie hinab in ein helles Licht.

Clara ließ sich fallen.

Gewonnen.

ACHTZEHN

»Das ist die Berliner Luft, Luft, Luft, mit dem ganz besondren Duft, Duft, Duft.« Backhaus intonierte den Schlager. »Wie ist es in Berlin?«

»Es stinkt wie in Frankfurt nach Abgasen«, entgegnete Preusser. Er stand in der engen Telefonzelle in der Lobby seines Hotels.

»Wo ist denn dein Humor geblieben, Joachim?«

»Deckers Sekretärin hat mir ein Hotel gebucht, das die letzte Absteige ist. Das Bett ist durchgelegen, die Toilette schmutzig, und ich hoffe, dass nicht auch noch das Laken voller Ungeziefer war.«

»Wann kommst du zurück?«

»Heute am späten Abend. Ich treffe mich vorher am Nachmittag mit einem Bekannten Mandels, den er besucht hat, als er hier war. Der kann mir vielleicht weiterhelfen.«

»Hast du schon etwas herausgefunden?«

»Ja. Ich habe eine Liste mit neun Personen und die dazugehörigen Angaben aus der Zeit des Dritten Reichs, aber nichts über ihre genauere Verwendung damals.«

»Wer steht auf dieser Liste?«

»Einige Mediziner und vermutlich Krankenschwestern und ein SS-Sturmführer namens Klaus-Peter Hohenfels.«

Eine kurze Pause entstand. »Und was hilft dir das nun?«, fragte Backhaus dann.

»Jeder von ihnen war im KZ Ravensbrück und dort anscheinend für den Sanitätsbereich tätig. Sie sind wohl alle bereits verurteilt worden, und fünf von ihnen hat man hingerichtet.«

»Du denkst, es geht um Menschenversuche wie in Auschwitz?«

»Ja, es gab wohl in Ravensbrück Menschenversuche. Hier wäre eventuell ein Motiv zu finden, doch die Alliierten haben in sechs Prozessen den Komplex ziemlich intensiv abgearbeitet.«

»Frag diejenigen, die noch leben. Du weißt von dem Füllfederhalter?«

»Ja. Das kann auch ein Ablenkungsmanöver sein.«

»Möglich. Ich war mit Wiedemann in einer Striptease-Bar, dem ›Chez Pierre‹. Hier haben wir einen schmierigen Typen festgenommen. Eventuell kennst du ihn: Heinrich Pfütz, ein alter Kunde von uns. Hat schon vor dem Krieg gesessen und ist dann in einem Strafbataillon gelandet. Die Amis haben ihm eine Kugel verpasst. Seitdem ist sein Arm steif. Heini hat uns von einer neuen Bande erzählt, die ziemlich brutal unterwegs ist. Albaner, die seit einem Jahr ihr Unwesen treiben.«

»Meinst du, ihr könnt da etwas finden?«

»Unwahrscheinlich, aber ein Versuch ist es wert. Mach du mal in Berlin ein bisschen weiter und genieße die Zeit.«

»Der Schah kommt nach Berlin. Die haben hier ein Polizeiaufgebot aufgefahren, wie ich es noch nicht gesehen habe.«

»Fahr an den Wannsee.«

Preusser grinste und intonierte Conny Froboess. »Pack die Badehose ein, pack dein kleines Schwesterlein, und dann nichts wie raus zum Wannsee.«

Sie lachten beide und beendeten das Telefonat.

* * *

Jeffrey Brown sah aus, wie man sich einen amerikanischen Soldaten in Zivil vorstellte: perfekt sitzender Anzug, raspelkurze Haare und eine Haltung, als hätte man ihm einen Stock in den Rücken genäht.

Sie hatten sich in seinem Bungalow im Dreipfuhl Housing in Dahlem verabredet. Da es trotz der fortgeschrittenen Stunde noch einigermaßen warm war, hatte seine Frau einen Eistee gemacht und ihn auf der Terrasse serviert, bevor sie sich zurückzog und die nörgelnden Kinder mitnahm, die auf der Wiese gespielt hatten.

»Sie kommen also von Frankfurt her, um etwas über Simon zu erfahren. Sein Tod hat mich sehr getroffen.«

Preusser erklärte kurz, was geschehen war. »Am Telefon sagten Sie, dass er zu Besuch war. Was hat er in Berlin gemacht?«

»So genau weiß ich das auch nicht. Er war sehr verschwiegen, doch seine Augen – wie sagen Sie hier? –, sie brannten. Ich denke, er war etwas Großem auf der Spur.«

»Privat oder beruflich?«

»Er war Journalist.«

»Also ging es um einen Artikel, den er schreiben wollte?«

Brown nickte. »Ich vermute schon.«

»War sein Besuch bei Ihnen privat?«

»Nein, so gut kannten wir uns auch nicht. Wissen Sie, an der Mercersburg Academy in Pennsylvania, wo wir unsere Highschool-Zeit verbracht haben, lebt man ziemlich eng beisammen. Wir waren in einer festen Gruppe eingeteilt und daher gut bekannt, ohne wirklich zu Freunden zu werden. Wir haben Adressen ausgetauscht und aktuell gehalten, damit man sich gegenseitig hilft. Ein Netzwerk aus Beziehungen.«

»Er brauchte demnach Ihre Hilfe. Wobei?«

»Seine Nachforschungen führten ihn nach Ostberlin, und er wollte wissen, wie er nach drüben gelangen konnte. Wir

Amerikaner, die hier stationiert sind, können ohne Kontrollen in den Ostsektor, doch da der Status von Berlin nach wie vor ungeklärt ist und wir keine konsularische Vertretung drüben haben, wird uns davon abgeraten. Wenn man dennoch nach Ostberlin geht, bietet ein Ausweis, der einen Besucher zum Militärangehörigen macht, trotzdem einen gewissen Schutz«, erklärte Brown.

»Haben Sie Simon Mandel solch einen Ausweis besorgt?«

Brown nickte erneut.

»Und er war drüben?«

»Definitiv, ich habe ihn am Checkpoint Charlie abgesetzt.«

»Wie lange war Simon Mandel in Ostberlin?«

»Abends war er wieder zurück. Er wollte eine Frau treffen, wenn ich mich richtig entsinne. Sie lebt in Oranienburg.«

»Einen Namen haben Sie nicht.«

Brown schüttelte den Kopf. »Leider nicht.«

* * *

Sein Koffer war gepackt und wartete an der Rezeption auf ihn. Der Flug würde um zweiundzwanzig Uhr von Tempelhof starten, es blieb also noch genug Zeit, um ein paar Fotos zu schießen, um die Helga ihn gebeten hatte.

Er überquerte den Kurfürstendamm und lief über die Lewishamstraße und die Kaiser-Friedrich-Straße weiter.

Als er die Bismarckstraße erreichte, war es erst neunzehn Uhr, doch es befanden sich bereits Hunderte von Menschen gegenüber der Oper. Ältere Berlinerinnen und Berliner, junge Frauen und auch Mütter mit ihren Kindern standen dicht an dicht, eingepfercht in einen schmalen Durchgang, den ein Bauzaun und Absperrgitter, die Preusser unter dem Namen Hamburger Reiter kannte, offen ließen.

Etwa in der Mitte dieses Schlauchs hatte sich eine große Gruppe von Studenten positioniert, die Transparente hochhielten.

»Nieder mit dem Schah« oder »Mörder raus aus Westberlin«, konnte Preusser lesen. Er zögerte. Er mochte keine großen Menschenansammlungen, zumal die Demonstranten gefährlich werden konnten. Etwa in der Mitte der Studenten entdeckte er Gesichter, die er aus der Zeitung kannte. Fritz Teufel und Werner Langhans von der Kommune 1, die mit ihren provokanten Aktionen auf sich aufmerksam gemacht hatten, lehnten entspannt an einer Absperrung und rauchten.

Preusser bewegte sich langsam vorwärts. Wenn er die Chance auf gute Bilder haben wollte, musste er sich ein Stück in diesen schmalen Schlauch begeben.

Die Menschen machten ihm bereitwillig Platz, so dass er problemlos fast die Mitte erreichte und in zweiter Reihe über die Köpfe eines älteren Ehepaars freie Sicht bekam. Das Gedränge nahm weiter zu. Auch auf dem Bauzaun und in den Bäumen saßen nun Menschen.

Preusser rauchte gelangweilt eine Zigarette und fragte sich schon, ob er nicht gehen sollte, als uniformierte Polizisten die Straße vor den Absperrungen besetzten.

Im Bereich der Studenten wurden Buhrufe und Pfiffe laut.

Ein Schupo direkt vor Preusser betrachtete die Kommunarden.

»Nu schauen Se sich mal die Gammler an, Herr Wachtmeister.« Die Frau vor Preusser umklammerte eine braune Handtasche aus Kunstleder. »Die können sie doch nicht mehr alle haben.«

»Laufen rum wie die Tunten.« Der Polizist grinste und wischte sich den Schweiß unter der weißen Schirmmütze ab. »Die bräuchten mal Zucht und Ordnung. Eine Woche in unserer Polizeikaserne, und es wäre Ruhe.«

Die Frau lachte zustimmend. »Wann kommt das Kaiserpaar denn hier an?«

Der Polizist sah auf die Uhr. »Gegen acht Uhr.«

Plötzlich wurden Schreie laut. Farbbeutel flogen auf die Straße, woraufhin zwei Polizisten einen der Studenten griffen, ihn über die Absperrung zogen und mit Schlagstöcken auf ihn einprügelten. Die Demonstranten begannen, Sprechchöre zu skandieren. Weitere Leute wurden aus der Menge gezerrt.

Preusser wurde mulmig zumute, und auch andere Zuschauer in seiner Umgebung versuchten, aus dem Schlauch herauszugelangen, die Menschen standen jedoch zu dicht.

Schreie ertönten. Alle, die auf dem Zaun und in den Bäumen gesessen hatten, sprangen herunter und beschimpften Polizisten, die nun mit ihren Schlagstöcken den Bauzaun räumten.

»Was soll denn das? Die Zuschauer tun doch nichts«, rief Preusser entrüstet.

Der Polizist fixierte Preusser wütend, als plötzlich ein junger Mann über die Absperrung sprang.

Vier Beamte rannten los und droschen auf den armen Kerl ein, bis er am Boden lag. Schließlich zerrten zwei ihn am Kragen über die Fahrbahn, während die anderen weiterhin die Schlagstöcke einsetzten. Ein Tumult entstand. Verängstigte Zuschauer versuchten sich abzusetzen, während die Studenten immer lauter Beschimpfungen ausstießen. Einen von ihnen, den die Polizisten verprügelt hatten, packten vier Uniformierte an Händen und Füßen und warfen ihn mit Schwung über die Absperrgitter in die Menge.

»Verdammt, so geht das nicht.« Preusser platzte der Kragen. »Wir sind doch nicht in einem Polizeistaat.«

Weitere Polizisten stürmten heran und besetzten die Straße.

Preusser versuchte, den Rückweg anzutreten und sich durch die Menge zu winden. Seine Motivation, irgendwelche Fotos zu schießen, war verschwunden, doch im nächsten Moment tauchte die Kolonne des Schahs auf und fuhr unter das Dach der Oper.

Sofort flogen Eier und Tomaten zum Eingang, erreichten aber weder das Auto noch das Kaiserpaar. Lautstarke Protestrufe ertönten.

»Schah, Schah, Scharlatan.«

»Schah-SA-SS.«

»Mo, Mo, Mossadegh.«

Viele stülpten sich Papiertüten mit einem verzerrten Porträt des persischen Herrschers über, während aus einer anderen Richtung wüste Beschimpfungen auf die Demonstranten und Hurraschreie zu hören waren. Offensichtlich gab es eine Gruppe von Gegendemonstranten.

Tränengasgeschosse und Rauchkerzen, von den Studenten geworfen, landeten auf der Fahrbahn und wurden sogleich von den Polizisten in die Menge zurückgeworfen. Steine waren die Antwort, woraufhin Beamte an die Hamburger Reiter stürmten und wild drauflosschlugen.

Preusser hatte in einem Instinkt seine Kamera erhoben und machte einige Fotos. Doch allmählich erfasste ihn größte Unruhe. Er sollte besser verschwinden, sagte er sich.

Plötzlich brachen Polizisten in Gruppen über die Absperrungen. Während die einen den Ausgang absperrten und die Menschen mit Gummiknüppeln zusammendrängten und festsetzten, prügelten die anderen auf die in der Mitte stehenden Zuschauer ein, um sie in Richtung Krumme Straße zu treiben.

Preusser geriet ins Straucheln. Eine Hand tauchte helfend vor seinem Gesicht auf. Er packte zu und wurde mitgezogen. Nach einigen Schritten war er dem Hagel von Schlägen entkommen.

Preusser folgte einem jungen Mann, der ihm aufgeholfen hatte, um eine Ecke in eine schmalere Straße.

»Vielen Dank.«

»Gegen die Bullen muss man eben zusammenhalten.«

Preusser bemerkte, dass das Hemd des Studenten blutverschmiert war, aus einer Platzwunde auf der Stirn.

Er ergriff dessen Arm und reichte ihm ein Taschentuch, das der junge Mann sich auf den Riss drückte.

»Gehen Sie baldmöglichst zum Arzt.««

»Hans!« Ein Mädchen kam auf sie zugelaufen. Sie sah kurz zu Preusser auf, dann führte sie ihren leicht benommenen Freund davon.

Preusser betastete seinen Kopf, doch außer einer großen Beule hatte er nichts abbekommen. Erschöpft lehnte er sich an eine Hauswand. Um ihn herum ging das Chaos weiter. Gruppen von Studenten liefen umher und wurden von Männern in Zivil verfolgt, denen Preusser ansah, dass es Polizisten waren.

Ein Stück die Straße hinunter fuhr ein Wasserwerfer auf. Flaschen und Steine flogen, dann strömte Wasser aus den Düsen und fegte Menschen wie Puppen davon.

Neue Schreie und Protestrufe erklangen.

Preusser sah einige Demonstranten in eine Hauseinfahrt laufen und folgte ihnen, als eine Kette aus Polizisten die Einfahrt absperrte. Im Halbdunkel erkannte er fliegende Schlagstöcke. Beamte umringten einen Mann und schlugen auf ihn ein. Blitzlichter flammten auf.

»Nicht schießen!«

Ein Schuss dröhnte, dann sackte der junge Mann zusammen, während die Uniformierten immer noch auf ihn eintraten. Irgendwo brüllte jemand.

»Bist du verrückt, hier zu schießen.«

Mit einem Mal beruhigten sich die Gemüter, und alle starrten betroffen auf die reglos auf dem Boden liegende Gestalt. Preusser sah, wie sich eine Frau um den Verletzten bemühte, der nahe der Stoßstange eines Käfers lag. Sie trug einen unpassend eleganten Mantel und auffallende Ohrringe. Sie stützte den Kopf des Mannes. Eine weitere Frau rief nach einem Krankenwagen, während ein Polizist in Zivil teilnahmslos danebenstand. Offenkundig der Schütze.

Journalisten drängten vor, eine Dame in hellem Kostüm diskutierte wild gestikulierend mit Zivilpolizisten. Neue Blitzlichter flammten auf und beleuchteten die Szenerie.

Eine Person trat neben Preusser.

»Verstehen Sie nun, was uns bewegt?«

Er sah zu ihr und erkannte die Studentin mit der bunten Bluse wieder, die er in dem Café getroffen hatte.

Preusser schaute ihr in die Augen, dann nickte er, ohne ein Wort sagen zu können.

* * *

Constanze von Schlierdorf ächzte unter den Schmerzen, die ihre Hüfte in jeden Winkel ihres Körpers auszusenden schien. Arthrose, hatte der Arzt konstatiert und ihr neben einem Medikament zum Knochenaufbau vor allem Schmerzmittel verschrieben, die sie nicht mehr nahm, da sie die Tabletten nicht vertrug.

Auf einen Stock mit Elfenbeingriff gestützt, humpelte sie zum Fenster und sah hinaus.

Sie hasste die verfluchte Katze. War sie rollig, kamen die Kater; ansonsten fraß sie laufend die Singvögel, die Constanze fütterte. Einmal hatte sie ihr einen Eimer kaltes Wasser übergegossen. Seitdem mied die Katze das Grundstück.

Doch nun miaute das Biest seit Stunden vor der Katzenklappe im Nachbarhaus. Warum ging dieses blöde Viech nicht endlich rein?

Constanze stieß den Fensterladen auf.

»Holen Sie doch die Katze ins Haus, das kann ja kein Mensch aushalten.«

Sie stutzte. Drüben brannte kein Licht.

Ungehalten knallte sie das Fenster zu und schaltete den Fernseher ein. Im ersten Programm lief: »Wenn der weiße Flieder wieder blüht«. Sie drehte den Ton lauter, und als Mireille Mathieu auf die Bühne kam, vergaß sie die Katze.

Irgendwann wurde sie wach und konnte sich kaum orientieren. Sie hatte vom Gutshof in Pommern geträumt und war mit ihren Brüdern über die Felder hinab zur Ostsee gelaufen, um zu baden.

Constanze von Schlierdorf seufzte und starrte auf das Testbild. Der Apparat verbreitete ein nervtötendes Summen. Mit schmerzendem Rücken rappelte sie sich auf und schaltete den Apparat ab. Ihr Blick fiel auf das einzige Foto, das sie vom Gut noch hatte. Kein Schloss, aber herrschaftlich mit einer breiten Treppe und einem schönen Haupthaus.

Sie war nach der Heirat zu Karl auf dessen Gut Schlierdorf gezogen. Drei Fehlgeburten begleiteten die ersten Jahre ihrer Ehe. Sie war bereits achtunddreißig, als ihr das Schicksal eine Tochter schenkte. Glückliche Zeiten, nur allzu kurz. Der verlorene Krieg und die so verlorene Heimat hatten sie mit fünfundfünfzig Jahren nach Wiesbaden gespült, wo Karl eine gute Stellung als Verwalter eines Reithofs gefunden hatte, denn Pferde waren das Einzige, von dem er wirklich was verstand. Er hatte es noch geschafft, dieses Haus zu bauen, dann war er gestorben, und sie blieb allein, da ihre Tochter Charlotte in München verheiratet war und sie nun ständig bekniete, doch zu ihr zu ziehen.

Die Katze schrie wieder. Laut und traurig tönte es über den Zaun.

Entnervt lief Constanze von Schlierdorf zur Gartentür. »Was ist mit dir los, verdammt?«

In einem Tempo, als sei der Teufel hinter ihr her, jagte die graugestreifte Katze an ihren Füßen vorbei ins Haus.

»Herrgott, hier hast du nichts verloren.«

Sie machte das Licht an. Sofort strich das Tier um ihre Beine.

»Was hast du denn?« Sie beugte sich vor und nahm die Katze, die sich, ohne zu kratzen, anfassen ließ, auf den Arm. Dann sah sie die blutigen Tatzen, die bereits ihre weiße Bluse verschmiert hatten.

* * *

»Kommissar der Kripo in Frankfurt? Ein bisschen weit weg von zu Hause, was? Sie wissen, dass Sie in Berlin …«

Preusser unterbrach den Beamten. Er war wütend. »Lesen Sie das Schreiben meiner Dienststelle an Ihre Behörde, dann sehen Sie, dass alles seine Richtigkeit hat.«

Kriminalrat Sander war in die Wache der Einsatzkräfte gekommen, als herauskam, dass Preusser Kollege war, und unterzog ihn seit einigen Minuten einem Verhör.

Man hatte ihn noch im Garagenhof auf der Krummen Straße festgenommen, obwohl er laut protestiert hatte. Der Uniformierte und ein Polizist in Zivil hatten ihm die Arme auf den Rücken gedreht, um ihn unsanft in eine grüne Minna zu stoßen, wo er sich mit einem Journalisten und einigen Studenten wiederfand. Einer von ihnen blutete heftig aus einer Wunde am Kopf, und erst als Preusser seine Marke gezeigt und gedroht hatte, die Zustände zu dokumentieren, brachte man einen Sanitäter, der sich auch um die anderen Blessuren kümmerte. Preusser selbst wurde in einen Streifenwagen gesetzt. Während der ganzen Fahrt sprach er kein Wort. Doch die Wut in ihm war weiter gewachsen.

Nun saß er einem bulligen Mann mit kantigem Kinn gegenüber.

»Was hatten Sie überhaupt an der Oper zu suchen?«, fragte der Kriminalrat.

»Muss ich mich bei Ihnen dafür rechtfertigen, dass ich an einem Abend im freien Teil von Berlin auf einer öffentlichen Straße gewesen bin.«

»Sie wissen doch genau, worum es geht«

Preusser registrierte, wie sich die Polizisten auf der Wache nach ihnen umsahen.

»Es geht darum, dass ein völlig unverhältnismäßiger Polizeieinsatz dazu geführt hat, dass viele unbeteiligte Bürger, darunter auch ich, verletzt worden sind und ein Unbewaffneter von einer Polizeikugel getroffen wurde«, erklärte Preusser.

Das Gesicht des Kriminalrats versteinerte. »Der Mann ist tot, und ob er bewaffnet war oder nicht, wird sich noch herausstellen.«

Preusser winkte ab. »Er war nicht bewaffnet. Ich konnte den Tatort genau übersehen. Als Leiter der Mordkommission in Frankfurt habe ich einen Blick dafür. Es wurde auch von vielen fotografiert. Auf den Bildern können Sie nachsehen, ob eine Waffe herumlag.«

Kriminalrat Sander senkte die Stimme. »Sie wollen doch nicht etwa gegen Ihre Kollegen aussagen?«

»Ich habe dort keine gesehen, nur brutale Schläger. Polizisten, die ich kenne, prügeln nicht wahllos auf eine Menge ein.«

Sanders hieb auf den Tisch. »Sehen Sie sich das Pack an! Kommune I und SDS. Wollen Sie sich mit diesen Kommunisten und Gammlern gemeinmachen? Mit Steinewerfern?«

»Das ist Unsinn. Wer eine Straftat begeht, soll dafür bezahlen, da bin ich der Letzte, der etwas dagegen sagt. Ich habe aber kein Verständnis für eine Polizeiaktion, die vor allem aus dem Einsatz von Schlagstöcken besteht. Mein Bild von uns Polizisten sieht da anders aus.«

»Sie sind ein gottverdammter Träumer. Nur Härte und Gehorsam zählen in einer Frontstadt wie Berlin.«

Plötzlich spürte Preusser eine tiefe Müdigkeit und Enttäuschung. Er hatte die Studenten gehört und verstand nun mittlerweile einige ihrer Positionen. Doch einen Mann wie Sander würden keine noch so guten Argumente erreichen.

Er sah Sander angewidert an. »Wissen Sie was, lassen Sie mich einfach in Ruhe und sorgen Sie dafür, dass ich zum Flughafen komme. Meine Aussage schenke ich mir, das werden andere tun.« Dann stand er auf und verließ den Raum.

NEUNZEHN

Samstag, 3. Juni 1967

Staatsanwalt Ostholm rief Preusser am Vormittag an und weckte ihn aus tiefem Schlaf.

Die Berliner Polizei hatte es irgendwie fertiggebracht, ihn pünktlich nach Tempelhof zu fahren und in seinen Flug nach Frankfurt zu stecken. Erst um drei in der Früh war er zerschlagen in sein Bett gefallen und brauchte nun lange, um wach zu werden.

»Haben Sie Zeit und können in die Staatsanwaltschaft kommen?«

»Muss das sein?«

»Was ist mit Ihnen los? War es so wild in Berlin?«

»Lesen Sie keine Zeitung?«

»Sie meinen die Demonstrationen?«

»Ja, ich bin mitten hineingeraten. Wann soll ich zu Ihnen kommen?«

Ostholm war verwirrt. »Um fünfzehn Uhr.«

Preusser knurrte etwas, das wie eine Bestätigung klingen sollte, und legte auf.

Helga war in der Küche. Sie gab ihm einen Kuss. »Heute Morgen sind die Zeitungen voll von Berichten über Ausschreitungen in Berlin. Hast du davon mitbekommen?«

Er griff sich die »Frankfurter Allgemeine Zeitung« und las mit müden Augen, dass der Abend in Berlin noch nicht zu Ende gewesen war, als er schon im Flugzeug gesessen hatte. Die Auseinandersetzungen waren bis in die Nacht hinein weitergegangen.

»Ich war mittendrin, weil ich für dich Fotos machen wollte.«

Gegen vierzehn Uhr dreißig fuhr er in die Staatsanwaltschaft.

In dem großen Gebäude war es an diesem Samstagnachmittag auffallend ruhig. Er fragte sich beim Portier durch und stieg bis unter das Dach, um endlich vor Zimmer 4–23 zu stehen.

Der Raum war voller Qualm. Ostholm rauchte irgendeinen aromatisierten Tabak in seiner Pfeife. Er winkte ihn herein.

Preusser hatte den Staatsanwalt noch nie in legerer Kleidung gesehen. In der engen Baumwollhose und in dem Polo-Shirt wirkte Ostholm wie ein junger Professor an einer amerikanischen Hochschule.

Das Büro war kaum mehr als ein Kabuff mit verkratzten Möbeln, die sicherlich schon einige Jahrzehnte auf dem Buckel hatten.

Er lächelte, als er Preussers kritischen Blick bemerkte. »Unliebsame Staatsanwälte kommen in die Besenkammer.«

»Dann dürfte mein Büro auch nicht größer sein.«

Mit wenigen Worten berichtete Preusser von seinen Ergebnissen und den Ereignissen des Vorabends.

»Weiß Deckers schon, was Sie herausgefunden haben?«

»Nein. Er ist im Wochenende.«

Ostholm grinste. »Wie geht es nun weiter?«

»Ich weiß es nicht. Ich habe das Gefühl, wir laufen der Vergangenheit hinterher und verpassen den Zug, der in die Zukunft fährt.«

Ostholm schüttelte den Kopf. »Glauben Sie mir, das Gestern ist Teil des Problems und auch Teil der Lösung.«

»Warum denken Sie das?«

»Wenn wir uns dem Geschehen von damals stellen und nicht so tun, als wäre nichts passiert beziehungsweise die Täter hätten nichts mit uns zu tun und wären vom Erdboden verschwunden, erhöhen wir die Glaubwürdigkeit der älteren Generation. Brandt macht das als Außenminister ganz gut.«

Preusser hatte wenig Lust, über Politik zu sprechen, und wechselte das Thema. »Am Montag wird Deckers mich unter Druck setzen, meine Untersuchungen einzustellen.«

»Nun, das Auffinden des Füllers rückt die Fahndung in ein neues Licht, doch sehe ich darin noch nicht den großen Durchbruch. Angeblich folgt Backhaus einer neuen Spur. Warten wir das ab und machen erst einmal weiter wie bisher. Wir benötigen allerdings unbedingt Ergebnisse, die nicht so vage sind. Uns fehlt beispielsweise der Einbrecher, der Wiedemann niedergeschlagen hat.«

»Die Kollegen haben ohne Erfolg die Nachbarschaft abgeklappert. Am Montag werde ich die Suche ausweiten.«

Ostholm nickte. »Neben der Raubmordthese steht Ihre Annahme, Mandel sei getötet worden, weil er bei seinen Recherchen auf brisante Zusammenhänge gestoßen ist.«

»Ja, aber viel weiter sind wir noch nicht gekommen. In Berlin habe ich nur Personen und deren Einsatzort oder die Einheit im Krieg gefunden. Daran kann ich kaum etwas festmachen. Alle waren im KZ Ravensbrück eingesetzt. Ich habe jedoch nicht die geringste Ahnung, warum ausgerechnet dieses Konzentrationslager im Fokus von Mandels Recherchen stand. Hier werde ich in der kommenden Woche ansetzen. Wir sollten außerdem unter Berücksichtigung der zeitlichen Komponente davon ausgehen, dass er die Namen der gesuchten Personen schon hatte, bevor er nach Berlin fuhr.«

»Was ist mit seiner Tante, von der auch schon die Rede war?«

»Sie ist in Auschwitz gestorben. Um Näheres herauszufinden, müssten wir nach Arolsen zum International Tracing Service fahren. Die können wahrscheinlich herausfinden, in welchem Lager sie war und wie sie starb.«

»Machen Sie sich auf den Weg oder schicken Sie einen Ihrer Männer. Was noch?«

»Die Prozessmitschrift Ravensbrück sprengt den Zeitrahmen. Gesshoff hat mir eine Nachricht hinterlassen, dass wir einen LKW für alle Unterlagen bräuchten. Zudem ist vieles auf Englisch.«

»Ich kümmere mich darum. Vielleicht gibt es einen Experten oder Prozessbeobachter, der uns ausreichend informieren kann. Ich wende mich an die Kollegen in Bremen.«

* * *

Wiedemann folgte Backhaus und den Polizisten die Treppen hinauf. Die Stufen waren sauber, und auch der Anstrich war frisch, doch das täuschte. Hier im Ortsteil Frankfurter Berg hatte die Stadt erst in jüngster Zeit Hochhäuser hochgezogen, die als soziale Wohnungsbauten dienten. Noch waren die Immobilien neu, aber wie das Ganze in einigen Jahren aussehen mochte, wollte er sich gar nicht vorstellen. Man hatte die Menschen in diesen Blöcken zusammengepfercht und wunderte sich nun über die Folgen. Die Anzahl der Einsätze war extrem hoch. Schlägereien, häusliche Gewalt, Diebstähle hatten beängstigende Ausmaße angenommen. Zudem hatten viele Gastarbeiterfamilien ihre Bleibe in den anonymen Bauten gefunden, was ebenso wenig zur Ruhe im Viertel beitrug.

Sie waren zu zehnt ausgerückt. Acht Uniformierte, die zum Schutz ihren Tschako, die Schlagstöcke und Pistolen trugen, er und Backhaus, der das Kommando führte.

Auf der zweiten Etage begegneten sie zwei dunkelhäutigen Kindern, die hier auf dem Absatz spielten. Wiedemann lächelte und hielt sich den Finger vor die Lippen, um ihnen zu bedeuten, still zu sein. Sie nickten, die Augen weit vor Angst angesichts des martialischen Auftritts, und liefen dann geräuschlos davon.

Eine Etage darüber betraten die Polizisten einen Gang mit mehr als zehn Wohnungstüren. Es stank nach Essen. Wiedemann konnte viel Knoblauch riechen, aber auch andere Düfte, die er nicht einordnen konnte.

Die vordersten Beamten trugen einen Rammbock. Vor der Tür mit der Nummer dreihundertfünf hob Backhaus die Hand und ließ sie nach unten fahren. Wenige Augenblicke später krachte es gegen das Schloss, und die dünne Holztür schwang nach innen wie ein Blatt Papier im Wind.

»Polizei!«

Sie stürmten in die Wohnung. Je zwei Polizisten durchkämmten Küche, Bad und jeweils ein Zimmer auf jeder Seite des Flurs, der Rest lief geradeaus ins Wohnzimmer, wo sich eine Frau in die Ecke drückte und ihre beiden Kinder im Arm hielt. Sie hatte olivfarbene Haut und trug ein Kopftuch. Die Kleinen weinten, doch niemand achtete auf sie, denn in der gegenüberliegenden Ecke des Raums standen zwei Männer mit Pistolen, die sie auf die Polizisten angelegt hatten.

Die Frau rief etwas in einer Sprache, die Wiedemann nicht verstand. Einer der beiden brüllte zurück.

Backhaus drehte sich zu einem der Beamten um. »Schafft die Frau und ihre Bälger hier raus!«

Zwei Uniformierte bückten sich und zogen die sich wehrende Frau auf die Füße. Sie begann zu kreischen. Auch die Kinder schrien und klammerten sich an ihre Mutter.

»Schweine seid ihr, dumme Schweine.«

Der Ältere der beiden Männer schien die Nerven zu verlieren und fuchtelte mit der Pistole herum. Er schwitzte stark.

Endlich war die Frau aus dem Raum, und Ruhe trat ein.

»Wer von euch ist Hosni?«

Backhaus stellte sich nur zwei Meter vor den Männern auf, anscheinend ohne jede Angst. Wiedemann bewunderte die Courage, so lässig vor die Bewaffneten zu treten.

Die beiden Männer wirkten verunsichert und sahen sich kurz an. Niemand sprach.

»Passt auf, ihr Kanaken! Ihr legt jetzt die Knarren auf den Boden, oder es passiert was«, rief Backhaus.

»Du gehe raus. Alle.«

»Die Waffen weg, sonst setzen wir die Frau und ihre Kinder in den nächsten Zug nach Albanien. Klar? Ich zähle bis drei.« Backhaus begann mit erhobener Hand. »Eins. Zwei ...«

Die Männer sahen sich verunsichert an, dann senkten sie die Pistolen und legten sie gleichzeitig auf den Boden.

Backhaus sprang vor und schlug dem Älteren der beiden die Faust ins Gesicht. Der Mann wäre gefallen, doch er wurde am Kragen festgehalten und bekam einen neuen Schlag.

Backhaus machte weiter, wie im Rausch, obwohl sein Opfer sich nicht wehrte und halb ohnmächtig wankte.

Wiedemann trat vor und fiel ihm in den Arm. »Herr Kommissar, es reicht.«

Backhaus wirbelte herum. »Was?«

»Es ist genug.«

Backhaus biss die Zähne zusammen und ließ den Mann

los, der auf den Boden sackte und stöhnend sein Gesicht hielt. »So macht man das, Wiedemann. Sonst trampeln die uns in ein paar Jahren auf dem Kopf herum.« Er wandte sich um. »Schafft den Dreckskerl hier raus, und dann durchsucht ihr die Wohnung. Den anderen bringt ihr ins Präsidium. Den nehme ich mir später vor.«

Backhaus bewegte die Finger seiner rechten Hand. Die Haut an den Knöcheln war aufgerissen.

Er grinste. »Beim nächsten Mal lässt der die Waffe stecken.«

ZWANZIG

Montag, 5. Juni 1967

»Was haben Sie herausgefunden?«

Preusser hatte nach der Morgenkonferenz versucht, einem Gespräch mit Deckers aus dem Weg zu gehen, doch der Kriminaldirektor hatte ihn vor dem Büro abgefangen und musterte ihn nun mit oberlehrerhaftem Blick.

»Die Ergebnisse sind nicht eindeutig. Geben Sie mir eine Stunde, dann lege ich einen Bericht vor«, erklärte Preusser.

Die Nacht zum Montag war voller Träume gewesen, und Helga hatte einige Zeit gebraucht, um ihn wieder zu beruhigen. Dieser verfluchte Fall machte ihn fertig. Er fühlte sich wie zerschlagen.

»Nicht eindeutig? Sie meinen also, Ihre Reise hat nichts gebracht.«

»Das stimmt so nicht. Wir haben erst ein Bild, wenn alle Fakten auf dem Tisch liegen.«

»Hauptkommissar Backhaus ist da schon weiter.«

»Sie beziehen sich auf den Füller?«

»Das ist immerhin etwas Konkretes und stützt die wahrscheinlichste These.«

Preusser sah, wie der Hals seiner Sekretärin immer länger wurde, damit sie nur ja kein Wort verpasste. Er hasste es, solche Gespräche zwischen Tür und Angel zu führen. »Ja und die Liste der Namen, die Mandel in Berlin verfolgt hat, seine Suche nach einer Zeugin, die Tatsache, dass er unter enormem Druck zu stehen schien, sind ebenso konkret.«

»Ja, ja, der große Unbekannte. Sie basteln sich eine Verschwörungstheorie zusammen. Warten wir es ab, wie der Staatsanwalt es vorhin formuliert hat. Sie waren in die Vorfälle um den Tod des Studenten verwickelt?«

Annemarie Jostens Kopf flog herum.

Preusser nickte und sprach mehr zu seiner Sekretärin als zu Deckers. Die Nachricht würde sich im Fluge verbreiten. »Als Zuschauer war ich vor der Oper, weil ich ein paar Fotos schießen wollte.«

»Die Kollegen in Berlin mussten gegen Aufrührer durchgreifen. Warum haben Sie die Beamten nicht unterstützt? Auch in Zivil sind Sie als Beamter verpflichtet, für Recht und Ordnung zu sorgen.«

Preusser spürte, wie er wütend wurde. »Ich soll auf Wehrlose einschlagen, weil ich ein Polizeibeamter bin? Sie haben ja keine Ahnung, was dort los war. Mit Rechtsstaat hatte das nichts mehr zu tun. Den Bericht bekommen Sie, sobald er fertig ist.«

Preusser wandte sich ab und ließ Deckers einfach stehen.

* * *

»Ihr habt bei den Albanern nichts gefunden?«

»Nein. Hehlerware ja, aber keinerlei Gegenstände, die Mandel zuzuordnen wären. Backhaus hat den Mann ganz schön zugerichtet«, erwiderte Wiedemann.

»Er kann ja nach Berlin gehen. Da sucht man solche Leute«, erklärte Preusser sarkastisch.

»Sie waren dabei, heißt es?« Wiedemann sprach leise.

Preusser sah in die Runde. »Ja. Es war eine Demonstration von Staatsversagen. Wir Polizisten haben dort Glaubwürdigkeit und Vertrauen verloren.«

Gesshoff hob die Schultern. »Die Leute müssen ja nicht protestieren.«

Wiedemann applaudierte spöttisch. »Die jungen Leute wollen, dass sich was verändert.«

»Das sind doch fast alles Kommunisten«, rief Gesshoff empört.

»Schluss jetzt mit der Diskussion.« Preusser versuchte, den aufkommenden Streit zu schlichten. »Wir haben einen Fall zu lösen. Wenn ihr streiten wollt, dann nach Dienstschluss. Unsere Aufgabe ist es, den Mörder zu fassen.«

»Frau Schaeder hat sich gemeldet. Sie ist von ihrer Reise zurückgekehrt.«

Preusser brauchte einen Augenblick, um den Namen einzuordnen. »Eine Person aus dem Adressbuch?«

»Genau.«

»Ich fahre später hin. Es ist zwingend, dass wir den Zusammenhang zwischen Mandels Recherche und dem KZ Ravensbrück ausfindig machen. Ein Ansatz zu einer weiteren Ermittlung könnte seine Tante Dana Grünberg sein, für die er sich besonders interessiert hat. Linz soll sich eine Karte der Bundesbahn besorgen, nach Arolsen ins ITS starten und nach der Frau suchen. Heute noch. Ostholm gibt ihm eine Vollmacht mit. Wenn er etwas findet, soll er sofort anrufen.« Preusser wandte sich an Gesshoff. »Eugen, du fährst nochmals zu Ilse Klinghammer in die Pension. Sie hat doch erzählt, dass ein Mann aus dem Viertel Mandel gefahren hat. Ich will den Namen wissen. Hermann, du fragst

Ostholm wegen des Experten zu Ravensbrück. Also, an die Arbeit.«

Eine halbe Stunde später stand Preusser am Ende von Bockenheim vor einem von mehreren Mehrfamilienhäusern aus dem letzten Jahrzehnt. Die langgezogenen Wohnhäuser mit drei Etagen und zwei Aufgängen befanden sich in einigem Abstand zueinander und wurden durch einen Grünstreifen voneinander getrennt. Man hatte so für viele Menschen Wohnraum geschaffen, ohne gleich siloartige Hochhäuser wie in Frankfurt-Berg zu errichten.

Irene Schaeder lebte in einer Wohnung am Ende des Blocks. Die ältere Dame, die ihn einließ und in ein helles aufgeräumtes Wohnzimmer führte, war dürr und hochgewachsen. Das graue Haar trug sie kurzgeschnitten.

Sie bot ihm einen Platz an.

»Kaffee?«

»Gerne.«

Kurz darauf saßen sie gemeinsam am Esstisch.

»Sie kommen wegen Herrn Mandel?«

»Ihre Adresse stand in seinen Unterlagen. Er ist tot, und leider muss ich Ihnen mitteilen, dass man ihn ermordet hat.«

In Irene Schaeders Gesicht zeigte sich keine Regung. »Der arme Mann! Wie kann ich Ihnen helfen?«

Preusser war irritiert. Die meisten Menschen reagierten auf eine solche Nachricht mit Erschrecken. Die blauen Augen, die ihn ansahen, wirkten jedoch ruhig und entspannt.

Irene Schaeder nahm den Löffel und rührte in ihrer Tasse. »Sie halten mich für kalt? Nun, jeder hat seine Geschichte, die ihn prägt.«

»Und wie ist Ihre Geschichte?« Seine Hand zitterte wieder stark. Er ließ sie unmerklich unter die Tischplatte gleiten.

Sie zog den Ärmel zurück und zeigte ihm eine ungelenke Tätowierung: 35743. »Sie haben uns Stempel mit Zahlen in die Haut gedrückt. Die offenen Risse in der Haut wurden dann mit Tinte eingerieben. Von da an war ich nur noch eine Nummer. Der erste Schritt zur Zerstörung einer Persönlichkeit.«

»Wo waren Sie? In Ravensbrück?«

Irene Schraeder nickte. »Deswegen war Mandel hier.«

»Was wollte er von Ihnen wissen?«

»Wie es dort war.« Sie lächelte bitter. »Ich müsste ein Buch darüber schreiben, doch würde das reichen, um zu zeigen, wie es dort war? Können Worte die Phantasie eines Lesers so anregen, dass er den Dreck riechen kann, die Angst spürt? Alles und alle haben gestunken, hatten Bisse von Flöhen, Läusen und Milben. Kann man das beschreiben? Den Gestank des Krematoriums? Die Angst vor den Wärtern und den Mitgefangenen, die Frauen, die ins Lagerbordell mussten. Den Hunger, die Hoffnungslosigkeit?«

Preusser hob die Schultern. Er glaubte nicht daran, glaubte auch nicht, dass er jemals seine Erlebnisse so schildern könnte, dass jemand verstünde, wo das Grauen lag.

»Ich habe es versucht und von den Appellen erzählt, an denen reihenweise die Frauen vor Entkräftung umfielen, von Kindern, die SS-Mann und Gefangener spielten. Ein Kind hat mir mal gesagt, wenn es groß wäre, würde es SS-Mann werden, dann könnte es die anderen prügeln.« Die alte Frau lächelte traurig. »In Ravensbrück waren nur Frauen und Kinder, später gab es auch ein kleines Männerlager. Die meisten mussten arbeiten. Wer zu schwach wurde, starb und ging ins Krematorium. Die völlig Entkräfteten waren in einem Außenlager, wo man sie zu Tode hungern wollte, doch das dauerte zu lange, also sagte man ihnen, sie kämen in ein anderes Lager und müssten zur Entlausung.«

»Woher wissen Sie das alles?«, fragte Preusser.

»Von den Prozessen. Ich war als Zeugin geladen.«

»In Hamburg?«

Sie nickte. »Ich war eine politische Gefangene. Mir wurde weniger angetan als den Jüdinnen in Ravensbrück.«

»Mandel hat meines Wissens speziell nach Namen gesucht, die mit dem Krankenrevier in Verbindung standen. Was können Sie darüber sagen?«

»Sie stellen dieselben Fragen wie er. Nichts kann ich dazu sagen. Ich war nur zweimal auf der Krankenstation. Was man sich damals unter der Hand erzählte und in den Prozessen zutage trat, waren die Menschenversuche, die in Ravensbrück stattfanden.«

»Die Verantwortlichen sind jedoch alle abgeurteilt worden, nicht wahr?«

»Ja, das ist wohl geschehen.«

»Was wollte Simon Mandel dann von Ihnen? Hat er etwas herausgefunden, das er veröffentlichen konnte?«

»Ich habe ihn das auch gefragt, doch er wich meiner Frage aus.«

»Wann waren Sie in Ravensbrück?«

»Im Mai 1944 wurden wir verhaftet. Mein Mann Karl und ich hatten ein jüdisches Paar in unserem Pfarrhaus versteckt. Karl war Pfarrer in der Nähe von Eschwege.«

»Wurden Sie verraten?«

»Ein Hitlerjunge hat gegenüber gewohnt und ihm ist an einem Sonntagmorgen aufgefallen, wie sich im Dachgeschoss die Gardine bewegt hat, als niemand sonst im Haus war. Der arme verblendete Junge lief sofort los, und als wir aus dem Gottesdienst kamen, stand die Gestapo bereits vor der Tür. Die Roths – so hieß das Ehepaar, das wir seit Jahren kannten – wurden hinausgeführt und noch am selben Tag deportiert. Sie waren schon zwei Tage später tot. Karl und ich, wir kamen ins Gefängnis und dann vor den Volksgerichtshof. Da er Pfarrer war, gab es nur«, sie betonte das Wort, »eine Haftstrafe. Karl ist in Dachau gestorben, an Typhus.« Ihr Gesicht wurde starr. »Ich habe überlebt, da ich Schneiderin war und den schwarzen Teufeln die Uniformen nähte. Sie haben mich am Leben gehalten.«

»War Klaus-Peter Hohenfels auch in Ravensbrück dabei?«

»Ich arbeite für die evangelische Landeskirche, geheiratet habe ich nie wieder. Gott hat mir über diese Zeit geholfen, und nun bin ich für sein Werk da. Ich kann vergeben. Doch Klaus-Peter Hohenfels, der Adjutant von Kommandant Suhren, war ein verfluchter Bastard, der den Tod durch den Strang in Hamburg verdient hatte.« Nun war ihr Hass zu spüren. »Ich habe gesehen, wie er Frauen gedemütigt hat, er soll sie zu sexuellen Handlungen gezwungen haben, an denen er sich selbst gar nicht beteiligte, er hat sich nur daran ergötzt. Er war ein Sadist. Wenn ich Maß nahm, kamen die Herren ins Plaudern. Viele versuchten mir zu zeigen, dass sie im Kern anständige Männer waren und an diesem unseligen Ort nur einem höheren Ziel dienten: die Feinde des Reichs oder der Rassereinheit zu vernichten. Dabei müsse man leider auch Dinge aushalten, die eigentlich unmenschlich seien.« Sie lachte höhnisch auf. »Diese Leute machten sich zu Opfern und Helden im selben Atemzug. Ich habe gehört, dass ein KZ-Kommandant, bei dem sich eine Insassin beschwert hat, man habe ihr ein Glas Wasser zugesagt, es ihr aber nicht gegeben, dafür gesorgt hat, dass sie eins bekam. An sein Wort müsse man sich halten. Die Frau ist angeblich eine Stunde später in einem Gaswagen liquidiert worden.«

»Und was war mit Hohenfels?«

»Er hatte immer eine Peitsche dabei, die die Häftlinge selbst herstellen mussten. Wenn ihm danach war, verprügelte er eine Frau, bis sie sich nicht mehr rührte. Kinder trat er, sobald sie ihm zu nahe kamen.« Irene Schaeder dachte nach und schüttelte dann den Kopf. »Einmal war ich in einem Außenlager unterwegs, um Maß zu nehmen. Da sah ich ihn in Fürstenberg, das ist ein Ort direkt neben dem KZ, mit einem Säugling auf dem Arm. Das hat ausgesehen wie der Teufel mit einem Kreuz. Nun ja, er war auch verheiratet. Stellen Sie sich mal vor, ein solcher Unmensch ist Ihr Ehemann oder – noch schlimmer – Ihr Vater.«

»Ein furchtbarer Gedanke! Zurück zu Mandel. Nach welchen dieser Personen hat er genau gefragt?«

»Nach Hohenfels, dann nach Dr. Schuster, nach Schwester Handke und Dr. Oberhaus.«

»Woran war er besonders interessiert?«

»Ob mir vom Prozess Einzelheiten zu den Genannten in Erinnerung geblieben seien oder ich damals Wichtiges beobachtet hätte.« Preusser sah sie fragend an. »Zu Hohenfels habe ich ihm das Gleiche gesagt wie zu Ihnen. Schuster und Oberhaus taten ihren Dienst schon woanders, als ich nach Ravensbrück kam. Martha Handke galt als guter Mensch. Sie bekam lediglich fünf Jahre, weil sie als OP-Schwester an den Versuchen teilgenommen hatte. Die Zeugen haben sie allgemein als die Einzige bezeichnet, die sich menschlich verhielt, abgesehen vielleicht von dem medizinischen Personal, das sich aus Gefangenen rekrutierte.«

»War Simon Mandel zufrieden mit diesen Informationen?«

Irene Schaeder sah ihn traurig an. »Nein, wie auch? Diese Informationen hätte er auch in den Akten finden können.«

* * *

Zu Hause gab es wieder Diskussionen, als Preusser zum Mittagessen durch die Tür kam.

Ohne dass sie ihn bereits bemerkt hatte, rief Helga: »Papa ist auf alle Fälle dagegen.«

»Und hast du auch eine Meinung; oder bist du nur sein Papagei?«

»Du hältst jetzt den Mund!« Helga erhob die Stimme, ein klares Zeichen dafür, dass sie am Ende ihrer Argumente angekommen war.

»Was ist mit euch los?«

Seine Frau und seine Tochter sahen überrascht auf. Helgas Miene zufolge stritten sie schon länger, während sie das Essen vorbereiteten.

»Deine Tochter möchte heute Abend an einer Demonstration wegen des Todes dieses Studenten teilnehmen.«

»Er heißt Benno Ohnesorg«, fiel ihr Elke ins Wort. »Mama meint, dass es zu gefährlich sei.«

»Ist es auch. Die Demonstranten werfen Steine und …«

»… und die Polizisten kommen mit Knüppeln und Wasserwerfern. Das hast du doch selbst kritisiert.« Elkes Wangen waren gerötet.

»Ja. Warum möchtest du dahin?«

Helga sah ihn verwundert an. Anscheinend hatte sie ein kategorisches Verbot erwartet. Er ignorierte ihren Blick.

»Weil … weil die anderen auch gehen.«

»Bist du der Papagei der anderen?«, fragte er spöttisch.

Elke errötete und sah kurz zu ihrer Mutter.

»Wenn du demonstrieren willst, dann solltest du wissen warum. Also? Wogegen? Gegen die Polizei? Gegen den Vietnamkrieg? Den Staat generell? Für einen sozialistischen Einheitsstaat wie in Nordvietnam? Oder magst du nur mal ordentlich auf den Busch klopfen und es den Alten und ihren verkrusteten Strukturen so richtig zeigen? Sag es mir.«

Elke atmete tief ein. »Ich bin gegen all das hier. Dagegen, dass ihr so tut, als wäre alles in bester Ordnung auf der Welt, dagegen, dass ihr der Meinung seid, die da oben werden es schon richten. Dass alles schöngeredet wird, und mal ehrlich,

Papa, was hättest du von den Ereignissen in Berlin gedacht, wenn du nicht unmittelbar dabei gewesen wärst?«

Helga fuhr sie an. »Schrei nicht so! Was sollen denn oben die Meiers denken, was bei uns los ist?«

»Das ist mir egal. Die dumme Kuh liegt wahrscheinlich mit dem Ohr auf dem Boden, damit ihr kein Wort entgeht.«

»Elke!«

Preusser nahm den Faden wieder auf. »Der Einsatz in Berlin war grundlegend falsch, dafür müssen die Beweggründe der Studenten aber nicht richtig sein. Die Öffentlichkeit wird sich eine Meinung zu den Vorkommnissen bilden. In einem freien System …«

»Ach hör doch auf. Die Presse, allen voran Springer, schreibt so tolle Sachen wie«, sie holte eine Blaupause aus der Tasche und las vor, »›moralisch verantwortlich für die erschreckenden Szenen sind studentische Extremisten‹. Oder hier die ›Berliner Morgenpost‹: ›Der unglückliche Schuss wurde nach menschlichem Ermessen in Notwehr abgegeben.‹ Oder: ›Benno Ohnesorg ist nicht der Märtyrer der FU-Chinesen, sondern ihr Opfer … Einige Lümmel forderten den Rücktritt von Polizeipräsident Duensing … Das Maß ist nun voll. Die Geduld der Berliner Bevölkerung ist erschöpft. Wir sind es endgültig leid, uns von einer halberwachsenen Minderheit terrorisieren zu lassen.‹« Elke ließ das Blatt sinken und sah ihren Vater herausfordernd an. »Ist das die Meinung, die du vertrittst?«

»Versteh doch die Leute! Wir leben in einem freien Land, das wir aus Trümmern wiederaufgebaut haben. Uns geht es gut. Es gibt eine Gewaltenteilung und Demokratie. Wo liegt das Problem? Meine Generation versteht das nicht. Kriege gab es immer, und dass ein Polizeieinsatz danebengeht, ist auch nicht wirklich ein Grund, alles in Frage zu stellen. Wenn ihr Veränderungen wollt, dann nutzt den demokratischen Weg und nicht die Straße.«

Elke seufzte. Tränen standen ihr in den Augen. »Uns beachtet aber niemand, oder man stempelt jeden zum Sozialisten.« Sie zögerte einige Sekunden. »Ich will nicht so enden wie ihr! Lebt vor euch hin, seht zu, wie die Welt wieder in einen unmenschlichen Krieg rutscht. Ist ja diesmal weit genug entfernt. Ihr habt es doch erlebt, wie es werden kann. Notstandsgesetze! Die Regierung macht, was sie will. Ihr seid von damals so mitgenommen, dass Papa in der Nacht schreit. Meint ihr, ich höre das nicht.«

»Das hat damit nichts zu tun.«

»Und womit denn? Sag es mir! Sag mir nur ein einziges Mal, was und wie du das ertragen hast. Wo liegt dein Problem? Ich bin deine Tochter. Weich mir nicht immer aus, vielleicht verstehe ich ja dann, warum ihr so geworden seid.«

Helga drehte sich um und stellte Kartoffeln und Blumenkohl mit Béchamelsauce auf den Tisch. »Das Essen ist fertig. Ich hole noch die Bouletten.«

Doch Elke und Preusser achteten nicht auf sie. Vater und Tochter sahen sich in die Augen.

»Du gehst zu keiner Demonstration«, sagte Preusser dann mit fester Stimme.

EINUNDZWANZIG

Linz war am Telefon. Die Leitung knisterte, als wäre er in Amerika.

»Dana Grünberg, geborene Stumm, lebte bis zum 12. März 1943 in Düsseldorf. Die letzte Adresse war ein Judenhaus. Am 14. März wurde sie vom Güterbahnhof Düsseldorf-Derendorf deportiert. Erste Station war Theresienstadt. Hier blieb sie aber nur der Registrierung wegen. Anschließend ging es nach«, er machte eine Kunstpause, »Ravensbrück, von wo aus sie am 9. Oktober 1943 nach Auschwitz verbracht wurde, wo man sie anscheinend sofort vergaste. Todesdatum ist der 14. Oktober.«

Preusser ballte die Faust. Endlich hatten sie etwas herausgefunden. »Wo wurde Mandels Tante in Ravensbrück eingesetzt?«

»Es hat die Frau, die mir die Unterlagen gegeben hat, gewundert, dass sie überhaupt nach Ravensbrück geschickt worden war, denn eigentlich waren hier wenige Juden, und 1943 ging es bereits um die Vernichtung. Wir haben aber herausgefunden, dass sie eine technische Ausbildung hatte und in Ravensbrück für eine Siemens-Tochter, das Werner-Werk für Fernsprechgeräte, Radio und Messgeräte, gebraucht wurde.«

»Gibt es einen Zusammenhang mit dem Krankenrevier?«

»Sie war einmal für vier Tage dort. Was genau gemacht wurde, ist unbekannt. Die Akten hierzu waren unvollständig.«

Sie beendeten das Gespräch.

Eine halbe Stunde später trat Wiedemann in sein Büro. »In Wiesbaden ist eine Frau ermordet aufgefunden worden.«

»Wer ist zuständig? Wir doch nicht?«

»Die Tote heißt Clara Hohenfels, die Witwe von Klaus-Peter Hohenfels, dem …«

»Adjutanten aus Ravensbrück«, vollendete Preusser den Satz. »Das kann ein Zufall sein, aber daran glaube ich nicht. Fahr hin und sieh dich um. Und Eugen soll bitte zu mir kommen.«

Gesshoff trat ein. Er war verschwitzt, obwohl es draußen regnete und für die Jahreszeit zu kühl war.

»Diese ganze Hetze ist einfach nichts mehr für mich. Ilse Klinghammer konnte sich plötzlich doch an etwas erinnern.« Er zündete seinen Zigarillo an und grinste. »Ich habe angedeutet, dass wir ihr das Gesundheitsamt auf den Hals hetzen würden, wenn sie etwas verschweigt. Da ging das recht schnell. Sie hat den Mann genannt, der Simon Mandel gefahren hat: Ludger Schöller. Wir haben ihn in unserer Kartei gefunden. Ein kleiner Ganove. Diebstähle und Scheckbetrug. Hat mal gesessen. Seitdem scheint er aber sauber zu sein. Macht aber anscheinend die eine oder andere illegale Taxifahrt.«

»Schanzt die werte Ilse Klinghammer dem Kerl die Aufträge zu?«

»Kann gut sein. Die paar Gäste und die Rente ihres Mannes werden nicht allzu weit reichen.«

»Die Adresse des Mannes?«

»Gleich um die Ecke der Pension. Soll ich ihn abholen lassen?«

»Unbedingt. Vielleicht hat er ein bisschen mehr getan, als Mandel nur zu fahren.« Gesshoff wollte aufspringen, doch Preusser hielt ihn zurück. »Noch eine Sache. Dana Grünberg war in Ravensbrück.«

Gesshoff paffte eine dicke Wolke. »Es geht also um die Tante. Doch warum wurde Mandel getötet? Ein Motiv haben wir immer noch nicht.«

»Es kann sein, dass Mandel zufällig auf etwas gestoßen ist.« Preusser legte die Namensliste auf den Tisch. »Alle Personen, die er in Berlin gesucht hat, waren gemeinsam mit seiner Tante in Ravensbrück. Die einzige Ausnahme ist diese Dr. Schuster. Ich frage mich, warum er sie trotzdem durchleuchtet hat. Wir sollten sie finden. Außer ihr haben wir nur zwei noch lebende Personen. Dr. Oberhaus und Martha Handke, die Krankenschwester. Versuch bitte auch, die Adressen der beiden herauszufinden.«

»Was versprichst du dir davon?«, fragte Gesshoff.

»Mandel muss die Namen von irgendwem bekommen haben. Auf jeden Fall gibt es eine Gemeinsamkeit zwischen den Personen, die Dana betrifft. Da Dr. Schuster nicht dort war, als Dana inhaftiert war, muss das Ganze auf einer anderen Ebene liegen.«

Gesshoff nickte. »Gut, aber zuerst nehme ich mir Ludger Schöller vor.«

* * *

Wiedemann raste die Autobahn Richtung Wiesbaden entlang. Er hielt die Tachonadel des neuen Opel Rekord C beständig bei 130 Kilometern in der Stunde. Aus dem Radio dröhnte AFN. Die Small Faces sangen »Tin Soldier«.

Bei Erbenheim verließ er die Autobahn und fuhr in die Stadt hinab. Dann durchquerte er in einem Stau den innerstädtischen Bereich, um auf der anderen Seite wieder den Berg hinauf in den höher gelegenen Teil von Wiesbaden-Dotzheim zu gelangen.

Kurz darauf erreichte er das Häuschen. in dem die Tote gefunden worden war. Die Polizei hatte vor dem Grundstück die Straße abgesperrt; nur ein paar Schaulustige warteten davor, um einen Blick auf das zu erhaschen, was passiert war. Die Kriminaltechniker aus Wiesbaden waren noch nicht mit ihren Untersuchungen fertig. Also musste Wiedemann ein wenig warten, bis er sich den Tatort anschauen konnte.

Es hatte Diskussionen gegeben, denn die hiesigen Kollegen waren nicht erfreut, ihn mit einbinden zu müssen. Er konnte das verstehen. Niemand ließ sich gerne über die Schulter schauen, wenn es um einen Mord ging.

Kurz darauf rollte ein BMW 2000 heran. Hauptkommissar Leuchner wälzte sich ächzend hinter dem Lenkrad hervor und setzte einen leichten Sommerhut auf, der Form nach ein Borsalino. Jeder Polizist im Rhein-Main-Gebiet kannte ihn.

Unmittelbar nach dem Krieg war er mit der Funktion des Leiters der Mordkommission Wiesbaden betraut worden und strahlte die gelassene Ruhe aus, die einem Ernst Gennat in den zwanziger und dreißiger Jahren in Berlin zu eigen gewesen sein musste.

Wiedemann stieg aus und ging auf den Mann zu, der ihn argwöhnisch beäugte, während ein schmaler Kriminalassistent aus der Beifahrertür auftauchte und eine große Tasche vom Rücksitz wuchtete.

»Na, junger Mann, was haben Sie denn da für einen Fall in Frankfurt, der so wichtig ist, dass Sie sogar meinen hier übernehmen wollen? Oder haben Sie nichts zu tun?« Leuchner lachte auf. Die Zigarre zwischen seinen Fingern war erloschen.

Wiedemann lächelte dünn. Der joviale Ton konnte ihn nicht darüber hinwegtäuschen, dass Leuchner sich gestört fühlte und nicht im Geringsten daran dachte, seine Kompetenzen abzugeben. Preusser hatte ihn vorgewarnt. Der Wiesbadener galt als aufbrausend.

»Wir wollen Ihnen keine Arbeit abnehmen, wir haben genug zu tun. Der Ehemann der Toten ist im Rahmen einer Ermittlung aufgetaucht, und wir wollen bloß sicherstellen, dass es dort keinen Zusammenhang gibt.«

»Soso. Haben Sie Feuer?« Leuchner hatte eine Zigarre hervorgeholt.

»Bedauere. Ich rauche nicht.«

»Sehr vernünftig.« Er wandte sich um. »Franz!«

Der Assistent riss eine blaue Schachtel Welthölzer aus der Tasche und reichte sie seinem Chef, der den Stumpen wieder in Gang brachte und dicke Wolken in den regnerischen Himmel paffte.

»Also gut. Wir erledigen das hier, und wenn uns etwas auffällt, informieren wir Sie sofort.«

»Nein, ich werde bleiben, denn das sind die Anweisungen, die ich von Hauptkommissar Preusser erhalten habe. Außerdem ist das meines Wissens zwischen Ihrer und meiner Behörde so abgestimmt.«

Leuchner starrte ihn missmutig an. »Wollen Sie mir widersprechen?«

»Ich halte mich nur an die Anweisungen.«

»Verdammt, dann bleiben Sie eben. Aber Vorsicht! Wenn Sie mir auch nur einmal in die Quere kommen, fliegen Sie raus.«

»Das Haus ist frei.« Einer der Techniker winkte ihnen zu.

Leuchner wandte sich ab, und Wiedemann erhaschte ein amüsiertes Lächeln vom Kriminalassistenten, der ihm die Hand hinhielt. »Franz Rossdorf. Mein Boss mag Sie.«

»Davon merkt man allerdings wenig.«

»Er hätte Sie niemals hier gelassen, nur weil irgendein Vorgesetzter es so will. Sie haben ihn damals strafversetzt, weil er seinem SS-Chef gesagt hat, er könne ihm mal am ... Sie wissen schon. Daher war er nach dem Krieg unverdächtig.«

Der Leiter der Wiesbadener Mordkommission wurde Wiedemann langsam sympathisch. Gemeinsam gingen sie hinein.

Leuchner beugte sich über eine Frauenleiche, die knapp hinter der Tür in einer großen Lache getrockneten Bluts lag.

Spuren, vermutlich von Katzenpfoten, hatten es im Haus verteilt.

Der Hauptkommissar nahm seinen Hut ab, und Wiedemann sah Mitleid im Gesicht des Alten. »Die arme Frau! Die Katze ist hier überall panisch herumgelaufen. Irgendwann ist sie dann zur Nachbarin rüber, die uns verständigt hat.« Er sprach wie zu sich selbst. »Muss höllisch schmerzhaft gewesen sein. Doktor?«

Ein blasser junger Mann trat aus einem der Räume. »Bauchstich. Die Länge der Klinge sage ich Ihnen später. Die Frau ist verblutet. War wahrscheinlich eine sehr schmerzhafte Tortur.«

Leuchner schaute Wiedemann an. »Was denken Sie?«

»Nun«, Wiedemann sah sich um, »die Blutspuren beginnen kurz hinter der letzten Stufe. Sie wird etwas gehört haben, ist nach unten gegangen und ihrem Mörder in die Arme gelaufen. Vermutlich kam er aus dem Dunkeln neben der Treppe oder einem der Seitenräume. Er verletzt sie. Sie bricht zusammen und versucht zur Tür zu kriechen, was sie aber nicht schafft.«

»Was noch?« Leuchner sah die Kriminaltechniker an.

»Das ganze Haus ist durchsucht worden. Auch oben. Wir haben zumindest einen halben blutigen Schuhabdruck gefunden.« Der Mann in einem weißen Kittel deutete auf eine Stelle, die Wiedemann nicht sehen konnte.

»Ein kaltblütiger und grausamer Mord.«

Der Hauptkommissar lächelte Wiedemann an. »Wie kommen Sie darauf?«

»Zunächst einmal hauen gewöhnliche Einbrecher ab, wenn sie erwischt werden. Sie schlagen vielleicht den Eigentümer nieder, ihn mit einem Messer umzubringen ist sehr selten. Wenn er dann noch lange im Haus bleibt, um alles zu durchsuchen, hat er Übung.«

»Sehr richtig.« Leuchner wandte sich an den Techniker. »Es werden von überall Fingerspuren erfasst. Sagt mir, wie der Täter hereingekommen ist und welchen Weg er genommen hat, um herauszukommen. Franz, Sie befragen die Nachbarin, die uns informiert hat. Wir brauchen dringend jemanden, der uns sagen kann, was fehlt.« Er wandte sich wieder Wiedemann zu. »Warum war es ein grausamer Mord?«

»Wie es aussieht, hat der Täter noch das Haus durchsucht, während die Frau hier qualvoll starb.«

»Ein guter Gedanke. Das werden wir im Auge behalten.«

Wiedemann ging in eines der Zimmer und sah sich um.

»Hatte sie Kinder?« Leuchners Stimme dröhnte aus dem Flur herein.

»Nein.« Wiedemann stand vor einer Kommode mit Fotorahmen und wartete, bis Leuchner zu ihm trat. Sie schwiegen eine Weile. Clara Hohenfels hatte Fotos und ein Ölbild ihres Mannes wie auf einem Altar angerichtet. Die meisten zeigten sie als junge und hübsche Frau an seiner Seite, er trug stets die schwarze Uniform der SS. Klaus-Peter Hohenfels war ein schlanker Mann, den Hitlers Rassentheoretiker, ohne zu zögern, als Arier bezeichnet hätten. Groß, blond, blaue Augen. Auf anderen Bildern trieb er Sport, ruderte und schwamm.

»Schnell wie Windhunde, zäh wie Leder, hart wie Kruppstahl. Kennen Sie den Verbrecher da?« Leuchner tippte auf einen ebenfalls blonden Mann, mit kalten Augen und schmalen Lippen, der mit Hohenfels in die Kamera lächelte.

»Nein.«

»Reinhard Tristan Eugen Heydrich. Obergruppenführer SS, General der Polizei und stellvertretender Reichsprotektor in Böhmen und Mähren. Leiter des Reichssicherheitshauptamts und Architekt der Endlösung. Kurz gesagt: eines der größten Schweine, die die Welt je gesehen hat. Sie fahnden da ja in einem richtig netten Umfeld.«

Wiedemann lachte. »Uns ist leider nur unklar, wonach wir genau suchen.«

Leuchner sah ihn durchdringend an und breitete dann die Arme aus. »Diese Nazi-Höhle hier ist Ihr Reich. Finden Sie wen auch immer. Wer mit diesen Leuten zusammen war, hat Dreck am Stecken.«

Wiedemann ging durch die Räume, die allesamt eine altertümliche Aura ausstrahlten. Möbel, Bilder von Menschen bei der Ernte, Teppiche und selbst die Küche wirkten wie aus einer anderen Zeit. Es war nicht so, dass das Interieur schäbig gewesen wäre. Clara Hohenfels hatte offensichtlich über Geld verfügt, das zeigte auch der sehr gepflegte Garten und ihre Kleidung, die im Schlafzimmer verstreut auf dem Boden lag, ein Nerzmantel zuoberst.

Was ihn überraschte, war eine Bibel auf ihrem Nachttisch und eine kleine Madonna, vor der ein Öllicht ausgebrannt war.

Im Wohnzimmer lagen Papiere und Ordner wild durcheinander, die einer der Kripoleute sichtete.

Wiedemann trat an das Bücherregal und erkannte an prominenter Stelle Hitlers *Mein Kampf*. Das Buch war unberührt und wirkte wie ein Ausstellungsstück. Er schlug es auf und las die Widmung an den lieben Kameraden Klaus-Peter, gezeichnet Reinhard Heydrich. Leuchner hatte recht. In diesem Haus wurde trotz Bibel und Madonna die Vergangenheit konserviert und idealisiert.

»Wissen wir schon, was fehlt?«, fragte Wiedemann einen Beamten, der die Papiere durchsah.

Der Mann zögerte einen Augenblick, doch ein Blick zu Leuchner schien ihn zu beflügeln. »Die Wertsachen.« Er deutete auf einen Schreibtisch. »Sparbücher fehlen, den Aufstellungen zufolge auch einige Aktien sowie der Schmuck. Wir haben mehrere leere Schatullen gefunden. Alle von einem prominenten Juwelier. Wir werden das noch genauer prüfen.«

»Warum hat der Täter den Pelz nicht mitgenommen?«

»Vielleicht weil er zu schwer oder zu auffällig war.«

»Also handelt es sich um einen klassischen Einbruch?«, fragte Wiedemann.

»Es sieht danach aus.« Der Beamte antwortete zögerlich.

»Aber?«

»Kommen Sie mal mit.« Er war vielleicht vierzig, doch sein Haar war bereits schütter. Am Sofa ging er in die Knie.

»Sehen Sie mal.« Er zog die Ecke des Futters nach oben. »Da hat etwas gesteckt. Ich frage mich, welcher gewöhnliche Einbrecher trennt das Futter eines Sofas auf. Für gewöhnlich kommen solche Leute und wollen schnell wieder raus. Der Täter hier hat noch an weiteren merkwürdigen Stellen gesucht. Unter dem Schrank etwa ist eine Druckstelle im Teppich. Ich würde wetten, da hat sich jemand hingelegt, um nachzuschauen, ob da etwas versteckt war. Das Haus wurde systematisch und sehr professionell durchsucht.«

»Sie meinen, der Täter wusste, was er sucht?«

Der Beamte nickte. »Da bin ich mir ziemlich sicher.«

Wiedemann ging zurück ins Wohnzimmer und blätterte in den Ordnern. Unterlagen zum Haus, zu Versicherungen, Rentenbescheide und allerlei Dinge, die jeder aufhob. In einem Ordner hatte Clara Hohenfels Kontoauszüge abgeheftet.

Er setzte sich an den Wohnzimmertisch und begann, die Buchungen durchzusehen. Das Konto bestand seit dem Jahr 1963. Ein Girokonto beim Postscheckamt, auf das auch Rentenzahlungen eingingen. Sie würden herausfinden müssen, welcher Berufstätigkeit Clara Hohenfels nachgegangen war. Wie ihr Mann war sie Jahrgang 1904 und musste sich somit schon im Ruhestand befunden haben.

Die Rentenbezüge bestanden aus zwei Posten. Eine Witwenrente in Höhe von fünfundsechzig sowie eine Altersrente von einhundertvierunddreißig Mark.

Er sah sich wieder um. Massivholzmöbel, teurer Schmuck, der Pelz. Ihr Mann war nach dem Krieg hingerichtet worden und hatte in den letzten fünfundzwanzig Jahren finanziell nichts beitragen können. Woher stammte also das Geld? Mit der Rente jedenfalls hätte sie das Haus nicht unterhalten können. Er las weiter.

Der letzte Auszug wies einen Stand von eintausendvierhundert Mark auf. Dafür gab es einen schon gebrauchten

VW-Käfer. Daueraufträge wurden regelmäßig abgebucht. Wasser, Telefon, Gas, Strom. Ab und an eine Barabhebung, mal eine Versicherung. Eigentlich nicht viel. Was ihm auf der zweiten Seite ins Auge stach, waren drei Einzahlungen in Höhe von fünfzig und eine von einhundertfünfzig Mark. Er blätterte die vergangenen Monate durch und erkannte, dass sich die Beträge wiederholten.

»Haben Sie etwas gefunden?« Leuchner tauchte hinter ihm auf.

Wiedemann hob die Schultern. »Hier sind regelmäßige Einzahlungen, eine von einhundertfünfzig und drei über fünfzig Mark. Sie wiederholen sich Monat für Monat. Ich frage mich, von wem und wozu die Ermordete das Geld bekommen hat. Zudem hat sie am neunundzwanzigsten April eine Einmalzahlung von eintausend Mark erhalten.«

Leuchner griff den Ordner und blätterte darin. »Franz!«

»Er ist drüben bei der Nachbarin.« Ein junger Beamter in Zivil lugte um die Ecke.

»Dann komm du her.« Leuchner hielt dem Mann den Ordner hin. »Überprüf diese Zahlungen. Beim Postscheckamt werden sie das feststellen können. Ich will das morgen früh auf meinem Schreibtisch haben.« Er wandte sich wieder zu Wiedemann um. »Sobald ich mehr weiß, bekommen Sie Nachricht.«

ZWEIUNDZWANZIG

Ludger Schöller hatte die Arme verschränkt und sah finster zu dem Spiegel hinüber, hinter dem er die Polizisten vermutete.

Er trug die Haare ölig zurückgekämmt und hatte sich einen Oberlippenbart im von Falten zerfurchten Gesicht stehen lassen. Sein muskulöser Körper steckte in einem schmutzigen Overall.

»Wir haben ihn direkt auf der Baustelle abgeholt«, erklärte Gesshoff.

»Wo genau habt ihr ihn aufgetrieben?«, fragte Preusser.

»Am Rhein-Main-Tower.« Gesshof blies den Rauch gegen den Spiegel und reichte Preusser Feuer. »Schöller ist dort als Bauhelfer tätig. Sein Boss hat gemeint, er arbeitet schon seit mehreren Jahren für die Firma. Ist nie negativ aufgefallen.«

»Hat er eine Aussage gemacht?« Preusser inhalierte tief.

»Nein, nur dass er nicht versteht, was wir von ihm wollen.«

»Also das Übliche. Komm, wir gehen rein.«

Sie betraten das Verhörzimmer und setzten sich Schöller gegenüber.

»Ich mache Sie darauf aufmerksam, dass Sie nicht unter Verdacht stehen. Sollte sich das ändern, werden wir es Sie wissen lassen, und Sie können einen Anwalt hinzuziehen«, sagte Preusser, nachdem er sich gesetzt hatte.

»Ich brauche keinen Rechtsverdreher, ich habe nämlich nichts gemacht.« Schöller hatte eine heisere, unangenehm schnarrende Stimme

Sie nahmen die Personalien auf.

Gesshoff zündete sich einen Zigarillo an. »Sie kennen einen gewissen Simon Mandel?«

»Ja, und ich weiß, dass er tot ist.«

»Woher wissen Sie das?«

»Hab ich irgendwo gehört.«

»Irgendwo heißt vielleicht Ilse Klinghammer?«

»Unsinn.«

Gesshoff blies seinem Gegenüber den Rauch ins Gesicht. »Also, genauer wissen Sie es nicht?«

Schöller brauste auf. »Nein! Und hören Sie auf, mir den Qualm in die Visage zu blasen.«

Gesshoff hüllte ihn in eine neue Wolke, noch bevor er zum Ende gekommen war. »Wenn Sie aufhören, uns zu belügen.«

»Ich lüge nicht.«

»Natürlich tun Sie das.« Preusser blätterte in den Unterlagen. »Diebstahl, Scheckbetrug und nun Mord?«

»Ich habe den Kerl mehrmals gefahren, da er keinen Führerschein hatte, der in Deutschland gültig war. Mehr war da nicht!«

»Wie erklären Sie es sich dann, dass wir eine kleine Zeiss-Ikon-Kamera aus Mandels Besitz in Ihrem Schlafzimmer gefunden haben?«

»Sie waren in meiner Wohnung?« Schöller machte ein entsetztes Gesicht.

»Falls Sie es noch nicht bemerkt haben sollten: Wir sind von der Mordkommission, da gehen die Dinge rasch.«

»Das ist meine Kamera. Er hatte nur die gleiche.«

Gesshoff hielt plötzlich den Fotoapparat in Händen. »Sehen Sie die kleine Seriennummer hier? Sie zeigt uns, dass der Apparat in Amerika verkauft wurde. Wann waren Sie in den USA?« Gesshoff machte eine Kunstpause. »Passen Sie mal auf. Sie überlegen ab sofort sehr genau, ob Sie die Wahrheit sagen wollen. Ist das der Apparat von Simon Mandel?«

Schöller nickte. »Ja.«

»Wann wurde er von Ihnen entwendet? Und wann haben Sie ihn zuletzt gesehen?«

»Die Klinghammer ist knapp bei Kasse, und mir geht es nicht besser. An dem Abend, an dem Mandel verschwand, habe ich ihn um acht Uhr abends runter zum Zoo gefahren, weil er da etwas zu erledigen hatte. Wir haben verabredet, dass ich ihn um zehn dort auch wieder einsammle, doch er ist nicht gekommen.«

»Wo waren Sie zwischen zwanzig und zweiundzwanzig Uhr?«

Schöller schmunzelte. »Ich hatte ein Mädchen dabei. Da ist mir für die Zwischenzeit eine Menge eingefallen.«

»Die Dame wird das bezeugen?«

Schöller grinste so breit, dass unter seinem Schnauzbart eine Reihe gelber Zähne zum Vorschein kam. »Sie wird sich bis zum nächsten Mal daran erinnern.«

»Das könnte aber etwas dauern. Sie sind vorbestraft und nun des Diebstahls überführt, da kann schnell eine Haftstrafe herausspringen.«

»Mensch, Herr Kommissar. Wir sind um halb elf heimgefahren, als Mandel nicht auftauchte. Zwei Tage später kommt die Klinghammer und sagt, der Ami wäre verschwunden, doch sein Zimmer sei durchwühlt worden. Sie verstehen, sie wollte, dass ich nachsehe, ob noch was Brauchbares zu holen wäre.«

»Wir sprechen von der Kamera?«

»Ja, die Kamera lag auf dem Boden, als wäre sie zufällig heruntergefallen. Sonst war nichts von Wert zu finden.«

»Wo ist der Film? Er war nicht im Gehäuse.«

»Den Film habe ich weggeschmissen. Ich wollte keinen Beweis für … Na, Sie wissen schon.«

»Ich weiß nur, dass Sie uns die Arbeit schwergemacht haben.

Wie sah es in dem Zimmer aus, als Sie es betreten hatten?«

»Ich war doch kaum drin, da sind Sie aufgetaucht. Nur die eine beschissene Schublade ist mir aus der Hand gerutscht. Ich bin dann abgehauen.«

»Wenn ich jetzt Kommissar Wiedemann hereinrufen sollte, würde er Sie als den Mann wiedererkennen, den er verfolgt und der ihn niedergeschlagen hat?« Preusser deutete auf Schöllers Hände. »Er erinnert sich sehr gut an einen Siegelring, der wie Ihrer aussah.«

»Ich brauche nun doch einen Anwalt.«

»Können Sie haben, dann geht das hier streng nach dem Buchstaben des Gesetzes. Sollten Sie uns jedoch der Reihe nach erzählen, wann und wohin Sie Mandel gefahren haben und was Ihnen ansonsten aufgefallen ist, werde ich mit dem Kollegen sprechen.«

Schöller zögerte nicht eine Sekunde. »Ich habe ihn nicht oft gefahren. Einmal nach Wiesbaden-Dotzheim, einmal nach Bockenheim und dann mehrmals zum Bahnhof. Er hat mir bei einer Gelegenheit erzählt, dass er nach Belgien müsste.«

»Was hat er in Belgien gewollt?«

»Weiß ich nicht. Ach, und nach Berlin wollte er. Hier in Frankfurt ist er mir einmal in einem Auto begegnet. Da war noch ein anderer Mann, der gefahren ist.«

»In was für einem Auto?«

»Könnte ein VW gewesen sein. Kein Käfer, eher so eine Familienkutsche, ein 1500 Variant.«

»Welche Farbe?«

»Dunkelgrün.«

»Wo war er zuerst? In Berlin oder Belgien?«

»In Belgien.«

»Wieso hat Mandel sich kein Taxi genommen, wenn er in Frankfurt irgendwohin wollte?«

»Ilse hat mich vermittelt. Das Auto habe ich von meinem Alten übernommen, doch für den Unterhalt muss ich aufkommen.«

»Was Sie uns bisher gesagt haben, reicht für eine kulante Behandlung noch nicht aus. Was war an dem Abend, an dem Sie ihn abgesetzt haben? Haben Sie da etwas Auffälliges bemerkt?«

»Nein. Da bewegt sich doch nicht viel um diese Uhrzeit. Das Wetter war ja mies.« Er grinste. »Nur eine dicke Kiste ist vorbeigefahren. Die Scheinwerfer waren aufgeblendet.«

»Was für ein Auto?«

»Daimler, also Mercedes. Ich denke 250 S. Neues Modell jedenfalls, nicht die Pontonform oder die kleine Heckflosse.«

»Also der große Benz?«

»Ja.«

Mehr hatte Schöller ihnen nicht zu sagen. Sie ließen ihn dann abführen.

Gesshoff spielte mit dem gefüllten Aschenbecher. »Willst du ihn etwa laufen lassen?«

Preusser schüttelte den Kopf. »Einen Polizisten schlägt man nicht ungestraft nieder. Fahr doch mal zur Pension und mach der Wirtin mit dem, was wir nun wissen, ein bisschen Dampf unter dem Hintern. Sie hat Mandel beim Telefonieren belauscht, da würde ich wetten. Ich will wissen, was es mit der Zeugin aus Belgien auf sich hat.«

* * *

Preusser war müde, sein Kopf dröhnte, als er in sein Büro kam und einen Kaffee trank. Auf dem Schreibtisch lag ein kurzer Vermerk, den ein Kollege im Auftrag Gesshoffs verfasst hatte. Der Beamte war hinaus zu Höchst gefahren und hatte anhand der Bücher überprüft, wo sich Berthold Petzhold während des Krieges aufgehalten hatte und wie weit er in die Anlage Bruna-Monowitz bei Auschwitz involviert war. Wie sich zeigte, war er an mehreren Produktionsstandorten gewesen, doch Bruna tauchte nicht auf.

Preusser zündete sich eine Ernte 23 an und genoss eine Sekunde die Ruhe des frühen Abends. Annemarie Josten war schon gegangen, und die Kollegen waren unterwegs. Der Tag und die Nacht hatten ihn dermaßen erschöpft, dass er sich fragte, wie lange er das durchhalten würde. Überall erwarteten ihn Auseinandersetzungen. Einmal Deckers, dann die Angst vor dem Gestern, der Streit mit Elke und die Wut auf das Heute und der Wunsch auf ein anderes Morgen.

Er verstand seine Tochter seit seinen Erlebnissen in Berlin besser, als Helga es tat. Sie hatten die Vergangenheit nach dem Krieg eingefroren und versucht zu vergessen, sich im Wirtschaftswunder eingerichtet. Nach außen hin funktionierte das, aber im Inneren? Er selbst vergaß das Vergangene nicht, er spürte es jede Nacht mit zunehmender Stärke. Es herrschte Tauwetter – seit etwa 1963 in der Gesellschaft und neuerdings auch in ihm. Unter dem Eis rumorte es. Er glaubte bereits, das Knacken zu hören. Die jungen Leute würden es vielleicht schaffen, das Eis zu sprengen und die Welt zu verändern, doch er? Hatte er eine Chance, seine innere Welt zu verändern und zu befrieden?

Er sog an der Zigarette, als das Telefon klingelte.

»Sie ist weg.« Helga schrie und weinte zugleich.

»Was ist passiert?«

»Unten auf der Straße sind Demonstranten mit Transparenten vorbeigelaufen. Elke ist zu ihnen raus. Ich habe versucht, sie zurückzuhalten. Aber …«

Preusser schloss die Augen. »Verdammt, ich werde sie suchen und melde mich bei dir.«

Er überlegte kurz. Es war wahrscheinlich, dass eine Demonstration vor dem Römer oder um die Uni stattfinden würde. Möglich war auch ein großer Zug über die Zeil. Preusser sprang in den Ford und raste in die Innenstadt.

Vor dem Römer war niemand, daher suchte er weiter. Auf der Zeil herrschte viel Verkehr. Er begegnete nur einer kleinen Gruppe, die mit Transparenten friedlich dahinzog, Elke aber war nicht unter ihnen. Schließlich fuhr er in Richtung Goethe-Universität, bog rechts zum Eschenheimer Tor ab, folgte der gleichnamigen Landstraße und hielt an einer Telefonzelle zwischen Miquel-Allee und Holzhausenpark an. Helga war sofort am Apparat.

»Elke ist wieder da. Die Leute haben sie nach Hause geschickt, sie sei noch zu jung. Jetzt sitzt sie in ihrem Zimmer und schmollt.«

Seine Frau klang, als wollte sie lachen, doch Preusser wusste, dass sich nur ihre Erleichterung Bahn brach.

Fluchend und zugleich beruhigt eilte er zu seinem Auto. Kaum war er eingestiegen, als er Trillerpfeifen und Protestrufe hörte. Dann die Durchsage eines Polizeiwagens, man solle die Straße freigeben.

Ein Wasserwerfer fuhr vor und versperrte ihm den Weg.

Genervt schloss er für einen Moment die Augen, um zu warten, bis der Zauber vorüber war. Dann beobachtete er, wie nur wenige Studenten im Protestzug vorbeigingen. Er schätzte, dass keine hundert Menschen sein Blickfeld durchquerten. Immer wieder aber stießen sie lautstarke Schmährufe gegen die Polizei und den Staat aus.

Endlich war die Straße frei, und er konnte abbiegen, um die Protestierenden auf einer Nebenstraße zu überholen, als eine Hundertschaft Polizisten ihn zum Halten zwang. Zu beiden Seiten der Straße stürmten sie heran und kreisten den Demonstrationszug ein. Preusser verstand den Sinn dieses Einsatzes nicht. Warum ließ man das nicht ins Leere laufen?

Anders als in Berlin schlugen die Polizisten jedoch nicht auf die Menschen ein, sondern zogen einen nach dem anderen aus der Menge und schleiften ihn weg.

Plötzlich sah er Greta Petzhold, die mit einem Stock oder einem Schirm auf zwei Beamte einschlug, die sie herauszogen und festzuhalten versuchten. Sie riss sich los und rannte in Preussers Richtung, die Schupos auf den Fersen.

Er sprang aus dem Auto und lief der Gruppe entgegen,

doch die Uniformierten waren schneller. Nach wenigen Metern hatten sie Greta gepackt und drehten ihr den Arm auf den Rücken. Sie stolperte nun vornübergebeugt einige Schritte und stöhnte vor Schmerzen auf.

»Halt Ruhe, verdammt.« Der Polizist, der ihren linken Arm hielt, zerrte so heftig an ihr, dass sie laut aufschrie.

»Hören Sie auf und lassen Sie die Frau los!« Preusser war auf den Uniformierten zugegangen.

»Was wollen Sie?« Dem Mann stand der Stress des Einsatzes ins Gesicht geschrieben.

»Ich bin Hauptkommissar Preusser. Ich nehme die Frau mit.« Er hatte seine Dienstmarke gezückt.

Der Polizist zögerte.

»Sie kennen mich doch, nicht wahr?« Er hatte in dem Beamten, der Greta Petzhold festhielt, einen der Männer wiedererkannt, die beim Einsatz im Vereinslokal der NPD dabei gewesen waren.

»Ja, ich kenne Sie.« Die Augen unter dem Tschako blickten verwirrt.

»Also dann: Lassen Sie die Frau los.«

Die beiden Polizisten schauten sich kurz an, dann ließen sie Greta Petzhold los. Preusser griff seinerseits ihren linken Arm. Überrascht starrte die junge Frau ihn an.

Er achtete nicht darauf und zog sie schnell in Richtung seines Wagens, als sie sich zu wehren begann.

»Lass mich los! Du bist doch auch so ein verdammter Bulle.« Ihre Augen brannten vor Zorn. »Scheißkerl, glaubst du, du tust mir einen Gefallen?«

Sie stemmte sich mit ganzer Kraft gegen seinen Versuch, sie zum Auto zu zerren. Dann schlug sie auf seinen Arm ein.

»Du blödes Schwein!«

Preusser wirbelte sie herum, er packte ihre Schultern und

zischte: »Was soll das bringen? Ein paar Schläge kannst du dir da drüben noch abholen, dann eine Anzeige und eine Vorstrafe. Macht sich gut im Lebenslauf.«

Sie hatte grünbraune Augen, wie ihm plötzlich auffiel. Sie starrte ihn wütend an, während sich ihre Brust heftig hob und senkte.

»Weißt du, warum wir protestieren?«, schrie sie Preusser an. »In Berlin haben sie einen Studenten erschossen. Deswegen sind wir unterwegs.«

»Ich weiß, ich war dabei.«

»Wie? Als Bulle?«

»Nein. Ich war wegen einer Fahndung dort und habe von den Kollegen vor Ort Prügel bezogen.«

»Die haben auf einen Polizisten eingeprügelt?«

»Durch Zufall bin ich zwischen die Studenten geraten.«

Der Protestzug war in der Zwischenzeit aufgerieben worden. Grüppchen von Studenten liefen davon.

»Und was passiert jetzt?«, fragte Greta Petzhold in einem provozierenden Tonfall.

»Ich bringe Sie heim.«

»Gerade waren wir beim Du.« Ihre alte Selbstsicherheit kam wieder zum Vorschein. »Ich heiße Greta.«

»Ich weiß nicht, ob es sinnvoll ist …«

Sie lächelte. »Ich verrate es auch niemandem.«

»Ich heiße Joachim. Ich fahre dich nach Hause.«

Schweigend fuhren sie die wenigen Kilometer zu ihrem Haus. Preusser fühlte eine tiefe Erschöpfung, während Gretas Blick sich aus dem Fenster auf die stillen Straßen richtete.

»All die friedlichen Fassaden, doch so schön der Schein auch ist, dahinter sitzt die Schuld.«

Preusser schwieg.

Vor ihrem Haus öffnete sie rasch die Tür, ohne jedoch auszusteigen. »Wie hast du das psychisch verkraftet?«, fragte sie mit viel sanfterer Stimme.

Er schwieg und schaute sie von der Seite an.

»Nein, du weißt, was ich meine. Hast du über eine Therapie nachgedacht?«

Preusser war wieder verunsichert. Sie kannte ihn kaum, und trotzdem gelang es ihr spielend, seinen Panzer zu durchbrechen.

»Eine Therapie ist nichts für mich.«

»Willst du vielleicht mit mir darüber reden?« Greta spürte sein Zögern. »Komm für einen Moment mit zu mir. Ich habe noch ein Bier im Kühlschrank.«

»Ich kann und sollte nicht …«

»Nun mach schon.« Mit einem auffordernden Blick stieg sie aus.

DREIUNDZWANZIG

Auf dem Weg in die dritte Etage vermied er es, sie anzuschauen, obwohl sie vor ihm die Stufen nahm und es nicht bemerkt hätte. Greta Petzhold verunsicherte ihn, daher wollte er unbedingt Abstand halten.

In ihrer Wohnung angekommen, gingen sie in die Küche.

»Erzähl mir erst von Berlin«, sagte sie.

Preusser sank auf einen Stuhl und atmete tief aus, dann fasste er die Ereignisse kurz zusammen.

»Müde?« Sie stellte zwei Bier auf den Tisch und setzte sich ihm gegenüber. Sie zog ihre Schuhe aus. Zwei Zehen waren vernarbt, erkannte er.

»Diese Ermittlungen strengen mich viel mehr an als gewöhnlich. Und Berlin … Es war ein Schock, das alles zu sehen und …« Er brach ab und versuchte zu begreifen, warum er so ohne weiteres bereit war, ihr von seinen Problemen zu erzählen.

Greta Petzhold sah ihn unverwandt an.

»Meine Träume werden ständig schlimmer, seitdem ich diesen Fall zu lösen versuche.«

»Warum ist das wohl so? Was denkst du?«

»Willst du mich analysieren?«

»Du interessierst mich eben.« Sie lächelte.

»Meine Probleme gehen niemanden etwas an.«

»Erzähl mir von dir. Wo kommst du her?«

»Aus Aussig im Sudetenland.«

»Hast du eine große Familie?«

»Ich hatte eine große Familie. Wir waren drei Brüder und eine Schwester.« Trauer überzog sein Gesicht. »Almut ist tot. Klaus lebt im Osten. Norbert ist gefallen.«

»Hattest du ein gutes Verhältnis zu deiner Familie?«

»Meinen Vater habe ich respektiert. Er war aufrecht und sicher in dem, was er tat. Er wusste immer, was richtig und falsch war. Er war viel im Geschäft. Meine Mutter war zu jeder Zeit für einen da, und manchmal kann ich noch spüren, wie es war, wenn sie mich in den Arm nahm. Ich habe sie geliebt. Sie war das Herz der Familie. Nur wenn es um Religion ging, verstand sie keinen Spaß. Als Norbert einmal abfällig über einen Kaplan gesprochen hat, da hat sie ihm eine Ohrfeige gegeben. Wir waren alle perplex.«

»Was ist mit deinen Eltern passiert?«

»Die Tschechen haben sie 1945 totgeschlagen und in die Elbe geworfen. Vater ist bis nach Sachsen getrieben, Mutter und Almut sind nie aufgetaucht. Klaus war einmal drüben. Angeblich wohnt jetzt der Bürgermeister von Aussig in unserem Haus.«

»Hasst du diese Menschen deswegen?«

Er hob die Schultern. »Waren wir etwa besser?«

»Warst du es?«

Preusser sah ihr in die Augen und begann zu zittern. Unwillig umfasste er die rechte mit der linken Hand.

»Was macht der Fall mit dir?« Sie setzte sich ihm gegenüber und öffnete die Flaschen. Sie schob eine zu ihm hinüber und prostete ihm zu. Sie tranken. »Fühlst du eine Schuld von damals, und der tote Jude bringt sie hervor?«

»Es geht nicht darum, dass er ein Jude war.«

»Worum geht es dann?« Sie sprach vorsichtig weiter, als er nicht antwortete. »Vielen Kriegsteilnehmern geht es ähnlich. Einen ganzen, schrecklichen Krieg haben sie durchgestanden, doch nun, Jahre später, kommt eine bestimmte Situation, und es wirft sie aus der Bahn. Hab keine Angst, darüber zu sprechen.«

Er starrte auf den Tisch, atmete heftig und bemerkte kaum, wie sie seine Hand griff.

»Woran denkst du gerade in diesem Moment?« Ihre Stimme war warm und einfühlsam. Er mochte ihr Timbre, das ihn wie eine Stimmgabel zum Schwingen brachte.

»Wir waren zu zehnt. Mein Zug, ich war ihr Leutnant«, flüsterte er rau. »Ich habe sie sehenden Auges in den Tod geführt.« Plötzlich zitterten seine Lippen. Er wollte aufspringen, doch Greta drückte seine Hand. »Weiter«, sagte sie nur. »Der Mai ist wundervoll oben in Weißrussland. Das helle Licht, die Seen und die Birkenwäldchen zwischen den Feldern. Ein paar Tage gab es kaum Kämpfe, und wir haben uns vor dem Unterstand gesonnt und Blödsinn gemacht. Die Russen kamen dann am Zweiundzwanzigsten mit Wucht. Sie hatten viel mehr Panzer als wir, mehr Männer, mehr Flugzeuge. Sie haben die Front zerrieben und brachen durch. Meine Einheit war mittendrin im Frontgeschehen, jedoch lagen wir nicht ganz vorne. Die ersten wurden hinweggefegt.

Die Nachricht kam, dass sie auf uns zurollten. Ganze Kompanien hat es versprengt. Damals 44 hatten wir schon ein volles Jahr Kampfhandlungen ohne größere Pause in den Knochen. Alle wünschten nur, dass es vorbeiging. Als wir aus der Stellung flohen, kam bereits der Artilleriebeschuss. Du hörst die Dinger kommen, sie fiepsen oder flüstern, aber nur wenn sie nicht direkt auf dich zuhalten. Ich habe gesehen, wie ein Unterstand einen Volltreffer …« Preusser hielt inne. In seinem Kopf rauschten die Bilder wie in einem Sturm.

»Erzähl weiter«, bat Greta.

»Stefan war unser Küken. Er war gerade achtzehn.« Preusser lächelte. »Er hat oft gesungen und Mundharmonika gespielt. Wir sind also raus aus dem Graben, als ein Schrapnell neben uns einschlug. Stefan war nicht schnell genug unten und hat eine der Kugeln in den Rücken bekommen. Er war bei Bewusstsein, konnte nur nicht mehr laufen. Im Normalfall hätten sie das Ding rausgeschnitten und fertig. Aber so.« Preusser spürte, wie ihm Tränen in die Augen traten. »Natürlich haben wir ihn mitgeschleppt, aber wir waren einfach zu langsam. Der Gefechtslärm kam erst von hinten, doch dann auch von der Seite. Die Männer hatten Angst, eingekreist zu werden, sogar Otto, mein bester Freund. Stefan merkte, dass irgendetwas nicht stimmte, und fing an zu weinen. Er war aus der Nähe von Königsberg und sprach in dem breiten Dialekt der Ostpreußen. Er flehte uns an, ihn nicht im Stich zu lassen.« Preusser schluckte schwer. Er sah Greta an. »Der Krieg macht die Menschen grausam und hart. Sie töten, brandschatzen, vergewaltigen … Ich habe all das nicht getan, aber … Die Männer wollten Stefan liegenlassen, das konnte ich ihren Gesichtern ansehen, aber ich befahl, ihn mitzuschleppen, obwohl ich es besser wusste.« Er verstummte für ein paar Momente. »Wir sind also mit ihm weiter. Auch wenn Otto meinte, mein Befehl würde uns alle umbringen.

Ich war ihm eigentlich verpflichtet. Otto hatte mir einmal das Leben gerettet. Trotzdem bin ich bei meinem Befehl geblieben. Doch Otto behielt schließlich recht. Wir …« Abrupt verstummte er wieder. Die Bilder in seinem Kopf schienen ihn zu überwältigen.

Preusser trank einen Schluck und zündete sich eine Zigarette an. Greta nahm sich auch eine aus seinem Päckchen. Er gab ihr Feuer und spürte, wie der innere Druck allmählich nachließ. »Ich glaube, es ist besser, wenn ich nicht darüber rede.«

»Du läufst weg. Du steckst den Kopf in den Sand, aber das hilft dir nur bis zum nächsten Alptraum.«

Mit einem Ruck drückte er die Zigarette aus und schloss die Lider. »Sie waren hinter uns, keinen Kilometer mehr, das konnten wir hören. An einer Kate ging es nicht weiter. Stefan wimmerte immer heftiger. Die Angst in seinem Gesicht hat mich fast durchdrehen lassen. Ein Bauer kam aus der Tür und schrie uns an. Bruno aus Augsburg war der Größte in unserer Truppe. Er hat ihm das Bajonett in den Rücken gerammt. Ich sehe heute noch, wie die Augen des Mannes sich vor Entsetzen weiteten und dann brachen. Danach herrschte totales Chaos. Die Frau des Bauern tauchte plötzlich auf und kreischte. Otto knallte sie einfach ab. Mitten in den Kopf. Von ferne hörten wir, wie ein Panzer auf uns zuraste. Die Russen hatten uns entdeckt. Alle rannten davon. Nur Stefan lag auf dem Boden und kroch auf mich zu. Joe – so nannten sie mich –, Joe, lass mich nicht allein zurück. Ich zögerte. Ich wollte auch abhauen. ›Dann erschieß mich lieber!‹, schrie Stefan. ›Erschieß mich!‹«

Preusser fror, aber nun war er völlig ruhig. Er hatte eine Grenze überschritten.

»Ich legte auf Stefan an und hätte wahrscheinlich tatsächlich geschossen. Die anderen riefen nach mir, als Stefan meine

Hand umklammerte und den Abzug drückte.« Preusser sah an Greta vorbei zum Fenster. »Ich war erst dreiundzwanzig Jahre alt und doch schon ein alter Mann. Wir sind dann gerannt wie die Hasen, hinein in ein Wäldchen, dann mussten wir über ein braches Feld. Willi, der immer die meisten Witze gemacht hatte, fiel als Erster. Danach traf es noch drei andere. Als wir dann nur noch fünf waren, haben wir die Waffen weggeworfen und uns ergeben.«

Vor dem Fenster war die Abenddämmerung aufgezogen. Kinder lachten irgendwo, ein Hund kläffte. Das Geschrei der Affen aus dem nahen Zoo war zu hören. Preusser trank einen Schluck Bier, ohne etwas zu schmecken.

»Die Russen kamen heran. Einer hielt uns in Schach, während die anderen uns unsere Vorräte abnahmen. Zigaretten und Brot. Ein paar Minuten später kam der Panzer, und sie sprangen auf. Wir mussten vor ihnen herlaufen. Ich war ziemlich durchtrainiert und außerdem: Die Angst treibt einen an. Ingo aus Melsungen verließen die Kräfte als Ersten. Er blieb einfach stehen und wartete auf die Kugel, doch sie hatten nicht einmal eine Kugel für ihn. Der Panzer raste einfach über ihn hinweg. Jede Nacht höre ich die Schreie. Otto stand vorgebeugt neben mir. Sein Blick war voller Hass. Das ist alles deine Schuld, las ich in seinen Augen.«

Preusser sah wieder auf; er wusste selbst, wie bitter sein Lächeln aussehen musste.

» Am Ende blieben Otto und ich übrig; es war wie ein Wettlauf. Sicherlich noch mal solange ging das, und die Russen bemerkten irgendwann, was los war. Sie hörten auf zu johlen und beobachteten uns. Dann geriet auch Otto ins Stolpern und fiel.« Mit heiserer Stimme sprach Preusser weiter. »Der Panzer hat auch ihn erwischt. Einen Moment vorher haben wir uns noch in die Augen gesehen, und ich begriff, dass er den Moment bedauerte, in dem er mich gerettet hatte.«

»Hat er erwartet, dass du dich opferst?«, fragte Greta.

Preusser hob die Schultern. »Ich weiß nur, dass mein Fehler alle das Leben gekostet hat und ich dem Schicksal zum Hohn überlebte.«

»Was geschah danach?«

»Die Russen haben mich wie einen Sieger auf den Panzer gehoben und bis ins Gefangenenlager gefahren.«

Er wich ihren Blicken aus und trank wieder einen Schluck.

Eine Zeitlang schwiegen sie, bis Greta sich schließlich räusperte. »Die Psychoanalyse spricht von einem Überlebenden-Schuldgefühl. Du warst selbst Opfer der traumatischen Rahmenbedingungen, also des Krieges. Dein Tun hat eure Situation objektiv kaum verschlimmert. Ihr wurdet verfolgt und wärt mit hoher Wahrscheinlichkeit auch ohne deine Entscheidung gefangen genommen worden. Mach dir das bitte klar. Eines aber interessiert mich: Was ist davor passiert?«

Er sah sie verständnislos an. »Was meinst du damit?«

»Wovon träumst du noch, Joachim? Was genau hat dich dazu gebracht, diesen Stefan nicht liegen zu lassen? Gab es da noch einen bestimmten Grund?«

Preusser wollte aufspringen, doch Greta berührte ihn vorsichtig am Arm. »Du hast dich auf den Weg gemacht. Bleib nicht stehen. Komm wieder, wenn du weitermachen willst.« Sie küsste ihn sanft auf die Wange.

* * *

Zu Hause war alles wie so oft. Helga saß mit Elke vor dem Fernseher.

»Wo warst du?«

»Bei einer Zeugin. Sie ist mir zufällig über den Weg gelaufen.«

Helga sah ihn misstrauisch an, als würde sie ihm nicht glauben.

Preusser hängte seine Jacke an die Garderobe und zog die Krawatte auf.

»Du siehst schlimm aus. Was ist los?«, fragte Helga dann.

Bevor er etwas erwidern konnte, rief Elke, ohne den Blick vom Fernseher zu wenden. »Die Israelis haben die Ägypter angegriffen. Es herrscht Krieg.«

Wortlos schüttelte Preusser den Kopf und ging hinaus.

In der Küche fand er einen Teller mit Broten, dazu saure Gürkchen und eine Flasche Bier. Er setzte sich und aß mechanisch, während seine Gedanken abschweiften.

Alles war wegen dieses verfluchten Falls in Fluss geraten.

Ohne ihn wäre er nie bei Greta Petzhold gelandet. Selbst wenn sie ihm half, war die Begegnung mit ihr ein Problem. Sie hatte ihn geküsst! Und er hatte ihr mehr Dinge erzählt als seiner eigenen Frau.

Preusser stellte den Teller in die Spüle und kehrte zurück ins Wohnzimmer. Helgas fragendem Blick wich er aus, doch er setzte sich neben sie und legte ihr den Arm um die Schultern.

Sie sprachen nicht und sahen gemeinsam auf dem flimmernden Bildschirm eine Reportage über den Krieg im Nahen Osten, obwohl ihm das gerade völlig egal war.

Helga spürte seine Verunsicherung und schmiegte sich an ihn.

Später, als sie im Bett lagen, erzählte er ihr von seinem Abend – nur den Kuss, den Greta Petzhold ihm gegeben hatte, ließ er wohlweislich aus.

»Wieso hast du es mir nie gesagt, aber dieser Fremden? Ich bin deine Ehefrau.« Helga klang ein wenig eifersüchtig.

»Vielleicht gerade deswegen. Du bist mir wichtig, deine Meinung über mich ist wichtig. Ich hatte Angst davor, in deiner Achtung zu sinken.«

»Willst du wieder zu dieser jungen Frau gehen?«

»Vielleicht. Eigentlich ist sie nur eine Studentin, die noch gar keinen Abschluss in Psychologie hat.«

»Aber du vertraust ihr?«

»Sie stellt die richtigen Fragen.«

»Dann geh zu ihr. Unseretwegen. Und du weißt: Ich bin immer für dich da.«

Er nahm sie in den Arm.

VIERUNDZWANZIG

Dienstag, 6. Juni 1967

Die Tafel, auf der sie ihre Ermittlungsergebnisse festhielten, hatte sich gefüllt. Sie hatten Karteikarten mit den Namen Clara Hohenfels, Dana Grünberg, die ominöse Zeugin, Krankenschwester Martha Handke, Dr. Susanne Schuster und Dr. Gisela Oberhaus angeheftet. Über allem stand »Ravensbrück«.

Gesshoff trug eine Lesebrille, die auf seiner fleischigen Nase fehl am Platz wirkte. »Martha Handke ist nach ihrer Haftstrafe zurück in den Osten. Ihre Familie kommt aus Oranienburg.«

Preusser blickte auf. »Oranienburg? Mandel war dort, als er nach Ostberlin reiste. Können wir herausfinden, ob sie da wieder lebt?«

Gesshoff verzog zweifelnd das Gesicht. »Es existiert eine Fernsprecherleitung zwischen der West-Berliner Kriminalinspektion Kreuzberg und dem DDR-Kriminalkommissariat Berlin-Mitte. Darüber wurden früher, als die Sektorengrenzen offen waren, gemeinsame Fahndungen nach Dieben oder Mördern abgestimmt. Heute gibt es da konkrete Vorgaben von

Senator Spangenberg. Ob da was arrangiert werden kann, muss ich sehen.«

Preusser lächelte. Gesshoff hatte die Polizeischule lange vor dem Krieg besucht und kannte von da einige Kripoleute, die nun im Osten ihren Dienst versahen. Soweit er sich erinnerte, war einer seiner engen Freunde von damals in Ostberlin bei der Kripo gelandet.

»Dr. Oberhaus hat sich nach der Haftstrafe 1958 in einem Ort zwischen Osnabrück und Bremen niedergelassen. Ich habe hier die Telefonnummer.«

Preusser nahm den Zettel entgegen.

»Die Klinghammer hat sich gefreut, als ich wieder auf der Treppe stand. Sie hat Mandel belauscht, als er mit der Zeugin aus Belgien telefonierte. Konkret wusste sie nur, dass die Frau in Lüttich wohnt und er dort zu Besuch war. Von der Unterhaltung verstand sie wenig, da Mandel ins Französische wechselte, vermutlich damit sie nicht jedes Wort mitbekommt.«

»Ich rufe Gertrud Thessen an, eventuell hilft ihr das weiter. Was ist mit Clara Hohenfels?«

Wiedemann hob die Schultern. »Im Haus ließ sich kaum etwas nachweisen, das von Bedeutung sein könnte. Die Auswertung der Spuren läuft noch. Was mir der Kollege Leuchner …«

Gesshoff unterbrach ihn gespielt ehrfürchtig. »Der große Leuchner hat mit dir geredet?«

Wiedemann berichtete kurz von seiner Begegnung mit dem Kommissar in Wiesbaden. »Auffällig waren Zahlungen, die Clara Hohenfels regelmäßig erhalten hat und eine Einmalzahlung in Höhe von eintausend Mark.«

Gesshoff pfiff durch die Zähne. »Da sagt man nicht nein.«

Wiedemann hob beschwichtigend die Hand. »Eingezahlt in der Filiale der Frankfurter Sparkasse an der Nibelungenallee. Direkt neben der Pension.«

Sie sahen sich an.

»Fahr nachher zu diesem Zeuner in die Geschäftsstelle. Er soll überprüfen, ob das Mandel war.«

»Die einhundertfünfzig Mark zahlt seit etwa zehn Jahren über die Deutsche Bank in Freiburg eine Frau Dr. Huber ein.«

»Jeden Monat?«

»Ja. Die restlichen Beträge sind Mieteinnahmen aus einem Mehrfamilienhaus in Bingen.«

»Ich werde daraus nicht schlau.« Preusser schüttelte den Kopf. »Die ganzen Daten sind ohne den geringsten Fingerzeig auf ein Motiv. Ging es um die Tante, oder gibt es einen anderen Zusammenhang? Warum wird Clara Hohenfels ausgerechnet jetzt umgebracht? Was hat sie mit den Dingen zu tun, die ihr Mann aus seiner Zeit im KZ zu verantworten hat? Was hat der Mörder in ihrem Haus gesucht? Haben wir es mit demselben Täter zu tun, der Mandel getötet hat?«

»Ravensbrück ist der Schlüssel. Hier laufen alle Fäden zusammen.«

Preusser sah Wiedemann an. »Mir vergeht die Lust, vergeblich den Geistern der Vergangenheit nachzujagen. Ich suche die Teufel von heute.«

»Es sind wahrscheinlich dieselben, Herr Kommissar.«

»Du hast wahrscheinlich recht, Hermann, doch langsam sollten wir die Zusammenhänge verstehen.«

* * *

Dr. Gisela Oberhaus legte auf, als Preusser sie in ihrer Praxis anrief, noch bevor er sein Anliegen vortragen konnte.

Er wählte wieder.

»Ich will nicht mit Ihnen sprechen.« Sie hatte eine tiefe harte Stimme. »Ich …«

»Ich lasse Sie von Beamten in Uniform in Ihrer Praxis abholen und hier in Frankfurt vorführen, wenn Sie das Gespräch erneut abbrechen.«

»Sie drohen mir?«

»Nein, Frau Dr. Oberhaus. Sie behindern meine Arbeit, und das kann ich nicht dulden.«

»Ich habe fast zehn Jahre meines Lebens damit verbracht, im Gefängnis dafür zu büßen, ein anderes System unterstützt zu haben. Ich habe keine Lust, mit Behörden und ihren Vertretern zu kommunizieren.«

»Ich habe einen Mordfall aufzuklären, daher ist mir das völlig gleichgültig.«

»Was darf ich denn für Sie tun, Herr Kommissar?«, fragte Gisela Oberhaus voller Sarkasmus.

»Kennen Sie einen Simon Mandel?«

»Diesen Juden?« Verachtung schwang in ihrer Stimme.

Gisela Oberhaus war im KZ Ravensbrück während der gesamten Zeit ihres Aufenthalts an Menschenversuchen beteiligt gewesen, die jegliche Menschlichkeit hatten vermissen lassen. Die Insassinnen waren behandelt worden wie Laborratten. Sie war der Todesstrafe nur entkommen, da eine Amnestie die Strafe in eine Haftstrafe umgewandelt hatte. Neun Jahre und ein paar Monate hatte sie dafür gebüßt, unzählbare Leben zerstört zu haben.

»Mandel war also bei Ihnen.«

»Ja, war er.«

»Was wollte er von Ihnen wissen?«

»Er hat etwas von seiner Tante und Ravensbrück gefaselt. Ob ich mich an sie erinnern könnte.« Sie lachte auf. »Als ob ich mir die Gesichter von denen gemerkt hätte. Namen gab es ohnehin nicht. Nur Nummern.«

»Worum ging es Mandel genau?«

»Um die Behandlung seiner Tante in den vier Tagen auf

der Krankenstation. Ich habe mich aber von den Kranken ferngehalten. Sie können sich nicht vorstellen, wie die gestunken haben. Ich blieb lieber in meinem OP und ansonsten außerhalb des Lagers.«

»Also konnten Sie ihm nicht weiterhelfen?«

»Er hat mich gefragt, ob seine Tante dort entbunden hätte. Woher sollte ich das wissen? Es gab dort viele Geburten, aber die Säuglinge sind praktisch ausnahmslos gestorben. Es wäre einem Wunder gleichgekommen, wenn eine Mutter es unter diesen Umständen geschafft hätte, sie groß zu kriegen. Durch die Mangelernährung produzierten sie kaum Muttermilch. Ich habe gehört, dass man später Zwangsabtreibungen vornahm, wenn die Schwangerschaft noch nicht weit fortgeschritten war.«

»War Dana Grünberg denn schwanger, als sie ins KZ kam?«

Gisela Oberhaus verfiel in einen Plauderton. »Das weiß ich nicht. Lesen Sie den Bericht aus der Eingangsuntersuchung. Da wurden alle untersucht, tätowiert, die Haare geschoren und neu eingekleidet. Da wäre eine Schwangerschaft bestimmt aufgefallen. Der Jude hat mir gesagt, die Tante sei in Auschwitz vergast worden. Dann ist das Kind spätestens da dabei gewesen. Oder bei den Versuchen.«

Preusser spürte, wie ihm bei den teilnahmslosen Worten der Ärztin übel wurde. Als sie dann nicht mehr weitersprach, legte er grußlos auf.

* * *

»Seine Tante war vielleicht schwanger? Er hat also nach einer Cousine beziehungsweise einem Cousin gesucht?« Gesshoff sah Preusser ungläubig an und dann genervt zu Wiedemann, der lautstark telefonierte und sich dabei ständig durch die Haare fuhr.

»Simon Mandel hat zumindest nach einer Entbindung

gefragt. Das würde zwar erklären, warum er nach Oranienburg gefahren ist und die Personen der Liste durchleuchtet hat, doch wozu? Wenn das Kind die Geburt überlebt hätte, wäre es spätestens in Auschwitz in den Tod gegangen.«

»Was steht in den Akten?«

»Wir haben keinen Einblick. Sie sind alle im Osten.« Preusser dachte nach. »Wenn er nur dieser Frage nachgegangen ist, und danach sieht es aus, liegt dort nicht der Grund für seinen gewaltsamen Tod.«

Wiedemann legte den Hörer auf und sah die Kollegen sprachlos an. »Ich habe diese Dr. Huber gefunden, die an Clara Hohenfels seit zehn Jahren monatlich einhundertfünfzig Mark zahlt. Sie ist Ärztin und praktiziert bei Freiburg im Breisgau.« Er lächelte ungläubig. »Sie wurde als Susanne Schuster geboren.«

Preusser stöhnte auf. »Ich verstehe gar nichts mehr. Mandel suchte wahrscheinlich nach dem Schicksal eines Cousins oder einer Cousine, war also rein privat unterwegs. Und jetzt finden wir heraus, dass die ermordete Frau des KZ-Adjutanten von einer Lagerärztin regelmäßig Geld erhalten hat, wobei beide beziehungsweise der Mann von Clara Hohenfels auf Mandels Liste standen. Wir finden laufend neue Dinge heraus, und das Gesamtbild wird immer verworrener.«

Sein Telefon klingelte. Gertrud Thessen, die Reporterin, rief ihn an.

»Guten Tag, Herr Kommissar. Mit Ihrem Hinweis auf den Wohnort konnte ich die Zeugin identifizieren. Ihr Name lautet Sandrine Bonnet. Wohnhaft in Lüttich. Rue des Célestines. Eine belgische Ökonomin. Sie war zur selben Zeit wie Dana Grünberg in Ravensbrück. Ich habe die Aussage abschreiben lassen und sende Ihnen eine Kopie.«

Er legte auf.

»Wir haben die Zeugin aus Belgien.« Preusser ging zur Tafel und schrieb den Namen Sandrine Bonnet auf, während Gesshoff einen Zigarillo anzündete.

»Wie gehen wir weiter vor?«

»Ich gehe davon aus, dass Sandrine Bonnet der Ausgangspunkt für Mandels Suche ist, denn sie hat er zuerst besucht. Von ihr werden wir Genaueres erfahren, und vielleicht verstehen wir dann, warum er welchen Schritt ging.«

Wiedemann nickte. »Sie meinen, das führt uns zum Mörder?«

Preusser blieb ihm eine Antwort schuldig. »Ich gehe zu Deckers und beantrage eine Dienstreise nach Belgien und eine nach Freiburg in den Breisgau.«

* * *

Als Preusser in Deckers Büro trat, sah er zu seiner Überraschung, dass Ministerialdirigent Reinke am Besuchertisch saß und soeben eine Kaffeetasse zum Mund führte.

»Kommissar Preusser, kommen Sie rein, wir sprechen gerade über Ihren Fall.«

Preusser grüßte mit einem Nicken. »Sie sind wieder in Frankfurt, Herr Ministerialdirigent?«

»Ich wohne eigentlich hier und unterhalte nur eine kleine Dependance in Bonn. Die Wochenenden verbringen meine Frau und ich in Frankfurt.« Er lächelte, doch seine Augen blieben kalt.

Preusser beschloss abzuwarten. Wenn Männer wie Reinke einen jovialen Ton anschlugen, war etwas im Busch.

Deckers hüstelte. »Kommissar, ich habe Herrn Dr. Reinke gerade eine Zusammenfassung gegeben. Wir finden die Ergebnisse bislang äußerst dürftig. Lediglich der Füller, den

Hauptkommissar Backhaus gefunden hat, stellt eine eindeutige Spur dar.«

»Es kristallisiert sich heraus, dass Mandel nach dem Kind seiner Tante Dana gesucht hat.«

Reinke breitete die Hände aus. »Und was bringt uns das?«

»Nun, die Frau eines der KZ-Leute, die auf Mandels Liste standen, ist kürzlich ermordet worden.«

»Hier in der Stadt?«

»In Wiesbaden.«

Reinke sah Deckers an. »Dann gehört der Fall doch wohl nach Wiesbaden?«

»Wir arbeiten mit den Kollegen in Wiesbaden vertrauensvoll zusammen.« Deckers vage Bemerkung und sein Lächeln verrieten, dass er den Mann aus Bonn nicht sonderlich mochte.

»Wie geht es also weiter?« Reinke knurrte unzufrieden.

»Ich werde eine Zeugin in Lüttich aufsuchen, Kommissar Wiedemann eine weitere in Freiburg.« Preusser sah zu Deckers, der jedoch schwieg. »Danach werden wir mehr wissen, auch ob das Verbrechen an Mandel und an Frau Hohenfels in Wiesbaden in einem Zusammenhang steht.«

Reinke nickte missmutig. »Und sofern dort keine brauchbare Spur herauskommt?«

»Dann spricht wieder viel für die Hypothese, dass es sich im Fall Mandel um einen Raubmord handelt.«

Reinke fixierte Preusser mit kühlem Blick. »Daran glauben werden Sie aber auch dann nicht, oder?«

»Ich halte mich an die Tatsachen. Wenn die Fakten für Raubmord sprechen, muss ich meine Meinung revidieren.«

FÜNFUNDZWANZIG

Gegen Mittag riss Backhaus die Tür zu Preussers Büro auf. »Ich habe dir doch versprochen, dass ich dir die Täter bringe. Heute Abend greife ich sie mir. Kommst du mit?«

Preusser sah seinen Kollegen erstaunt und sprachlos an.

»Zwei alte Bekannte. Manfred Christmann und Thomas Streit. Sie haben ein AmericanExpress-Scheckheft zum Kauf angeboten. Die Nummern gehörten Simon Mandel. Willst du dabei sein, wenn wir sie hochnehmen?«

Wiedemann, Backhaus und Preusser warteten hinter der Ecke eines kleinen Lagers in Offenbach. Es wurde schon dunkel. Aus der dritten Etage eines heruntergekommenen Hauses dröhnte laute Musik. In einer Wohnung im zweiten Stock stritt sich ein Ehepaar. Die Frau überschüttete dabei ihren Mann mit Beschimpfungen, die selbst eine Prostituierte vom Bahnhof hätte erröten lassen.

Backhaus gab seelenruhig den uniformierten Beamten Anweisungen. Sie sollten das Vorhängeschloss aufbrechen und anschließend das Lager durchsuchen. Sofern jemand anwesend wäre, würde er verhaftet werden.

Preusser zog seine Pistole und nickte Wiedemann zu, es ihm gleichzutun.

Sein Assistent pfiff eine Melodie leise vor sich hin.

»He, sei ruhig!«

»Das ist das passende Lied: *Hey Joe, where you goin' with that gun in your hand?*«

»Ich verstehe kein Englisch. Ich hatte nur Tschechisch und Latein.«

»Leise, verdammt!«

Backhaus blickte sie ungehalten an.

Dann ging alles ganz schnell. Das Tor sprang auf, und die Männer stürmten hinein.

Die Luft war rabenschwarz und roch nach Mottenpulver. Taschenlampen flammten auf, als zwei Gestalten zu fliehen versuchten, aber sie wurden bereits nach wenigen Metern zu Boden geworfen, überwältigt und schließlich an Händen und Füßen gefesselt.

Eine Neonröhre blinkte müde, bis sie sich zu einem Dauerlicht durchrang und den Raum erhellte.

Backhaus trat neben einen der Festgenommenen. »Wen haben wird denn da? Manni der Rabe. Du hast doch erst gesessen.«

Der Mann stöhnte auf. »Leck mich!«, zischte er dann.

Backhaus lächelte. »Na, da kann ich mich zurückhalten.« Er sah die uniformierten Beamten an. »Durchsucht das Lager! Wir sind insbesondere an amerikanischen Waren interessiert. Und lasst das wertvolle Zeug nicht fallen.«

Die Polizisten lachten und begannen, den Raum zu durchsuchen.

Preusser war neben den zweiten Mann getreten. Backhaus kam hinzu.

»Ach, Tommi, hat dein Kumpel dich wieder in etwas hineingezogen?«

»Tut mir leid, Herr Kommissar, ich wollte eigentlich nicht, aber wie soll es gehen ohne Kohle?«

»Versuch es doch mal mit ehrlicher Arbeit. Bist doch Lackierer, oder?«

Der Mann mit Namen Tommi nickte heftig und gab ein seltsames Geräusch von sich, als würde er mit sich selbst sprechen.

Backhaus zog Preusser beiseite.

»Tommi Klein tut, was man ihm sagt. Er hat jahrelang bei Opel lackiert, aber irgendwie lief bei ihm dann etwas nicht mehr richtig in seinem Oberstübchen, sie haben ihn rausgeworfen. Seitdem ist er der Handlanger von Manfred Christmann, der eine richtig miese Type ist. Hat schon neununddreißig für zwei Jahre gesessen. Die haben an den Bunkeranlagen am Atlantik geschuftet wie die Berserker, bevor es nach der Entlassung Richtung Osten weiterging. Seit er von da zurück ist, macht er hier nur krumme Dinger. Nach dem Krieg war er mehr als die Hälfte der Zeit in Haft. Einmal wegen Verdacht auf Raubmord, doch es ließ sich nur Totschlag nachweisen. Deswegen gab es knapp sieben Jahre. Er hat einen Mann erschlagen, ausgeraubt, seine Kleidung gestohlen und ist in dessen Haus eingedrungen. Dort hat er mitgenommen, was er tragen konnte. Einen anderen Mann hat er beraubt und unbekleidet und gefesselt zurückgelassen. Meine Quelle war absolut sicher, dass wir hier was finden werden.«

»Wer ist denn die Quelle?«, fragte Preusser.

Backhaus lachte. »Das ist mein Betriebsgeheimnis.«

Wiedemann und Preusser verließen die kleine, stickige Lagerhalle und warteten im Hof. Einige Fenster waren erleuchtet, Nachbarn lehnten auf den Fensterbänken, um zuzusehen, was sich vor ihnen abspielte.

»Was denken Sie, Herr Kommissar, haben wir unseren Täter gefasst?«

Preusser zuckte mit den Schultern. »Keine Ahnung, aber Hilmar kennt seine Pappenheimer. Er ist seit 1958 der Spezialist für Raub in Frankfurt. Er hat überall seine Verbindungen und erkennt die Diebe schon an der Art, wie sie ihre Dinger drehen.« Er zündete eine Ernte 23 an und zog an seiner Zigarette. »Wenn Hilmar hier fündig wird, haben wir uns für nichts und wieder nichts abgeplagt.«

»Finde ich nicht«, erwiderte Wiedemann. »Mich hat der Fall verändert. Ich habe viele Sachen nicht gewusst. Die Begegnung mit den Eltern von Simon Mandel war für mich die erste wirkliche Konfrontation mit dem, was wir Deutsche angerichtet haben. Ich habe heute mit dem Experten aus Bremen telefoniert. Er hat uns nicht weitergeholfen, aber er wusste mir Dinge zu erzählen, die ich nicht fassen kann. Ich frage mich, wie groß die Gruppe der Täter ist, die da draußen wie Clara Hohenfels ihren Altar des Dritten Reichs errichten oder die von ihren Taten nichts mehr wissen wollen. Und was ich auch erkannt habe, ist die Stärke des Widerstands gegen jeden, der versucht, das aufzuklären. Die Täter werden systematisch gedeckt, um angeblich politische Probleme zu vermeiden. Ich glaube aber, es geht eher darum, dass man nicht aufdecken will, wie viele belastet sind. Denken Sie nur an Globke. Ich werde in Zukunft nicht mehr wegsehen. Ihre Haltung, Herr Kommissar, bestärkt mich darin. Sie sind nicht eingeknickt, sondern haben unbeirrt durchgehalten.«

Preussers Hand zitterte. Wiedemann wusste nicht, wer vor ihm stand. Immerhin stellte er sich nun seiner Geschichte. »Danke für das Lob, aber, man macht es sich auf diese Weise nicht gerade leicht. Sieh dich um! Die angepassten Speichellecker kommen immer schneller nach oben. Denk auch darüber nach.«

»Damit ich morgens nicht mehr in den Spiegel schauen kann?«

»Manche sehen einfach an sich vorbei.«

Wiedemann lachte auf.

»Joachim? Ihr solltet euch das ansehen«, rief Backhaus ihnen zu.

Sie gingen hinein und folgten Backhaus zu einem Tisch, auf dem Kleidung, eine Aktentasche und eine Schreibmaschine neben anderen Wertgegenständen lagen.

Backhaus schlug Preusser triumphierend auf die Schulter.

»Ich habe es dir doch versprochen. Ich bringe dir den Täter. Voilà!«

Preusser zog dünne Einmalhandschuhe über und betrachtete die Schuhe. Innen war ein Stempel *Thorogood 1892*.

»Derselbe Hersteller, der auch Mandels Schuh gefertigt hat, den wir gefunden haben.«

Sie gingen die Kleidung Stück für Stück durch und fanden die Teile, die Ilse Klinghammer vermisst und beschrieben hatte.

Preusser sah Backhaus an. »Das muss alles in die Kriminaltechnik. Danach sollte sich die Pensionswirtin alles anschauen. Anschließend vernehme ich die beiden.«

»Wir vernehmen die beiden!«

Preusser nickte und lächelte Backhaus an. »Wir vernehmen die beiden gemeinsam.«

Backhaus strahlte über das ganze Gesicht. »Mensch, Joachim, jetzt haben wir den Fall praktisch gelöst und können entspannt zu Paella und Vino Tinto fahren.«

Ein Taxi fuhr vor. Staatsanwalt Ostholm sprang heraus, gefolgt von Deckers. Sie traten an den Tisch und besahen sich die Beweise.

»Sind das die gesuchten Sachen?« Deckers trug Abendkleidung und roch nach Alkohol. Er wirkte genervt.

»Es sieht ganz danach aus.«

»Gut. Bericht morgen früh.« Er machte auf dem Absatz kehrt und ging zum Taxi zurück, während er vor sich hin meckerte. »Wegen einer solchen Lappalie holen die mich aus einer Gesellschaft.« Plötzlich schien ihm etwas einzufallen. »Übrigens, Preusser, Ihre nächsten Dienstreisen sind unter diesen Umständen gestrichen.«

Dann stieg er ins Taxi und rauschte ab

Ostholm warf Preusser einen Blick zu. Sie entfernten sich von der Gruppe.

»Ist der Fall also gelöst, Herr Kommissar?«

»Das kann ich Ihnen nicht sagen, Herr Staatsanwalt. Warten wir die kriminaltechnische Untersuchung ab. Es sieht aber danach aus. Einer der Festgenommenen hat nach einem ähnlichen Muster bereits eine andere Tat begangen. Wir nehmen ihn morgen in die Mangel.«

»Sie haben noch Zweifel?«

»Nun ja, da ist noch der Mord an Clara Hohenfels in Wiesbaden, aber wenn die beiden kein Alibi vorweisen können, dann war es das wohl.«

SECHSUNDZWANZIG

Mittwoch, 7. Juni 1967

Manfred Christmann hockte mit aggressivem Gesichtsausdruck auf einem alten Holzstuhl und kratzte mit dem Fingernagel über die rissige Oberfläche des Tischs. Seine Haare wurden schütter, und tiefe Furchen im hageren Gesicht ließen vermuten, dass er ein wildes Leben hinter sich hatte. In den Bartstoppeln zeigte sich erstes Grau.

Preusser und Backhaus traten in den fensterlosen Raum ein und zündeten sich als Erstes wortlos Zigaretten an.

»Kriege ich auch eine?«, fragte Christmann.

»Haben Sie keine eigenen?«, entgegnete Backhaus barsch.

»Hat man mir weggenommen.«

»Na dann, Pech gehabt.« Backhaus blies den Rauch an die Decke und stellte das Tonband an. Dann diktierte er Datum und Uhrzeit. »Sie sind Manfred Christmann, geboren am sechsten Januar 1917 in Breslau, dem heutigen Wrocław?«

»Wroc … was? Ja, der bin ich.«

»Sie haben auf die Anwesenheit eines Anwalts verzichtet.

Sie können natürlich jederzeit von dieser Entscheidung abrücken und sich um einen Rechtsbeistand bemühen. Haben Sie das verstanden?«

Christmann nickte.

»Das Tonband kann Sie nicht sehen.«

Christmann beugte sich über das Mikrofon. »Jaaa. Zufrieden?« Seine Zähne waren gelb und fleckig.

Preusser übernahm. »Wo waren Sie am Abend des dreiundzwanzigsten Mai 1967?«

»Was war das für ein Tag?«

»Ein Dienstag.«

»Keine Ahnung. Warum fragen Sie das?«

Preusser zog den braunen Budapester aus einer Tasche.

»Wir haben gestern bei einer Durchsuchung des von Ihnen angemieteten Lagerraums neben weiterem Diebesgut diesen Schuh der Marke *Thorogood 1892* gefunden. Erkennen Sie ihn wieder?«

»Da liegen viele Schuhe rum. Weiß nicht.«

»Strengen Sie sich an!«

Preusser stellte einen zweiten daneben. »Würden Sie sagen, dass das der passende Schuh zu dem ist, der bereits auf dem Tisch lag?«

Christmann schaute sich beide an. »Ich verstehe zwar nicht, was ihr von mir wollt, aber ja, das kann passen.«

»Die Schuhe gehörten ebenso wie Kleidung, die wir bei Ihnen gefunden haben, einem Mordopfer. Der Mann trug diese Schuhe, als er zu Tode kam, und zwar am dreiundzwanzigsten Mai am Abend.«

Christmann sprang auf und versuchte, Preusser am Kragen zu packen.

»Ich habe …«

Backhaus ging dazwischen.

»Hinsetzen!«

»Ich habe niemanden umgebracht.«

»Ach nein? Kennen wir das nicht? Töten, ausziehen und die Wohnung ausräumen?«

»Da kopiert mich jemand.«

»Natürlich und schiebt gleichzeitig die erbeuteten Sachen in Ihr Lager. Für wie blöd halten Sie uns eigentlich.« Backhaus ließ sich nicht aus der Ruhe bringen.

Christmann rieb sich das Gesicht. »Am Dienstag? Verdammt, wo war ich da? Wahrscheinlich war ich zu Hause.«

»Alleine? Keine Zeugen?«, fragte Preusser.

»Ja, allein«, antwortete Christmann.

»Das beste Alibi, das ich je gehört habe.« Backhaus winkte ab. »Ein Geständnis wird vor Gericht positiv angerechnet, aber das wissen Sie ja sicher.«

»Ich habe nichts zu gestehen.«

Preusser deutete auf die Schuhe. »Die Beweise sprechen gegen Sie, das ist Ihnen klar.«

»Natürlich.«

Die Tür sprang auf. Ein Beamter trat zu Preusser und reichte ihm einen Kurzbericht der Spurensicherung. Alle warteten, während er las. Dann blickte er zu Christmann.

»Was ist mit dem Geständnis?«

»Ich denke ja gar nicht daran.«

»Die Auswertung der Fingerabdrücke aus dem Zimmer des Toten hat einen Treffer ergeben.« Er machte eine Pause und sah Christmann in die fast schwarzen Augen. »Ihr Daumenabdruck.«

Christmann sprang auf und hätte den Tisch umgeworfen, wäre er nicht festgeschraubt gewesen.

»Das schiebt ihr mir nicht unter, ihr Drecksbullen.« Das Mikrofon flog vom Tisch, als Backhaus und zwei Kollegen, die durch die Tür stürmten, den Tobenden auf den Boden drückten. »Ich war das nicht!«

Christmann brüllte weiter und war noch zu hören, nachdem man ihn auf den Flur hinausgeführt hatte.

Backhaus wischte sich den Schweiß von der Stirn. »Das war es dann. Ostholm kann loslegen.«

Preusser nickte wortlos.

* * *

Im Büro warteten Gesshoff und Wiedemann auf seine Rückkehr.

»Wie sieht es aus?«, fragte sein Assistent.

»Wir sind durch. Sie haben seine Fingerspuren in Mandels Wohnung gesichert«, erwiderte Preusser.

Gesshoffs Augen weiteten sich. »Warum finden die das erst jetzt raus? Der Kerl ist doch aktenkundig, und außerdem hatte die Technik inzwischen genügend Zeit für die Auswertung.«

Preusser seufzte. »Offensichtlich lagen ein paar Abdrücke zur Begutachtung noch im Labor, die man nun verspätet ausgewertet hat. Wie meinte Schmitt von der Technik: Der Zufall ist ein Eichhörnchen. Es sieht jedenfalls so aus, als hätten Hauptkommissar Backhaus und Deckers mit ihrer Meinung richtiggelegen.«

Wiedemann sah Preusser argwöhnisch an. »Sie sind aber anderer Ansicht, oder?«

Preusser hob die Schultern.

»Also, Chef, uns liegt einiges vor, so dass auch eine andere Version denkbar wäre. Ich war im Haus von dieser Hohenfels. Das war kein Raubmord. Die waren hinter etwas Bestimmtem her. Können wir das einfach ignorieren?« Wiedemann sah in die unzufriedenen Gesichter der Kollegen.

»Zumal Christmann vehement leugnet. Ich weiß.« Preusser wischte sich über das Gesicht. »Aber was soll ich machen?

Selbst der Staatsanwalt kann nicht von den Tatsachen absehen, und die sprechen nun einmal für einen Raubmord, begangen von diesem Christmann und seinem Kumpan. Ohne neue Beweise kommen wir nicht weiter.«

»Was also sollen wir tun?«

Preusser lächelte plötzlich. »Ich möchte, dass du trotzdem nach Freiburg zu dieser Dr. Huber fährst, und ich befrage die Frau in Lüttich.«

Gesshoff zog wie üblich einen Zigarillo hervor. »Und du glaubst, Deckers spielt da noch mit?«

Es klopfte. Eine Sekunde später steckte Annemarie Josten ihren Kopf durch die Tür. »Entschuldigen Sie die Störung, aber ein Arnold Zeuner wünscht Sie zu sprechen, Herr Kommissar.«

* * *

Arnold Zeuner war ein hochgewachsener Mann, den manche Frauen mit seinen markanten Zügen und den großen blauen Augen als attraktiv bezeichnet hätten. Nun wirkte er nervös und fuhr sich abwechselnd mit den Fingern durch die akkurat gescheitelten dunklen Haare oder drehte seinen Ehering am Knöchel hin und her.

»Ihr Kollege hat mich gebeten, herauszufinden, wer die eintausend Mark auf das Konto von Clara Hohenfels eingezahlt hat.« Er zögerte kurz. »Die Einzahlung kam von Simon Mandel. Er hat sie in unserer Filiale vorgenommen.«

»Und um das festzustellen, haben Sie einen Tag gebraucht und kommen persönlich bei uns vorbei?«, fragte Preusser.

Zeuner sah ängstlich zur Tür, die zum benachbarten Büro führte und die nur angelehnt war.

Preusser stand auf und drückte sie ins Schloss. »Was liegt Ihnen auf dem Herzen?«

»Also … Simon und ich, wir kannten uns näher.«

»Wie muss ich das verstehen?«

»Wir …« Tränen füllten seine Augen. »Ich bin verheiratet und habe Kinder, aber ich …«

Preusser begriff. »Sie hatten eine homosexuelle Beziehung zu Simon Mandel?«

Zeuner nickte verhalten. »Wenn das herauskommt, bin ich ruiniert. Ich soll eine große Filiale übernehmen, weil ich gute Arbeit leiste. Das könnte ich mir abschminken. Meine Frau … sie würde mich auf der Stelle verlassen. Was wäre mit den Kindern? Sie müssten schreckliche Hänseleien ertragen. Wissen Sie, dass es in der Weimarer Republik liberaler zuging als heute, wo wir noch den 175er der Nazis aufrechterhalten?« Er redete mehr zu sich als zu Preusser. »Ich hatte mich gut im Griff. Nur mit sechzehn habe ich einmal einen Jungen geküsst. Danach habe ich mich schuldig gefühlt und krank. Als ich dann Birgit traf, konnte ich es leicht unterdrücken, denn ich liebe sie, auch wenn mir das niemand glauben wird. Ich dachte, ich wäre endlich … normal, aber plötzlich kam Simon, um sein Konto zu eröffnen, und da hat es gefunkt.«

Zeuner verstummte. Tränen strömten ihm über das Gesicht.

Die Vorstellung, einen Mann zu küssen, ließ Preusser erschaudern. Tief in seinem Inneren regte sich ein anerzogener Widerwille. Er hatte erlebt, wie ein Kollege die Polizeischule verlassen musste, weil herausgekommen war, dass er homosexuell war. Die letzten Jahre hatte die Diskussion um die Novellierung des Strafgesetzbuchs und den § 175 zwar dahingehend angefacht, dass von vielen eine Liberalisierung im Umgang mit Homosexualität gewünscht war. Er selbst wusste nicht, ob das gut war. Eigentlich war er sogar verpflichtet, Zeuner anzuzeigen. Er zögerte.

»Ihre sexuelle Neigung ist mir gleichgültig«, sagte Preusser dann. »Das bleibt in diesem Raum. Ich denke, Sie haben schon genügend Probleme mit Ihrem Leben auch ohne ein Strafverfahren.«

»Ich danke Ihnen.«

»Ein paar Fragen müssen Sie mir jedoch beantworten. Sind Sie der anonyme Anrufer?« Er zündete sich eine Ernte 23 an und hielt das Päckchen Zeuner hin, der jedoch ablehnte.

Zeuner seufzte. »Was blieb mir denn für eine Wahl? Ich konnte doch nicht einfach hier so auftauchen.«

»Und der Brief an die Zeitung?«

»War auch von mir.«

»Seit wann waren Sie mit Simon Mandel näher bekannt?«

»Seit fast einem Jahr. Wir waren vorsichtig und haben uns in Hotels getroffen.«

»Sind Sie gemeinsam in einem Club mit Namen *Black Cat* gewesen?«

Zeuner sah ihn erstaunt an. »Wie haben Sie das herausgefunden?«

»Polizeiarbeit. Ich versuche im Augenblick, offene Fragen zu beantworten. In der Synagoge?«

»Er wollte, dass ich mit dort hingehe, und war richtig gelöst, als wir aus dem Gottesdienst kamen. Nur dem Rabbiner ist er ausgewichen.«

»Verstehe. Kommen wir zu den letzten Wochen vor Mandels Tod. Gab es Auffälligkeiten?«

»Simon hatte kaum noch Zeit. Er war wie besessen von der Geschichte seiner Tante Dana. Er redete viel darüber, wo sie im KZ gewesen war, wann sie vergast wurde.«

»Hat er eine Schwangerschaft seiner Tante erwähnt?«

»Ja, doch angeblich war das Kind tot.«

»Woher wusste er das?«

»Eine Frau, die mit seiner Tante im KZ war, hat es ihm erzählt.«

»Haben Sie einen Namen?«

»Leider nein.«

»Schade, das hätte uns sehr geholfen. War das vor seinem Besuch in Berlin oder danach?«

»Davor.«

»Was hat er in Berlin gesucht?«

Zeuner hob die Schulter. »Ich weiß nicht.«

»Was war dann?«

»Wir konnten uns einige Zeit nicht sehen, da ich mit der Familie in Urlaub war. Bis zwei Tage vor seinem Tod. Da war er völlig überdreht. Simon sprach unentwegt davon, dass er nun Bescheid wüsste.«

»Worüber wusste er Bescheid?«

»Das wollte er mir nicht sagen. Er hatte Angst. Ich glaube, seine Recherchen sind für jemanden gefährlich geworden.«

»Wie kommen Sie darauf?«

»Er war voller Furcht und redete ständig in Andeutungen und meinte, er wolle mich nicht in etwas hineinziehen.«

»In was hineinziehen?«

»Ich weiß es doch nicht.«

»Wie würden Sie seine Angst beschreiben? War es eine Angst vor Strafe, vor Ausgrenzung oder vielleicht Angst vor dem Tod?«

»Es war Todesangst. Außerdem …« Zeuner geriet ins Stocken. »Er hat viertausend Mark in bar abgehoben.«

* * *

»Wieso wollen Sie denn noch zu dieser Bonnet nach Lüttich fahren? Das ist doch Unsinn, jetzt, wo wir den Täter haben.« Es kam, wie Preusser es vorausgesehen hatte. Deckers legte sich quer.

»Es fehlt das Geständnis. Die Beschuldigten schwören Stein

und Bein, dass sie es nicht waren«, erklärte Preusser mit größtmöglicher Ruhe.

»Das sagt jeder, dem das Wasser bis zum Hals steht.«

»Nicht bei dieser Beweislage. Da kann man nur gewinnen, wenn man gesteht.«

»Sie wollen denen doch nicht glauben?«

»Nein, die haben etwas ausgefressen. Ich will nur alle Unklarheiten beseitigen, damit uns das nicht um die Ohren fliegt.«

Deckers rutschte unruhig auf seinem Stuhl hin und her. »Wie sollte ich dem Präsidenten gegenüber solch eine Dienstreise rechtfertigen?« Er nahm die Brille ab und begann sie zu polieren.

»Ich habe einen Zeugen aufgetan, der aussagt, dass Mandel Todesangst hatte. Das dürfen wir nicht abtun.«

»Ich glaube, Sie verkennen da etwas, Herr Hauptkommissar. Der Fall ist erledigt. Sogar Ihr Staatsanwalt Ostholm hat das begriffen und erhebt Anklage. Sie haben sich da in etwas verrannt. Der Präsident hat eine Pressekonferenz angesetzt und wird gemeinsam mit mir die Öffentlichkeit informieren. Sie schreiben allenfalls noch einen Abschlussbericht, und damit basta.«

»Der Mord an Clara Hohenfels steht mit dem Ganzen in Verbindung. Wir …«

Deckers zog eine Akte heran und schlug sie auf. »Sie können jetzt gehen.«

Preusser spürte, wie Wut in ihm aufstieg. »Möglicherweise lassen wir einen Mörder davonkommen.«

»Wir haben die Mörder. Sie stellen die Ermittlungen unverzüglich ein!«

Preusser wollte noch etwas einwenden, doch dann senkte er den Blick und nickte. Er stand wortlos auf und ging.

In seinem Büro stieß er die Tür resigniert auf. Nur Wiedemann saß noch da. »Deckers hat abgelehnt.« Preusser vermied es, dem Kollegen in die Augen zu sehen.

»Und jetzt? Wir können doch nicht aufgeben.«

Preusser sah auf. »Doch, genau das wird gemacht. Wir haben den Befehl, die Ermittlungen einzustellen, und das ist nun unsere Pflicht.«

»Sie geben einfach klein bei?« Wiedemann schien es nicht glauben zu können.

»Geh nach Hause, Hermann, das ist ein Befehl.«

Preusser ging in sein Büro und schloss die Tür. Das Letzte, das er erblickte, war Wiedemanns Gesicht, in dem sich Enttäuschung und eine Spur Verachtung mischten.

SIEBENUNDZWANZIG

Greta Petzhold öffnete ihm die Tür und sah ihm seine Stimmung sofort an. »Schlechten Tag gehabt?«

Preusser hatte nicht wirklich gewusst, was ihn hierhergetrieben hatte, doch nun, da er vor ihr stand, wurde ihm klar, dass es ein Fehler war.

Er wandte sich ab und ging zur Treppe, sie aber folgte ihm und legte ihre Hand auf seine Schulter und drehte ihn zu sich um.

»Bleib hier.«

Sie trat näher und küsste ihn auf den Mund. Eine erst zärtliche Berührung, ganz weich, dann öffnete sie ihre Lippen und stieß ihre Zunge in seinen Mund. Seine Erregung wuchs, und ja, er wusste, dass sie seine Tochter hätte sein können, dass sie kaum ein Jahr älter als sein Sohn war, dass Helga zu

Hause auf ihn wartete und er ihr Vertrauen missbrauchte, doch es war ihm in diesem Augenblick egal.

Sie wichen in den Flur der Wohnung zurück, wo er ihr das Shirt über den Kopf zog und ihre Brüste zu küssen begann, doch sie hielt ihn auf.

»Nicht so! Wir nehmen uns Zeit.«

Sie ergriff seine Hand. In ihrem Schlafzimmer entkleidete sie ihn langsam und küsste ihn weiter sanft, schloss ihn in den Arm und drückte ihren Körper an ihn, um sich sogleich wieder von ihm zu lösen. Sie schob ihn auf ihr Bett, setzte sich auf ihn und ließ ihn behutsam ein.

Später lag sie neben ihm, nackt, und rauchte eine seiner Zigaretten. Sie steckte sie ihm zwischen die Lippen, und er inhalierte.

»Schlechtes Gewissen?«

Sie war so anders. Sie schämte sich nicht ihrer Nacktheit, übernahm wie selbstverständlich beim Sex die Regie und brachte sich völlig egoistisch zum Höhepunkt.

Hatte er Gewissensbisse? Natürlich. Hilmar hatte ihn einmal die fleischgewordene Regel genannt, er war derjenige, der nie widersprach, nie Regeln überschritt oder seine Werte verletzte. Und nun? Innerhalb von wenigen Tagen hatte er so vieles über Bord geworfen, wofür er gestanden hatte.

»Geht so.«

Sie lachte. »Das ist der kleine Bruder von ›ganz viel‹.« Sie drückte die Zigarette aus und wälzte sich zu ihm herum. Ihre Brüste streiften seinen Oberkörper, als sie ihm einen Kuss gab.

Später saßen sie in der Küche und tranken einen Riesling aus dem Rheingau.

Preusser hatte sich einen lächerlichen Morgenmantel übergeworfen, orangeweiß gestreift und um einiges zu eng.

Er fühlte sich gut, bis Greta ihn ansah und voller Ernst

fragte: »Du hast von Augen in deinen Träumen gesprochen. Was genau sagen sie dir?«

Sie trug nur ein dünnes Baumwollnachthemd und lächelte.

»Jetzt will ich nicht darüber sprechen.«

»Bist du jemals entspannter?«

»Hast du nur deswegen ...?« Er verstummte abrupt.

Sie sah ihn böse an. »Glaubst du das im Ernst?«

»Nein.«

»Ich hatte Lust auf dich, vom ersten Moment an, okay? Ich schlafe, mit wem ich will, aber nie aus Berechnung.«

Wieder ruhten ihre Augen auf ihm.

»Es wird wehtun.« Preusser ballte die Faust, sie zitterte nur ganz wenig.

»Du kannst es durchstehen.«

Konnte er das? Er horchte in sich hinein. Panta rhei, die alte griechische Weisheit des Heraklit, ging ihm durch den Kopf. Stand er zu lange im gleichen Wasser, und nun umfloss ihn unentwegt Neues? Lebte er nun in Zeiten, in denen Dämme brachen, und sein Inneres passte sich dem an? In ihm drängte alles danach, endlich traumlos schlafen zu können, das Alte hinter sich zu lassen, um ... ja was? Er sah Greta an und wusste, heute Abend war eine einmalige Episode passiert, die er nicht wiederholen konnte, so schön es auch gewesen war. Sein Platz war an Helgas Seite.

Trau dich!

»Hast du mal etwas von den Einsatzgruppen gehört?«

»Klar, die haben die Zivilbevölkerung terrorisiert und Partisanen gejagt.«

»Und die Juden ausgerottet. Manchmal hat das Heer sie unterstützt.«

Greta nickte.

»Wir hatten eine Phase ohne große Kampfhandlungen und

lagen in Weißrussland in einem Gebiet mit vielen kleinen Seen. Richtig schön.«

»Wann war das?«

»Das muss im August 43 gewesen sein. Die Operation Zitadelle war gescheitert, doch die Front war zu der Zeit noch stabil. Was uns Probleme bereitete, waren die Partisanen, die hinter den Linien immer wieder Anschläge verübten. Im Abschnitt kam es dann zu einer Schießerei zwischen einem Konvoi, der in Richtung Front ging, und einer Partisanengruppe, die einen Hinterhalt gelegt hatte. Es gab rund dreißig Tote auf unserer Seite. Üblich war, dass man die Männer verfolgte und aufhängte, wenn man sie fassen konnte. Oft kam es allerdings auch zu Vergeltungsaktionen. Jedenfalls wurde unsere Kompanie ein paar Tage später aufgefordert, die SS-Einheiten zu unterstützen und ein Dorf zu durchsuchen, da man dort die Partisanen vermutete. Auf Lastwagen haben sie uns frühmorgens hingekarrt und absitzen lassen. Der Ort bestand aus einem Platz und vor allem aus einer langen Straße, an der die Häuser wie aufgereiht nebeneinanderstanden.«

Bilder stiegen in ihm auf. Ein staubiger Weg und links und rechts kleine Katen, dazwischen auch ein paar Gebäude mit zwei Etagen. Für russische Verhältnisse ging es den Menschen hier gut.

»Zu zweit sollten wir die Gebäude durchsuchen und die Bewohner auf den zentralen Platz treiben.«

Preusser schloss die Augen, nachdem er hilfesuchend zu Greta geschaut hatte.

»Es verlief alles nach Plan. Die Leute wurden völlig überrascht und leisteten keinen Widerstand. Willi, der Kamerad, der auf unserer späteren Flucht als Erster fiel, und ich durchsuchten ein Haus mit oberer Etage. Er trieb unten einen alten Mann auf und stieß ihn auf die Straße, während ich nach oben ging.« Preusser seufzte tief. »Die Einrichtung war einfach, aber sauber. Zwei Kammern mit Betten und ein größerer Raum, in dem offensichtlich gearbeitet wurde. Eine Schneiderei.«

Filz und Stoffe hatten auf einem Tisch gelegen, daneben eine manuell betriebene Nähmaschine. Auf eine Puppe waren Teile geheftet, die einmal ein Anzug werden sollten. Er sah das Muster. Fischgräten.

»Ich bin da rein, die Maschinenpistole im Anschlag. Zuerst glaubte ich, der Raum sei leer, aber hinter einer Kommode fand ich sie schließlich.« Preusser schüttelte gedankenverloren den Kopf. »Eine junge Frau. Im Arm hatte sie ihre Tochter, die ihr ähnelte. Die Mutter sah aus wie die Russinnen dort. Dunkelblond mit blauen Augen. Nicht wirklich hübsch, aber so, wie ihre Augen mich ansahen, berührte es mich tief.«

Die Tränen liefen ihm über die Wange; er wischte sie mit dem Ärmel des Bademantels weg.

»Angst hatte die Frau, panische Angst vor dem Scheißkerl mit dem Gewehr – vor mir. ›Pozhaluysta net. Greys‹, hat sie gemurmelt. Ich habe nur die ersten Worte verstanden: Bitte nicht. Sie wollte, dass ich sie und ihr Kind verschone.« Er lachte verzweifelt. »Es wäre so einfach gegangen. Nach unten gehen und sagen, dass das Haus leer sei, kontrolliert hat das ohnehin keiner mehr. Aber nein, Joachim Preusser gehorcht. Immer. Bis heute!«

Mitleidig sah Greta ihn an.

»Du warst so erzogen. Gehorsam gegenüber den Eltern, den Lehrern und den Vorgesetzten. Das steckte in dir drin, und da konntest du nicht aus deiner Haut.«

»Ich wusste doch, dass sie mit den Leuten etwas vorhatten. Was habe ich in der Schule alles gelernt. Humanität, Aristoteles, die Sollensfrage der Nikomachischen Ethik. Und dann bin ich schuldig geworden. Ich habe als Mensch versagt.« Er schrie die letzten Worte.

Sie erhob sich von ihrem Stuhl und nahm sein Gesicht in ihre Hände. »Nein! Du hattest ein Gewissen, du hast erkannt, dass Gehorchen ein Fehler ist«

»Und doch war ich zu feige, um einen Befehl zu missachten.«

Greta sah ihm in die Augen. »Ja, vielleicht warst du feige. Was glaubst du, wie viele deiner Kameraden sich hinter der Ausrede verstecken: Befehl war Befehl. Aber so wart ihr erzogen worden. Ungehorsam ging nicht! Und auch wenn es dich bis heute bedrückt. Du wirst damit leben lernen müssen. Gestehe es dir offen ein und lerne draus. Wie ging es weiter?«

Preusser brauchte ein paar Sekunden, bevor er fortfuhr. »Ich habe sie – ›dawai, dawai‹ – zum Platz getrieben, wo schon die restliche Bevölkerung des Dorfes zusammenkauerte. Alte Männer, Frauen und Kinder. Kaum ein kampffähiger Kerl war darunter. Du kannst Angst riechen. Angstschweiß stinkt. Die Luft war voll davon. Wir warteten, während ein Panzer irgendwo im Wald hin und her fuhr. Ein SS-Offizier kam herbei und forderte ein paar von uns auf, die Menschen in den Wald zu geleiten. Ich nicht, ich blieb dort und sah zu, wie die Kolonne losmarschierte.«

»Warum bist du nicht mitgegangen?«

»Mir war klar, dass sie jemanden exekutieren würden. Aber dann krachten immer mehr Schüsse. Otto ist aufgestanden und hat gesagt, das müsse er sich ansehen. Ich bin ihm hinterher. Der Panzer hatte einen Graben ausgehoben. Ein Massengrab, denn das ganze Dorf wurde ausgelöscht. Am Rand standen die noch Lebenden. Sie jammerten und flehten um Gnade, doch sie mussten zusehen, wie die Nachbarn und Freunde, ihre Familienmitglieder einer nach dem anderen ermordet wurden. Sie wurden gezwungen, die Kleidung abzulegen und nackt in die Grube zu steigen und …« Er atmete stockend und wischte wieder die Tränen ab, »… sich auf die Toten zu legen. Stell dir das vor! Überall Blut, und du legst dich auf eine warme Leiche und wirst wenig später selber erschossen.«

»Warum haben die Menschen sich nicht gewehrt?«

Preusser hob die Schultern. »Einer von unserer Nachbarkompanie, keiner von der SS, ging mit der Maschinenpistole die Reihe ab und knallte einen Menschen nach dem anderen ab. Peng, peng, peng. Mein erster Impuls war, dazwischenzugehen, doch Otto hielt mich fest und sah mich nur an. Zwecklos, sie würden mich bestrafen. Ich wollte weglaufen, aber gerade in diesem verdammten Augenblick sah ich die junge Mutter. Unbekleidet, das Kind auf dem Arm, schlich sie in einer Gruppe zur Grube.« Preusser sprang auf und lief in der Küche auf und ab, die Arme eng um seinen Körper geschlungen. »Ich stelle es mir immer vor, wie sie am Morgen noch ein wenig näht, das Mädchen anzieht, es küsst und mit ihm lacht. Bis ich dann mit dem Gewehr kam. Sie weinte kaum, blickte resigniert nach vorne, doch unvermittelt drehte sie den Kopf und sah mich direkt an. Das Kleine auch. Sie legte sich schützend auf ihr Kind, als der Schuss kam. Ihre Tochter brüllte vor Entsetzen auf. Ich lief los, doch zu spät. Ein Offizier sprang in die Grube und schoss.«

Preusser zögerte einen Moment. Er atmete tief ein, seine Brust hob und senkte sich. Er sah Greta an.

»Ich bin in den Wald gelaufen. Ich hielt mir die Ohren zu und weinte heimlich. Seit dieser Nacht begleiten diese Augen mich, sie sind so etwas wie die Verkörperung meiner Schuld.«

Greta erwiderte seinen Blick voller Sanftheit und Verstehen. »Das, was geschehen ist, kannst du nicht rückgängig machen, aber du kannst lernen, mit deiner Schuld zu leben. Dass du darüber geredet hast, stellt einen großen und vielleicht den wichtigsten Schritt dar. Sprich auch mit Helga und deinen Kindern über diese Ereignisse.«

Preusser zuckte zusammen.

Greta lächelte. »Das muss nicht gleich sein. Beginne mit deiner Frau. Sie sollte es zuerst erfahren und besprich mit ihr, wie weit deine Kinder sind und ob sie bereit sind, das zu verstehen. Ansonsten warte ab. Setze dich immer wieder, so wie heute, mit dem Thema auseinander. Reflektiere deinen Gehorsam und passe dein Verhalten an. Es wird dir helfen, alles zu verarbeiten.«

»Mit dir?«

Sie schüttelte den Kopf. »Nein. Nach diesem Abend gibt es ein kein Uns und Wir. Es würde auf Dauer nicht gelingen, Therapiegespräche und Sex auseinanderzuhalten. Du kehrst zu deiner Frau zurück, und ich lebe weiter mein Leben.«

ACHTUNDZWANZIG

Donnerstag, 8. Juni 1967

Er hatte noch am Abend mit Helga gesprochen und ihr die ganze Geschichte erzählt.

Sie war entsetzt über das gewesen, was sie erfahren hatte, doch verstand sie nun auch den Druck, der auf ihm lastete. Überraschenderweise hatte er tief und traumlos geschlafen und war entspannt ins Präsidium gekommen, um gleich zu Deckers zu gehen.

»Ich habe nochmals über das Ganze nachgedacht und beschlossen, doch nach Lüttich zu fahren.«

Deckers wollte nicht glauben, was er hörte. »Sie werden nicht nach Belgien fahren! Das verbiete ich Ihnen. Verstanden? Was fällt Ihnen überhaupt ein, mich nochmals damit zu behelligen?«

»Dann geben Sie mir zwei Tage Urlaub.«

»Genehmigt. Sie brauchen Abstand.«

Von Leuten wie Ihnen ganz gewiss, dachte Preusser, sprach den Gedanken aber nicht aus.

Deckers sah ihn abschätzig an. »Und Sie bleiben in Frankfurt.«

»Zeigen Sie mir die Vorschrift, die es Ihnen erlaubt, mir zu sagen, wo ich meinen Urlaub verbringe.«

Er wartete nicht auf Deckers Reaktion, sondern ging zur Tür und zog sie so hart ins Schloss, dass Lieselotte Krebich an ihrem Schreibtisch zusammenfuhr.

»Ich habe zwei Tage Urlaub und fahre gleich privat nach Lüttich.«

»Was sagt Deckers dazu?« Gesshoff sah erstaunt auf.

»Nichts. Das ist meine Privatsache.«

»Ohne Termin?«

»Das regele ich telefonisch.«

Wiedemann sah seinen Chef an und grinste plötzlich. »Ich war noch nie in Freiburg. Überstunden habe ich auch.«

»Hermann, das kann Ärger geben.«

»Das ist mir total gleichgültig, Herr Kommissar.«

* * *

Der Zug rollte langsam in den Bahnhof von Lüttich ein.

Preusser stand bereits an der Tür und sah die Häuser an sich vorbeiziehen, als die Lok zum Stehen kam.

Es war halb fünf am Nachmittag. Die Straßen in Lüttich waren voller Menschen. Preusser kannte Belgien nicht und war verwundert, wie französisch Lüttich wirkte. Dass in der Wallonie die Sprache des Nachbarlands gesprochen wurde, war ihm klar gewesen, die architektonische Nähe hingegen hatte er nicht erwartet.

Vor dem Bahnhof nahm er ein Taxi und erklärte dem Fahrer radebrechend sein Ziel, woraufhin dieser seinen Simca entspannt durch den dichten Verkehr steuerte. Sie passierten einen Park. Der Fahrer redete etwas von der Cathédrale Saint Paul de Liège, bog ab und umrundete eine imposante gotische Kirche, bevor er nach rechts in die Rue des Célestines fuhr und vor einem grauen Backsteinhaus anhielt.

Preusser zahlte, ohne zu wissen, was der genaue Wert der belgischen Francs war, und klingelte.

Sandrine Bonnet hatte ihn, ohne groß nachzufragen, in Empfang genommen. Sie lebte in einer Wohnung, die dem Äußeren des Hauses nicht stärker hätte widersprechen können. Poliertes Parkett, Stuck an den Decken, ein Flügel im Wohnzimmer, kostbare Möbel und Bilder an den Wänden.

Sie bemerkte seinen Blick. »Mein Vater hat das und ein paar andere Gebäude in Lüttich gebaut. Hier wohnten er und meine Mutter. Vieles von dem, was Sie an Einrichtung und Bildern sehen, stammt noch von den beiden. Natürlich nicht die Expressionisten.« Als sie lächelte, zeigten sich in ihrem Gesicht unzählige Fältchen.

Sie war 1897 geboren und hatte nie geheiratet. Von 1930 bis 1941 und von 1945 bis 1960 hatte sie einen Lehrstuhl für Wirtschaftspolitik an der Université de Liège innegehabt.

Er betrachtete ein Foto, auf dem die junge und ausnehmend hübsche Sandrine Bonnet mit anderen lachend in die Kamera schaute.

»Roaring Twenties. Wir glaubten, den Krieg und die dunkle Zeit davor hinter uns gelassen zu haben, und waren fest davon überzeugt, die Welt stünde uns offen. Das war während meines Studiums in Brüssel. Ich war eine von drei Frauen unter einhundertfünfzig Männern.«

»Und dann kam Hitler.«

Sie hob die Schultern. »Gott sei Dank haben wir es nicht gewusst, er hätte uns den ganzen Spaß verdorben.«

Preusser war erstaunt. In dieser Frau schien keinerlei Bitterkeit geblieben zu sein. »Das sagen Sie so leicht, obwohl man Ihnen übel mitgespielt hat.«

»Die Zeit heilt nicht alle Wunden, und lange Jahre hat mich die Erinnerung an Ravensbrück deprimiert. Irgendwann jedoch beschloss ich, mir nicht auch noch den Rest meines Lebens von diesen Teufeln verderben zu lassen, dann ging es besser.«

»Bis Sie nach Frankfurt als Zeugin zum Prozess kamen.«

»Es war wie eine Vergewaltigung.«

»Ich habe auf der Fahrt hierher das Protokoll gelesen.«

Er zog die Blätter hervor und las eine Stelle:

Zeugin:	*Dana Grünberg, eine Gefangene, hat mir erzählt, wie der Beklagte einen Stock quer über den Hals eines am Boden liegenden Häftlings gelegt hat und so lange hierauf hin und her gewippt ist, bis der Mann tot war.*
Verteidiger:	*Herr Vorsitzender, das ist doch nur vom Hörensagen. Weisen Sie die Zeugin bitte darauf hin, nur die eigenen Beobachtungen zu schildern. Soll doch diese Grünberg eine Aussage machen.*
Zeugin:	*Sie wurde vergast, da geht das schlecht.*
Verteidiger:	*Pech für die Anklage.*
Zeugin:	*Pech auch für das nun tote Kind von Dana Grünberg, Herr Dr. Freisler.*
Verteidiger:	*(Schreit) Ich verbitte mir solche Anwürfe.*

Preusser sah sie fragend an, doch Sandrine Bonnet hatte sich abgewandt und weinte.

* * *

Wiedemann betrachtete ein Haus, das einem Heimatfilm entsprungen zu sein schien. »Wenn der weiße Flieder wieder blüht.« Seine Mutter hatte den Film dreimal im Kino angesehen und ihn einmal mitgeschleppt.

Alles war akkurat. Pflanzen und Rasen, die gepflegte Hausfront und das Messingschild, das auf die Praxis von Frau Dr. Susanne Huber – Frauenheilkunde – und die Öffnungszeiten hinwies. Es war neunzehn Uhr und außerhalb der Behandlungszeiten.

Er drückte das Gittertor auf und betätigte die Klingel der Privatwohnung der Ärztin.

Ein Fenster in der Tür öffnete sich, und eine mittelalte Frau sah ihn fragend an.

»Die Sprechstunde beginnt erst morgen früh wieder.« Die graumelierten Haare hatte sie zusammengebunden. Sie trug leichtes Make-up und wirkte so vertrauenerweckend, wie man sich seine Ärztin wünschte. »Oder gibt es einen Notfall?«

Wiedemann zeigte seine Dienstmarke. »Sind Sie Frau Doktor Huber? Ich bin von der Kriminalpolizei in Frankfurt und möchte zu einem aktuellen Fall einige Fragen mit Ihnen besprechen.«

Die Frau kniff ihre Augen zusammen und machte keinerlei Anstalten, ihn hineinzulassen. »Ja, ich bin Frau Doktor Huber. Ich kann mir aber nicht vorstellen, was ich mit einem Ihrer Fälle zu tun haben sollte.«

»Nun, dann will ich es mal mit ein paar Stichworten versuchen. Einhundertfünfzig Mark für eine Clara Hohenfels im Monat. Von einer Frau Dr. Schuster, die in Ravensbrück ihren Dienst tat.«

Die Ärztin senkte nur kurz den Blick, bevor sie sich fing. »Kommen Sie rein.«

Er trat in ein gepflegtes Haus, das nach Medikamenten und Desinfektionsmitteln roch.

»Schatz, wo bist du?«, ließ sich eine Stimme aus einem Nebenraum vernehmen, vermutlich ihr Ehemann.

Der ängstliche Blick, den die Ärztin Wiedemann zuwarf, sprach Bände.

»Da ist der Mann einer Patientin, den ich nicht abweisen kann«, rief sie in Richtung Nebenzimmer.

Ihr Gatte gab sich zufrieden, und sie hörten die Tür ins Schloss fallen.

Susanne Huber ging vor in die Praxisräume, durchquerte den Empfang und bat ihn in ein Zimmer, in dem neben einem Behandlungsstuhl ein Schreibtisch stand. Sie setzte sich und bot ihm den Stuhl auf der anderen Seite an.

»Wenn Sie schon alles wissen, was wollen Sie denn dann von mir?«

»Welchen Kontakt hatte Sie zu Simon Mandel?«

»Er war bei mir.«

Wiedemann atmete auf. Er war auf der richtigen Spur.

»Simon Mandel ist in Frankfurt ermordet worden.«

»Mein Gott!« Die Ärztin zeigte sich sichtlich erschüttert.

»Wollen wir von vorne beginnen? Sie waren in Ravensbrück als Lagerärztin.«

»Ja, ich war dort. Es waren die sechs schrecklichsten Monate meines Lebens.«

»Februar bis einschließlich Juli 1942?« Sie nickte. »Aber dann haben Sie den Dienst quittiert.«

»Ich war jung und glaubte an den Nationalsozialismus. Naiv im Nachhinein, doch mit vierundzwanzig kannte ich nichts anderes als das Dritte Reich. Meine Eltern verhielten sich als gute Katholiken von der Alp neutral. Warteten ab, bis es vorbei war, bremsten mich in meinem Eifer, dem Regime zu dienen, jedoch nicht.«

»Erzählen Sie mir von dem Krankenrevier Ravensbrück.«

»Wie weit sind Sie informiert?«

»Menschenversuche, Sterilisationstests, all das habe ich aus einem Gespräch mit einem Experten erfahren, doch wie es auf der Station zuging, weiß ich nicht.«

»Die Zustände waren unerträglich. Die Frauen hatten alle Arten von Ungeziefer, Krätze, Milben, Läuse, dann die Krankheiten aufgrund ihrer Unterernährung. Ich habe versucht gegenzuhalten, aber außer den Ärzten, die selbst einsaßen, hatten die anderen überwiegend daran Interesse, ihre Versuche durchzuziehen.«

»Sie nicht?«

»Meine Doktorarbeit war durchs Rigorosum, allerdings, das gebe ich zu, am Anfang wollte ich neue Versuchsreihen aufsetzen, um meine Ergebnisse zu stützen.«

»Was genau war Ihr Thema?«

»Gynäkologie, also Frauenheilkunde, doch dort war ich nicht in der Lage, etwas anderes zu tun, als zu helfen. Mit diesen Frauen unter Zwang Tests zu veranstalten verbot sich mir grundsätzlich.«

»Haben Sie deswegen das Lager wieder verlassen?«

»Ich begann den Tag damit zu weinen und beendete ihn ebenso. Dazwischen kämpfte ich einen Kampf, der von vorneherein verloren war.«

»Warum haben Sie Clara Hohenfels Geld gezahlt?«

»Sie hat mich erpresst.« Susanne Huber sah zur Tür. »Wissen Sie, mein Mann weiß nichts von meiner Zeit dort. Wir haben uns 1943 kennengelernt, als er verletzt zu Hause war und ich die Nachsorge seiner Wunde übernahm. Ich war im St. Josefs-Krankenhaus in Freiburg in der Frauenheilkunde, doch da es seinerzeit an Medizinern mangelte, wurden wir auch im Akutbereich eingesetzt. Heute bewirbt er sich um die Kandidatur zum Oberbürgermeister von Freiburg, er ist schon seit Jahren Beigeordneter. Clara Hohenfels tauchte 1961 hier auf. Sie betrat meine Praxis und erpresste mich ganz unverhohlen. Ich hatte genügend Geld, also habe ich mir ihr Schweigen erkauft.«

* * *

Sandrine Bonnet wischte sich eine Träne aus den Augen. »Die Anwälte der Beklagten waren die Pest. Ich wollte, dass die Männer verurteilt werden, doch sie versuchten, mich zu widerlegen. Sie griffen mich persönlich an. Ob ich als Ausländerin verstanden habe, wovon gesprochen wurde, fragten sie und zogen in Zweifel, ob mein Wissen nicht vom Hörensagen stamme. Letztendlich musste ich weg von dem Ort, an dem man mich nach all dem, was die Gefangenen und ich selbst dort erlebt hatten, zu einer Lügnerin zu stempeln versuchte. Der Richter hat eingegriffen und auch die Staatsanwaltschaft, das kam allerdings immer erst, wenn es geschehen war.« Sie zögerte. »Es war fast wie damals, als ich vor dem Volksgerichtshof war. Als dann Mandel vor mir stand, konnte ich ihn nur wegschicken. Mir fehlte die Kraft.«

»Der Grund Ihrer Inhaftierung war ein Artikel aus dem Jahr 1940?«

»Es war eine wissenschaftliche Arbeit, die in Auszügen im Februar 1940 in der Revue d'économie politique in Frankreich veröffentlicht wurde.«

»Die Besetzung durch die Deutschen war im …?«

»… Mai 1940. Es ging um die Überschuldung der Staaten durch Investitionen in nichtproduktive Güter, also insbesondere das Militär. Ich entwarf einen Beispielstaat und führte ihn aufgrund diverser Annahmen in den finanziellen Kollaps. Was ich nicht wusste, war, dass die weitgehend unbekannte Finanzierungssituation des Reichs 1939, also vor dem Krieg, so ziemlich meinen Annahmen entsprach und man nur weiterkam, weil man die Goldreserven der überfallenen Länder plünderte und sie über die Schweiz verkaufte.«

»Waren Sie sich nicht des Risikos bewusst?«

Sie lächelte matt. »Ich glaubte an die Verteidigungsmacht der Franzosen und Briten wie 1914 und war wohl zu naiv und ehrgeizig. Stellen Sie sich vor: In einem renommierten Journal einen Artikel zu veröffentlichen! Jedenfalls, die Deutschen kamen schnell auf mich zu. Man legte den Artikel als Defätismus aus. Ich wurde einfach abgeholt und nach Ravensbrück gebracht. Stellen Sie sich das vor! Niemand sprach mit mir oder sagte, warum ich verhaftet wurde. Eines Tages, nach Monaten, brachten sie mich nach Berlin vor den Volksgerichtshof. Ich sah dort meinen Verteidiger fünf Minuten und später nie wieder. Drei Jahre bekam ich unter Anrechnung der schon verbüßten Haft. Im Dezember 44 haben sie mich entlassen. Ich wog noch dreiundvierzig Kilo.«

»War die Schwangerschaft seiner Tante der Anlass für Mandels Besuch?«

»Ja, genau.«

»Wann hat er Sie kontaktiert?«

»Einen Monat später vielleicht.«

»Mandel wollte also Informationen über seine Tante und deren Schwangerschaft?«

»Dana, die zarte Jüdin, die so stark war. Jüdinnen waren wenige in Ravensbrück, die kamen sofort in den Osten. Sie lagen in einer eigenen Baracke. Uns ging es elend, doch den Juden … Es war grauenvoll. Dana hatte eine Ausbildung und musste in der Fabrik mitarbeiten, weswegen sie auch etwas besser ernährt wurde.«

»Wie kamen Sie in Kontakt?«

»Dana drohte beim Appell umzufallen, und ich konnte sie gerade so stützen. Wenn sie gefallen wäre, hätte man sie abtransportiert.«

»Das war ein gewöhnlicher Schwächeanfall?«

»Ich dachte, es sei Entkräftung, doch Dana wirkte nicht wirklich abgemagert. Sie war schwanger.«

»Da sind Sie sicher?«

»Dana hat im September 44 entbunden. Sie hat es trotz aller Entbehrungen und Arbeit geschafft, das Kind auszutragen.«

»Wissen Sie das Datum der Geburt?«

»Es war der vierzehnte September. Ich erinnere mich genau, denn es war das Geburtsdatum des von mir so bewunderten Alexander von Humboldt. Kennen Sie dieses Zitat? Die gefährlichste aller Weltanschauungen ist die Weltanschauung der Leute, welche nie die Welt angeschaut haben.«

»Nein, habe ich nicht gekannt.« Preusser lächelte. »Hat Mandels Tante die Schwangerschaft mit Ihrer Hilfe überstanden?«

Sandrine Bonnet nickte mit ernster Miene. »Man hatte mich in ein Büro gesetzt, wo ich Statistiken führte. Tote, gestohlene Gegenstände, Haare der Frauen, die verkauft wurden, und Schlimmeres.«

»Sie konnten also Essen abzweigen.«

»Zu Mittag gab es für diesen Abschaum der SS immer ausreichend Essen. Mir war es erlaubt, die Reste zu nehmen. Einen Teil habe ich Dana zukommen lassen.«

»Woher kam Ihre Zuneigung?«

»Sie war der erste Mensch, der dort gelächelt hat.«

* * *

Susanne Huber spielte mit einem Hämmerchen, mit dem sie für gewöhnlich Reflexe testete. Ihre kräftigen Arme spannten die Bluse genauso, wie es ihr üppiger Busen tat.

»Wonach hat Simon Mandel gesucht? Weshalb kam er zu Ihnen?«, fragte Wiedemann.

»Mandel stand am achtzehnten Mai in meiner Praxis und bat um ein Gespräch. Ich war der Meinung, er sei ein Vertreter oder etwas in dieser Richtung. Doch er kam sofort zum Thema. Er wisse, dass ich in Ravensbrück im Krankenrevier tätig gewesen sei. Ich wollte ihn hinauswerfen, er aber drohte damit, mich namentlich in einem seiner Artikel zu erwähnen.«

»Haben Sie ihm Geld angeboten?«

»Nein, Geld hatte er auch wohl genug. Da ich nicht verurteilt wurde, zielte seine Drohung darauf ab, dass mein Mann durch eine Veröffentlichung von meiner Zeit in Ravensbrück erfuhr.«

»Wie konnte er wissen, dass Ihr Mann bisher ahnungslos war?«

Sie sah ihn an, als sei er begriffsstutzig. »Na, wie wohl? Von Clara Hohenfels. Er hat ihr eintausend Mark für meine Adresse gezahlt.«

Wiedemann verstand. Wieder fiel ein Puzzlestein auf seinen Platz. »Sie waren doch nicht gemeinsam mit Dana Grünberg im KZ?«

»Nein. Es ging Mandel auch nicht darum.«

»Sondern?«

Es klopfte an der Tür. »Susanne?«, fragte eine Männerstimme zaghaft. »Ich muss gehen. Bis später.«

Susanne Huber lächelte matt. »Bei einer Gynäkologin läuft kein Mann ungefragt in die Behandlungsräume. Zu Ihrer Frage: Es gab viele Entbindungen in Ravensbrück. Frauen kamen oft schwanger dorthin, ohne es zu wissen.«

»Was geschah mit den Schwangeren?«

»Man trieb die Kinder ab, sofern es früh genug war.« Sie zögerte und legte ihre Stirn in Falten.

»Und anderenfalls?«

»Die Frauen hatten oftmals kaum Muttermilch, daher … Die meisten Säuglinge verhungerten irgendwann.« Tränen standen in ihren Augen. »Sie hörten einfach auf zu atmen. Ich konnte nichts dagegen tun. Ersatznahrung gab es nicht.«

Wenn Wiedemann eines von Preusser gelernt hatte, dann, im richtigen Moment zu schweigen.

»Schwester Handke aber konnte einigen Kindern helfen«, sprach Susanne Huber schließlich weiter.

»Martha Handke aus Oranienburg?«

Sie sah ihn verblüfft an. »Ja, genau diese Martha Handke. Sie kannte einen Pfarrer in der Nähe des Lagers. Kurzum. Wir haben einige Säuglinge, die noch lebten, für tot erklärt und herausgeschmuggelt. Sie wurden in ein Waisenhaus gebracht, wo sie in Sicherheit die Zeit überstehen konnten.«

»Und was war mit den Müttern?«

»Die Mütter waren eingeweiht. Man kann sich nicht vorstellen, wie sie das erleichterte. Einigen gelang es so, die Babys bei Verwandten unterzubringen.«

Wiedemann sah sie anerkennend an. »Das brauchte Mut.«

»Oder Verzweiflung. Ich als Gynäkologin und als Ärztin, die inhaftiert war, musste die Gebärenden betreuen. Da anders als bei Mengele in Auschwitz niemand an Kinderversuchen interessiert war, wurden wir kaum kontrolliert. In den Büchern vermerkten wir unterschiedliche Todesarten. Abends bekam ein Kind, das wir retten wollten, etwas zur Beruhigung. Ich legte es dann in eine Tasche und ging einfach damit hinaus. Keiner hat mich je aufgehalten. Im Bus nach Fürstenberg setzte sich der Pfarrer neben mich und nahm mir die Tasche beim Hinausgehen ab.«

»Wie vielen Kindern retteten Sie so das Leben?«

Susanne Huber musste nicht nachdenken. »Dreizehn. Wir wählten die gesunden und kräftigen aus. Viele Säuglinge hatten aufgrund der Mangelernährung der Mutter während der Schwangerschaft geistige und körperliche Schäden davongetragen. Diese Kinder haben wir nicht berücksichtigt.« Sie zögerte. »Ich weiß, es hört sich an, als hätten wir Gott gespielt, doch es ging nicht anders. Glauben Sie mir, das verfolgt mich bis heute fast jede Nacht.«

»Ich mache Ihnen keine Vorwürfe. Was geschah, als Sie das Lager verließen?«

»Meines Wissens unterband Klaus-Peter Hohenfels kurz darauf das Ganze. Ich habe den Pfarrer einige Zeit später nochmals kontaktiert, und er sagte mir, dass es keine Kinder mehr aus Ravensbrück heraus geschafft hätten.«

»Das haben Sie auch Mandel erzählt?«

Susanne Huber nickte stumm.

»Wie hat er reagiert?«

»Ich hatte den Verdacht, dass er bereits im Bilde war, bevor er hierherkam, und nur eine Bestätigung wollte. Was ihn darüber hinaus interessierte, waren die Personen, die involviert waren.«

»Schwester Handke, die Ärztin, die Sie unterstützte, und wer noch?«

»In gewisser Weise auch Klaus-Peter Hohenfels.«

»Wusste er davon, dass Sie den Kinderschmuggel organisiert haben?«

»Martha muss es ihm erzählt haben, denn Clara Hohenfels war bereits informiert, als sie hierherkam, um mich zu erpressen.«

»Hohenfels selbst hat Sie während des Krieges nie zur Rechenschaft gezogen?«

»Nein.«

»Hat Mandel von seiner Tante Dana gesprochen?«

»Diesen Namen höre ich zum ersten Mal.«

»Wie hat er auf Sie gewirkt, als er ging?«

»Er war völlig ruhig«, entgegnete die Ärztin.

* * *

Preussers Anspannung stieg.

»Wo ist Danas Kind geblieben?«

»Es war tot, als es zur Welt kam.«

»Sind Sie sicher?«

Sandrine Bonnet nickte traurig. »Sie legten ihr den toten Säugling kurz auf den Bauch. Dann nahm eine der Schwestern den Leichnam. Das Kind wurde verbrannt.«

»Was geschah mit Dana?«

»Sie gab auf, aß immer weniger und konnte später ihre Arbeit nicht mehr erledigen. Sie haben sie nach Auschwitz deportiert. Der Tod ihres Kindes hat sie zerbrochen.«

»Wie ging es mit Ihnen weiter?«

»Ich blieb im Büro und aß nun meine Rationen alleine.«

»Und was war mit Klaus-Peter Hohenfels?«

Sandrine Bonnet furchte die Stirn, ihre Augen funkelten auf. »Der Teufel in Menschengestalt! Boshaft und kalt, aber auch berechnend. Der Mann hat sich an den Insassen bereichert. Er stahl die Wertsachen der Häftlinge.«

»Hohenfels hat dafür seine Strafe erhalten. Erinnern Sie sich an das Datum, an dem Mandel hier war?«

Sie stand auf und blätterte in einem Kalender. »Am zweiten April.«

»Wie hat er reagiert, als Sie ihm vom Tod des Kindes erzählt haben?«

»Er war erschüttert und enttäuscht.«

»Er war am elften April in Berlin und hat dort im Berlin Document Center nach den Personen gesucht, die in Ravensbrück auf der Krankenstation waren. Haben Sie eine Ahnung, warum er das getan haben könnte?«

»Ich habe ihm alle Namen genannt, die mir eingefallen sind. Wissen Sie, ich saß im Büro, und da stolperte man nach und nach über Informationen.«

»Sie kannten also das Personal der Krankenstation. Was hatte Mandel mit diesen Namen vor?«

»Ich vermute, er wollte die Schuldigen suchen, und falls es noch jemanden gibt, der einem Urteil entgangen ist, ihn oder sie vor Gericht stellen lassen.« Sie schien an Preusser vorbeizusehen, als wäre da noch eine zweite Person im Zimmer.

»Simon hat mir viel von seiner Kindheit erzählt, in der der Genozid an den Juden und seiner Familie nie thematisiert wurde. Seine Eltern wollten vergessen. Erst in Deutschland hat er sich mit seiner Familiengeschichte auseinandergesetzt. Das Thema hat ihn tief getroffen, auch weil viele Täter unbehelligt geblieben waren. Als er von mir auch noch erfuhr, dass sein Cousin oder Cousine als Säugling zu den Opfern gehörte, ging er regelrecht auf Kreuzzug.«

»Sein Kreuzzug, wie Sie es nennen … auf wen genau zielte er ab? Das Personal ist ja von den Briten und Franzosen umfänglich bestraft worden.«

»Das kann ich nicht beurteilen, aber fällt nicht immer einer durch das Raster?«

NEUNUNDZWANZIG

Freitag, 9. Juni 1967

Preusser war ins Büro gekommen, obwohl er eigentlich noch Urlaub hatte, und stand vor der Tafel.

»Wir können nun eine Abfolge der Ereignisse rekonstruieren. Am zweiten April besucht Mandel Sandrine Bonnet in Lüttich, nachdem er sie in Frankfurt nicht hatte sprechen können. Hier erfährt er von der Schwangerschaft und dass Danas Kind tot ist. Er will dem auf den Grund gehen, Sandrine Bonnet spricht von einem Kreuzzug. Mandel sucht unbekannte Täter, die bisher ihrer Strafe entgehen konnten. Die Namen hat er von Sandrine Bonnet.«

»Er fährt also nach Berlin«, warf Gesshoff ein.

»Richtig. Er versucht die Namen auf diejenigen einzugrenzen, die gleichzeitig mit Dana in Ravensbrück waren. Das war am elften April. Dort wird er nicht viel weitergekommen sein als wir. Schwester Martha Handke in Oranienburg, die Witwe von Klaus-Peter Hohenfels in Wiesbaden und Dr. Oberhaus im Norden waren die Einzigen, die noch lebten. Was er bei Martha Handke erreicht hat, wissen wir nicht. Dr. Oberhaus hat ihm nicht helfen können oder wollen. Übrig blieb Clara Hohenfels. Ihr hat er am achtundzwanzigsten April eintausend Mark für die Adresse von Frau Dr. Huber gezahlt. Ich gehe davon aus, dass er von Clara Hohenfels vom Kinderschmuggel erfahren hat. Da sie im KZ nicht dabei war, vermute ich, dass ihre Angaben eher allgemein waren. Mandel war am achtzehnten Mai in Freiburg und ließ sich von Dr. Huber über den Schmuggel informieren. Hier müsste seine Suche zu Ende gegangen sein.«

Wiedemann war nicht zufrieden. »Was war in der Zeit zwischen dem achtundzwanzigsten April und dem achtzehnten Mai, was geschah von da bis zum Todestag am sechsundzwanzigsten Mai?«

Preusser seufzte. »Niemand weiß es. Zwei Tage vor seinem Ende traf er Zeuner und war völlig verängstigt. Also genau am vierundzwanzigsten Mai.«

»Mandel war homosexuell. Vielleicht ist er auch in diesem

Milieu auf Probleme gestoßen und hat die verschwundenen viertausend Mark dort gebraucht.«

Wiedemann sah Gesshoff genervt an. »Bei dir ist jeder Schwule gleich kriminell, oder?«

»Unsinn. Solche Männer sind in meinen Augen krank und sollten zum Arzt gehen, um sich helfen zu lassen.«

»Krank?«

»Ein Mann, der sich mit Männern einlässt. Das ist doch widernatürlich.« Gesshoff riss eine Packung Zigarillos auf

»Hurra, Schwule zum Arzt. Die Patentlösung! Hör mal, wir leben im Jahr 1967«, rief Wiedemann ein wenig spöttisch.

»Den Paragraphen 175 gibt es immer noch, und das ist auch gut so. Du und deinesgleichen, ihr seid ja so sozial und liberal. Sex vor der Ehe, Schwule, alle bekommen ihren Platz und dürfen tun, was sie wollen.«

»Neben Arbeit, Familie und Kirche existiert eben auch anderes. Ich will nicht zurück in die fünfziger Jahre mit ihren Verboten, dem ganzen Kleinklein, der gegenseitigen Kontrolle. Lass die Menschen doch machen, was sie möchten, solange sie dabei nicht die Rechte ihrer Mitmenschen beschränken.« Wiedermann klang empört und betroffen zugleich.

»Ich bin anders erzogen …«

Preusser hatte das Gefühl, wieder einmal einen Streit abwenden zu müssen. »Ruhe! Hört auf! Es geht hier um unseren Fall. Am zwanzigsten Mai hebt Simon Mandel die viertausend Mark ab. Den Grund kennen wir ebenso wenig wie den Verbleib des Geldes.«

»Gestohlen. Beim Raubüberfall oder …«, Gesshoff sah zu Wiedemann, »aber dazu darf man hier ja nichts sagen.«

»Wir brauchen mehr Anhaltspunkte.« Preusser wurde plötzlich klar, dass er doch nicht so weit gekommen war, wie er erhofft hatte. »Wir haben immer noch kein Motiv für den Mord an Mandel. Und was ist mit Clara Hohenfels? Warum wurde sie getötet? Und warum ausgerechnet jetzt? Vielleicht sollten wir doch abwarten, was die Kollegen in Wiesbaden herausfinden?«

Wiedemann schnaubte. »Ich bleibe dabei. Da muss es einen Zusammenhang geben.«

Preusser stöhnte auf. Er spürte seine Erschöpfung. »Dann gönnen wir uns ein, zwei Tage Pause und warten wir ab, was die Kollegen aus Wiesbaden zutage fördern.«

»Wir geben auf?« Wiedemann redete sich in Rage. »Wir verzichten darauf, Tätern, die in Ravensbrück ihr Unheil angerichtet haben, so lange nachzujagen, bis wir alle haben, Chef?«

Preusser hob die Schultern. »Wir geben nicht auf. Wir gönnen uns nur ein paar Tage Pause in unseren Ermittlungen. Vielleicht sehen wir dann klarer.«

Gesshoff paffte eine Wolke. »Na, wenigstens ist dieses Gestochere in der Vergangenheit dann erst einmal vorbei.«

Wiedemann sprang auf. »Dann kannst du ja wieder den Kopf in den Sand stecken und wie in den letzten zwanzig Jahren so tun, als ob alles halb so schlimm gewesen wäre.« Dann stürmte er wütend aus dem Zimmer.

Ein paar Minuten später klopfte Preusser an Backhaus' Tür.

Backhaus blickte von einer Akte auf. »Schön, dass du kommst, Joachim. Ich wollte dir gerade sagen, dass Thomas Klein eine Aussage zu Protokoll gegeben hat, in der er Christmann beschuldigt, Mandel umgebracht zu haben. Angeblich hat der ihm das in Andeutungen gestanden.«

»Was sagt Staatsanwalt Ostholm zu diesem Geständnis?«

»Die Klage wird vorbereitet, er wird die Akten von euch anfordern.« Backhaus breitete die Arme aus. »Wieder ein Fall vom Tisch.« Er lächelte triumphierend. »Sollen wir darauf nach dem Dienst ein Bier trinken?«

»Tut mir leid. Ich war gestern so spät zu Hause, diesen Abend muss ich bei Helga sein. Außerdem bin ich in Urlaub.«

»Gesshoff hat gemeint, dass du in Lüttich bei einer Zeugin warst?«

»War mein Privatvergnügen.« Preusser winkte ab. »Ich gehe jetzt heim. Wir sehen uns am Montag.«

»Ein schönes Wochenende wünsche ich euch. Wenn ihr am Sonntag Lust habt, können wir zusammen zum Tanzen gehen.« Backhaus schnalzte mit der Zunge. Offenkundig war er in Hochstimmung.

DREISSIG

Samstag, 10. Juni 1967

»Gehst du schnell Brötchen kaufen, dann können wir noch frühstücken, bevor ich zum Flughafen muss.«

Helene stieg aus der Dusche und wickelte sich in ein Handtuch. »Am Montag bin ich wieder zurück, wollen wir uns abends treffen, okay?«

»Wo geht es denn hin?«

»Tokio, ein Tag Pause und retour.«

Wiedemann lächelte sie an. »Nimmst du mich mit?«

Helene tat so, als würde sie nachdenken. »Ein anderes Mal vielleicht. Dann machen wir uns einen schönen Tag.« Sie küsste ihn flüchtig. »Los, mach voran.«

Sie hatte zum ersten Mal bei ihm geschlafen.

Wiedemann lief schnell die drei Etagen nach unten, um nicht seiner Vermieterin Isolde Höhn zu begegnen, die ihn womöglich auf den Damenbesuch ansprechen würde. Helene war das erste Mädchen, das er mit in seine Wohnung nahm. Ihre Beziehung hatte sich vertieft, und es gefiel ihm, wenn sie bei ihm war. Sie alberten nicht nur herum und schliefen miteinander, sondern besprachen Dinge für die Zukunft. Wiedemann sah sich im Fenster seiner Haustür lächeln. Er hatte sich verliebt.

Es war gerade erst acht Uhr, und es herrschte wenig Betrieb in Sachsenhausen. Ein paar Menschen schlurften so wie er zum Bäcker. Der Verkehr ruhte noch weitgehend, nur ein Moped knatterte in Richtung der Stadt. Der Fahrer war stark übergewichtig und sah auf der armselig jaulenden Maschine mit seinem speckigen Lederhut völlig deplatziert aus. Die blaue Rauchfahne des Zweitakters stank.

Er bog ab und lief durch den Park am Alten Friedhof, um in der Brückenstraße bei Hanss die besten Brötchen weit und breit zu holen, als er aus dem Augenwinkel ein Paar sah, das heftig diskutierte. Irgendetwas an der Frau kam ihm bekannt vor, und auch den Mann glaubte er schon einmal gesehen zu haben. Er verlangsamte seinen Schritt und lauschte, doch war er zu weit weg, um die Worte zu verstehen. Äste verdeckten sein Sichtfeld, daher bog er unauffällig in die Schifferstraße ab und näherte sich im Schutz der Büsche den beiden. Hoffentlich beobachtete ihn niemand. Seine Dienstmarke hatte er zu Hause gelassen. Nach ein paar Metern war er nahe genug, um das Gespräch zu verstehen.

Eine Frau, die einen Hund ausführte, lief vorbei und musterte ihn kritisch. Wiedemann nickte freundlich.

»Schluss jetzt, verdammt. Ich werde nichts unternehmen, da es nichts mehr zu tun gibt. Die Sache ist abgeschlossen.«

»Aber was, wenn es rauskommt?«

Diese Stimme hatte er doch schon einmal gehört, oder nicht?

»Nichts kommt raus, rein gar nichts, sofern Sie sich in den Zug setzen und wieder nach Hause fahren. Hier haben wir alles unter Kontrolle, also verschwinden Sie!«

Wiedemann spähte zwischen den Ästen durch. Die grobe Stimme gehörte einem Mann in teurer Kleidung, der trotz der frühen Stunde bereits einen Anzug aus feinem Stoff mit Hemd und Krawatte trug.

»Herr Reinke, ich …«

»Verschwinden Sie endlich.« Der Mann lüftete seinen Hut und ging in die entgegengesetzte Richtung davon.

Wiedemann betrat den Park und näherte sich vorsichtig einer stämmigen Frau in ihrem dezenten Sommerkleid.

»Guten Morgen, Frau Dr. Huber.«

Als das Telefon klingelte, hatte Preusser gerade den Rasierer angesetzt und schabte sich den Schaum samt Stoppeln vom Kinn.

Er hörte, wie Helga murrend vom Schlafzimmer in den Flur schlurfte und das Gespräch annahm.

»Es ist Wiedemann.« Sie hatte den Telefonapparat an der Schnur so weit gezogen, dass sie es gerade an die Badezimmertür schaffte. Mit der Hand bedeckte sie die Sprechmuschel.

Preusser griff den Hörer und setzte ihn auf der bereits rasierten Seite ans Ohr.

Zehn Minuten später lief er zu seinem Ford und fuhr ins Präsidium. Helga hatte ihm noch schnell ein Brot geschmiert, das er im Stehen hinunterschlang.

* * *

Susanne Huber saß in demselben Verhörraum wie wenige Tage zuvor Manfred Christmann und starrte mit leeren Augen vor sich hin.

Preusser betrachtete die kräftige Frau, deren Haare hochaufgetürmt über dem pausbäckigen Gesicht thronten, durch einen verdeckten Spiegel.

»Sie hat sich wirklich mit Ministerialdirigent Dr. Reinke getroffen?«

Wiedemann nickte. »Sie hat es mir im Bus bestätigt. Mir kam der Kerl auch bekannt vor.«

Preusser lachte und sah Wiedemann von der Seite her an. »Du bist mit ihr im Omnibus gefahren?«

»Frau Dr. Huber hat die Hoffnung, dass nichts nach draußen dringt. Ich habe sie in dem Glauben gelassen, um ihre Zunge ein wenig zu lösen.«

»Sehr gut gemacht, Hermann. Du wirst noch ein richtig guter Polizist.« Er grinste kurz. »Was ist mit Gesshoff und Deckers?«

»Eugen ist in seinem Wochenendhaus im Taunus. Ich kann ihn nicht erreichen. Den Kriminaldirektor habe ich bisher nicht informiert. Ich wollte auf Ihre Entscheidung warten, Herr Kommissar.«

»Wir brauchen ihn und den Staatsanwalt. Das wird mir sonst zu heiß.«

Es dauerte, bis Deckers von Rödelheim endlich im Präsidium eingetroffen war.

»Sie waren in Freiburg und Lüttich?«, fuhr der Kriminaldirektor Preusser an. »Hatte ich Ihnen das nicht untersagt?«

»Nein, hatten Sie nicht. Sie hatten lediglich den Dienstreiseantrag abgewiesen. Wir waren privat unterwegs, und Sie müssen uns nicht Ihre Erlaubnis zu den Dingen erteilen, mit denen Kommissar Wiedemann und ich unsere Freizeit verbringen. Das ist Gott sei Dank allein unsere Sache.«

»Darüber reden wir noch.«

Deckers starrte Preusser missbilligend an, doch der ignorierte ihn und machte ihn und Ostholm, der in dem Augenblick in den schmalen Raum trat, mit den Tatsachen vertraut. Die beiden sahen in das Verhörzimmer zu Susanne Huber.

Der Staatsanwalt wollte sich vergewissern. »Ich fasse kurz zusammen: Wir haben dort drinnen eine ehemalige KZ-Ärztin sitzen, die einen Menschenschmuggel aus Ravensbrück organisiert hat, an die ermordete Clara Hohenfels monatlich Schweigegeld überwies und die sich heute Morgen mit Ministerialdirigent Dr. Reinke im Park gestritten hat?«

Preusser musste trotz der angespannten Situation ein Lächeln unterdrücken. Noch nie hatte er Deckers und Ostholm derart verwirrt gesehen. »Wir werden schlauer sein, wenn wir sie befragt haben.«

Ostholm betrat mit Preusser den Verhörraum.

Der Staatsanwalt gab Susanne Huber höflich die Hand. »Frau Doktor, mein Name ist Ostholm, ich bin der zuständige Staatsanwalt und möchte, dass Sie sich darüber im Klaren sind, wir befragen Sie nicht als Verdächtige, sondern als Zeugin. Sollten wir einen Punkt erreichen, ab dem wir Sie wegen einer Straftat in Verdacht ziehen, unterbrechen wir, und Sie können dann einen Rechtsanwalt hinzuziehen.«

Die Ärztin nickte. »Mein Mann darf nichts davon erfahren. Meine Schwester auch nicht.«

»Wir werden Ihre Privatsphäre so lange schützen, wie es uns Recht und Ordnung erlauben.« Ostholm sah zu Preusser.

Der Kommissar nickte ihm zu. Er würde mit der Befragung beginnen. »Mein Kollege Wiedemann war am achten Juni dieses Jahres in Ihrer Praxis in Freiburg und hat wegen einer laufenden Fahndung Fragen an Sie gerichtet. Hat Ihr Besuch in Frankfurt damit zu tun?«

Susanne Huber sah ihn lange an, dann nickte sie zögerlich. »Ja.«

»Erklären Sie uns bitte den Zusammenhang.«

»Ich habe Ihrem Kollegen nicht die ganze Wahrheit gesagt.« Sie atmete tief ein. »Mein Schwager war während des Krieges ein hochdekorierter Soldat und war zum Oberstleutnant aufgestiegen. Ein Held mit Ritterkreuz. Leider ist die Ehe kinderlos geblieben. Nun …« Sie zögerte. »Der blonde Arier mit markigen nationalsozialistischen Sprüchen war impotent. Meine Schwester war übrigens körperlich in Ordnung, ich hatte sie intensiv untersucht. Er allerdings setzte sie unter Druck und warf Sybille vor, es läge an ihr, dass sie keine Kinder hätten.«

Sie verstummte. Preusser ahnte, was nun kommen würde. »Sprechen Sie weiter.«

»Mir kam die Idee, ihnen zu einem Kind zu … verhelfen.«

»Aus Ravensbrück.«

»Ja. Zwei Menschen retten. Das Kind und meine Schwester.«

»Wann genau war das?«

»Im März 43. Ich nahm Kontakt zu Martha Handke auf, um zu sehen, ob es überhaupt noch möglich war, ein Kind herauszubekommen. Zu meiner Überraschung verriet sie mir, dass Hohenfels den Schmuggel der Kinder keineswegs eingestellt hatte, sondern einen lukrativen Handel mit Säuglingen betrieb. Es gab anscheinend einige Ehen wie die meiner Schwester. Niemand wollte mit dem Makel leben, keine Kinder haben zu können, wobei es nur natürlich ist, dass manche Menschen nicht zeugungsfähig sind. Wie dem auch sei. Wir bekamen ein Datum, zu dem eine Geburt erwartet wurde. Oktober 43. Es passte. Heribert, mein Schwager, war zu dem vermeintlichen Zeugungstermin zu Hause gewesen und würde bis dahin wohl nicht wieder zurückkommen.«

»Was kostete das Ganze?«

»Dreitausend Reichsmark in Gold oder den Gegenwert in Dollar.«

»Das war viel Geld.«

»Sybille wollte die Garantie, dass es kein Zigeunerkind oder ein Jude war. Das wurde extra berechnet.« Der Zynismus dieser Aussage ließ Preusser das Gesicht verziehen. »Meine Familie ist sehr vermögend. Das Kind war von einer Deutschen, die wegen Defätismus einsaß. Wir wurden genötigt, die Hälfte sofort zu übergeben. Ich fuhr dazu nach Frankfurt und traf mich mit Klaus-Peter Hohenfels. Inzwischen mimte Sybille die Schwangere. Im November dann kam es zur …« Sie malte Anführungszeichen in die Luft. »… Niederkunft. Wir reisten nach Fürstenberg und setzten uns an den Schwedtsee. Eine Frau, die einen Kinderwagen schob, nahm neben uns auf der Bank Platz und ging mit Geld, aber ohne Wagen wieder davon. Wir griffen das Kind samt der Papiere, und fertig war die Transaktion.«

»Welche Rolle hatte Reinke in diesem Spiel?«

»Er saß in Frankfurt als Leiter des Standesamts und hat die Kinder offiziell auf den Namen der Adoptiveltern in ganz Deutschland eintragen lassen. Natürlich als leibliches Kind.«

»Haben Sie ihn damals getroffen?«

»Die Papiere waren fehlerhaft. Das Geburtsdatum von Heribert stimmte nicht. Hohenfels war unabkömmlich und gab mir die Adresse eines Mannes in Frankfurt, der allerdings nicht zugegen war. Kurzerhand wandte ich mich direkt an Herrn Reinke, dessen Namen ich von Hohenfels hatte. Er hat getobt, die Sache jedoch geregelt.«

»Er hat getobt?«

»Persönlicher Kontakt war außer zu Hohenfels und dem Unbekannten nicht erwünscht.«

»Sie wissen nicht, wie der andere hieß?«

»Herr Reinke hat den Namen erwähnt, aber er ist mir nach all den Jahren entfallen.«

»Das war dann auch der Grund, aus dem Sie erpressbar wurden?«

Susanne Huber nickte. »Für meine Familie wäre es eine Katastrophe, sollte all dies ans Tageslicht kommen.« Tränen standen in ihren Augen. »Heribert liebt den Jungen über alles und sieht sich selbst immer wieder in seinem Sohn. Siegfried studiert und ist der ganze Stolz seines Vaters. Soll das jetzt kaputtgehen? Die Ehe meiner Schwester läge in Trümmern, mein Schwager würde ihr das nie verzeihen. Mein Neffe würde entwurzelt, und meine Kinder und mein Mann würden von meiner KZ-Geschichte erfahren.«

Ostholm atmete tief ein. »Ich kann Ihnen nicht versprechen, dass uns eine völlige Geheimhaltung gelingen wird, doch wir werden alles tun, damit Sie unbeschadet aus dieser Sache herauskommen.« Er erhob sich.

»Darf ich gehen?« Susanne Huber wirkte erstaunt.

»Natürlich oder wollen Sie noch bleiben?«

* * *

»Wir müssen den Polizeipräsidenten informieren.« Deckers hatte schon den Telefonhörer in der Hand.

»Nein!« Ostholms Stimme ließ die Bewegung einfrieren. »Ich will niemanden kompromittieren, bevor wir nicht absolut wasserdicht nachweisen können, was wir vermuten.«

»Und das wäre?«

Preusser sah Deckers an. »In Ravensbrück gab es einen Schmuggel von Säuglingen der KZ-Insassinnen gegen bare Münze. Es ging um viel Geld, da die Adoptiveltern unbedingt an Diskretion interessiert waren. Hohenfels beschaffte die Kinder mit Hilfe einer der Ärztinnen oder Schwestern, die heute tot sind, schweigen oder in der DDR für uns praktisch unerreichbar sind. Reinke sorgte für die Kinder, und ein Unbekannter erledigte den Rest.«

»Von welchem Rest sprechen Sie da?« Preusser hatte die volle Aufmerksamkeit Deckers.

»Interessenten anzuwerben, die Kinder zu übergeben und wahrscheinlich zu kassieren. Wer das war, ist uns nicht bekannt. Nach dem Krieg sind die Beteiligten auseinandergegangen und haben ihr Leben gelebt, ihre Karrieren vorangetrieben, sofern sie nicht nach dem Krieg durch die Prozesse der Engländer unter die Räder gekommen sind. Doktor Huber wird Ärztin und Frau eines Regionalpolitikers, Reinke steigt bis zum Ministerialdirigenten auf. Nehmen wir an, Mandel hat mit den viertausend Mark, deren Verbleib uns unklar ist, Clara Hohenfels nochmals bezahlt und von Reinkes Beteiligung erfahren. Er geht zu Reinke, der in Not gerät und den Mann tötet. Da er Beweise in dessen Wohnung vermutet, bringt Reinke Christmann dazu, das Zimmer auszuräumen. Als wir dann keine Ruhe geben, kappt er die letzte Verbindung zwischen sich und seiner Vergangenheit. Er tötet auch Clara Hohenfels und durchsucht ihr Haus nach den Unterlagen.«

»Und zu allem Überfluss mischt er sich noch in die Fahndung ein.« In Deckers kämpften der Karrierist und der Polizist miteinander. »Wir werden gegen ihn ermitteln. Terminkalender und Morde werden abgestimmt. Legen Sie den Augenzeugen ein Bild von ihm vor.«

»Sehr gerne, Herr Kriminaldirektor.«

»Was ist mit dem Unbekannten? Müsste der nicht auch auf seiner Liste stehen?«

Preusser nickte. Sie sahen zu Ostholm, der in Gedanken versunken dastand.

»Sollte wirklich Reinke dahinterstecken, könnte es für den unbekannten Mann riskant werden.« Der Staatsanwalt straffte sich. »Der Herr Ministerialdirigent hatte seine Finger nachgewiesenermaßen in krummen Geschäften. Das ist zwar verjährt, wird aber in der Öffentlichkeit kein gutes Bild abgeben. Es ist zudem zu vermuten, dass er in die genannten Straftaten verwickelt ist. Die Kommissare Preusser und Wiedemann fahren zu Reinke nach Hause und bitten ihn um ein klärendes Gespräch. Obermeister Linz und ein Kollege legen den Zeugen Zeuner, Petzhold und Schöller ein Foto Reinkes vor. Sie sollen sich beeilen.« Der Staatsanwalt wandte sich um und sah in die Runde. »Ich denke, wir haben unseren Täter.«

EINUNDDREISSIG

Wiedemann lenkte den Opel Rekord vom Parkplatz auf die Straße und wartete, bis der Verkehrspolizist in seinem Turm am Platz der Republik ihn durchwinkte. Er fuhr auf die Mainzer Straße, dann an den Taunusanlagen vorbei in die Bockenheimer Landstraße. Der Verkehr war an diesem Nachmittag dicht, es stank nach Abgasen.

»Finden Sie nicht auch, dass wir jetzt etwas voreilig agieren?« Wiedemann hatte die Jacke ausgezogen und an den Haken im Fond gehängt.

Preusser hob die Schultern. »Ostholm ist der Staatsanwalt, und sicherlich hat er recht, dass wir den Unbekannten schützen müssen.«

»Ich befürworte ja hartes Vorgehen, doch in einem Fall wie diesem riecht mir das ein bisschen nach privatem Feldzug.«

»Das hat uns nicht zu interessieren. Ich habe Ostholm und Deckers hinzugezogen, damit sie entscheiden, denn wenn wir das alleine durchziehen würden, würde alles an uns hängenbleiben, wenn es schiefgeht.«

»Nun klingen Sie fast wie Deckers.«

Preusser lächelte. »Manchmal ist sogar er ein Vorbild.«

Am Palmengarten wartete eine große Gruppe Schüler auf Einlass. Sie bogen nach Westen ab und schlängelten sich durch einige Seitenstraßen, bis sie vor einer freistehenden Villa anhielten.

»Geldsorgen hat Reinke offenbar keine«, meinte Preusser.

»Wohl genug Kinder verkauft.«

Preusser grinste. »Dann machen wir ihm mal ein wenig Druck.«

Da das Gartentor offen stand, gingen sie gleich bis zur Haustür weiter. Ein Geräusch ließ Preusser innehalten.

»Was war das?«

Wiedemann hob die Schultern. »Eine Fehlzündung.«

Er drückte die Klingel und wartete, bis deren Nachhall in der Diele verklungen war.

Eine Amsel zeterte.

»Bewegt sich da etwas?«

Wiedemann hatte die Hände an die Schläfen gelegt und blickte durch das verzerrende Buntglas der Eingangstür. Er sah Preusser irritiert an und presste dann das Ohr gegen den Zeitungsschlitz, den er mit den Fingern aufdrückte.

»Ich glaube, da liegt jemand und stöhnt.«

Preusser ging in die Knie und lauschte. Er spürte, wie sich sein Puls beschleunigte. »Wir müssen schleunigst ins Haus kommen.«

Er trat zurück und schlug mit dem Kolben seiner Dienstwaffe die Scheibe ein. Das Stöhnen war nun deutlicher zu hören.

Wiedemann brach eine Glasspitze aus dem Kitt und langte mit dem Arm nach der Kette, um den Riegel zurückzuschieben. Die Tür war glücklicherweise nicht abgeschlossen und sprang sofort auf.

Preusser ging in die Hocke und hielt die PPK in Anschlag.

Nichts rührte sich. Es roch nach Pulverdampf.

»Hier wurde geschossen. Vorsicht. Der Täter kann noch im Haus sein.«

Gleich gegenüber der dämmrigen Diele stand eine Tür offen. Auf hellem Parkett befand sich ein großer Tisch mit Stühlen auf einem Perserteppich. Darauf eine Vase mit gelben, roten und blauen Gladiolen, deren leuchtende Farben in heftigem Wettstreit mit der Blutlache lagen, die sich um den Kopf einer mittelalten Frau bildeten. Ihr Sommerkleid war mit einem Blumenmuster bedruckt. Oben eng geschnitten mit kurzen Ärmeln betonte es die Taille und fiel dann weit in Falten bis knapp oberhalb der Knie. Sie hatte auf Strümpfe verzichtet, und er registrierte seltsamerweise die feinen Äderchen, die sich wie Flüsse auf einer Landkarte ihre Wade entlangzogen.

»Krankenwagen und Verstärkung«, rief Preusser seinem Assistenten zu. »Kein Telefon in der Diele. Schau dich nach einem Arbeitszimmer um.«

Wiedemann lief weiter ins Haus hinein, während Preusser sich über die Frau beugte, die mit weit aufgerissenen Augen zu atmen versuchte. Aus einem klaffenden Schnitt am Hals strömte Blut.

Preusser legte die Pistole auf den Boden und riss ein Deckchen von einem Beistelltisch, das er auf die Wunde presste.

Die Frau starrte ihn an. Ihre Augen waren blutunterlaufen. Sie versuchte zu sprechen, doch nur gutturale Laute drangen aus ihrem Mund. Wiedemann schrie irgendwo im Haus hektisch Anweisungen. Anscheinend hatte er ein Telefon gefunden.

»Ruhig, bleiben Sie ruhig, wir haben Hilfe gerufen.« Preusser hatte einen Arm unter den Kopf der Frau gelegt.

Sein provisorischer Verband war bereits nach wenigen Augenblicken völlig durchblutet. Es war eine Frage von Sekunden, bis die Frau die Besinnung verlieren würde. Draußen waren Schritte zu hören.

»Hast du jemanden erreicht?«, fragte Preusser, ohne sich umzuwenden.

Im nächsten Moment verdrehte die Frau die Augen, ein Zucken lief durch ihren Körper. Preusser griff ihre Hand, als von der anderen Seite des Hauses ein Schuss krachte, dem ein Schrei folgte.

Er sprang auf und lief mit der Waffe in der Rechten los.

»Hermann, wo bist du?«

Gleich neben der Treppe war eine Tür geöffnet.

Das Erste, das er sah, waren Wiedemanns lange Beine, die hinter dem Schreibtisch hervorragten, daneben lag das Telefon auf dem Boden.

»Hermann!«

Auf Wiedemanns Hemd zeigte sich ein Blutfleck. Er hatte die Augen aufgerissen. Seine Augäpfel rollten im Schock hin und her.

Preusser riss den Hörer ans Ohr.

Jemand schrie. »Was ist da los?«

»Hier ist Hauptkommissar Preusser. Wir brauchen dringend einen Rettungswagen. Ein Beamter wurde angeschossen.«

Er gab die Adresse durch und kniete sich neben Wiedemann hin.

»Du musst Helene anrufen, dass es am Montag später wird. Verstehst du. Sie wird warten«, flüsterte sein Assistent.

»Wer hat auf dich geschossen?«

Plötzlich erstarrten Wiedemanns Augen, er fixierte Preussers Gesicht. Nach langen Sekunden öffnete er den Mund, doch nur ein Keuchen drang über seine Lippen.

»Es war …«

Plötzlich traf Preusser etwas an der Schulter, genau an der

Stelle, an der er verwundet worden war. Er schrie auf, ein zweiter Schlag folgte, und im nächsten Moment wurde es dunkel um ihn.

* * *

Preussers Gesicht war auf einmal aus seinem Sichtbereich verschwunden. Der Chef hatte so seltsam gewirkt, so besorgt. Das passte gar nicht zu ihm.

Eigentlich verstand Wiedemann nicht, was mit ihm los war. Er hatte am Schreibtisch gesessen und telefoniert, als jemand die Treppe heruntergestiegen war. Das hatte er in dem Spiegel gesehen, der über dem Board hing, auf dem Handschuhe und Schlüssel lagen. Es knallte, noch ehe er begreifen konnte, was gerade vor sich ging, und eine unsichtbare Faust fegte ihn vom Stuhl.

Er spürte keine Schmerzen, nein, er war so glücklich, dass er Preusser dazu gebracht hatte, Helene zu benachrichtigen. Sie würde wissen wollen, wo er war.

Seine Erinnerungen flogen zu ihr. Er sah sie im *Black Cat* tanzen und schmeckte ihren ersten Kuss mit einem Hauch von Tequila Sunrise.

Es war so still hier in diesem schrecklichen Haus. Mühsam gelang es Wiedemann, den Kopf zu drehen. Er sah Stuckornamente, die sich an der Decke entlangzogen, aber auch den Staub unter dem Schreibtisch.

Du musst aufstehen und helfen, sehen, was passiert ist. Die Frau? Was war mit der Frau?

Er wälzte sich schwerfällig auf die linke Seite, als ein Schmerz in seiner Brust explodierte.

Ihm wurde kalt. Schüttelfrost durchzuckte seinen Leib in heftigen unkontrollierbaren Wellen. Seine Füße traten etwas Weiches. Er blickte sich um. Da lag ein Mann. Preusser.

Er brauchte Hilfe, aber da kam Helene durch die Tür. Das

war falsch, doch er wollte sie jetzt so gerne in seiner Nähe wissen. Ein Lächeln zeigte sich auf ihrem Gesicht. Sie würden eine Kleinigkeit essen und später miteinander schlafen.

Wiedemann lächelte, obwohl ihm Tränen über die Wangen liefen.

Preusser müsste er heimschicken. Was machte der überhaupt hier?

Sein Blick trübte ein.

Wieder schoss dieser Schmerz durch seine Brust. Helene verschwamm vor seinen Augen.

Er hustete und schmeckte sein Blut, dann versank sein Bewusstsein in eine rabenschwarze Dunkelheit. Er wollte ein Licht sehen, ohne dass ihm Helene entglitt. Er stöhnte leise, als ein Song von Jimi Hendrix sanft in seinem Kopf klang.

Uh-will the wind ever remember
the names it has blown in the past?
And with this crutch, its old age, and its wisdom
it whispers no, this will be the last
And the wind cries Mary

ZWEIUNDDREISSIG

Preusser saß an einem Tisch in einer ihm unbekannten Küche und presste einen Eisbeutel auf eine Beule an seinem Hinterkopf. Nach einigen Tests war der Arzt der Auffassung, er habe eine leichte Gehirnerschütterung und solle sich schonen, aber das interessierte Preusser nicht. Ein Mittel dämpfte den Schmerz, und übel war ihm auch nicht.

Das Erste, was er gesehen hatte, als er in einem fremden Wohnzimmer zu sich kam, war Gesshoff. Das Gesicht aschfahl und versteinert hatte er reglos am Tisch gesessen.

Stumm hatten ihre Blicke sich getroffen.

»Er ist tot«, hatte Gesshoff gesagt. Mehr war nicht nötig.

Preusser hatte nur genickt, doch seitdem drehten sich die Bilder in seinem Kopf. Wiedemann mit weit aufgerissenen Augen, der ihn anstarrte und davon redete, seiner Freundin Bescheid zu sagen. Das Blut auf seinem Hemd, der Schatten, der herankam, und dann – nichts mehr.

Deckers war irgendwann hereingestürmt und hatte ihn mit Fragen bedrängt, die er nicht beantworten konnte, weil er zunächst einmal selbst seine Gedanken und Erinnerungen sortieren musste.

Als Preusser ihn bat, ihm eine Stunde Zeit zu geben, war der Kriminaldirektor verständnisvoller, als er ihn je in den vergangenen Jahren erlebt hatte.

Er erhob sich und ging wackelig an die Spüle, wo er einen Schluck direkt aus dem Hahn trank.

»Geht es wieder?« Ostholm stand plötzlich mit Deckers in der Tür. Beide sahen grau im Gesicht aus und wirkten um Jahre gealtert.

»Nein, aber das spielt keine Rolle«, erwiderte Preusser. »Wo ist Reinke?«

Statt zu antworten, sagte der Staatsanwalt: »Seine Frau haben Sie ja anscheinend noch gefunden. Sie haben versucht, die Blutung zu stoppen, nicht wahr? Leider vergeblich.«

»Ich kniete bei ihr, als der Schuss fiel. Hermann war ins Arbeitszimmer, um zu telefonieren. Ich bin rüber und sah ihn dort auf dem Boden, da lebte er noch. Ich wollte ihm helfen und beugte mich zu ihm hinunter, als ich niedergeschlagen wurde.«

»Konnten Sie den Täter erkennen?«

»Nein. Ich habe nur einen Schatten gesehen. Der erste Schlag traf meine verletzte Schulter, der zweite meinen Hinterkopf. Was ist mit Reinke?«, wiederholte Preusser seine Frage.

»Er ist die Treppe nach oben geflüchtet, aber nicht weit gekommen. Zwei Kugeln in den Rücken, eine in den Kopf. Im Esszimmer war die Gartentür offen. Der Täter kam vermutlich dort ins Haus und ist zuerst der Frau begegnet. Reinke ist dann wohl auf den Stufen seinem Mörder in die Arme gelaufen. Wiedemann und Sie müssen kurz danach eingetroffen sein.«

Ostholm stopfte seine Pfeife und entzündete sie qualmend. In diesem Haus gab es niemanden, der es ihm noch verbieten konnte. »Ich verstehe es nicht. Es war doch kein Zufall, dass Reinke gerade jetzt ermordet wird, wo wir ihn vernehmen wollen. Aber, woher wusste der Kerl davon?«

Sie sahen sich an, und alle kannten die Antwort.

»Es gibt nur eine …«

Preusser verstummte, als zwei Männer mit einem Zinksarg das Haus betraten. Er ging zur Tür und dann in die Diele.

Die beiden Bestatter fassten im Arbeitszimmer professionell Wiedemanns Leichnam und hoben ihn an. Doch es war ziemlich eng zwischen Wand und Schreibtisch. Also begannen sie, an dem toten Körper zu zerren. Preusser zog sich der Magen zusammen. »Passt bitte auf, ja!«

Ostholm griff ihn beruhigend an die Schulter.

Wiedemanns Hemd war dunkel von getrocknetem Blut, seine Augen waren geschlossen, aber der Mund war nun wie zu einem Schrei aufgerissen. Unwillkürlich musste Preusser an seinen toten Kameraden Otto denken.

Die Bestatter hoben den schweren Körper an und ließen ihn mit aller Umsicht in den Sarg gleiten. Als sie den Deckel aufsetzen wollten, trat Preusser hinzu, und sie verharrten. Er kniete nieder und nahm die Hand des Toten. Ein langer Blick in die leblose Miene, dann erhob er sich mühsam.

»Diesen Schweinehund werde ich zur Strecke bringen«, flüsterte Preusser vor sich hin, »und wenn es das Letzte ist, was ich tue.«

* * *

Als Preusser vor dem Haus ankam und aus dem Ford stieg, stand Helga mit Frau Beierlein aus dem Nachbarhaus vor der Haustür. Sie hielt noch den Besen und das Kehrblech in der Hand, mit denen sie den Bürgersteig gefegt hatte.

Helga erblickte ihn, doch das Lächeln zur Begrüßung erstarrte auf ihren Lippen, als sie seine blutige Kleidung und den Ausdruck in seinem Gesicht sah. Auch Frau Beierlein schlug die Hand vor den Mund.

»Was … was ist passiert?«

Er ging an ihr vorbei, ohne die Nachbarin eines Blickes zu würdigen. »Mir ist nichts geschehen. Ich muss raus aus den Klamotten.«

Helga lief hinter ihm die Treppe hinauf. »Was ist passiert?«, wiederholte sie panisch.

Er wirbelte herum und griff ihre freie Hand. »Wiedemann wurde erschossen. Ich … ich konnte ihm nicht helfen.«

Helga brach sofort in Tränen aus. »Hermann … o nein.«

»Wo ist Elke?«

»Hört zusammen mit Elvira die neuen Singles.«

In der Wohnung dröhnte der Plattenspieler. Die Bee Gees sangen »Massachusetts«. Plötzlich hielt Preusser es nicht mehr aus.

»Die sollen diesen Kastratenchor ausmachen!«, brüllte er.

Er verschwand im Badezimmer und schloss sich ein. Endlich durfte er die Tränen laufen lassen. Aus dem Nachbarzimmer war ein lauter Streit zu hören, der nach wenigen Sekunden verstummte. Elvira verließ anscheinend schnell die Wohnung, denn dann hörte er nur noch Elkes Schluchzen.

Er selbst riss sich die Kleider vom Körper und stopfte sie in den Wäschekorb. Anschließend duschte er so lange, bis der Boiler leer war und das Bad wie ein tropischer Regenwald dampfte.

Als er aus dem Bad kam, stürmte Elke auf ihn zu und nahm ihn in den Arm. Auch er umschlang sie und Helga, die zu ihnen trat. Preusser sah über ihre Köpfe hinweg in die dicht belaubten Bäume im Garten. Tränen vergoss er keine. In seinem Kopf herrschte auf einmal eine große Klarheit. Er würde diesen Fall lösen, alle Puzzleteile an die richtige Stelle bringen. Das war er Wiedemann und sich schuldig. Am liebsten wäre er gleich ins Präsidium gefahren, um loszulegen.

Es klingelte an der Tür. Preusser löste sich aus der Umarmung von Helga und seiner Tochter, um die Tür zu öffnen.

Backhaus stand mit ernstem Gesicht da und umarmte ihn wortlos.

»Eine schöne Scheiße«, sagte er dann. Preusser nickte nur. »Wie geht es dir?«

»Wie wohl? Unsere Theorie war falsch.«

Sie gingen in die Küche und schlossen die Tür.

»Möchtest du ein Bier?«

Preusser holte zwei Flaschen aus dem Eisschrank und hebelte den Kronkorken ab.

Backhaus sank erschöpft auf einen Stuhl und trank einen Schluck.

»Ich werde langsam zu alt für den Beruf. Mit dreiundsechzig kann ich in Pension. Das sind noch zwei Jahre, danach ist Schluss.« Er setzte die Flasche an und nahm einen langen Schluck.

Preusser glaubte Tränen in Backhaus' Augen zu sehen. Dessen Gegenwart tat ihm gut. Kurz berichtete er von der toten

Frau, wie er sie gefunden hatte, dann von Wiedemann. Als er geendet hatte, saßen sie schweigend am Tisch und rauchten, während aus dem Nebenzimmer der Fernseher dröhnte.

»Wie geht es nun weiter?«

Preusser hob die Schultern. »Keine Ahnung. Reinke war unsere wichtigste Spur. Ich war davon überzeugt, dass er es war, schließlich hatte er am meisten von Mandels Wissen zu befürchten. Ich dachte auch, dass es zu Reinke passen würde, Mandel zu bedrohen. Daher dessen Angst. Doch nun sieht alles anders aus. Und trotzdem: Der gemeinsame Nenner von allem ist der Kinderschmuggel. An dieser Stelle laufen die Fäden zusammen. Doch jetzt bleibt als Verdächtiger eigentlich nur der Unbekannte aus dem Ring der Kinderschmuggler übrig, doch weder Dr. Huber noch einer der anderen Zeugen hat den Verdächtigen jemals zu Gesicht bekommen.«

* * *

»Wenn ich nur wüsste, woher der Täter die Information hatte, dass wir es auf Reinke abgesehen haben.«

»Ein Zufall kann das nicht gewesen sein«, erklärte Ostholm. Die Leitung rauschte, und ab und an knackte es im Telefon. Kaum dass Backhaus wieder gegangen war, hatte der Staatsanwalt angerufen.

»Dr. Huber hatte kaum ihre Aussage beendet, als wir uns schon auf den Weg zu Reinke gemacht hatten«, sagte Preusser. »Eigentlich bestand nur die Chance, uns zuvorzukommen, wenn der Täter selbst die Aussage von Dr. Huber gehört hätte und gleich losgefahren wäre.«

Ostholm seufzte. »Dann müsste es ja jemand aus dem Präsidium sein. Wer war vor Ort?«

»Deckers und Wiedemann im Beobachtungsraum. Sie und ich im Verhör.«

»Hat jemand telefoniert?«

»Bis wir gefahren sind? Nein, nicht, dass ich wüsste.«

»Waren Streifenbeamte in der Nähe?«

»Zwei, die Männer kenne ich nicht, und Karl Linz.«

»Was ist mit Gesshoff?«

»Er war im Taunus in seinem Wochenendhaus. Allerdings …«

»Was?«

»Als ich zu mir kam, war er schon in Reinkes Villa.«

Ostholm erwiderte nichts darauf.

»Eugen? Nein, das kann ich nicht glauben.« Bei diesem Gedanken wurde Preusser beinahe übel. Er zögerte kurz. »Aber mir kommt gerade eine Idee.«

DREIUNDDREISSIG

Montag, 12. Juni 1967

Irgendwer, vermutlich Annemarie Josten, hatte ein Bild Wiedemanns mit Trauerflor und eine Kerze auf dessen Schreibtisch gestellt.

»Wir gehen in mein Büro.« Preusser konnte den Anblick nicht ertragen.

Gesshoff, Linz und Backhaus folgten ihm und schlossen die Tür. Alle trugen schwarze Anzüge und schwarze Krawatten.

»Hermann wurde gestern obduziert. Die Kugel hat eine Schlagader getroffen. Er ist innerlich verblutet, wie so oft bei Schussverletzungen. Er hatte wohl wenig Schmerzen.« Preusser sah seine Kollegen an, die alle betroffen schwiegen. »Heute Mittag findet eine Andacht statt, wer will, kann hingehen. Ich werde auch dort sein, doch bei aller Trauer, es muss weitergehen. Wir suchen einen Mörder, wir suchen Hermanns Mörder. Eugen, was sagt die Spurensicherung?«

»Unsere Vermutungen vom Samstagnachmittag lagen ziemlich richtig. Einbruchspuren gibt es nicht, jedoch Fußspuren im Garten. Schuhgröße zwischen 42 und 44. Genauer geht es leider nicht. Partikel der Erde fanden sich im Wohnzimmer, das am Morgen erst geputzt wurde. Der Täter ist wahrscheinlich durch die Gartentür rein und wieder raus. Ob er erst Reinke auf der Treppe und dann dessen Frau getötet hat, ist noch unklar.«

»Er hat zuerst die Frau getötet. Als wir ausgestiegen sind, haben wir einen Schuss gehört und für die Fehlzündung eines Autos gehalten.«

Preusser sah auf seine Armbanduhr. Es war kurz vor elf Uhr.

Die Morgenlage war länger gewesen als gewöhnlich. Der Präsident war hinzugekommen, um sich auf den neuesten Stand bringen zu lassen. Es war ausgiebig diskutiert worden, ohne dass Vorwürfe laut wurden, ein Phänomen der Schockstarre. Preusser wusste aus Erfahrung, dass jedoch Vorwürfe vorgebracht werden würden, nur eben einige Zeit später. Die interne Abteilung wollte am Mittag auflaufen, um Fragen zum Ablauf zu klären. Ihnen allen stand ein langer Tag bevor.

Preusser sah zu Backhaus. »Unser verdächtiger Christmann kann wohl kaum der Täter gewesen sein.«

»Woher stammt dann der Daumenabdruck in Mandels Wohnung?«, fragte Linz.

Backhaus sah Linz freundlich an. »Ich konnte ihn gestern nochmals verhören. Hauptkommissar Preusser war auch zugegen. Er gibt nun zu, einen Tipp bekommen zu haben, wo er problemlos etwas abstauben könnte. Er ist in die Pension, als niemand dort war, außer dem verkalkten Herrn Klinghammer, und hat Mandels Zimmer ausgeräumt. Den Schuh will er jedoch nie gesehen haben.«

»Schutzbehauptung, oder ist er unserem Unbekannten in die Falle getappt?«

Das Telefon klingelte. Preusser hörte kurz zu.

»Das sind ja mal gute Nachrichten. Vielen Dank für Ihre Aufmerksamkeit und Unterstützung. Wir kommen dann morgen früh die Unterlagen holen.« Er legte auf und sah in die Runde. »Wir werden alle Akten auf Unstimmigkeiten überprüfen. Linz, das übernehmen Sie. Wir brauchen jemanden, der neu auf die Fakten schaut.« Sein Blick wanderte zu Gesshoff. »Eugen, du bereitest die Dinge für die Interne vor und beantwortest deren Fragen.«

»Und was tust du?«, fragte Backhaus.

»Ich gehe in die Andacht und zu Ostholm, um die Pressekonferenz vorzubereiten, und vorher fahre ich an den Flughafen zu Helene, Wiedemanns Freundin. Sie ist Stewardess und kommt aus Japan zurück. Ich werde ihr die traurige Nachricht überbringen. Das habe ich ihm versprochen.«

Die Kollegen gingen zur Tür, doch Preusser hielt Gesshoff auf.

»Das Telefonat eben kam von einem Notar. Dr. Schmitt aus Wiesbaden. Manchmal hat man auch Glück. Er gibt an, Papiere von Clara Hohenfels zu haben, die diese mit ihrem Testament bei ihm deponiert hat. Der Kollege Leuchner hat ihn sofort an uns verwiesen.« Er lächelte matt. »Heute ist Dr. Schmitt unterwegs, aber morgen, gleich um zehn Uhr, bekommen wir das ganze Paket, wie er sich ausgedrückt hat.«

»Was erhoffst du dir davon?« Gesshoff sah ihn zweifelnd an.

»Vielleicht hat sie eine Kopie der Unterlagen, die ihr Mörder gesucht hat, bei dem Notar hinterlegt. Wenn dem so ist, bin ich gespannt, was wir dort finden. Wenn wir Glück haben, bekommen wir den entscheidenden Fingerzeig.«

VIERUNDDREISSIG

Die Dunkelheit zerrte an seinen Nerven. Seit drei Stunden saß Preusser bereits auf diesem Stuhl und konnte nicht anders, als die Bilder des Tages an sich vorbeiziehen zu lassen. Noch nicht einmal rauchen durfte er.

Helene, Wiedemanns Freundin, war zusammengebrochen, als er ihr die traurige Nachricht übermittelt hatte. Er hatte sie noch auffangen und zu einem Sitz begleiten können, wo sich Kolleginnen um sie kümmerten. Der Schmerz in ihrem hübschen Gesicht war kaum zu ertragen. Schwerer noch wog die Bürde, ihr berichten zu müssen, was geschehen war. Sie machte ihm keine Vorwürfe. Nur ihre Augen betrachteten ihn argwöhnisch.

»Hermann hat Sie bewundert. Er war von Ihrer Stärke und der unbeirrten Art und Weise, wie Sie an die Dinge herangehen, geradezu begeistert. Deswegen ist er auch nach Freiburg gefahren. Er wollte Ihnen zeigen, dass er an Ihrer Seite steht.« Sie verstummte und verzog das Gesicht.

Preusser wartete ab, was sie noch zu sagen hatte.

»Er hat aber nie verstanden, warum Sie trotzdem immer wieder in unmittelbaren Konfrontationen eingeknickt sind. ›Wieso haut er nicht auf den Tisch und sagt Deckers, wo es langgeht‹, hat Hermann mehrfach gemeint.«

Preusser setzte Wiedemanns Freundin schließlich an ihrer Wohnung ab. Dann machte er sich zu dem Notar auf.

Die Kanzlei des Notars befand sich in einem der alten Häuser in der Adolfsallee. Hohe Räume mit ausladenden Möbeln verliehen der Kanzlei ein gediegenes Ambiente.

Ein Auto fuhr vorbei, ein VW, wie ihm das Knattern des Motors verriet. Seine Scheinwerfer strichen durch den Raum und beleuchteten für einen kurzen Augenblick das Porträt eines älteren Herren, der streng zu Preusser hinabsah.

Unter den Bäumen auf dem Grünstreifen vor dem Haus befand sich ein Biergarten, der nun schloss. Den ganzen Abend über hatten einige Gäste ordentlich gezecht, obwohl es Montag war. Jetzt wurden Gläser klirrend zusammengeräumt und Stühle hochgestellt, dann kehrte Ruhe ein. Ein leiser Knall zeigte an, dass der Bierstand verschlossen wurde, und endlich entfernte sich ein Moped in Richtung Bahnhof.

Sie hatten die Falle am Vortag besprochen. Ostholm, er und Deckers.

Niemand sonst wurde informiert. Beamte aus Wiesbaden stellten die Unterstützung. Der Staatsanwalt hatte morgens angerufen und die Falschinformation in die Welt gesetzt, die Preusser weiterverbreitete.

Nun lagen sie auf der Lauer.

Ostholm kauerte nur ein paar Meter von ihm entfernt auf dem Boden. Langsam wurde die Luft stickig. Er hatte sich seiner Krawatte entledigt und den Kopf auf sein Jackett gelegt. Schlafen würde er nicht, da war Preusser sicher. Genauso wenig wie er selbst.

Er hoffte inständig, dass ihre Finte funktionierte.

War es wirklich Gesshoff, auf den sie hier warteten?

Er atmete tief. Die wahrscheinlichste Option, doch er wollte nicht daran glauben und konnte sich nicht vorstellen, mit einem Menschen so lange zusammengearbeitet zu haben, ohne von dessen zweitem Gesicht zu ahnen.

Linz war zu jung. Genauso die anderen Beamten. Sie schieden eigentlich aus, es sei denn, sie steckten mit dem Täter unter einer Decke und hatten ihn informiert.

Wiedemanns Eltern lebten in Gießen. Preusser überlegte gerade, ob er persönlich vorbeifahren sollte, als ein leises metallisches Klirren an der Etagentür zu hören war. Dann schabte und knirschte es kaum hörbar, als der Eindringling den Sperrhaken ins Schloss führte und mit dem Spanner drehte. Der Riegel sprang mit einem Knacken zurück. Plötzlich fiel das fahle Licht der Straßenlaterne durch die Eingangstür in die Büroräume.

Preusser sah zu Ostholm, der sich lautlos aufgerichtet hatte.

Der Schatten eines Mannes bewegte sich vorsichtig durch den Vorraum und steuerte das Büro des Notars an.

Es ging dann so einfach. Das Licht wurde angedreht, und die Uniformierten sprangen mit entsicherten Waffen vor.

Alles schrie durcheinander, nur Preusser erstarrte angesichts des Mannes, der zögerlich die Hände hob.

»Ich kann das erklären, ich …«

Preusser trat auf den stammelnden Mann zu und schlug ihm mit der Faust ins Gesicht.

Dann wandte er sich für einen Moment resigniert ab. Niemand hatte sich bewegt, keiner hatte einen Hauch von Mitleid mit dem Mann, der in die Knie gegangen war und sich stöhnend seine blutende Nase hielt.

Nachdem er sich wieder umgedreht und sein Gegenüber voller Verachtung gemustert hatte, sagte Preusser mit fester Stimme: »Hilmar Backhaus, ich nehme Sie wegen der Morde an Simon Mandel, Clara Hohenfels, den Eheleuten Reinke und an Kommissar Hermann Wiedemann fest.«

FÜNFUNDDREISSIG

Dienstag, 13. Juni 1967

Backhaus starrte ihn wütend an. Auf seiner Nase prangte ein dickes Pflaster,

»Na, Joachim, bist du nun zufrieden? Hattest du deinen Triumph?«

»Die Opferpose steht dir nicht, Hilmar. Wie ich sehe, hast du einen Anwalt hinzugezogen.«

Bert Staffelstein war ein in Frankfurt bekannter Strafverteidiger und stand im Ruf, ein unangenehmer Gegner zu sein.

Ostholm saß an Preussers Seite. Er nahm die Personalien auf und wandte sich an den Anwalt. »Die Vorwürfe sind Ihnen heute Morgen hinlänglich dargelegt worden. Blieb Ihnen ausreichend Zeit, sich mit Ihrem Mandanten zu besprechen?«

Staffelstein nickte. »In Anbetracht der Schwere der Anklage, aber auch der dürftigen Beweislage haben mein Mandant und ich entschieden, dass er sich vorerst nicht zu der Sache einlässt. Er hat seitens einer vertraulichen Quelle einen Hinweis erhalten, dass sich dort Unterlagen zur Aufklärung des Sachverhaltes befinden.«

»Warum hat er uns nicht informiert? Ich sehe das eher so, dass er meinen Hinweis auf das Notariat aufgeschnappt hat, als ich dem Kollegen Gesshoff davon berichtete«, erklärte Preusser.

»Das stimmt nicht.« Backhaus schüttelte ungläubig den Kopf.

»Wer ist denn diese ominöse Quelle?« Ostholm wirkte nur mäßig interessiert.

»Ich habe Vertraulichkeit zugesichert.« Ostholm nickte beiläufig und fixierte den Anwalt. »Haben Sie Ihren Mandanten darauf aufmerksam gemacht, dass ein Geständnis strafmildernd wirken kann?«

Das Lachen des Anwalts klang ehrlich. »Herr Staatsanwalt, wir sind uns doch darüber im Klaren, dass im unwahrscheinlichen Falle einer Verurteilung der Mord an vier Personen – zumal eines Polizeikommissars und eines Ministerialdirigenten nebst Frau – nur die Höchststrafe erwarten lässt? Allerdings sehe ich bei der dünnen Beweislage der Sache entspannt entgegen.«

Preusser und Backhaus starrten sich unverwandt an.

»Ich will wissen, warum du es getan hast«, sagte Preusser mit schneidender Stimme.

»Ich weiß nicht, wovon du sprichst.« Backhaus klang ebenso hart und unversöhnlich.

»Diese Blutorgie!«

»Ich habe dazu nichts zu sagen.«

Preusser stand auf. »Ich werde dir alle Taten nachweisen.« Er wandte sich zu Ostholm um. »Herr Staatsanwalt, ich gehe davon aus, dass wir den Verdächtigen in Untersuchungshaft halten, bis wir Beweise haben?«

Ostholm nickte. »Der Richter hat den Haftbefehl unterschrieben. Eine Haftprüfung ist für den 16. Juni angesetzt worden.«

Preusser verließ den Raum. Bevor er die Tür schloss, hörte er hinter sich, wie Backhaus schrie:

»Du wirst mir gar nichts nachweisen, Joachim, denn es gibt nichts zu finden. Ich werde hier als freier Mensch herausgehen, und dann wirst du dich bei mir entschuldigen müssen für das, was du mir vorwirfst.«

Vor dem Verhörraum warteten Linz und Gesshoff.

»Wir brauchen zwingend Beweise. Holt mir diese NPD-Fritzen her!«, befahl Preusser ihnen barsch. »Wenn sie sich wehren, legt sie in Eisen. Befragt die Bewohner um die Villa

Reinke, ob jemand Backhaus oder sein Auto dort gesehen hat. Außerdem legt ihr die Fotos von ihm und Reinke den Zeugen vor. Und, Eugen, was ist mit Martha Handke, siehst du einen Weg, sie zu befragen?«

»Ich frage bei meinem Kontakt nach.«

»Schick ihr gegebenenfalls die Fotos. Wir müssen uns beeilen. Was sagt die Technik?«

»Die Waffe, mit der geschossen wurde, ist nicht registriert. Wahrscheinlich eine alte Wehrmachtspistole. Fingerspuren gibt es keine. Der Mann trug Handschuhe. Die Nachbarn wurden befragt, doch niemandem ist etwas aufgefallen. Mit den Daten zu Backhaus ziehen die bisher eingesetzten Beamten aber noch einmal los. Im Augenblick durchleuchten wir sein Leben. Wenn er der Unbekannte ist, wird er mit dem Geld aus dem Kinderhandel auch Wertgegenstände gekauft haben.«

Preusser schaute kritisch. »Bei den Banken wirst du nicht viel finden. Da sind die meisten Unterlagen verbrannt. Wenn überhaupt entdecken wir etwas in den Grundbüchern. Es kann ja sein, dass er arisiertes Vermögen von Juden gekauft hat. Vielleicht finden wir auch Wertpapiere bei der Hausdurchsuchung. Ich bin später wieder zurück. Mir ist da eben eine Idee gekommen.«

* * *

Der Schrebergarten war ungepflegt. Das Gras stand kniehoch, auch die Büsche und Bäume waren jahrelang nicht mehr geschnitten worden.

Am Gartentor hatte der Kleingartenverein ein Schild angebracht, auf dem der Pächter der Parzelle aufgefordert wurde, die Misteln aus den Bäumen zu entfernen, anderenfalls drohe die Kündigung.

Preusser musste grinsen. Deutsche Vereinsmeierei. Er drückte sich unter einen großen Regenschirm und verfluchte das seit Tagen schlechte Wetter. Noch nicht einmal die Temperaturen ließen darauf schließen, dass man stramm auf den Juli zumarschierte.

Ein Gutes hatte es allerdings: In den angrenzenden Kleingärten war niemand zu sehen, der unangenehme Fragen stellen konnte, denn einen Durchsuchungsbeschluss trug er nicht bei sich.

Die Kleingartenanlage Ziegelhütte lag zwischen Sachsenhausen-Nord und dem Lerchesberg. Die Anlage bestand seit den zwanziger Jahren, und einer der ersten Laubenpieper, wie Helga die Kleingärtner nannte, war Egon Backhaus gewesen, Hilmars Vater. Als er starb, hatte sein Sohn den Garten samt der alten, heruntergekommen wirkenden Laube übernommen.

Es war einige Jahre her, dass Preusser zuletzt hier gewesen war. Damals war Hilmars Interesse am Schrebergarten bereits merklich geschwunden, da seine Kinder aus dem Haus waren.

Seine Fahrt hierher hatte nichts Nostalgisches gehabt.

Eine Erinnerung jedoch hatte ihn durchzuckt, als Backhaus geschrien hatte, er würde nichts finden.

Sie hatten an einem Abend vor dem Häuschen am Lagerfeuer gesessen. Backhaus hatte sich über die lästige Gartenarbeit beschwert. Als Preusser fragte, warum er die Pacht nicht einfach beendete, hatte Backhaus geantwortet: Der Garten gehöre nur ihm. Hierhin komme er, wenn er alleine sein wolle, und hier lasse er all das, was seiner Frau nicht in die Hände fallen solle.

An Preussers Schuhen klebte bereits Lehm, als er mit staksigen Schritten von einer zur nächsten Schieferplatte sprang, die als Gehweg dienten, aber im nassen tiefen Gras fast versunken waren. Endlich erreichte er die Veranda und schloss den Regenschirm. Er sah sich um. Altes Laub hatte sich in den Ecken gesammelt. Der Anblick ließ seinen Mut sinken.

Es sah so aus, als sei eine Ewigkeit niemand in der Laube gewesen. Trotzdem begann er nach einem Ersatzschlüssel zu suchen, wie ihn fast jeder Kleingärtner irgendwo versteckte. Er sah unter einem Blumentopf mit einer verdorrten Geranie nach, setzte seine Suche bei allerlei Kästen und auf Vorsprüngen im Mauerwerk fort, bis er ihn schließlich an einer Schnur in einer Regentonne mit dem Schriftzug der schon nicht mehr existierenden Tankstellenkette DEA fand.

Preusser bückte sich und inspizierte das Schloss. Es war weder stark verschmutzt noch rostig, und an einer Stelle glaubte er sogar feinen Abrieb zu erkennen.

Er drehte den Schlüssel und betrat den stockdunklen Raum, der so muffig roch wie das Lager von Ludger Schöller, dem Hehler.

Unschlüssig sah er sich um, während er eine Zigarette rauchte, dann legte er die Jacke ab, streifte Einmalhandschuhe über und begann damit, die Schubladen des Schranks zu durchsuchen.

Eine halbe Stunde später hatte er den Inhalt aller Schränke und Ecken ergebnislos durchwühlt. Nun nahm er sich den Boden vor und untersuchte jede Schraube der Dielenbretter auf Kratzspuren hin.

»He, was machen Sie da?«

Ein Mann stand in gelbem Regenmantel in der Tür, in der Hand einen Spazierstock.

Preusser zog seine Marke. »Polizei. Sind Sie der Nachbar?«

Der Mann nickte. »Ist etwas mit Hilmar?« Er strich über sein kleines graues Bärtchen.

»Nein«, log Preusser. »Wir können ihn nicht erreichen und suchen wichtige Unterlagen. Ich bin gut mit ihm befreundet und dachte, er könnte sie vielleicht hier deponiert haben.«

»Wichtige Unterlagen? Hier unter dem Boden?« Der Mann zeigte sich misstrauisch.

»Es ist wirklich wichtig, oder glauben Sie, ich verbringe meine Zeit freiwillig damit, hier die Laube auseinanderzunehmen.« Preusser spielte wie zufällig mit seiner Polizeimarke.

»Vor einer Woche habe ich Hilmar zuletzt gesehen. Da war er nur kurz in der Laube.«

»Was hat er gemacht?«

Der Mann streifte die Kapuze ab. Sein schütteres Haar war grau durchzogen. »Ein Deckenpaneel war locker, und er stand auf diesem Stuhl und hat sie wieder festgeschraubt.«

Preusser lachte gekünstelt. »Na, dort wird er wohl kaum Dokumente hinterlegen?«

»Nein, das glaube ich auch nicht.«

Sie schwiegen einen Augenblick.

»Nun, dann werde ich mal weitersuchen.« Preusser sah den Mann auffordernd an, der sich nach kurzem Zögern wieder verabschiedete.

Das Paneel, an dem Backhaus herumgeschraubt hatte, entdeckte er sofort. Die Schrauben wiesen deutliche Spuren auf, doch das Brett saß fest; es gelang ihm nicht, es zu lösen. Er fluchte, griff sich dann ein Beil, das er als einziges Werkzeug finden konnte, und zerschlug das Holzbrett, das sofort zersplitterte. Fast wäre er bei der ganzen Aktion vom Stuhl gefallen.

Auf den Zehenspitzen balancierend, steckte er die Hand in die Öffnung. Für einen Moment fürchtete er, eine Ratte könnte ihm entgegenkommen, doch dann ertastete er einen Umschlag und zog ihn hervor.

Ein Name und eine Adresse waren mit schöner Handschrift in Tinte auf das braune Papier geschrieben.

Clara Hohenfels.

SECHSUNDDREISSIG

Mario Günzburg hatte sich entgegen der aktuellen Mode die Haare militärisch kurz schneiden lassen. Er trug einen Blaumann, der mit Flecken von Mörtel und Zement verdreckt war.

»Was wollen Sie denn schon wieder?«, meinte er unfreundlich, als Gesshoff und Preusser in den Bauwagen traten.

Preusser spürte, wie er wütend wurde. »Was wir wollen und was nicht, ist unsere Sache. Hören Sie zu, ich sage das nur einmal. Es geht hier um Mord. Eine Lüge, ein falsches Wort, und ich setze jeden Hebel in Bewegung, um Sie hinter Gitter zu bringen. Kapiert?«

Günzburg nickte stumm und sichtbar beeindruckt.

»Am dreiundzwanzigsten Mai unten am Main. Sie waren abends dort. Was hat sich da abgespielt?«

»Ich will einen Rechtsanwalt.«

»Was wird Ihr Arbeitgeber sagen, wenn Sie direkt von hier für vierundzwanzig Stunden von der Bildfläche verschwinden?«

»Aber …«

»So lange kann ich Sie festhalten und werde das liebend gerne tun.«

Gesshoff hatte sich bereits ein Zigarillo angesteckt und rauchte. »Pass mal auf, Junge. Am Samstag wurde ein Kollege von uns getötet. Wir sind extrem sauer auf jeden, der auch nur im Entferntesten damit zu tun hat. Nun mach dein Maul auf, sonst bringen wir dich und deine ganze miese Truppe vor Gericht, und da es um Mord geht, wird es schnell auf Knast hinauslaufen.«

Es dauerte ein paar Sekunden, dann begann der völlig verschüchterte Mann zu reden. »Wimmer kam zu Bruno und mir und meinte, wir müssten einen Juden aufmischen. Wir sind also mit.«

»Zum Main?«

»Nein. Vor eine Pension im Nordend. Der Jude …«

»Er hieß Simon Mandel, also nenn ihn gefälligst auch so.«

»Herr Mandel kam, als wir gerade dort aufgelaufen sind, aus dem Haus und ist in ein Auto gestiegen. Eine richtige Rostlaube. Da saß so ein Schmierlappen mit seinem Mädchen auf den Vordersitzen. Wir sind hinterher. Mandel ist dann in ein Mehrfamilienhaus gegangen, und der Wagen fuhr weg.«

»Das geschah in der Nähe des Zoos?«

Günzburg sah ihn verwundert an und nickte. »Mandel kam kurze Zeit später wieder raus. Wimmer ist dann eine Runde gefahren, weil wir ihn auf unserer Seite ins Auto ziehen wollten, um ihm ein paar zu verpassen, er uns aber entgegenkam. Als wir wieder in der Straße waren, sahen wir nur, wie jemand den Ju… Herrn Mandel in den Kofferraum warf.«

»Was war das für ein Auto?«

»Schwarze S-Klasse.«

»Welche Nummer?«

»Keine Ahnung. Wimmer ist so ein mieser Autofahrer und wurde abgehängt. Wir sind zu unserer Kneipe und waren gerade knapp vorm Hafen, als wir sahen, wie das Auto aus einer Seitenstraße quer über unsere Fahrbahn schoss und in einer Einmündung verschwand.«

»Wer saß drin?«

»Ein Mann. War aber nicht zu erkennen, wegen der Spiegelung durch den Regen.«

»Weiter.«

»Wir sind hinterher runter zum Main und haben den Kerl gefunden.«

»Hat er noch gelebt?«

Günzburg zögerte. »Ich habe das nicht überprüft.«

»Weiter.«

»Wimmer hat den Bruno und mich weggeschickt. Später kam er dann in die Kneipe und hat uns vergattert, den Mund zu halten.«

Preusser sah Günzburg unfreundlich an. »Wir lassen Sie für heute laufen! Sie dürfen Frankfurt nicht verlassen. Wenn Sie das missachten, lasse ich Sie sofort zur Fahndung ausschreiben.«

* * *

Karlhans Wimmer trug einen Anzug mit Weste. Seine Schuhe waren so sehr poliert, dass sie glänzten.

»Was fällt Ihnen ein, mich in meinem Geschäft mit einem Streifenwagen …«

»Halten Sie den Mund! Sie reden nur, wenn ich Fragen stelle«, entgegnete Preusser.

Gesshoff trat in den Verhörraum und setzte sich. Er entzündete einen seiner Zigarillos. »Am dreiundzwanzigsten Mai abends haben Sie einen verletzten Mann gefunden. Sie haben ihn in den Main geworfen, nachdem Sie ihn ausgezogen hatten, nicht wahr?«

»Ich möchte einen Anwalt.«

Preusser grinste. »Können Sie haben, doch Sie sollten bedenken, wir wissen, dass Sie mit dem Verletzten alleine waren.«

»Der Jude war tot.«

»Er hieß Simon Mandel und lebte noch.«

Wimmer erbleichte. »Nein, ich bin sicher, dass er bereits tot war.«

»Haben Sie es überprüft?«

»Ich nicht, aber …«

»Wer?«

»Kann ich nicht sagen.«

»Hauptkommissar Backhaus?«

Wimmer starrte erstaunt Gesshoff an, der nachsetzte.

»Ich gehe davon aus, dass er Ihnen eine Geschichte erzählt hat, die etwa so klang: Sie werden dafür in den Knast wandern, egal, ob Sie es waren oder nicht. Man würde Ihnen nicht glauben. Er aber würde helfen und sich um alles kümmern.?«

»Ich wollte die Polizei rufen, doch er meinte, das sei ein Fehler.«

»Er wird das Gegenteil behaupten, also Vorsicht mit Lügen.«

»Er appellierte an mein nationales Gewissen. Ob ich denn wolle, dass mit mir ein aufrechter Deutscher für den Mord an einem Juden in den Knast geht, den er gar nicht begangen hat. Da ich NPD-Mitglied wäre, würde mir niemand glauben, dass ich es nicht gewesen war. Ich hatte Angst und glaubte ihm.«

»Was war mit der Kleidung?«

»Die hat Backhaus mitgenommen.«

* * *

Sie saßen in Gesshoffs Büro vor der Tafel. Annemarie Josten hatte ihnen Kaffee gebracht.

»Die Technik hat mir Fotos aus Reinkes Haus gebracht. Sieh mal!« Gesshoff grinste, als auch Preussers Gesicht sich zu einem Lächeln verzog. »Sieh mal an: Reinke, Hohenfels und Hilmar, vereint zu Zeiten des Tausendjährigen Reichs.«

»Was hat Linz bisher herausgefunden?«, fragte Preusser.

»Sie haben das ganze Gartenhaus auseinandergenommen, aber nichts mehr gefunden.«

»Das Grundstück sollten wir vermutlich umgraben lassen. Wir müssen sicher sein, alles vorlegen zu können. Was ist mit der Wohnung und dem Auto?«

Gesshoff sah auf seine Notizen.

»Die Wohnung wird ebenfalls untersucht. Frau Backhaus ist im Krankenhaus. Sie hatte einen Nervenzusammenbruch.« Er hielt kurz inne. »Sie hat dir den Teufel an den Hals gewünscht.«

»Den hatte sie bisher jeden Tag neben sich im Bett liegen.«

»Backhaus hat einen Stapel Aktien und besitzt einige Immobilien.«

»Wir werden auf die Schnelle nicht nachweisen können, woher das Geld hierzu kam. Er kann uns da entspannt anlügen, ohne dass wir es ihm beweisen können. Was ist mit Martha Handke?«

»Ein Wunder ist geschehen. Fritz, das ist mein Kollege aus der Zeit vor der Teilung, hat sich gemeldet. Er wird sie noch heute befragen. Die Fotos habe ich auch gekabelt.«

Sie beugten sich über die Unterlagen, die Preusser im Gartenhaus gefunden hatte und aus der kriminaltechnischen Untersuchung zurück waren. »Eine Liste von eins bis 266 durchnummeriert. Dahinter steht J oder M.«

»Junge oder Mädchen.« Gesshoff sah plötzlich betroffen aus. »So viele Kinder allein aus Ravensbrück.«

»Nur die gesunden, nicht-jüdischen.«

»Junge oder Mädchen und die Daten. Geburtsdatum oder Verkauf?«

Preusser hielt eine andere Liste in die Höhe. »Verkaufsdaten. Hier sind die gezahlten Summen. Insgesamt.« Er sah auf. »794 000 Reichsmark in Gold. Wahnsinn!«

Gesshoff schüttelte den Kopf. »Mit dem Elend der armen Frauen noch Geld verdienen. Was für miese Ratten!« Er starrte vor sich hin. »Ich habe in den vergangenen Tagen oft darüber nachgedacht, ob wir nicht besser die Finger von den Nachforschungen gelassen hätten, dann wäre Hermann noch am Leben. Doch wenn ich das hier lese, muss ich zugeben, dass schon so viel Dreck ans Tageslicht gekommen ist, dass wir unbedingt weitermachen müssen.«

Sie suchten schweigend weiter. Einzelne Auflistungen verstanden sie nicht. Es waren ellenlange Zahlenkolonnen, die ohne Erläuterung keinen Sinn ergaben.

»Von der Struktur her könnten die für Namen stehen. Sieh mal, immer eine Zahlenfolge, dann eine Lücke und wieder Zahlen.«

Preusser versuchte, die Buchstaben des Alphabets mit den Zahlen zu verbinden, doch damit kam er nicht weiter.

»Hier eine Abrechnung: Reinke 12 000 RM, Hohenfels 15 000 RM, zwei Namen, die wir nicht kennen, mit 10 000 RM und Backhaus 10 000 RM.« Preusser lehnte sich erleichtert zurück.

SIEBENUNDDREISSIG

Mittwoch, 14. Juni 1967

Rechtsanwalt Staffelstein protestierte. »Wir haben die Beweise noch nicht gesehen. Das können wir nicht akzeptieren.«

Ostholm zog am Revers seines hellen Sommeranzugs, den er trotz des schlechten Wetters angezogen hatte. »Sie bekommen die Informationen ja sofort. Juristisch geht das in Ordnung. Wir werden die Befragung nun fortsetzen, es steht Ihnen offen, sich zu beschweren, Herr Kollege.«

Staffelstein murmelte Backhaus etwas ins Ohr.

»Ich höre.«

Preusser sah den Anwalt an. »Ihnen ist bewusst, dass aus unserer Sicht der Grund für die Morde, derer wir Herrn Backhaus beschuldigen, in einem regelrechten Kinderhandel mit Säuglingen aus dem KZ Ravensbrück liegt.«

Der Anwalt nickte.

»Wir wissen, dass SS-Scharführer und Adjutant des Kommandanten Klaus-Peter Hohenfels der zentrale Drahtzieher war. Er besorgte die Kinder praktisch nach Vorbestellung und ließ Helfer sie an die falschen Eltern übergeben, die diese als die leibliche Nachkommenschaft ausgaben. Dr. Reinke, einer der Ermordeten, sorgte aus seiner Position als Leiter des Standesamtes in Frankfurt dafür, dass die Geburt und Elternschaft offiziell eingetragen wurden. Wir vermuten, dass er Komplizen in anderen Städten hatte. Dazu sind schon Ermittlungen im Gange. Was in diesem Netzwerk fehlt, ist der Mittelsmann, der die Koordination und Ansprache der Eltern übernahm und das Geld von diesen kassierte.«

»Und Sie denken dabei an meinen Mandanten?«

Backhaus lachte belustigt auf.

Preusser nickte und ordnete seine Papiere. »Du kennst Clara Hohenfels, die Witwe des Adjutanten?«

»Nein, auch wenn ich sie angeblich ermordet haben soll.«

»Erkläre mir dann, warum sich diese Unterlagen«, Preusser hielt die Papiere in die Höhe, »in deiner Laube befanden? Unsere Kriminaltechnik hat feststellen können, dass sich Fingerabdrücke von dir und Clara Hohenfels auf dem Umschlag und den darin befindlichen Papieren nachweisen lassen.«

Backhaus schloss kurz die Augen und blickte zu seinem Anwalt, der den Kopf schüttelte. »Ich mache dazu keine Angaben.«

Preusser nickte und sah Backhaus in die Augen. »Du weißt,

dass diese Papiere dich belasten. Du wirst dem Richter erklären müssen, wie sie in deinen Besitz gelangt sind. In diesen Aufstellungen befindet sich eine Liste, in der du neben anderen aufgeführt wirst. Hinter deinem Namen ist eine Zahl von zehntausend Reichsmark vermerkt. Kannst du uns sagen, wofür das Geld war? Einer der anderen in der Liste Genannten ist übrigens Klaus-Peter Hohenfels, dessen Frau du angeblich nicht kennst.«

»Was soll uns das beweisen?« Staffelstein wurde nun nervös.

»Bislang behauptet Ihr Mandant ja nur, dass er einen Tipp bekommen hat, aufgrund dessen er in das Notariat von Dr. Schmitt in Wiesbaden eingedrungen ist. Über die Quelle dieses Tipps schweigt er sich aus.« Preusser sah seinen ehemaligen Freund erneut an. »Aus unserer Sicht eine Schutzbehauptung, die seine Verbindung zu Clara Hohenfels verschleiern soll. Ich wiederhole mich gerne: Vermutlich hast du noch mitbekommen, was ich Gesshoff sagte, bevor ihr mein Büro verlassen habt.«

Backhaus schüttelte stumm den Kopf.

Preusser legte das Foto auf den Tisch, das Reinke, Hohenfels und Backhaus zeigte. »Erkennst du die beiden Männer wieder?«

»Woher hast du das Foto?«

Staffelstein zuckte zusammen. »Schweigen Sie!« Er zupfte seine Manschetten zurecht, die von dicken goldenen Knöpfen zusammengehalten wurden.

»Kleines Andenken aus Reinkes Haus. Übrigens: Wir konnten die ehemalige Krankenschwester Martha Handke in Oranienburg ausfindig machen.«

»Das ist im Osten?« Staffelstein sah mit geweiteten Augen von einem zum anderen.

»Nennen wir es Amtshilfe. Sie hat dich auf diesem Bild als

den Drahtzieher identifiziert und auch die Rolle der beiden anderen in dem Spiel bestätigt. Stammt dein Vermögen daher?«

Aus Backhaus platzte es heraus. »Wir haben bloß Kinder gerettet! Und wenn ein paar Bonzen dabei bluteten, wen interessiert es?«

»Die Frage stelle ich mir genauso. Vor allem, weil dein Auto mit der Nummer F-HB 7 in einer Straße in Bockenheim, ganz in der Nähe der Villa Reinke, gesehen worden ist. Pikanterweise zu dem Zeitpunkt, an dem Hermann Wiedemann ermordet wurde.«

Staffelstein hatte nun Schweißperlen auf der Stirn. »Solche Zeugen sind nicht glaubwürdig.«

»Mag sein, doch das soll ein Richter beurteilen. Anders liegt die Sache mit der Aussage von Karlhans Wimmer.«

Backhaus erbleichte, während Preusser immer ruhiger wurde. Er hielt schon das Florett in der Hand, um den Todesstoß zu setzen.

»Wimmer sagt aus, am Abend des dreiundzwanzigsten Mai gemeinsam mit dir den verletzten Simon Mandel ausgezogen und in den Main geworfen zu haben. »

Backhaus war wie vom Donner gerührt, und Staffelstein starrte ihn an.

»Der Mann war bereits tot.«

»Nein. Die Obduktion sagt etwas anderes, wie du ganz genau weißt, denn die Akten lagen auf deinem Tisch.«

Backhaus öffnete den Mund, doch Staffelstein reagierte blitzschnell.

»Ruhe jetzt!«

Preusser ignorierte den Anwalt.

»Warum wolltest du, dass Wimmer und seine Kumpane Mandel zusammenschlagen?«

Mit hochrotem Kopf griff der Anwalt ein. »Wir brechen hier ab und werden uns beraten.«

Backhaus schwieg.

»War es vielleicht so, dass er etwas herausgefunden hatte, das dir gefährlich werden konnte?«

»Und was sollte das sein?«

»Das finde ich genauso heraus wie den eigentlichen Grund für die Morde.«

* * *

Ostholm hockte auf einem Stuhl in der Kantine und aß ein verspätetes Frühstück. »Im Prinzip sind wir am Ziel. Die Beweislage ist erdrückend. Der Mord an Clara Hohenfels ist durch die Unterlagen praktisch nachgewiesen. Die Tötung Mandels hat Backhaus gewissermaßen zugegeben und ebenso die Anstiftung zum Einbruch in dessen Wohnung. Dass sein Auto in der Nähe von Reinkes Haus gesehen wurde, belastet ihn ebenso. Er ist fällig.«

Preusser schüttelte den Kopf. »Wo ist das Motiv? Warum mussten vier Menschen sterben? Und warum Mandel? Der Kinderhandel ist doch längst verjährt. Außerdem ist Backhaus vermögend. Ihm hätte es kaum geschadet, wenn man ihn aus dem Dienst entfernt hätte. Deswegen bringt man niemanden um. Es fehlt ein Puzzlestein. Wenn wir diesen Stein haben, ergibt sich das fertige Bild. Ich fahre zu Leuchner und sehe mir das Haus der Hohenfels einmal persönlich an.« Preusser erhob sich. »Außerdem: Eine Frage ist weiterhin unbeantwortet.«

Ostholm war irritiert.

»Wer hat Mandel mit dem Messer verletzt?«

* * *

Gesshoff sah angewidert auf die eingetrocknete Blutlache.

»Ich kann nicht glauben, dass Backhaus das getan haben soll.«

»Das geht uns allen so. Er war wohl in Panik.«

Gesshoff hob die Schultern. »Wovor denn? Was wollen wir hier?«

»Er hat sie getötet, da sie etwas hatte, das er unbedingt an sich bringen wollte. Sonst wäre das Haus nicht durchwühlt worden.«

»Du meinst, die Unterlagen sind ein zu schwaches Motiv?«

»Das hat er uns praktisch auf den Kopf zugesagt.«

»Was suchen wir also?« Leuchner keuchte ein wenig.

»Weiß ich nicht. Es war versteckt und er unter Druck. Kann doch sein, dass er es übersehen hat. Das heißt, wir gehen überall dorthin, wo er nicht gesucht hat.«

»Präziser geht es nicht?«

»Nein. Es wird aber unmittelbar auf ihn hinweisen. Ein Foto, Brief oder so etwas.«

Leuchner drehte sich zu seinem Team um. »Stellt die Bude noch einmal richtig auf den Kopf.«

Zwei Stunden später standen sie beisammen. Sie hatten das Haus von Clara Hohenfels wieder akribisch durchsucht, selbst Schränke hatten sie auseinandergebaut und Dielenbretter gelöst.

»Nichts?«

Alle sahen Preusser wortlos an.

»Hatte sie eine Zweitwohnung?«

»Das haben wir bereits geprüft.« Leuchner wischte sich den Schweiß von der Stirn. Plötzlich stockte er. »Meier, bring mir den Ordner mit den Bankauszügen. Wieso ist mir das nicht vorher eingefallen?« Er setzte sich am Küchentisch in den Schein der runden Neonröhre, die kaltes Licht verströmte.

»Ein gutes Gedächtnis hat noch nie geschadet.«

Er entzündete eine Zigarre von enormer Größe.

Preusser sah zu einem der Wiesbadener Kollegen, der grinste. Offensichtlich kannten sie bereits dieses Ritual.

Meier, ein Kriminalbeamter mittleren Alters, kam nach kurzer Zeit mit einem Ordner unter dem Arm herein und legte ihn aufgeschlagen vor Leuchner, der lange blätterte und las, während die anderen weiter herumstanden und warteten.

Preusser rauchte, um sich die Zeit zu vertreiben, obwohl der Raum schon voller Qualm war.

»Hier!«

Leuchner grinste und deutete mit dem Finger auf eine Zeile.

Preusser und Gesshoff traten hinter ihn.

»Die Bankfritzen haben Gebühren abgebucht. Drei Mark für ein Bankschließfach.«

ACHTUNDDREISSIG

Donnerstag, 15. Juni 1967

Wieder saßen sie im Vernehmungsraum – auf der dem Spiegel zugewandten Seite Backhaus und sein Anwalt, ihnen gegenüber Preusser und Ostholm. Alle wussten, dass der kleine Raum jenseits des verspiegelten Glases mit Zuschauern gefüllt war.

Backhaus hatte sich nicht rasiert, er kratzte sich über seine gelblichen Wangen.

Ein Beamter in Uniform fummelte mit einer Filmrolle und einem Projektor herum und fluchte leise vor sich hin.

Preusser kannte Backhaus lange genug, um zu sehen, wie die Angst in ihm wütete.

Endlich zeigte sich ein helles Viereck auf der fleckigen Wand. Der Beamte schaltete den Apparat aus und erklärte Preusser, wie dieser gestartet wurde.

Ostholm sah Rechtsanwalt Staffelstein an. »Kommissar Preusser und sein Kollege Leuchner aus Wiesbaden haben bei einer erneuten Durchsuchung des Hauses von Clara Hohenfels Hinweise auf ein Bankschließfach gefunden. Bevor der von Herrn Preusser und mir gesichtete Film abgespielt wird, möchte ich Ihrem Mandanten die Gelegenheit geben, sich zu der Sache einzulassen.«

Backhaus schüttelte nach ein paar Sekunden nur den Kopf, und Preusser startete den Film.

Zuerst erkannte man nur graue Schlieren, dann schärfte sich das Bild. Eine Gruppe von nackten Menschen lief gebeugt in einen Graben, stellte sich auf und wurde von Männern in deutscher Uniform erschossen. Pulverdampf quoll aus den Läufen.

Preusser hielt den Film an.

»Klaus-Peter Hohenfels war in den Jahren 1941 und 1942 Teil der Säuberungsaktionen durch Einsatzgruppen, die systematisch die Dörfer durchkämmten und die jüdische Bevölkerung umbrachten. Teilnehmer waren häufig Polizisten, die sich aus Polizeibataillonen rekrutierten.« Seine Hände zitterten leicht. »Es ist davon auszugehen, dass Hohenfels als begeisterter Hobbyfilmer diese Aufnahmen erstellt hat. Wir fanden andere Bänder in einem Schließfach, die ähnliche Inhalte zeigen. Eine Chronologie des Völkermordes. Die Filmaufnahmen werden selbstverständlich ausgewertet, das jedoch ist Gott sei Dank nicht unsere Aufgabe.«

Er startete den Film erneut.

Noch zwei weitere grausame Erschießungen wurden gezeigt, dann wurde offenbar versteckt durch einen Türspalt gefilmt. Nach ein paar Wacklern sah man einen jüngeren Hilmar Backhaus, der eine Frau mit Judenstern am Arm brutal vergewaltigte und wie in Rage auf die Schreiende einschlug. Preusser war sich sicher, dass alle im Raum froh waren, dass der Film ohne Ton ablief.

Backhaus starrte eine Sekunde auf die Bilder und senkte die Augen. Dann streifte sein Blick Preusser. Er wusste, dass er endgültig verloren hatte.

Staffelstein war wie versteinert, als er sah, wie sein Mandant das jüdische Mädchen erwürgte. Der Film endete erst, als Backhaus von ihr abließ.

Preusser räusperte sich. »Du warst in einem Polizeibataillon in Belgien stationiert. Ich habe mich gefragt, wann die Aufnahme entstanden ist. In deinem Soldbuch jedoch ist vermerkt, dass du vier Wochen in der Ukraine warst.«

»Wir sollten verlegt werden, daher hat man den Bataillonskommandeur dort hingeschickt. Ich habe ihn begleitet. Hohenfels kannte ich von früher.«

»Wer war das Mädchen?«

»Eine Jüdin, die uns bedient hat. Ich war betrunken.«

»Hat Hohenfels dich erpresst?«

»Nein. Ich hatte keine Kenntnis von dem Film. Bis eben. Seine Frau hat mir ein Foto gezeigt, das jemand offensichtlich aus der Rolle herauskopiert hatte. Sie wollte mich erpressen.«

»Wann war das?«

»Schon 1958. Ich habe ihr gesagt, dass ich dann nichts mehr zu verlieren hätte und sie umbringen würde. Sie gab Ruhe, und alles war gut.«

»Bis auf die Tatsache, dass du ein Leben ausgelöscht hast.«

Backhaus lehnte sich zurück. »Ach hör doch auf! Damals hat das keinen Menschen interessiert. Jahrelang hat man uns weisgemacht, dass sie die Rasse verseuchen, das Böse sind und unser Volk bedrohen. Im Osten hat eine Maschinerie Tausende getötet. Es waren Väter und Brüder von uns allen, die geschossen haben. Junge Männer, die höflich mit dir umgingen, ein Gewissen hatten und dir erzählten, dass sie das auf sich nähmen, weil es getan werden müsste, um uns zu schützen. Die Juden waren Ungeziefer, und erst nach dem Krieg kam plötzlich das große Bedauern. Und ganz ehrlich: Ich hatte nur Angst, dass Christa es herausfinden könnte. Ein schlechtes Gewissen? Nein!«

»Wie kam danach alles ins Rollen?«

»Dieser Vollidiot von Mandel hat dort gebohrt, wo er es besser gelassen hätte. Die Hohenfels ist bei mir und Reinke aufgetaucht und hat mit einem Mal auf reumütig gemacht. Ist in die Kirche gerannt und hat den Rosenkranz heruntergeleiert. Sie wollte Mandel die Geschichte erzählen, wobei der doch wusste, dass das Kind seiner Tante tot war.«

»Daraufhin wolltest du ihn zusammenschlagen lassen?«

»Unsinn. Ich habe mit ihm geredet, ihm aber war egal, was ich sagte. Er suchte die unmittelbar Schuldigen. Dass er damit das Leben von Frau Dr. Huber, Reinke und mir ins Wanken brachte, interessierte ihn nicht. Das müssten wir aushalten, wir hätten schließlich nichts Schlimmes getan.«

Backhaus blickte zu Staffelstein, der ihn gewähren ließ. Er würde dieses Geständnis nutzen, um Strafmilderung zu beantragen.

»Ich wollte ihn einschüchtern lassen, aber irgendjemand hat ihn abgestochen. Weiß der Teufel warum. Wimmer rief mich an, und ich musste handeln. Doch ihr seid schnell gewesen, Joachim. Kommst aus Berlin zurück und bist auf der Fährte zu Clara Hohenfels. Ich hatte Angst, dass sie dir das Foto geben würde, nur um ihr Gewissen zu beruhigen.«

»Sie musste also sterben«, warf Ostholm ein.

Backhaus nickte.

»Wieso hast du sie leiden lassen? Es hat laut Obduktion eine ganze Stunde gedauert, bis sie verblutet war. Ein Bauchstich ist extrem schmerzhaft. Sollte sie leiden?«

Backhaus reagierte nicht.

»Was kam anschließend?«

»Ich habe die Beweise bei Schöller versteckt und dachte, alles ist erledigt.«

»Bis Dr. Huber Reinke ins Spiel brachte.«

»Ich war zufällig im Präsidium, als ich sie hier hereingehen sah. Ich habe mich neben die Tür des Beobachtungsraums gestellt. Die steht ja immer ein wenig auf, weil es so stickig wird. Als sie Reinke erwähnte, bin ich losgefahren. Er ließ mich rein und war total gelöst, als er hörte, was die Huber erzählte. Er würde sich als Retter der Kinder ausgeben und den Bescheidenen mimen. Ein Lob sei ihm sicher. Wir sind die Treppe aus seinem Arbeitszimmer nach unten gegangen. Ich war völlig durcheinander, denn wenn er ausgesagt hätte, wäre ich geliefert gewesen. Der Weg zu Mandel und Clara Hohenfels war kurz. Ich zog die Pistole, und er lief davon. Ich habe ihn erschossen. Als ich in der Diele bin, bemerkte ich seine Frau aus dem Garten kommen. Sie schrie, als sie mich sah. Die Tür stand da offen, und ich konnte nicht mehr schießen, also habe ich ihr die Kehle durchschnitten. Als ich dann zur Tür bin, sehe ich dich und Wiedemann und bin die Treppe rauf.«

Backhaus zögerte und senkte den Kopf. »Ich wollte vorbeischleichen, als Wiedemann telefonierte und du mit Frau Reinke beschäftigt warst, doch da hing der verfluchte Spiegel. Er hat mich direkt erkannt und riss den Mund auf, um nach dir zu rufen. Ich hatte keine andere Wahl.«

»Als ihn zu ermorden?«

* * *

Preusser sah aus dem Fenster seines Büros und tat nichts, außer zu rauchen und Kaffee zu trinken.

Er war aus dem Verhörraum gegangen, ohne Backhaus noch einmal anzusehen.

Es klopfte an der Tür, und ein Schupo steckte unsicher den Kopf herein.

»Entschuldigen Sie die Störung, Herr Hauptkommissar. Sie waren auf der Suche nach einem Obdachlosen, nicht wahr?« Der Beamte wagte sich ins Büro und nahm die Polizeimütze ab. »Wir haben ihn gefunden und hergebracht. Er sitzt unten in einer der Zellen.«

»Kennen Sie den Mann?«

»Er heißt Guntram Brenner. Wenn er voll ist, also betrunken, macht er manchmal auf Krawall und schreit, die schwarzen Männer würden ihn nie wieder kriegen. Er kommt irgendwo aus den Ostgebieten, vermutlich aus Ostpreußen. Seinen Papieren nach ist er erst 46 über die Grenze. Da war er schon durchgedreht. Ich vermute, er ist als Deutscher in irgendeine Rachegeschichte geraten, die von Russen und Polen hier und da durchgezogen wurden.«

»War er bei der SS?«

»Nein. Manchmal brüllt er auf Polnisch. Das hat mal jemand verstanden. Es war ein Betteln um Gnade.«

Preusser zog die Tür auf und warf einen kurzen Blick auf den verwahrlosten Kerl, der in einem alten Mantel und löchrigen Schuhen auf der Pritsche hin und her schwankte und unverständliches Zeug brabbelte.

»Der stinkt ja wie zehn nackte Neger.« Gesshoff knallte die Tür zu. »Schafft den raus in den Hof und gebt ihm was zu saufen.«

Wenig später hielt Guntram Brenner eine Bierflasche in der Hand und trank gierig.

»Was haben Sie unten am Kai beobachtet?« Preusser sah zweifelnd zu Gesshoff.

»Der schwarze Mann ist gekommen und wollte mich holen.«

»Welcher Mann?«

»Na, ein schwarzer Mann!«

Gesshoff verdrehte die Augen und flüsterte. »Der ist völlig bescheuert. Was tun wir überhaupt?«

Preusser hob die Schultern. »Wir suchen den Mann, der Mandel erstochen hat.« Er hob die Stimme. »Wie sah er aus?«

»Schwarz, das habe ich doch schon gesagt, du Idiot.«

»Wie alt ist dieser Mann?«

»Ganz alt, verstehst du. Wie Methusalem. Das sind sie immer, sie sterben nicht.«

Preusser stöhnte genervt auf. »Kam er in einem Auto?«

Die alkoholisierten Pupillen weiteten sich. Brenner murmelte: »Ja. Ein schwarzes Drachenauto. Vorne war ein Stern.«

»Mercedes?«

»Ja.« Immer noch hauchte Brenner seine Worte, als ob ein unsichtbarer Geist es ansonsten mitbekommen könnte. »FP, FP.«

»Was?«

»Das Kennzeichen.«

NEUNUNDDREISSIG

Zu seiner Überraschung öffnete Greta Petzhold ihm die Tür und sah ihn ebenso erstaunt an.

»Geht es dir nicht gut?«, fragte Preusser.

Ihr wurde bewusst, dass sie im Haus ihrer Eltern waren, und sie schüttelte den Kopf. »Was willst du hier?«

»Ich muss deinen Vater sprechen.«

»Das geht nicht. Er ist schwerkrank.«

»Es muss aber sein.«

»Vater hat Krebs im Endstadium. Ich habe davon erst am Tag nach … na, du weißt schon, erfahren. Die Ärzte meinen, er würde diese Woche nicht mehr überleben, und haben ihn mit Morphium vollgepumpt.«

»Ich muss trotzdem mit ihm sprechen.«

Greta sah ihn verzweifelt an. »Kannst du das nicht akzeptieren?«

»Frag ihn. Wenn er nein sagt, gehe ich wieder.«

Missmutig öffnete sie die Tür und ließ ihn hinein. Es roch nach Chlor.

»Das ist das Schwimmbad«, kommentierte sie abwesend und verschwand seitlich in einem Gang.

Das Haus war modern und riesig. Die Möbel waren eine Mixtur aus alt und neu und verteilten sich in dem weitläufigen Raum, dessen Parkett weitgehend von Perserteppichen bedeckt war. Hinter der Glastür zum Garten sah er eine Terrasse mit Gartenmöbeln und einen großen Teich mit Goldfischen, dahinter die Garage.

Das ganze Anwesen atmete bundesrepublikanischen Nachkriegswohlstand.

Greta kehrte zurück. Sie trug eine weit fallende weiße Bluse über eng sitzenden Hosen, darunter dünne Sandalen mit Riemchen.

»Du hast Narben zwischen den Zehen. Was ist da passiert?«

»Joachim, was soll das? Bist du jetzt übergeschnappt?«

»Kannst du das nicht erkennen? Ich bin absolut klar und habe meine Gründe, die ich dir nicht sagen darf. Was ist mit deinen Zehen passiert?«

Sie ging an ihm vorbei in die Küche. »Bei Geburt zusammengewachsen und dann getrennt.«

»Syndaktylie.«

Greta sah über die Schulter. »Du kennst dich ja aus? Vater erwartet dich. Dritte Tür, ich habe sie offen gelassen.«

Er ging durch den düsteren Gang und betrat ein Schlafzimmer mit großen Fenstern und Teppichboden, in dem sich neben einer Schminkkommode nur ein Doppelbett befand.

»Ich habe mir schon gedacht, dass Sie kommen würden. Ihnen sieht man an, dass Sie nicht lockerlassen. Setzen Sie sich.«

Preusser hätte Petzhold kaum wiedererkannt. Der ohnehin schon hagere Mann war innerhalb kürzester Zeit fast bis aufs Skelett abgemagert. Er nahm den einzigen Stuhl und stellte diesen neben das Bett.

Petzhold sah ihn an. Seine weiße Augenhaut hatte sich gelb verfärbt. Er atmete schwer. »Gerade noch rechtzeitig. Wie sind Sie darauf gekommen?«

»Mandel hat Greta nachgestellt. Ein Punkt, der nicht ins Bild passte. Wir haben den ganzen Zusammenhang mit Ravensbrück und den Kindern geklärt. Nur war das Kind von Mandels Tante Dana bei der Geburt gestorben, und angeblich wurden ohnehin nur nichtjüdische Kinder weitergegeben.«

Petzholds Gesicht verhärtete sich, doch er schwieg.

»Als wir Ihre Tochter befragt haben, ist mir aufgefallen, dass an ihrem rechten Fuß der zweite und dritte Zeh vernarbt sind. Man nennt diese Erbkrankheit Syndaktylie. Wie ist das Nummernschild Ihres Mercedes?«

Petzhold lächelte. »F-P 187. Soll ich Ihnen alles erzählen?«

»Einen Punkt noch. Mandel hatte die gleiche Erbkrankheit an anderer Stelle. Ich habe daraufhin eine kodierte Liste mit Namen zu entschlüsseln versucht und bin nicht weitergekommen. Meine Frage ist daher: Woher wusste Mandel, dass Greta seine Cousine ist?«

»Die Frau eines SS-Mannes hat es ihm gesagt. Angeblich hat ihn das mehrere tausend Mark gekostet. Er stand eines Tages hier vor der Tür und wollte Greta sprechen. Ich habe ihn gebeten, es ihr nicht zu sagen, denn es hätte ihre Welt zerstört, doch er hat nicht auf mich gehört. Der Mann war völlig durchdrungen von der Idee, seinen Eltern eine Überlebende der Gaskammern zu präsentieren.«

»Haben Sie ihn erstochen?«

»Er war auf dem Weg zu Greta. Ich habe ihn verfolgt.« Petzhold sah vor sich auf die Bettdecke und hustete langanhaltend. Es dauerte einige Zeit, bis er wieder sprechen konnte. »Sie haben mir zugesagt, dass sie …«

Greta öffnete die Tür. »Alles in Ordnung, Papa?«

Er lächelte und nickte. »Lass uns bitte alleine, Schatz.« Die Tür wurde wieder geschlossen. »Sie haben mir gesagt, es wäre das Kind einer Nichtjüdin. Als ich von Mandel erfuhr, dass sie mich belogen haben, war mir das vollkommen egal. Wissen Sie, Herr Kommissar, anfangs wollte ich nur das Gerede aus der Welt schaffen. Zeugungsunfähig zu sein war damals ein großer Makel, und ich bin mir sicher, heute ist das kaum anders. Da war ein Mann, der hat das geregelt.«

»Backhaus?«

»Wir hatten keinen Namen. Wie dem auch sei. Das Kind kam, und ich habe mich so sehr in die Kleine verliebt, ich denke kaum, dass ein Vater sein leibliches Kind mehr lieben kann. Sie ist mein Augenstern, und wir haben alles für sie getan. Und dann kam dieser Amerikaner und wollte das alles zerstören.«

»Sie haben ihn also verfolgt.«

»Ja. Ich wollte nochmals versuchen, ihn umzustimmen, wie ich es schon ein paar Tage vorher vor der Pension versucht habe.«

»Es kam zum Streit?«

Petzhold nickte müde. »An diesem Abend sah ich, wie er ins Haus von Greta ging, und dachte, ich sei zu spät gekommen, doch sie war nicht da. Sie kam, als er gerade wieder herunterlief. Ich weiß nicht, ob er sich nicht traute, es ihr zu sagen, jedenfalls kehrte er auf die Straße zurück, ohne mit ihr gesprochen zu haben. Ich rief ihn, und so kam er zu mir herüber.«

»Sie haben ihn dann getötet?«

»Nein. Zuerst versuchte ich ihn zu überreden, sie in Ruhe zu lassen. Ich habe ihm aufgezeigt, was das für Gretas Leben bedeutet. Da schrie er plötzlich, sie müsse wissen, wo sie hingehöre, ich sei ein Feigling und Lügner. Ich geriet in Panik und riss den Kofferraum auf, wo ich immer ein Messer für die Jagd liegen habe, zum Aufbrechen des Wilds.« Er hustete. »Ich stach zu, und als ich seinen erstaunten Blick sah, habe ich mich eine kurze Sekunde sogar gefreut. Er ist praktisch in den Kofferraum gefallen.«

Sie schwiegen eine Zeitlang.

Petzhold war in die Kissen zurückgesunken und atmete mit halb geschlossenen Augen schwer. »Was nun? Nehmen Sie mich mit?«

»Mandel starb erst im Wasser. Sie haben ihn nicht ermordet, sondern nur schwer verletzt. Außerdem sind Sie zu krank.«

»Sie lassen mich davonkommen?«

Preusser zögerte. Noch vor ein paar Wochen hätte er nie einen Gedanken an eine solche Möglichkeit verschwendet und sofort einen Bericht verfasst. Er dachte an Greta und die Folgen für ihr Leben und nickte.

»Und meine Tochter?« Petzhold flüsterte nur.

Preusser erhob sich. »Das ist Ihre Entscheidung.«

Er nickte dem Todkranken zum Abschied zu und verließ das Zimmer.

Greta hatte offenbar auf ihn gewartet und kam sogleich auf ihn zu, als er aus dem Gang in die Diele trat.

»Was hast du mit meinem Vater besprochen?«

Er spürte die Wärme ihres Körpers, als sie nahe an ihn herantrat. Ihre Augen glichen denen ihrer Mutter, von denen Sandrine Bonnet so sehr geschwärmt hatte.

Preusser beugte sich vor und küsste sie ganz sanft auf die Wange.

»Es gibt Momente im Leben«, sagte er leise, »da ist es besser, wenn man die Wahrheit niemals erfährt.«

NACHWORT UND DANK

Der Entschluss, einen Roman über die sechziger Jahre zu schreiben, keimte in mir mit einer kurzen Sequenz, die Jonny Buchardt, einen deutschen Schauspieler und Komiker, in einer Kappensitzung zu Beginn der siebziger Jahre zeigte. Auf die stimmungsmachenden Rufe *Zicke zacke, zicke zacke* und H*ipp hipp* reagierte das Publikum wie erwartet mit *Hoi hoi hoi* und *Hurra*, doch als Buchardt dann provokant *Sieg* rief, tönte es laut *Heil* aus dem Saal.

Ich habe erst darüber gelacht, kurz nur, bevor ich mich fragte, wie in dieser Zeit und vor allem in den damals schon vergangenen sechziger Jahren das Zusammenleben war. Es handelte sich um eine Gesellschaft, die im wachsenden Wohlstand und dem sehr konservativen Rahmen der Adenauerzeit die Frage der Schuld und der Schuldigen verdrängte und von dem Aufbegehren der jungen Generation völlig überrascht wurde. Hier ein Teil der Gesellschaft, die ihre Vergangenheit noch nicht verarbeitet hatte, sie zu vergessen versuchte, und dort ein Teil, eine junge Generation, die in eine befreite, zwanglose Zukunft aufbrechen wollte und dies durch Proteste, Musik, Kleidung, Haarschnitte, Rauschmittel, sexuelle Revolution und vielem mehr zum Ausdruck brachte. Wohl selten war in Deutschland ein Jahrzehnt von größeren innergesellschaftlichen Brüchen geprägt, die quer durch die Familien verliefen.

Die Auschwitz-Prozesse wirkten wie ein Katalysator. Die Kriegsgeneration, damals mehr oder weniger alle über vierzig Jahre, musste sich der Schuldfrage stellen, während nun die junge Generation zu fragen begann.

Es war spannend, die gesellschaftlichen Gegensätze in Preussers Familie und im Rahmen der Aufklärung des Mordes an Simon Mandel, der als Jude bezeichnenderweise über die Auschwitz-Prozesse berichtete, anzulegen und zu zeigen, wie der Fall die unterschiedlichen Protagonisten zwingt, sich ihrer Schuld zu stellen. Ebenso spannend war es, der Sprachlosigkeit zwischen den Generationen, die ich selbst noch zu Beginn der achtziger Jahre wahrgenommen habe, Raum zu geben.

Mein Dank gilt den Menschen, die mich bei der Arbeit unterstützt haben. Dies gilt insbesondere für meine Frau und meine beiden Töchter, für meinen Literaturagenten Dirk Meynecke und ganz besonders für meinen Lektor und Verleger Reinhard Rohn.

Michael Jensen
Totenwelt
Kriminalroman
384 Seiten. Broschur
ISBN 978-3-7466-3676-4
Auch als E-Book und Hörbuch erhältlich

Die tödlichen Gefahren des Neuanfangs

Der Zweite Weltkrieg ist seit ein paar Stunden beendet, als Inspektor Jens Druwe zum Marinestützpunkt in Flensburg gerufen wird. Er soll helfen, eine neue Polizeieinheit aufzubauen. Dann erhält er eine seltsame Nachricht – von Werner Grell, einem untergetauchten Geheimdienstagenten. Grell berichtet von brisantem Material, das er über ehemalige Nazi-Größen besitzt. Zögernd vertraut Druwe sich britischen Militärs an. Das erste Geheimtreffen zwischen Grell und einem Captain der Briten endet jedoch in einem Fiasko. Beide werden tot in einer Lagerhalle gefunden. Es sieht aus, als hätten sie sich gegenseitig erschossen. Doch Druwe hat da seine Zweifel.

Ein Doppelmord im Mai 1945 – ein hochspannender Roman vor einer ungewöhnlichen historischen Kulisse.

Regelmäßige Informationen erhalten Sie über unseren Newsletter. Jetzt anmelden unter: www.aufbau-verlag.de/newsletter

atb aufbau taschenbuch